W0216822

Melanie Dickerson

Mit Herz und Bogen

MELANIE
DICKERSON

Mit Herz und Bogen

Deutsch von Kirsten Winkelmann

BRUNNEN
Verlag GmbH · Giessen

Published by arrangement with Thomas Nelson,
a division of HarperCollins Christian Publishing, Inc.
© 2015 by Melanie Dickerson

Titel der Originalausgabe: The Huntress of Thornbeck Forest
© Melanie Dickerson 2015
Veröffentlicht mit freundlicher Genehmigung von Thomas Nelson,
einem Imprint von HarperCollins Christian Publishing.

Bibeltexte folgen der Übersetzung von Martin Luther in
der revidierten Fassung von 1912. Das Bibelzitat aus Psalm 91,5-8
ist entnommen der Lutherbibel, revidiert 2017,
© 2016 Deutsche Bibelgesellschaft, Stuttgart.

MIX
Papier aus verantwortungsvollen Quellen
FSC® C014496

© 2018 Brunnen Verlag Gießen
Lektorat: Konstanze von der Pahlen, Hannah Schwarz
Umschlagfoto: Brandon Hill
Umschlagdesign: Kristen Ingebretson
Umschlaggestaltung: Daniela Sprenger
Satz: DTP Brunnen
Druck: GGP Media GmbH, Pößneck
ISBN Buch 978-3-7655-0997-1
ISBN E-Book 978-3-7655-7512-9
www.brunnen-verlag.de

Kapitel 1

1363, im nordöstlichen Teil des Heiligen Römischen Reichs, der deutschen Markgrafschaft Dornbeck

Die Pfeilspitze traf zielgenau – ein perfekter Schuss in das Herz und die Lunge eines Hirsches. Das Tier machte zwei Schritte vorwärts und einen zur Seite. Dann fiel es um.

Die fünf Männer, die Fronika begleiteten – eigentlich waren sie mit ihren dreizehn oder vierzehn Jahren eher Jungen als Männer –, schossen aus ihrem Versteck in den Büschen hervor und rannten auf das Tier zu. Geübt begannen sie, das Wild zu teilen, und bereiteten sich darauf vor, ihre Beute in ihren ledernen Jagdtaschen von hier wegzutragen. Das Fleisch des Hirsches würde den Hunger von mindestens vier Familien stillen können.

Es wohnten jedoch viel mehr als nur vier hungrige Familien und noch dazu allerhand Waisenkinder in der Stadt Dornbeck. Also gab Fronika den zwei Jungen, die zu ihr herübersahen, mit einem Kopfnicken ein Zeichen. Gemeinsam pirschten sie noch tiefer in den Wald und damit in das Jagdrevier des Markgrafen hinein. Zugunsten der Armen konnte er ruhig auf ein paar seiner Hirsche verzichten. Ziemlich gut sogar.

So geräuschlos wie möglich schlich Fronika durch das Unterholz. Die zwei Jungen blieben hinter ihr. Es war eine wolkenlose Nacht. Der Vollmond ließ genug Licht durch die Bäume, um Fronika den Weg zu einem weiteren Futterplatz zu weisen, den die Hirsche liebten. Entweder gab es dort Salzablagerungen oder das Gras war besonders einladend, denn genau dort fand Fronika oft ihre begehrteste Beute – voll ausgewachsenes Rotwild, das beim Grasen seinen Hals senkte.

Als der Futterplatz in Sichtweite kam, hockte Fronika sich hin und wartete still. Dabei hielt sie ihren Langbogen und einen Pfeil bereit. Schon bald trottete eine Hirschkuh geräuschlos auf die Lichtung. Beim Anblick des Fleisches, das den Hunger vieler Menschen lindern konnte, juckte es Fronika in den Fingern. Ein Anflug von Mitleid hielt sie jedoch davon ab, den Bogen zu heben und zu zielen. Es war Sommer, morgen war Johannistag und die Hirschkuh hatte ganz bestimmt ein neugeborenes Kalb, wenn nicht gar zwei oder drei. Sicher hielten sie sich irgendwo versteckt und warteten darauf, dass ihre Mutter zurückkehrte und sie säugte.

Noch mehr Waisen zu erzeugen, selbst wenn es nur im Tierreich war, ging gegen alles, wofür Fronika kämpfte. Daher widerstand sie dem Impuls, den Pfeil abzuschießen. Stattdessen blieb sie sitzen und wartete weiter. Wenige Minuten später stockte ihr der Atem. Ein großer Hirsch mit riesigem Geweih trat zu der Kuh. Er hielt seinen Kopf hoch erhoben und lauschte in seine Umgebung hinein.

Eilig hob Fronika ihren Bogen und spannte den Pfeil. Sie presste ihre Wange an den Bogen, um zu zielen, und schoss den Pfeil ab.

Gerade in diesem Moment musste der Hirsch ihre Witterung aufgenommen oder ein Geräusch gehört haben. Rasch wandte er sich um und sprang mit einer einzigen fließenden Bewegung davon. Nur Sekundenbruchteile später folgte ihm die Kuh. Fronikas Pfeil verpasste die beiden und verschwand in der Nacht.

Gleich darauf zogen Fronika und die beiden Jungen los, um den Pfeil zu suchen. Keinesfalls durfte der Förster des Markgrafen ihn finden. Fronika wusste, dass sie nur ein oder zwei große Tiere pro Nacht erlegen durfte und unbedingt alle Hinweise auf ihren Beutezug beseitigen musste.

Wo war nur dieser Pfeil? Fronika eilte zu dem Gebüsch, in dem er gelandet sein musste. Sie teilte die Blätter, um ins Innere zu spähen. Fieberhaft suchte sie nach der weißen Feder, die das hintere Ende ihrer Pfeile schmückte. Sie tastete sich bis zum Boden vor, aber da waren weder eine weiße Feder noch ein Pfeil.

Die Jungen durchstöberten das Unterholz in einiger Entfernung. Plötzlich vernahm Fronika Gelächter. Sie hob den Kopf ungefähr so, wie sie es den Hirsch schon oft hatte tun sehen, und lauschte. Ihre beiden Begleiter sahen sie mit großen Augen an.

Nun wehten Stimmen zu ihnen herüber. Sie waren zu weit weg, als dass Fronika die Worte hätte verstehen können, aber sie schienen näher zu kommen. Fronika erstarrte. Warum nur konnte sie den Pfeil nicht finden? Widerwillig signalisierte sie den jungen Männern, ihr zu folgen – zurück in Richtung Stadt. Keinesfalls durfte sie zulassen, dass irgendjemand sie hier sah, nicht mit einem Langbogen und einem Köcher voller Pfeile auf dem Rücken. Die Strafe für Wilderei bestand darin, ins Gefängnis geworfen oder an den Pranger gestellt zu werden. Es war auch möglich, dass einem die Hand oder das Ohr abgeschnitten wurde.

Wahrscheinlich stammten die Stimmen von Leuten, die nach besonderen Kräutern und Blumen für das Mittsommernachtsfeuer suchten, das am nächsten Tag stattfinden würde. Morgen würden noch mehr Leute im Dornbecker Wald unterwegs sein und das Jagdrevier des Markgrafen bevölkern. Da wäre es viel zu gefährlich, auf die Jagd zu gehen. Wenn sie nur den Hirsch nicht verfehlt hätte!

Fronika und die beiden Jungen kehrten auf demselben Weg zurück, den sie gekommen waren, und gelangten schließlich zu den drei Burschen, die sie beim zuvor erlegten Rotwild zurückgelassen hatten. Die drei waren damit beschäftigt, sich die verschiedenen Fleischstücke über die Schultern und auf den Rücken zu hieven, um sie aus dem Wald zu tragen. Die blutigen Überreste ihrer Jagdbeute bedeckten sie mit Blättern und Erde.

Als Fronika näher kam, drehten sie sich um und erstarrten.

„Ich bin es“, flüsterte sie. „Wir müssen weg. Da kommt jemand.“

Sie nickten. Einer von ihnen zog noch schnell einen Ast über den Boden, um die Spuren ihrer Tat weiter zu verwischen.

Kurz bevor sie den Rand des Waldes erreichten, zog Fronika einen alten grauen Umhang aus ihrem Beutel und wickelte ihren Langbogen und ihre Pfeile darin ein. Dann klemmte sie sich das

Paket unter den Arm. „Wartet“, rief sie den jungen Männern in gedämpftem Ton zu. Sie blieben sogleich stehen. „Gebt mir eine der Taschen. Ich werde sie selbst überbringen.“

Unsicher tauschten die Jungen Blicke. „Rutger hat gesagt, wir sollen die ganze Jagdbeute in seine Lagerhalle bringen, damit er sie verteilen kann“, erwiderte der größte der Burschen.

„Ich werde ihm Bescheid geben, dass ich diese Tasche überbracht habe“, sagte Fronika und nahm ihm die schwere Ledertasche von der Schulter. „Er wird nichts dagegen haben.“

Damit verabschiedeten sie sich. Die Jungen liefen weiter zur Stadt, Fronika hingegen änderte die Richtung. Sie war wie ein Junge gekleidet und trug ein langes, dunkles Gewand mit Strümpfen. Ihre blonden Haare waren unter ihrer Kapuze versteckt.

Sie steuerte auf die kleinen Baracken direkt außerhalb der Stadtmauern zu, wo viele der ärmsten Leute in Behelfsunterkünften lebten. Leise klopfte Fronika an eine der Hütten, die sich gefährlich zur Seite neigte und mit Stangen abgestützt war. Zögerlich öffnete der kleine Hans die Tür, spähte nach draußen und rieb sich dabei mit der Faust die Augen.

„Es tut mir leid, dass ich dich geweckt habe, Hans.“

„Fronika!“

„Pssst!“ Sie legte den Finger auf ihre Lippen und flüsterte: „Ich habe dir was mitgebracht. Morgen kriegst du gebratenes Wild zum Frühstück. Wie klingt das?“

Schlagartig hörte Hans auf, sich die Augen zu reiben. Stattdessen fiel ihm die Kinnlade herunter und er bekam große Augen. Als Fronika ihm die Ledertasche hinhielt, keuchte er auf und gab ein begeistertes „Oh“ von sich.

„Lass deine Mutter schlafen. Du kannst sie morgen früh damit überraschen.“

„Das mach ich!“ Ohne die Tür hinter sich zuzumachen, drehte er sich um und verschwand mit seiner schweren Last im Inneren der dunklen, mit einem Lehmfußboden versehenen Behausung.

Fronika schloss die Tür, drehte sich um und hastete nach Hause, solange es noch dunkel war.

Matthis Weidmann kniete sich vor den Altar der Dornbecker Kirche und neigte den Kopf. Da Johannistag war, waren er und viele andere Leute aus der Stadt zum Beten hierhergekommen. Einige hatten Kräuter mit in die Kirche gebracht, damit der Pfarrer sie segnete. Das sollte den Kräutern besondere Heilkräfte verleihen. Andere – wie Matthis – waren dort, weil sie die Mittagsmesse verpasst hatten, an diesem Feiertag aber trotzdem beten wollten.

Als Matthis sein Gebet beendet hatte und sich erhob, fiel sein Blick auf eine junge Frau, die einige Meter von ihm entfernt eine Kerze anzündete. Im Kerzenlicht schien ihr Gesicht vor Frömmigkeit und Anmut nur so zu strahlen. Unter ihrem Schleier lugten lange blonde Haare hervor, die in Locken auf ihren Rücken fielen. Während Matthis kurz ein Knie beugte und sich bekreuzigte, ließ er die Schönheit ihrer Gesichtszüge auf sich wirken. Aber dann neigte sie sich zum Gebet und zog den Schleier über ihr Gesicht.

Da Matthis nicht einfach nur so dastehen und das anstarren wollte, was trotz des Schleiers von ihrem Profil zu sehen war, ging er zum anderen Ende des Kirchenschiffes hinüber. Dabei betrachtete er die bunten Kirchenfenster, die verschiedene biblische Geschichten und Personen darstellten. Er konzentrierte sich auf das Fenster, auf dem Johannes der Täufer seinen Vetter Jesus taufte und der Heilige Geist in Form einer Taube auf ihn herabkam. Matthis hatte die brillanten Farben der Fenster schon immer geliebt und war als Junge oft in das Kirchenschiff geschlüpft. Dort hatte er sich in einer Ecke versteckt und die Bilder mit ihren hellen Rot-, Grün- und Gelbtönen bestaunt.

Im Augenwinkel sah Matthis, dass die hübsche junge Frau wieder aufgestanden war. Ein Mann gesellte sich zu ihr. War er ihr Ehemann? *Herr im Himmel, mach, dass er ihr Vater ist.*

Als sie auf die Tür zugingen, versuchte Matthis, die beiden

nicht anzustarren. Die junge Frau lief an ihm vorbei und verließ die Kirche, ohne auch nur einmal in seine Richtung zu blicken.

Vielleicht würde er sie ja in ein paar Stunden bei der Sonnenwendfeier wiedersehen.

Nach seinem Kirchgang besuchte Matthis seinen Freund Paulin, der sich das Bein gebrochen hatte und deshalb nicht zur Sonnenwendfeier mitkommen konnte. Dann mischte Matthis sich in das Gedränge der Menschen auf den Straßen, die unterwegs waren, um die Minnesänger im Stadtkern zu bewundern. Junge Mädchen tänzelten in ihren fließenden Kleidern umher. Sie hatten Sträuße aus Blütengewürzen bei sich und trugen Kränze, die aus weißen Wildblumen geflochten waren.

Es würde ein Lagerfeuer mit Musik und Tanz auf dem Marktplatz geben und unverheiratete Mädchen würden sich nach einem zukünftigen Ehemann umschauen. Jetzt, wo Matthis bald 25 wurde, hatte sich sogar seine Mutter dafür ausgesprochen, dass er zur Sonnenwendfeier ging.

„Wenn du mit ein paar hübschen Mädchen tanzt", hatte sie mit einem Augenzwinkern zu ihm gesagt, „wird eine von ihnen vielleicht heute Nacht von dir träumen."

„Du solltest dafür beten, dass diejenige, die heute Nacht von mir träumt, eine gute Schwiegertochter für dich wird", hatte Matthis erwidert und ihre faltige Wange geküsst.

„Das werde ich. Aber ich zweifle nicht daran." Ihr Tonfall war jetzt sanfter. „Sie muss ein gutes Mädchen sein, um dich zu verdienen."

Matthis hatte sanft über ihre Wange gestrichen und in ihre trübe gewordenen blauen Augen gesehen. „Danke, Mama."

Jetzt sah er sich um und fragte sich, für welche der jungen Frauen, wenn überhaupt, seine Mutter betete. Er hatte bereits ein hübsches, rothaariges Fräulein gesehen, das sich nach ihm umgeschaut hatte, und ein schwarzhaariges Mädchen von etwa sechzehn Jahren, das ihn angelächelt und ihm zugewinkt hatte.

Während er sich dem Zentrum näherte und aufgrund der dichten Menschenmenge nur sehr langsam vorankam, sorgte der Duft frischen Brotes dafür, dass Matthis einen tiefen Atemzug nahm. Ein Bäcker stand draußen vor seinem Laden und hielt ein Tablett mit Brötchen in der Hand. Ein kleiner, in Lumpen gehüllter Junge von vielleicht sechs Jahren stand unweit davon entfernt an einer Straßenecke und spähte aus der angrenzenden Gasse zu ihm herüber. Ein noch kleineres Mädchen kauerte sich hinter ihn.

Matthis hielt den Atem an. Das war doch die kleine Helena!

Nein, besann er sich einen kurzen Moment später. Helena war schon seit mehr als fünfzehn Jahren tot. Der Anblick ihres blutigen Körpers, wie er dort – vom Pferd zertrampelt – auf der Straße lag, schoss wie ein Blitz durch seinen Kopf. Während sie darum kämpfte, Luft in ihre zerschmetterte Brust zu saugen, starrten ihre hellen Augen himmelwärts und ihr Mund bewegte sich, ohne Worte zu formen. Matthis konnte immer noch spüren, wie ihr Körper in seinen Armen allmählich erkaltete. Dabei starrten herzlose, stirnrunzelnde Gesichter auf ihn herab und ein Mann rief zu ihm herüber, er möge die Straße verlassen.

Das kleine Mädchen, das jetzt in der engen Seitengasse stand, erwiderte Matthis' Blick nicht. Stattdessen sah es ängstlich auf den kleinen Jungen, der wiederum auf den Bäcker und sein Brot starrte. Der verzweifelte Blick auf dem Gesicht des Jungen kam Matthis bekannt vor. Er wusste, was der Bub vorhatte. Zugleich war ihm klar, dass er sich nicht schnell genug durch die Menschenmenge drängeln konnte, um ihn davon abzuhalten.

Jetzt schoss der Junge um die Ecke und rannte auf den Bäcker zu. Dabei blieb er nahe an der Hauswand. Während der Bäcker zwei Gebäckstücke an eine Frau aushändigte und sie ihm eine Münze auf das Tablett legte, rannte der Junge an ihnen vorbei und schnappte sich ein Brötchen. Wahrscheinlich hatte er die Frau auf der anderen Seite des Bäckers nicht gesehen, die alles beobachtet hatte. Mit einer schnellen Bewegung griff sie nach seinem Nacken und mit der anderen nach seinem Arm. „Dieb!", schrie sie.

Der Junge ließ das Brötchen fallen und warf sein ganzes Gewicht in die entgegengesetzte Richtung, aber die Frau war zu stark für ihn. Ihr Griff blieb fest. Der Junge jaulte auf.

Von seiner Position aus sah Matthis, wie das Mädchen in der Seitenstraße die Hände vor das Gesicht schlug. Gleichzeitig begannen ihre Schultern zu beben. Obwohl sie den Jungen von ihrer Position aus kaum sehen konnte, hörte sie zweifellos, wie er die Frau anflehte, ihn laufen zu lassen.

„Ein paar Stunden am Pranger werden dir guttun, du kleiner Schurke." Die Frau verdrehte dem Jungen das Ohr. Obwohl sich sein Gesicht vor Schmerzen verzog, schrie er nicht auf.

Matthis löste sich aus der Menge und trat vor die Frau und ihren Gefangenen.

„Frau, entschuldigt", sagte Matthis und wartete, bis die Bäckersgemahlin zu ihm aufblickte. „Das Kind ist ohne sein Geld von zu Hause losgegangen. Darf ich Euch das hier für das Brötchen geben, das es auf den Boden geworfen hat?" Er hielt ihr zwei Münzen hin – genug, um vier von den Gebäckstücken zu bezahlen.

Als sie erst auf sein Geld und dann zurück in sein Gesicht blickte, verzogen sich die dunklen Wolken auf ihrem Gesicht.

„Ich bin sicher, dass es dem Buben leidtut." Matthis legte seine Hand auf die Schulter des Jungen und trat noch ein wenig näher an ihn heran.

„Ich schätze schon …", murmelte sie, „aber wenn er jetzt das Stehlen lernt, wird er sein Leben lang ein Dieb sein … nichts als ein Dieb." Sie ließ sich das Geld aushändigen, nahm drei weitere Brötchen vom Tablett ihres Mannes und gab sie Matthis.

„Ich danke Euch." Er nickte ihr zu, entfernte sich von ihr und zog den Jungen mit sich.

Als sie ein paar Schritte zurückgelegt hatten und der Junge auf das Brötchen in Matthis' Hand starrte, nahm dieser den Buben zur Seite und kniete sich hin, damit er ihm in die Augen sehen konnte. „Hier sind die Brötchen, aber stiehl nicht mehr. Das nächste Mal könntest du bestraft werden."

Der kleine Junge richtete sich zu seiner vollen Größe auf, straffte die Schultern und hob sein Kinn, als wollte er noch imposanter aussehen. „Ich habe keine Angst."

„Natürlich nicht. Aber deine kleine Schwester würde sich ganz schön fürchten, wenn man dich zum Marktplatz bringen und an den Pranger stellen würde."

Die Schultern des kleinen Jungen sackten nach unten. „Kann ich jetzt gehen?"

Als er den Ausdruck auf dem Gesicht des Buben sah, zog sich Matthis' Herz zusammen. „Hast du eine Mutter oder einen Vater?"

„Ich habe eine Mutter."

„Wo wohnst du?"

Der Junge zeigte in die Richtung, in der sich die Gasse befand. „Bei der Schwester meiner Mutter, aber sie sagt, dass sie uns nichts zu essen geben kann."

„Wenn du etwas zu essen brauchst, dann geh zum Haus des Försters. Weißt du, wo das ist?"

„Draußen vor den Toren der Stadt, im Wald des Markgrafen?"

„Genau dort wohne ich. Wenn ich nicht da bin, wird meine Mutter dir etwas zu essen geben."

In den Augen des Jungen lag eine Reife, die nicht seinem tatsächlichen Alter entsprach. Schließlich nickte er. Matthis begleitete ihn zurück zu seiner Schwester, der der Junge sogleich eins der Brötchen reichte. Gierig bissen sie in das ergatterte Gut, drehten sich um und machten sich Seite an Seite auf den Weg zurück durch die Gasse.

„Wartet." Matthis konnte es nicht aushalten, sie nur mit ein paar Brötchen ziehen zu lassen. Während er mit den Händen seine Taschen durchsuchte, fragte er: „Wie heißt du?"

„Martin."

„Martin, verlier das nicht." Er reichte ihm ein paar Münzen. „Kauf etwas zu essen für dich und deine Schwester."

Die Augen des Jungen leuchteten auf, ebenso wie seine Zähne, als er jetzt zu lächeln begann. „Danke." Dann griff er nach der Hand seiner Schwester und rannte davon.

Matthis wandte sich wieder in Richtung des Stadtzentrums und des Marktplatzes. Er blinzelte ein paarmal und versuchte auf diese Weise die Erinnerungen loszuwerden, die der Junge und seine kleine Schwester in ihm geweckt hatten. Die Klänge von Laute und Drehorgel sowie die Stimme eines Minnesängers, der ein vertrautes Lied sang, lockten ihn zu Musik und Tanz. Vielleicht konnte er dort vergessen, dass er einmal genauso arm, hungrig und verzweifelt gewesen war wie die beiden Kinder, die er gerade gesehen hatte.

Kapitel 2

Fronikas Freundin Anna hielt einen geflochtenen Wildblumenkranz in die Höhe. Dann setzte sie ihn Fronika auf den Kopf. „Jetzt bist du bereit für das Mittsommerfest."

„Denkst du nicht, dass ich allmählich zu alt dafür werde, mich zum Fest so anzuziehen wie die anderen unverheirateten Mädchen?"

„Natürlich nicht. Du bist doch unverheiratet, oder nicht? Du wirst das hübscheste Mädchen der ganzen Stadt sein."

Fronika nahm ihre Freundin in den Arm. „Und du die hübscheste verheiratete Frau."

Anna lachte. „Und die müdeste. Das Baby hat mich letzte Nacht dreimal aufgeweckt."

Die beiden Frauen standen im großen Raum im Erdgeschoss des Hauses, das Fronika mit ihrem Onkel bewohnte, und bewunderten einander. Fronika trug das leichte Überkleid aus weißem Leinen, das alle jungen Mädchen am Mittsommerabend anhatten. Im Gegensatz dazu trug Anna eine wunderschöne blaue Cotte mit abgeschrägten Seiten und einem dekorativen Gürtel.

Jetzt kam eines der Dienstmädchen die Treppe hinunter. Es hatte Lappen, Bürsten und Eimer dabei, mit denen es normalerweise die Böden der oberen Stockwerke reinigte.

Fronika fragte sich, ob sie ihren Bogen und ihre Pfeile versteckt hatte, bevor sie im Morgengrauen zu Bett gegangen war. Leider deutete das ungute Gefühl in ihrem Magen daraufhin, dass sie es vergessen hatte.

Angesichts dieser Sorge konnte Fronika ihr Lächeln nur mühsam aufrechterhalten. „Warte kurz", sagte sie und fasst ihre Freundin kurz am Arm. „Ich muss noch was erledigen."

Gleich darauf rannte Fronika eilig die Treppe hinauf in ihr Schlafzimmer, das sich im zweiten Stock befand. Dabei stieß sie beinahe mit ihrem Onkel zusammen. „Onkel Rutger. Ich habe dich gar nicht gesehen. Hat Ursel mein Zimmer schon gemacht?"

Er zuckte mit den Achseln. „Vielleicht. Sollte sie etwas für dich tun?"

„Nein, nein. Ich muss nur …" Ohne ihren Satz zu beenden, lief Fronika davon. In ihrem Zimmer angekommen, stellte sie fest, dass jemand die Bodenfliesen gewischt und das Bett gemacht hatte. Der alte Mantel, den sie benutzt hatte, um den Langbogen und die Pfeile darin einzuwickeln, lag gefaltet auf ihrem Bett.

Fronika hastete zu der Truhe an der Wand, zog das Bärenfell vom Deckel und hob ihn an. Unglücklicherweise waren weder ihr Langbogen noch ihre Pfeile in der Truhe. Erst als sie sich panisch umsah, fiel ihr Blick darauf. Langbogen und Pfeile lehnten in der Zimmerecke an der Wand. Hatte sie die Waffen wirklich so offen dort stehen lassen?

„Ist es das, was ich denke?"

Fronika wirbelte herum. Rutger stand im Türrahmen. Ihr Onkel war schlank und nur unwesentlich größer als sie selbst. Er hatte braune Haare, die allmählich schütter wurden.

„Oh. Ich habe dich gar nicht kommen hören." Fronikas Herz klopfte wie wild. Schnell eilte sie los, zog den Mantel vom Bett und lief damit zu der Ecke, wo der Langbogen und die Pfeile an der Wand lehnten. Anschließend wickelte sie die Waffen in den Mantel ein.

„Findest du nicht, dass es eine gute Idee gewesen wäre, die Sachen zu verstecken?", fragte Rutger und verzog die Mundwinkel.

„Doch, natürlich. Ich lasse sie sonst nie an einem Ort stehen, wo jeder sie sehen kann. Letzte Nacht muss ich sie vergessen haben." Ein wenig missmutig legte sie die Waffen in die Truhe zurück, klappte den Deckel zu und zog das Bärenfell darüber.

Dann schloss sie die Augen und atmete einmal tief durch. Ursel würde niemandem erzählen, dass Fronika einen Langbogen und Pfeile besaß, nicht wahr? Und selbst wenn sie das tat, würde niemand die Nichte eines angesehenen Kaufmanns der Wilderei verdächtigen … oder doch?

„Die Leute werden sich fragen, was Fronika Menkels mit einem Bogen und Pfeilen in ihrem Schlafzimmer macht. Man könnte meinen, du bist auf der Jagd nach einem Ehemann."

Fronika rollte mit den Augen.

„Jetzt mal im Ernst." Der Blick ihres Onkels verfinsterte sich. „Wenn der Förster des Markgrafen herausfindet …"

„Ich weiß", erwiderte Fronika sanft. Sie lebte in ständiger Angst vor dem Förster, dessen Aufgabe es war, Wilderer zu fassen und sie dem Markgrafen zur Bestrafung zu übergeben. Vorsichtshalber verschwieg sie ihrem Onkel, dass ihr letzte Nacht im Wald des Markgrafen ein Pfeil abhandengekommen war.

Anna rief von unten nach Fronika.

„Willst du, dass ich mit zum Fest gehe und mir die jungen Männer ansehe, die mit dir tanzen wollen?", fragte Rutger.

„Anna und Peter kommen mit. Ihre Mütter bleiben zu Hause bei den Kindern."

„Nun gut."

„Vielleicht solltest du mitkommen und dich selbst nach einer hübschen Frau umsehen", sagte Fronika und warf Rutger einen bedeutungsvollen Blick zu.

Ihr Onkel schüttelte den Kopf. „Eher nicht. Ich kann meine Zeit besser nutzen. Zum Beispiel um Geld zu verdienen, damit sich deine Mitgift erhöht. Andererseits … vielleicht sollte ich dich tatsächlich begleiten, um einen Ehemann aufzutreiben, der Gnade vor deinen Augen findet." Er fuchtelte mit dem Zeigefinger vor Fronikas Gesicht herum. „Die Männer von Dornbeck stehen bereits seit Jahren lärmend vor meiner Tür und betteln darum, dich heiraten zu dürfen. Es gibt kein anderes Mädchen in der Stadt, das so wählerisch ist wie du. Ich habe dir jeden wohlhabenden Mann von Dornbeck angeboten und du hast sie alle zurückgewiesen."

In der Hoffnung, schockiert auszusehen, öffnete Fronika ihren Mund. „Jeden hässlichen, fetten, *alten*" – sie hielt inne, um das Wort noch stärker zu betonen – „wohlhabenden Mann. Gibt es denn keine heiratswilligen Männer in Dornbeck, die noch jung sind und alle Zähne und keine haarigen Warzen auf der Nase haben?"

„Siehst du, wie wählerisch du bist?", fragte Rutger mit gespielter Entrüstung. „Wahrscheinlich wärst du mit einem gut aussehenden Mann auch dann zufrieden, wenn es ein armer Bauer wäre, der in einem kleinen Schuppen wohnt. Ich für meinen Teil glaube allerdings, dass du etwas Besseres verdienst. Du willst doch nicht, dass deine Kinder um Brot betteln müssen, oder?"

Fronika runzelte die Stirn. „Wer will schon einen armen Mann heiraten?", fragte sie und stemmte die Hände in die Hüften. „Ich frage mich nur, ob alle reichen Männer hässlich und alt sind …" Nachdenklich rieb sie ihr Kinn. „Ich hab's!", rief sie und hob erfreut die Hand. „Du solltest eine reiche Witwe heiraten. Dann kann sie uns alle unterstützen. Und ich müsste mich überhaupt nicht vermählen."

„Das ist eine sehr gute Idee. Sobald ich eine finde, heirate ich sie. Und wenn sie nicht will, wird sie geschwängert. Dann hat sie keine Wahl mehr."

„Du bist unmöglich", seufzte Fronika und versetzte ihrem Onkel einen spielerischen Knuff auf den Arm.

Rutger zwinkerte seiner Nichte noch einmal zu, dann verabschiedeten sie sich. Wie froh Fronika sein konnte, einen Onkel wie Rutger zu haben! Die meisten Vormunde hätten ihr keine Wahl gelassen und sie schon vor Jahren mit dem erstbesten reichen Mann verheiratet. Aber Rutger hatte sie immer nach ihrer Meinung gefragt.

Das Thema Ehe war nicht so einfach für sie. Wenn sie tatsächlich einmal heiraten sollte, dann würde sie nicht länger tun können, was sie wollte – nämlich Rotwild im Wald des Markgrafen jagen. Abgesehen davon hatte keiner der bisherigen Kandidaten Anklang bei ihr gefunden.

Schließlich ging Fronika zu Anna nach unten und gemeinsam wagten sie sich auf die überfüllten Straßen. Die Menschenmenge, die auf dem Weg zum Marktplatz war, erinnerte sie an einen Bienenschwarm.

„Von wem wirst du heute Nacht wohl träumen?", fragte Anna, als sie Arm in Arm an der großen Kirche, dem höchsten Gebäude der Stadt, vorbeigingen.

„Ich träume fast nie von angenehmen Dingen."

Anna warf ihr einen missbilligenden Blick zu.

„Aber heute werde ich ein Gebet sprechen – damit ich von einem gut aussehenden Ehemann träume."

Dieses Mal lächelte Anna zustimmend.

Auf dem großen Marktplatz mit dem Brunnen in der Mitte wimmelte es bereits von Menschen. An drei Tagen in der Woche wurden hier Stände aufgebaut und Waren verkauft. Aber jetzt war eine Tanzveranstaltung in vollem Gange. Das Wetter war perfekt und die Sonne gerade hinter den drei- und vierstöckigen Gebäuden verschwunden, die den Marktplatz umgaben.

Jongleure warfen bunte Bälle in die Luft und ließen sie beständig umherkreisen. Einige Meter davon entfernt spielte ein junger Mann auf der Flöte und tanzte dazu. Überall priesen Verkäufer lautstark ihre Waren an. Sie drängten in die Mitte des Platzes, wurden jedoch von den Stadtknechten auf Abstand gehalten, damit die Leute Platz zum Tanzen hatten.

Die Minnesänger und ihre Musiker befanden sich im oberen Teil des Marktplatzes und sangen bereits ein altbekanntes Liebeslied. Eine Tenorstimme war besonders gut herauszuhören:

Du bist mein, ich bin dein,
da kannst du dir ganz sicher sein.
Eingeschlossen habe ich dich
in meinem Herzen ewiglich,
verloren ist das Schlüsselein,
so bleibest du auf immer mein.

Bei diesen Worten rümpfte Fronika die Nase. Sie gestand es sich nicht gerne ein, aber insgeheim hoffte sie doch, dass eines Tages jemand kommen würde, den sie gern „ewiglich in ihrem Herzen einschließen“ würde. Aber wenn er nicht wohlhabend wäre und auch nicht bereit, den Armen zu helfen, dann würde sie wohl weiterhin in den Wald gehen und wildern müssen – so lange jedenfalls, bis sie zu alt dafür wäre, einen Bogen zu spannen.

Suchend ließ sie den Blick über die Menschen hinwegwandern, bis ihr Blick bei Peter, Annas Mann, hängen blieb. Er stand am Brunnen in der Mitte des mit Kopfsteinpflaster befestigten Marktplatzes und wartete auf die beiden. Als sich ihre Blicke trafen, hob er die Hand und winkte ihnen zu.

Aus den Augenwinkeln bemerkte Fronika einen Mann, der sich einen Weg durch das dichte Gedränge bahnte. Er war auffallend gut gekleidet und hielt auf sie zu. Georg Papendorf, der Sohn des Bürgermeisters, widmete Fronika bei jeder Gelegenheit seine Aufmerksamkeit. Rutger hielt Fronika schon lange Vorträge darüber, wie gut er als Ehemann geeignet wäre.

Als der junge Mann Fronika und Anna erreichte, verbeugte er sich. „Ihr hübschen Mädchen, würdet ihr mir die Ehre erweisen, an diesem Mittsommerabend mit mir zu tanzen?“

„Ich fürchte, wir können nicht beide mit Euch tanzen“, sagte Fronika und hob spöttisch die Augenbrauen. „Zumindest nicht gleichzeitig. Abgesehen davon ist meine Freundin zwar hübsch, aber längst verheiratet.“

Anna nickte. „Das stimmt. Und mein Mann ist auf dem Weg hierher.“

„Ich würde trotzdem mit Euch tanzen“, sagte Georg, „doch käme es für mich natürlich nicht infrage, Euren Ehemann zu beleidigen oder eine edle Dame wie Euch dem Gerede der Leute auszusetzen.“

Gut gesprochen. Seine Worte und sein Benehmen waren genauso geschliffen, wie man es vom Sohn des Bürgermeisters erwarten würde.

Georg sah eigentlich nicht schlecht aus, das musste Fronika zugeben. Er hatte helle Haare und blaugraue Augen. „Aber ich wäre froh über die Gelegenheit, mit diesem wunderschönen Mädchen zu tanzen." Er verbeugte sich erneut vor Fronika.

„Es ist mir eine Freude, mit Euch zu tanzen", erwiderte Fronika und reichte ihm die Hand.

Als Georg sie ergriff und Fronika auf die Tanzfläche führte, fiel Fronikas Blick auf Rutger, der sich zu Anna und Peter gesellt hatte. Alle drei beäugten Georg.

Während des Tanzes war Georg ausgesprochen höflich. Er sprach über das Wetter und stellte Fronika ein paar persönliche Fragen. Als das Lied zu Ende war, begleitete er sie zurück zu Anna, Peter und Rutger. Dann entschuldigte er sich mit den Worten: „Ich bin sofort zurück."

Onkel Rutger beugte sich zu Fronika hinüber und sagte: „Mir scheint, dass Georg Papendorf immer noch genauso angetan von dir ist wie eh und je." Verstohlen zwinkerte er seiner Nichte zu. „Der älteste Sohn des Bürgermeisters – es hätte dich sehr viel schlechter treffen können."

„O ja", nickte Peter zustimmend und warf Fronika bedeutungsvolle Blicke zu. „Er ist sehr wohlhabend."

Bald kehrte Georg zurück. Als er sich Fronika zuwandte, begannen seine Augen zu leuchten. „Würdet Ihr mir die Ehre eines weiteren Tanzes erweisen?"

Fronika legte ihre Hand auf seinen Arm und erlaubte ihm, sie auf den Marktplatz zu führen, wo die Minnesänger Gereimtes vortrugen und Musiker spielten. Es war nicht verwunderlich, dass Rutger den Sohn des Bürgermeisters für einen würdigen Verehrer hielt. Schließlich sah er nicht nur ganz passabel aus, sondern war obendrein reich und gesellschaftlich angesehen. Dennoch … während sie sein Profil betrachtete, kam sie nicht umhin, sich zu fragen, welche Art von Mann er wohl war.

Kurz nachdem sie sich zum Tanz aufgestellt hatten, bemerkte Fronika einen äußerst gut aussehenden Mann, der auf sie zukam.

Matthis war auf dem Weg in die Mitte des Marktplatzes, als ein wunderschönes Mädchen seinen Blick gefangen nahm. Ohne Zweifel handelte es sich um die junge Frau, deren anmutige Silhouette und edlen Gesichtszüge ihn schon in der Kirche in den Bann gezogen hatten. Wieder fielen ihr die goldenen Haare in Locken über den Rücken, wurden jetzt jedoch nicht von einem Schleier bedeckt. Zu Matthis' Bedauern hielt sie kein Geringerer als Georg Papendorf zum Tanzen im Arm.

Das einzig Gute an diesem Anblick war, dass die junge Frau ein einfaches weißes Kleid und einen Kranz aus weißen Wildblumen auf dem Kopf trug. Beides deutete darauf hin, dass sie noch unverheiratet war. Wie konnte eine derart schöne Frau, die ganz offensichtlich älter als sechzehn oder siebzehn Jahre alt war, noch unverheiratet sein? Welchen Grund es auch immer gab, Matthis' Herz tat jedenfalls einen Freudensprung.

Obwohl ihr Gesicht heute von der frühabendlichen Sommersonne statt vom Kerzenlicht des Altars angestrahlt wurde, leuchtete es immer noch.

Auch Georg war offensichtlich sehr angetan von ihr, jedenfalls ließ er sie keinen Moment aus den Augen. Würde sie den ganzen Abend mit dem Sohn des Bürgermeisters tanzen? Dass er sie in einer solchen Menschenmenge wiedergefunden hatte, kam ihm wie ein Wink des Schicksals vor. Keinesfalls konnte er sich diese Gelegenheit entgehen lassen. In Anbetracht der Kleidung jedoch, die sie in der Kirche getragen hatte, musste sie die Tochter eines reichen Bürgers sein. Vielleicht wollte sie gar nicht mit ihm tanzen; schließlich gehörte er nicht wirklich in diese Gesellschaftsschicht.

Als das Stück zu Ende war, hielten die Tanzenden inne. Georg flüsterte dem Mädchen etwas ins Ohr. Sicher sagte er etwas sehr Charmantes. Schließlich war er genauso gut darin, schmeichelhafte Reden zu schwingen wie sein Vater.

Als die beiden an Matthis vorbeigingen, hielt er sich zurück. Er wollte sich der jungen Frau erst dann nähern, wenn Georg nicht mehr da war. Wenig später verbeugte sich Georg vor dem Mann, der das wunderschöne Mädchen schon in die Kirche begleitet hatte. Eine ganze Weile unterhielten sie sich.

Plötzlich rief jemand Matthis' Namen und er wandte sich um. Zwei Mädchen mit Blumenkränzen standen hinter ihm.

„Willst du nicht mit uns tanzen?", fragte die Rothaarige und lächelte verführerisch. „Man hat uns erzählt, du seist der Förster des Markgrafen. Stimmt das?"

Er hätte gern mit ihnen getanzt – wäre da nicht die Hoffnung gewesen, das blonde Fräulein mit den hellblauen Augen zu treffen.

„Ich bin in der Tat der Förster des Markgrafen."

„Dann komm." Die Brünette griff nach seiner Hand. „Tanz einmal mit mir und danach mit meiner Freundin."

Matthis ließ es zu, dass das kecke junge Mädchen ihn zu der Gruppe führte, die für das Lied einen Kreis gebildet hatte.

Als Matthis zu der lebhaften Musik tanzte, musste er sich davon abhalten, in der Menschenmenge nach dem hübschen Mädchen aus der Kirche zu suchen. Stattdessen versuchte er sich auf seine Partnerin zu konzentrieren. Nach dem Ende des Liedes tanzte er mit ihrer Freundin, dem rothaarigen Mädchen. Es stellte ihm ununterbrochen Fragen. Als die Tänze vorbei waren, entschuldigte er sich und versuchte, das mysteriöse Fräulein mit den blauen Augen wiederzufinden. Leider stand sie nicht mehr da, wo sie vorher gewesen war. Auch der Mann, den er für ihren Vater hielt, war verschwunden.

Dann sah er sie erneut an Georgs Seite.

Ohne groß darüber nachzudenken, trat er vor und reihte sich direkt neben der schönen jungen Frau in den Kreis der Tänzer ein. Während sie sich drehten und in die Hände klatschten, fing er ihren Blick auf und lächelte sie an. Ein paar Augenblicke später sah sie erneut in seine Richtung. Gleich darauf wiederholten sich die Tanzschritte und sie erwiderte sein Lächeln.

Aus dem Augenwinkel bemerkte Matthis, dass Georg ihm einen warnenden Blick zuwarf. Er tat jedoch so, als hätte er ihn nicht gesehen.

Als die Musik zu Ende war, stellte sich Matthis direkt vor die junge Frau. „Würdest du mir die Ehre des nächsten Tanzes erweisen?"

Wenn er ihr Lächeln richtig deutete, war sie nicht nur überrascht, sondern auch ein wenig erfreut. „Gern."

Georg lief rot an und seine Lippen wurden schmal. „Bis später." Er verbeugte sich vor dem Mädchen und ging davon. Gleichzeitig warf er Matthis böse Blicke zu. Dieser hingegen konzentrierte sich voll auf sein Gegenüber. „Ich bin Matthis Weidmann."

„Fronika Menkels."

„Fronika – das ist ein wunderschöner Name." Während er in ihre Augen sah, ließ er sich ihren Namen auf der Zunge zergehen.

Wenig später setzte die Musik wieder ein. Als alle ihren Nebenmann an den Händen fassten und auf diese Weise einen großen Kreis bildeten, begann Matthis' Herz höher zu schlagen. Er hielt Fronikas zarte Hand fest in seiner. Das junge Mädchen an seiner anderen Hand war nebensächlich.

Der Kreis bewegte sich zuerst zwei Schritte nach rechts, dann zwei nach links und zwei nach vorne. Anschließend klatschten alle zweimal in die Hände, traten wieder zwei Schritte zurück und nahmen ihre Ausgangsposition ein. Während die Musik schneller und schneller wurde, wiederholten sich die Schritte. Immer wenn es vorwärtsging und das Klatschen dran war, schrien die Tänzer auf. Dabei berührte Matthis' Schulter die von Fronika. Trotzdem versuchte er, sie nicht anzustarren. Die ganze Zeit über sah Fronika zu ihm auf, und als der Tanz dem Ende zuging, wurde die Schrittfolge beinahe zu schnell für die Tänzer. Fronika lachte.

„Ich sollte wieder zu meinem Onkel gehen", sagte sie ganz außer Atem, als der Tanz zu Ende war.

Der Mann war also ihr Onkel. Matthis hätte gern noch einmal mit ihr getanzt, aber er wollte nicht, dass sie sich unwohl fühlte. „Ich werde dich begleiten." Er hielt ihr seinen Arm hin und sie legte ihre Hand auf sein Handgelenk.

„Das ist mein Onkel, Rutger Menkels", sagte Fronika, als sie ihn erreichten.

„Verzeiht mir die Kühnheit, mit Eurer Nichte zu tanzen." Mit diesen Worten verbeugte sich Matthis vor Fronikas Onkel. „Ich bin Matthis Weidmannn und es war mir eine Ehre, mit der liebreizenden Fronika zu tanzen."

„In der Tat. Ich kenne kein Mädchen in Dornbeck, das so liebreizend ist wie sie." Rutgers schiefes Lächeln forderte ihn zu einer Antwort heraus.

„Ich ebenfalls nicht."

Rutger schien Matthis zu mustern. Da ihr Onkel jedoch keine Einwände gegen ihn vorbrachte, wandte er sich wieder an Fronika. „Es wäre mir eine Ehre, wenn du noch einmal mit mir tanzen würdest."

Fronika lächelte. „Mit Vergnügen."

Sogleich kehrten sie auf die Tanzfläche zurück, wo sich die Leute bereits auf das nächste Lied vorbereiteten. Dieses Mal war die Musik jedoch sehr viel langsamer. Auch wurde sie von lauten Trommelschlägen begleitet. Die Tänzer bildeten zwei Reihen, wobei die Männer sich den Frauen gegenüberstellten. Sie streckten ihre Hände aus und griffen nach denen ihrer Tanzpartnerinnen. Matthis nahm Fronikas weiche Hand in seine. Dann begannen die Positionswechsel. Die Tänzer traten aufeinander zu, schritten aneinander vorbei und drehten sich im Kreis. Da es auf dem Marktplatz immer voller wurde, war es beim Tanzen ziemlich eng. Während sie vor und zurück tanzten, berührten sich Matthis und Fronika immer wieder an der Schulter. Von Zeit zu Zeit stellten sie sich auch auf ihre Zehenspitzen und legten direkt über ihren Köpfen ihre Handflächen an die des jeweils anderen. Anschließend traten sie wieder zurück, änderten erneut ihre Position und drehten sich im Kreis.

Fronika war Matthis so nah, dass er ihre langen Wimpern hätte zählen können. Da sie dunkler waren als ihre Haare, bildeten sie einen starken Kontrast zu ihrer hellen Haut. Fronikas Wangen waren gerötet, sicher auch aufgrund der warmen Luft dieses Mittsommerabends. Der Anblick raubte Matthis den Atem. Er konnte einfach nicht aufhören, sie anzusehen.

Vielleicht wurde der Wunsch seiner Mutter doch noch erfüllt. Jedenfalls entfaltete dieser Mittsommerabend einen ganz besonderen Zauber.

Kapitel 3

Fronika hatte Matthis Weidmann noch nie zuvor gesehen. Auch ihr Onkel schien ihn nicht zu kennen. Er sah nicht unbedingt ärmlich aus, schien aber auch nicht aus der reichen Gesellschaftsschicht zu stammen, zu der ihr Onkel und Georg gehörten. Auf alle Fälle war er jung und attraktiv. Auch gefiel Fronika das zuvorkommende Benehmen, das er ihr gegenüber an den Tag legte. Seine dunkelblonden Haare reichten beinahe bis an seine Schultern. Obendrein waren sie voll und ein wenig lockig. Seine Augen waren eine Mischung aus Grün und Blau.

Sosehr sie auch die Aufmerksamkeit von Georg Papendorf genoss, der Ausdruck in Matthis' Augen gefiel ihr besser.

Als sie sich jetzt erneut auf ihre Zehenspitzen stellten, waren ihre Gesichter nur noch eine Handbreit voneinander entfernt. Dann entfernten sie sich wieder zwei Schritte voneinander. Sah er, dass ihre Wangen gerötet waren? Konnte er sich denken, dass es nicht an der Wärme und dem Tanz, sondern vielmehr an seiner Nähe lag?

Auf einmal schien ihn etwas zu irritieren. Jedenfalls starrte er auf das, was hinter Fronika vorging. Im nächsten Moment sprang er auch schon auf sie zu. Kurz darauf rammte etwas ihren Rücken und Fronika stolperte gegen Matthis' Brust. Schnell legte er schützend seinen Arm um sie und zog sie an die Seite.

Über Matthis' Schulter hinweg sah Fronika einen Mann, der mit einer Fackel an ihnen vorbeizog. Er wedelte mit der Flamme über seinem Kopf herum und bahnte sich einen Weg über den überfüllten Marktplatz. Eine kleine Gruppe betrunkener Männer mit geröteten Nasen begleitete ihn. „Zündet das Freudenfeuer an!", riefen sie. Jemand schrie auf, ein anderer fiel zu Boden und löste dadurch ein noch stärkeres Gedränge und Geschrei aus.

Matthis schirmte Fronika so lange gegen die ungestümen Männer ab, bis sie verschwunden waren. Dann sah er ihr besorgt in die Augen. „Geht es dir gut?“, wollte er wissen.

„Alles in Ordnung. Danke, dass du mich beschützt hast.“ Während sie noch von allen Seiten aufeinander zugeschoben wurden, hielt die Musik mitten im Lied inne. Einige der Tänzer protestierten lautstark gegen die Rufe und das Geschiebe, das ihren Tanz unterbrach.

„Nimm meinen Arm“, sagte Matthis rasch.

Fronika kam seiner Bitte nach und Matthis begann, einen Weg zu suchen, der an den Zechkumpanen vorbeiführte. Fronika roch jetzt den Wein und die Spirituosen, die diese Leute zu sich genommen hatten. Offensichtlich steuerten sie auf die andere Seite des Brunnens zu, wo das Holz für das Freudenfeuer aufgeschichtet worden war. Aber es war noch zu früh. Man zündete das Feuer erst an, wenn der Bürgermeister eine Rede gehalten und die Dunkelheit eingesetzt hatte.

Nur langsam kamen Fronika und Matthis voran. Nicht selten waren sie dazu gezwungen, einer Gruppe von Menschen den Vortritt zu lassen, die sich lärmend und lachend an ihnen vorbeidrängelten. Eine besonders wilde Bande entriss Matthis beinahe Fronikas Hand, sodass sie erschrak und stolperte. Schnell wandte Matthis sich um und versperrte ihnen den Weg. Dann legte er seinen Arm um ihre Schultern und führte sie von nun an neben sich weiter.

Matthis heftete seinen Blick fest auf die Menschenmenge und konzentrierte sich darauf, einen Ausweg aus dem Gewühl zu finden. Dadurch hatte Fronika die Möglichkeit, ihn aus dem Augenwinkel heimlich zu beobachten. Er hatte ein breites Kinn, einen ausgeprägten Unterkiefer und kräftige Wangenknochen, die einen starken Gegensatz zu dem sanften Ausdruck um seinen Mund und seine Augen herum bildeten. Wenn ihnen jemand zu nah kam, mahlte sein Unterkiefer und sein Griff um ihre Schulter verstärkte sich.

War ihm bewusst, dass sie ihn beobachtete?

Bald hatten sie die ausgelassenen Leute, die auf das Lagerfeuer zuhielten, hinter sich gelassen. Als Rutger, Anna und Peter auf sie zukamen, lockerte Matthis seinen Griff.

„Da seid ihr ja", sagte Rutger. „Ich hatte die Befürchtung, dass ihr unter die Raufbolde geraten sein könntet."

„Das sind wir auch. Aber Matthis hat auf mich achtgegeben." Fronika konnte nicht anders, als zu ihm aufzublicken. Die Art und Weise, mit der er sie ansah, brachte ihr Herz zum Stolpern.

Ihr Onkel richtete seine Aufmerksamkeit auf Matthis. „Ich bin Euch dankbar, dass Ihr Fronika beschützt habt. Jetzt, wo die Rüpel mit dem Lagerfeuer beschäftigt sind, fängt auch die Musik wieder an."

„Ich denke, dass ich jetzt wieder an der Reihe bin", sagte Georg und gesellte sich zu ihnen. „Fronika, würdet Ihr mir einen weiteren Tanz erlauben? Matthis wird sicher ein anderes Mädchen zum Tanzen finden." Eine gehörige Portion Verachtung schwang in seinem Tonfall mit.

Hieß das, dass Georg und Matthis einander kannten?

Matthis sah Fronika in die Augen. Es schien, als wolle er wissen, was ihre Meinung dazu war. Da sie keinen der beiden kränken wollte, fiel ihr nicht viel dazu ein.

„Ich danke dir für den Tanz", sagte Matthis und verbeugte sich vor ihr. „Vielleicht sehen wir uns wieder." Er lächelte noch, dann ging er davon.

Fronika sah ihm nach. Nachdenklich biss sie sich auf die Unterlippe.

Als sie sich umdrehte, sah sie, dass Anna sie mit großen Augen und hochgezogenen Brauen anstarrte. Anscheinend wollte sie wissen, wie sie über Georg und Matthis dachte. Es gab nicht den geringsten Zweifel daran, dass sie Anna noch heute alles bis ins letzte Detail erzählen musste.

Mehr und mehr Leute strömten jetzt in Richtung Lagerfeuer. Dadurch wurde der Teil des Marktplatzes, der dem Tanzen gewidmet war, ein bisschen leerer. Fronika tanzte mit Georg, ertappte sich jedoch dabei, wie sie immer wieder zu Matthis hinübersah, der sich mit einem hübschen rothaarigen Mädchen im Takt der Musik bewegte.

Als das Stück zu Ende war, beugte sich Georg zu Fronika. „Ihr tanzt so anmutig wie ein Schwan“, sagte er mit einem undurchschaubaren Lächeln.

„Danke. Das sagt Ihr wahrscheinlich zu jedem Mädchen, mit dem Ihr tanzt.“

„Nicht doch!“ Georg machte ein ernstes Gesicht und kam noch näher an sie heran. „Wenn mein Vater das nächste Fest ausrichtet, müsst Ihr zu uns nach Hause kommen. Schließlich seid Ihr die anmutigste Frau Dornbecks. Als solche müsst Ihr zu jeder Veranstaltung des Bürgermeisters kommen.“

Fronika lächelte. „Ich denke, ich sollte jetzt mit Matthis tanzen.“ Dann wandte sie sich ab, bevor Georg protestieren konnte.

Als Fronika sah, dass sich Matthis mit dem rothaarigen Mädchen unterhielt, wurde ihr schwer ums Herz. Würde er überhaupt noch einmal mit ihr tanzen wollen?

Jetzt schien sich Matthis von dem Mädchen zu verabschieden und drehte sich um. Ihre Blicke trafen sich. Da er einfach nur so dastand und zu ihr herübersah, fasste sie sich ein Herz und ging auf ihn zu.

Einer seiner Mundwinkel begann zu zucken. „Möchtest du gerne tanzen?“

„Ja!“ Als Fronika Matthis’ Hand nahm, versuchte sie, die angestaute Luft nicht allzu lautstark wieder auszuatmen. Noch nie hatte sie sich von einem Mann so stark angezogen gefühlt. Würde ihr Onkel ihn für würdig erachten? Es war ja nicht so, dass Matthis in Kürze um ihre Hand anhalten würde. Trotzdem konnte man sich diese Frage nie früh genug stellen.

Als der Tanz zu Ende war, drückte Matthis kurz ihre Hand. Anscheinend dachte er nicht daran, sie wieder loszulassen. „Hast du Durst?“

Fronika nickte. „Komm, wir holen uns ein bisschen Wasser.“ Sie wandte sich zu Anna und Peter um. „Wir gehen zum Brunnen und holen uns etwas zu trinken“, rief sie ihnen zu. „Wollt ihr mitkommen?“ Doch sie wartete nicht auf ihre Antwort, sondern drehte sich wieder um, legte ihre Hand auf Matthis’ Arm und begleitete ihn. Zu dumm, dass sie sich nicht traute, ihn nach seinem Beruf zu fragen. Womöglich würde er denken, dass sie auf diese Weise abschätzte, ob er heiratswürdig war. Oder schlimmer noch: Es würde sich herausstellen, dass Onkel Rutger ihn als Verehrer für ungeeignet hielt. Was konnte sie fragen, um ihn auf andere Weise zum Reden zu bringen?

Peter und Anna schlossen zu ihnen auf. „Ich bin Peter Voreken“, stellte Peter sich Matthis vor. „Wohnst du in der Stadt?“

„Im Dornbecker Wald. Ich bin der neue Förster des Markgrafen.“

Der neue Förster? Fronika wurde das Herz so schwer, dass es sich anfühlte, als würde es immer tiefer sinken, ganz bis in ihre Zehen. Es war schlimmer, als sie es befürchtet hatte. Viel schlimmer.

Dies war der Mann, der sie in den Kerker des Markgrafen bringen konnte.

Genau das hatte Matthis befürchtet. Als er Peter von seinem Beruf als Förster erzählt hatte, war das Lächeln auf dem Gesicht seines Gegenübers ins Wanken geraten. Peters Vater war ein wohlhabender Kaufmann und ein stadtbekannter Mann. Matthis hingegen hatte bei der großen Pestepidemie von 1348 seinen Vater verloren und war dadurch verarmt. Sein Adoptivvater hatte ihm beigebracht, wie man sich um Wildtiere kümmert und den Pflichten eines Forstgehilfen nachkommt. Matthis schämte sich seines Berufes nicht, auch wenn er immer noch nach Höherem strebte. Möglich war allerdings, dass es ein Fehler gewesen war, ein Auge auf Fronika Menkels zu werfen.

Er wagte einen Blick in ihre Richtung. Etwas, das Ähnlichkeit mit Angst hatte, huschte über ihr Gesicht. Auch ihr Lächeln wirkte nicht mehr echt. Es war nur natürlich, dass sie seinen Status für zu niedrig hielt. Aber warum hatte sie Angst vor ihm? Ihre Finger lösten sich bereits von seinem Arm. Matthis sollte ihr die Möglichkeit geben, sich schnell von ihm zu verabschieden, aber … er war noch nicht bereit dafür. Er würde erst gehen, wenn sie dies ausdrücklich wünschte.

„Förster", begann Peter. „Diese Position wird vom Markgrafen vergeben, nicht wahr?"

„So ist es."

„Hast du Wilderer gefasst?"

„Noch nicht. Aber ich betrachte die Verfolgung von Wilderern als meine oberste Pflicht."

Warum sah Fronika so blass aus?

„Ich habe noch nie mit dem Markgrafen gesprochen", fuhr Peter fort. „Ich nehme an, dass du ihn regelmäßig triffst."

„Ich erstatte ihm einmal die Woche Bericht, manchmal sogar häufiger."

„Du musst sehr beschäftigt sein. Der Dornbecker Wald ist sehr groß."

„Ich bilde zwei neue Forstgehilfen aus, also ja, ich habe sehr viel zu tun. Was machst du?"

„Ich helfe meinem Vater in seinem kaufmännischen Betrieb. Wir führen Waren aus dem Orient ein und verkaufen sie."

Die Sonne war inzwischen untergegangen und die Abenddämmerung hatte eingesetzt. Während sie am Brunnen standen und auf etwas zu trinken warteten, kamen mehr und mehr Leute. Die Warteschlange verschob sich, wodurch Peter und Anna von Matthis und Fronika getrennt wurden. Inmitten der Menschen genossen die beiden jetzt fast so etwas wie Zweisamkeit.

Fronika schien sich von dem, was sie beunruhigt hatte, erholt zu haben. „Was machst du sonst noch? Abgesehen von der Ausbildung der Forstgehilfen, meine ich."

„Bestimmt möchtest du nichts über meine langweilige Arbeit hören. Sie besteht ja doch nur darin, die Tiere des Dornbecker Waldes im Auge zu behalten. Ich möchte viel lieber etwas über dich erfahren. Was tust du so, wenn du nicht gerade auf dem Mittsommerfest bist und auf dem Marktplatz tanzen gehst?"

„Aha", machte Fronika. „Jetzt willst du das Gespräch also von dir weg und zu mir hinlenken, ja?" Sie zwinkerte ihm zu, so als würden sie ein Geheimnis miteinander teilen. „Es wird dich vielleicht wundern, aber ich gebe Kindern, die jenseits der Südmauer von Dornbeck wohnen, Unterricht im Lesen und Schreiben."

Er wandte den Kopf und sah sie überrascht an. „Das warst du? Vor ein paar Tagen habe ich gesehen, wie jemand die Kinder da draußen unterrichtet hat. Sie haben mit einem Stock auf der Erde herumgemalt."

„Ich habe ihnen Buchstaben beigebracht und jetzt lernen sie Wörter."

Matthis' Herz schlug schneller. In diesem wunderschönen Mädchen steckte mehr, als er gedacht hatte.

Fronika erfreute sich am Ausdruck in seinen blaugrünen Augen. Er hatte kein Problem damit, dass sie arme Waisenkinder unterrichtete. Trotzdem verzichtete sie darauf, ihm zu erzählen, dass sie ihnen manchmal sogar Nahrungsmittel brachte. Sie konnte den Gedanken einfach nicht ertragen, dass manche von ihnen den ganzen Tag nichts zu essen bekamen. Noch weniger konnte sie ihm erzählen, dass sie manchmal den halben Tag verschlief, weil sie ihre Nächte damit verbrachte, im Wald des Markgrafen zu wildern.

„Ich finde, das ist …", Matthis schluckte, „… eine richtig gute Sache."

Einer der Jungen hatte Fronika erzählt, dass der neue Förster ihm etwas zu essen gab, wenn er hinging und an die Tür des alten Forsthauses klopfte. War dieser Mann Matthis?

Die Stimmung trübte sich etwas. Machte die Erwähnung der armen Kinder Matthis traurig? Fronika beschloss, das Gesprächsthema zu wechseln. „Woher kennst du Georg?"

„Wir sind als Jungen zusammen zur Schule gegangen."

„Ich habe meinen Namen gehört", rief Georg von hinten.

Fronika drehte sich um. Sie wollte Georg in die Unterhaltung einbeziehen, doch Matthis schien nicht so viel Wert darauf zu legen.

Sie waren jetzt am Brunnen und kurz davor, Wasser zu bekommen.

„Wir haben uns darüber unterhalten, woher Ihr und Matthis Euch kennt."

„Oh, Matthis und ich kannten uns schon als Kinder. Einmal haben wir uns geprügelt. Wenn ich mich recht entsinne, ging es um etwas, das ich gesagt hatte. Matthis hat das ziemlich ernst genommen. Ich fürchte, er hat nicht denselben Humor wie ich."

„Was habt Ihr denn gesagt?", wollte Fronika wissen.

„Das ist schon viele Jahre her", erwiderte Georg. „Ich erinnere mich nicht. Höchstwahrscheinlich hat mich Ulrich Schinkel dazu herausgefordert, Matthis zu beleidigen."

„Ich erinnere mich schon." Mit düsterem Gesichtsausdruck trat Matthis vor, griff nach der Kupferkelle, die am Brunnen befestigt war, und schöpfte ein wenig von dem klaren Wasser. Dann reichte er Fronika die Kelle.

„Danke." Ihre Blicke trafen sich. Würde er ihr erzählen, worüber er sich mit Georg gestritten hatte? Während sie trank, sah sie ihn über den Rand der Kelle weiter an.

Georg griff nach einer anderen Kelle und holte sich selbst etwas zu trinken.

Da es den Eindruck machte, als würde Matthis nicht preisgeben, was geschehen war, sagte Georg: „Wir haben beide in der Dornbecker Jungenschule das Lesen und Schreiben gelernt. Allerdings sind wir sehr unterschiedlich … aufgewachsen."

Matthis warf Georg einen warnenden Blick zu. Daraufhin schüttelte Georg den Kopf. „Aber Matthis ist gut im Leben vorangekommen. Viel besser als …"

Vor lauter Spannung, was Georg sagen würde, hielt Fronika den Atem an. Schließlich beendete er den Satz mit den Worten: „… der alte Forstgehilfe, der ihn großgezogen hat."

Also war der alte Forstgehilfe nicht sein Vater? Matthis' Blick wurde noch eine Spur feindseliger.

„Und nun sind wir hier auf dem Marktplatz", fügte Georg

hinzu, „und tanzen beim Mittsommerfest mit demselben wunderschönen Mädchen."

„Wart ihr gute Schüler?", wollte Fronika wissen.

Georg wandte den Kopf. „Ich schon."

Matthis gab einen spöttischen Laut von sich.

Georg lachte. „Also gut. Ich war kein guter Schüler. Und benommen habe ich mich auch nicht besonders gut. Ich bin lieber draußen in der Sonne herumgerannt und habe gespielt. Matthis war ein sehr viel aufmerksamerer Schüler als ich."

„Ich war auch keine gute Schülerin", sagte Anna, die nicht weit von ihnen entfernt stand und das Gespräch verfolgt hatte. „Und das, obwohl mich meine Mutter dazu gezwungen hat, die Mädchenschule zu besuchen. Fronika hingegen, die ist eine Musterschülerin." Sie warf ihrer Freundin einen anerkennenden Blick zu. „Sie hat einen Hauslehrer, einen Mönch, der zweimal die Woche zu ihr kommt und ihr das Lesen und Schreiben in Latein und Französisch beibringt."

Obwohl sich die gesamte Aufmerksamkeit nun auf sie konzentrierte, zuckte Fronika nur mit den Achseln. „Mein Onkel hält mich bei Laune, auch wenn er nicht versteht, warum ich so gerne Unterricht nehme. Es macht mir Spaß, Sprachen zu erlernen und … andere Dinge." Sie würde ihnen verheimlichen, warum sie nicht mit Anna zur Mädchenschule gegangen war – und dass Bruder Philip sie in Theologie unterrichtete. Schließlich tat er das nur unter der Voraussetzung, dass sie es für sich behielt.

„Wollen wir noch mal tanzen?", fragte Peter, der neben seiner Frau stand. Mit diesen Worten scheuchte er sie alle zurück zum Tanz und zur Musik. Er konnte nicht wissen, wie viel Angst Fronika jetzt vor dem Mann hatte, der noch wenige Minuten zuvor eine enorme Anziehungskraft auf sie ausgeübt hatte. Am meisten fürchtete sie sich davor, was er tun konnte und würde, wenn er herausfand, dass sie die Tiere des Markgrafen wilderte. Schon der Gedanke, dass er sie ausliefern und in den Kerker des Markgrafen werfen lassen würde, jagte kalte Schauer über ihren Rücken.

Dennoch tanzten Fronika und Matthis zum nächsten, zum übernächsten und auch zum darauffolgenden Lied miteinander.

Vielleicht hätte sich Fronika von ihm verabschieden und mit jemand anderem tanzen sollen, aber Georg kehrte nicht zurück. Je länger sie mit Matthis tanzte, desto mehr konnte sie es wieder genießen und vergessen, dass er der Förster war.

Die beiden tanzten auch dann noch, als die Minnesänger näher an das Lagerfeuer herantraten. Inzwischen war es angezündet worden und loderte am anderen Ende des Marktplatzes. Gemeinsam beschlossen sie, dass sie keinen Wert darauf legten, sich in der Nähe der Betrunkenen aufzuhalten, die dort hinten feierten. Matthis hielt Fronikas Hand ein bisschen länger als nötig. Seine Berührungen ließen Fronikas Herz höher schlagen.

Sie atmete einmal tief durch. Wie konnte sie nur so verzückt von einem Mann sein, den sie gerade erst getroffen hatte? Hatte sie vergessen, was er ihr antun konnte? Sie musste den Verstand verloren haben.

Nun kam Onkel Rutger auf sie zu. „Wie schön, euch lachen und tanzen zu sehen! Es freut mich, dass ihr vier so ausgelassen miteinander feiert! Matthis, du musst übermorgen Abend zu uns nach Hause kommen. Fronika feiert ihren Geburtstag. Peter und Anna werden auch da sein."

Oh, ihr himmlischen Heiligen. Onkel Rutger durfte nicht erfahren, dass Matthis der Förster war.

Matthis willigte ein. Nachdem Ort und Zeit besprochen worden waren, kehrte der junge Mann zu Fronika zurück. „Bis dann."

Würde er ihre Hand küssen? Aber er lächelte nur, verbeugte sich und ging davon.

Während Peter und Onkel Rutger die Frauen nach Hause begleiteten, konnte Fronika nicht umhin, sich zu fragen, wie Peter, Anna und der gut aussehende junge Förster reagieren würden, wenn sie herausfänden, dass sie das Wild des Markgrafen wilderte und das Fleisch den Armen gab. Am schlimmsten war, dass Matthis' Adoptivvater, der alte Forstgehilfe, vor ein paar Jahren von einem Wilderer erschossen worden war. Würde er sie deshalb nicht zwangsläufig hassen?

Ihr Herz zog sich schmerzhaft zusammen. Da blieb nur eins: Sie durfte sich niemals erwischen lassen.

Kapitel 4

Vorsichtig bewegte sich Matthis durch das dichte Unterholz im Wildpark des Markgrafen. Er war sich sicher, dass das Dickicht, in dem er die beiden Hirschkälber gefunden hatte, ganz in der Nähe war. Einerseits war er neugierig, ob sie sich gut entwickelten, andererseits suchte er nach Anzeichen für Wölfe und Wildschweine. Beide waren seit vielen Jahren nicht mehr im Dornbecker Wald gesichtet worden. Trotzdem war es jederzeit möglich, dass sie auf der Suche nach Futter aus anderen Gegenden einwanderten. Wildschweine konnten hier ihre Lieblingsnahrung finden. Zudem waren Hirschkälber eine leichte Beute für Wölfe.

Während er das Unterholz durchforstete, gingen ihm die Ereignisse des letzten Abends durch den Kopf. Er hatte schon früher mit hübschen Mädchen getanzt, aber Fronika war anders. Sie war anmutig und wunderschön. Dennoch lagen in ihren Augen und Worten eine Klugheit und Kühnheit, die einen Gegensatz zu ihrem zurückhaltenden Benehmen bildeten. Es hatte ihn erfreut – und überrascht –, dass er zum Essen zu ihnen nach Hause eingeladen worden war.

Wenn Fronikas Onkel nur nicht so reich wäre.

Im Kindesalter hatten ihn Georg Papendorf und Ulrich Schinkel, der inzwischen die rechte Hand des Markgrafen war, niemals vergessen lassen, dass er nicht so viel Geld hatte wie sie. Und jetzt musste er feststellen, dass Fronika Georgs Aufmerksamkeit geweckt hatte … Das erschien ihm wie ein schlechtes Omen. Georg war ganz offensichtlich der perfekte Ehemann für eine Frau wie Fronika.

Fand Fronika ihn, Matthis, genauso anziehend wie er sie? Matthis wollte so gern glauben, dass der Ausdruck in ihren Augen und ihr Verhalten ihm gegenüber darauf hindeuteten. Es hatte wirklich den Eindruck gemacht, dass sie gern mit ihm zusammen gewesen war. Aber selbst wenn es so war – würde sie einen Förster heiraten?

Immer noch erinnerte er sich an diesen einen, ganz besonderen Moment. Fronika hatte ihn auf eine so liebliche Weise angelächelt, dass sein Herz einen Schlag ausgesetzt hatte. Die Erinnerung an dieses Lächeln wärmte ihn so sehr, dass er stehen blieb. Weshalb war er noch mal hergekommen? Ach, ja. Die Kälber.

Als er einen Busch zur Seite drückte, fiel sein Blick auf etwas, das auf dem Boden lag. Er beugte sich tiefer hinab und hob es ungläubig auf. Ein Pfeil!

Der Pfeil machte nicht den Eindruck, als hätte er schon lange hier gelegen. Auch hatte er keine Ähnlichkeit mit den Pfeilen des Markgrafen. Diese wurden von den Forstgehilfen hergestellt und hatten eine hellrote Feder am Ende, die das Wiederauffinden erleichterte. Die Befiederung seines Fundstücks war hingegen schneeweiß. Abgesehen davon ging der Markgraf nie ohne Matthis auf die Jagd und er war schon seit Wochen nicht mehr hierhergekommen.

Es gab nur eine Erklärung: Jemand wilderte die Tiere im Dornbecker Wald – oder versuchte es zumindest.

Den Pfeil in der Hand stand Matthis einfach nur so da und sah sich um. Dabei begann sein Herz zu rasen und eine große Anspannung ergriff von ihm Besitz.

Sein Vater war von einem Wilderer erschossen worden. War es wirklich erst vier Jahre her? Das schien eine lange Zeit zu sein. Und doch ertappte er sich des Öfteren dabei, dass er seinem Vater eine Frage stellen wollte. Sekunden später wurde ihm dann wieder bewusst, dass sein Vater nie wieder Fragen würde beantworten können. Dann überfiel ihn zum hundertsten Mal die Erinnerung an dessen Tod.

Nachdem er an jenem Tag den Wald durchsucht hatte, war Matthis zu dem Ergebnis gekommen, dass sein Vater den Wilderer auf frischer Tat ertappt haben musste. Der Wilderer hatte auf den Forstgehilfen geschossen, ihn jedoch verfehlt und dann so lange verfolgt, bis es ihm gelungen war, ihn zu töten. Es war Mord gewesen, schlicht und ergreifend Mord.

Und die Pfeile des Mörders hatten dieselben weißen Federn am Ende gehabt.

Die Wächter des Markgrafen hatten nach dem Täter gesucht, ihn aber nie gefunden. Matthis war damit beschäftigt gewesen, seine trauernde Mutter zu trösten und sich um die Beerdigung zu kümmern. Von seiner eigenen Trauer und dem Schock über den plötzlichen Tod seines Vaters einmal ganz zu schweigen. Er bedauerte es, sich nie selbst auf die Suche nach dem Wilderer gemacht zu haben. Allerdings hoffte er, dass er ihn mit Gottes Hilfe eines Tages finden und zur Rechenschaft ziehen würde.

Dieser neue Wilderer war vielleicht gar nicht neu, sondern derselbe Mann, der Matthis' Vater getötet hatte.

Er steckte den Pfeil zur Aufbewahrung in seinen eigenen Köcher. Da es sich um ein Beweisstück handelte, konnte er ihm vielleicht dabei helfen, den Mörder zu finden und ihm die Tat nachzuweisen. Selbst wenn dieser Wilderer nicht derselbe Mann war, der Matthis' Vater verfolgt und getötet hatte, musste er bestraft werden. Wildern war gefährlich und ein schweres Vergehen sowohl gegen den Markgrafen als auch gegen den König.

Matthis würde seiner Mutter nicht erzählen, dass wieder jemand wilderte. Es würde sie beunruhigen – ein weiterer Anreiz dafür, diesen Wilderer zu fassen und sicherzustellen, dass er nie wieder einen Bogen spannte.

Fronika war am helllichten Tag mit Pfeil und Bogen im Wildpark unterwegs, als der große Hirsch mit dem mächtigen Geweih vor ihr auftauchte. Ohne zu zögern, erlegte sie ihn mit einem gekonnten Schuss.

Plötzlich sprang Matthis hinter einem Baum hervor. Den erhobenen Bogen noch in der Hand, starrte sie ihn an. Obwohl sie weg-

laufen wollte, verweigerten ihre Füße ihr den Dienst. Matthis packte sie so fest, dass ihr die Arme wehtaten.

„Es wird dir noch leidtun, dass du diese Markgrafschaft durchkreuzt hast", zischte er ihr zu und zerrte sie durch den Wald. Da sie ihre Schuhe verloren hatte, kratzte sie sich die Füße an Stöcken und Steinen auf.

Zuerst brachte er sie ins Schloss des Markgrafen, dann warf er sie in den darunterliegenden Kerker. Als das knarrende Geräusch ertönte, mit dem der metallene Schlüssel im Schloss herumgedreht wurde, wusste sie, dass sie gefangen war.

Wenig später saß Fronika auf dem feuchten Steinfußboden und die Kälte griff mit eisigen Klauen nach ihr. Obendrein war sie ganz allein und sehr hungrig. Ihr Magen knurrte laut – wie damals, als ihre Mutter und ihr Vater gestorben waren und sie kein Essen gehabt hatte. Beinahe die halbe Bevölkerung der Stadt Dornbeck war in weniger als einem Jahr an einer furchtbaren Krankheit zugrunde gegangen. Die Erkrankung hatte den Körper ihrer Opfer völlig zerstört und – manchmal nur einen Tag nach ihrem Ausbruch – zum Tode geführt. Obwohl sie damals erst fünf Jahre alt gewesen war, erinnerte sie sich jetzt im Kerker an die schreckliche Leere in Herz und Magen, als sei es erst gestern gewesen. Genau wie damals hatte sie das furchtbar beklemmende Gefühl, von allen verlassen worden zu sein.

Fronika zitterte am ganzen Körper und schlang ihre Arme um die Knie, die sie in dem Versuch, sich ein wenig zu wärmen, ganz nah an ihren Körper gezogen hatte. „Matthis?", rief sie mit erstickter Stimme, bekam aber keine Antwort.

Mit kaltem Schweiß auf der Stirn schoss sie aus ihrem Bett in die Höhe.

Fronika hatte Anna erzählt, dass sie nur selten angenehme Träume hatte. Dennoch hätte sie wenigstens in der Mittsommernacht von etwas weniger Furchterregendem träumen können.

Am nächsten Tag kam Bruder Philip, um ihr Unterricht zu erteilen. Normalerweise genoss sie die Zeit mit ihm und die Möglichkeit, etwas zu lernen, aber heute konnte sie sich nicht konzentrieren. Immer wieder wanderten ihre Gedanken zu Matthis. Es hatte sich keine Gelegenheit ergeben, Rutger zu erzählen, wer Matthis war und ... dass er den Förster des Markgrafen zu ihrem Geburtstagsessen eingeladen hatte.

„Fronika, hörst du mir überhaupt zu?", fragte Bruder Philip jetzt und sah sie durchdringend an.

„Oh, verzeiht." Fronika blinzelte ein paarmal und konzentrierte sich auf das wettergegerbte Gesicht ihres Gegenübers. „Was habt Ihr gesagt?"

„Ich habe dir ein Stundenbuch aus der Bibliothek des Klosters mitgebracht. Ich riskiere allerhand, wenn ich es mit hierher bringe, daher solltest du ein bisschen aufmerksamer sein, wenn ich dir etwas darüber erzähle."

Es wäre ihr lieber gewesen, wenn er es ihr einfach zu lesen gegeben hätte. Musste er denn so viel reden?

Bruder Philip fuhr mit seinem Vortrag darüber fort, wie die verschiedenen Abschriften des Stundenbuchs voneinander abwichen und welche Unterschiede es zum Breviarium und dem Psalter gab. Als er die Buße erwähnte, erinnerte sich Fronika erneut an ihren Traum. Vor allem den Ausdruck auf Matthis' Gesicht konnte sie nicht vergessen. Zorn, Schmerz, Enttäuschung – sie konnte es nicht genau benennen, aber es verfolgte sie.

Vielleicht war es nicht richtig zu wildern? Als sie acht Jahre alt gewesen war, hatte sie einen einfachen Bogen und ein paar Pfeile gefertigt und ihren ersten Fasan erlegt. Noch heute erinnerte sie sich an die Schuldgefühle, die das bei ihr hervorgerufen hatte. Aber dann hatte sie das Fleisch mit zwei anderen Waisenkindern geteilt und ihre Schuldgefühle waren verschwunden.

Dennoch verstießen ihre Taten gegen das Gesetz.

Andererseits würden die Armen Hunger leiden, wenn sie ihnen nichts zu essen brachte. Tief in ihrem Herzen wusste sie, dass sie das Richtige tat, dass Gott sie für ihre Freundlichkeit gegenüber den Armen belohnen würde. Sagten die Mönche, die umherwanderten und Gottes Wort verkündigten, nicht dasselbe? Dass die reichen Machthaber wie der Markgraf von Dornbeck die Armen unterdrückten? Und sagte die Bibel nicht, dass Gott diejenigen bestrafen würde, die sich über die Bedürfnisse der Armen hinwegsetzten?

Es war dieser dumme Aberglaube. Anna hatte darauf bestanden, dass sie ihren Blumenkranz sowie ein Bündel Ringelblumen und Johanniskraut unter ihr Kissen legte, damit sie von ihrem zukünftigen Ehemann träumte. Aber der einzige Mann, von dem sie geträumt hatte, war Matthis Weidmann, der Förster. Und der hatte sie anschließend in den Kerker geworfen. Obwohl seine blaugrünen Augen ihr Herz zum Stolpern brachten, hatte der Traum ihr dabei geholfen, sich darüber klar zu werden, dass sie ihn niemals heiraten konnte.

Endlich holte Bruder Philip das Stundenbuch hervor. Er bestand darauf, dass sie ihre Hände mit einem sauberen Tuch abwischte, bevor er ihr erlaubte, es aufzuschlagen. Dass es das wert war, wurde ihr klar, als sie die wunderschönen Buchmalereien auf den Seiten sah. Farbenfroh gemalte Bilder von biblischen Szenen leuchteten ihr entgegen. Die Ränder einiger Seiten waren kunstvoll mit aufwendigen Blumen, Blättern und Weinreben verziert.

Vielleicht hätten die schönen Malereien sie dazu inspirieren sollen, sich aufs Neue der wunderbaren Schöpfung Gottes bewusst zu werden und ihm dafür zu danken. Stattdessen lenkten sie ihre Gedanken auf frühere Zeiten. Als sie noch klein gewesen war, hatte ihre Mutter hinter ihrem Haus einen wunderschönen Blumengarten gepflanzt.

Kurz darauf wanderten ihre Gedanken zu aktuelleren Themen. Wie viele Kinder würden heute wohl hungern, weil Fronika in der vergangenen Nacht nicht auf die Jagd gegangen war? In Anbetracht der Tatsache, dass zu viele feiernde Menschen den Wald durchstreift hatten, war dies einfach nicht möglich gewesen. Trotzdem hatte sie nicht sehr viel geschlafen, zumal sie mitten in der Nacht zitternd und mit dem beißenden Gestank von Ringelblumen in der Nase aus ihrem Traum erwacht war.

„Vergebt mir, Bruder Philip, aber ich bin heute zu müde zum Lernen."

Er runzelte die Stirn. „Du hast dich gestern Abend zweifellos zu vielen Nichtigkeiten hingegeben."

„Wenn Ihr glaubt, dass ich ins Stadtzentrum gegangen bin und mit Männern getanzt habe, die ich noch nie zuvor gesehen hatte, habt Ihr damit recht." Fronika konnte dem Impuls nicht widerstehen, etwas zu sagen, das den Mönch schockieren würde.

Sein Gesichtsausdruck spiegelte ein Entsetzen und eine Enttäuschung wider, die das, was sie hatte hervorrufen wollen, noch übertraf.

„Mein Onkel Rutger, meine Freundin Anna und ihr Ehemann waren die ganze Zeit über bei mir und es ist nichts Ungehöriges passiert. Die beiden Männer, die mit mir getanzt haben, waren sehr höflich und mein Onkel hatte nichts gegen sie einzuwenden."

„Hmm", machte Bruder Philip und verzog das Gesicht. „Junge Mädchen in deinem Alter sollten verheiratet oder irgendwo im Kloster sein."

„Wie alt bin ich deiner Meinung nach?"

„Dein Onkel hat mir gesagt, dass du zwanzig bist."

„In zwei Tagen werde ich einundzwanzig. Ist es anstößig, wenn ich mich in diesem Alter noch unverheiratet auf der Straße blicken lasse?" Der Gedanke ließ Fronika auflachen.

Bruder Philip zog die Augenbrauen hoch.

Fronika unterdrückte einen Seufzer – wie so häufig, wenn sie mit Bruder Philip zusammen war.

„Junge Frauen wie du begreifen einfach nicht, welche Versuchung sie darstellen", murmelte er und blickte angestrengt auf seinen Text.

Es war nicht das erste Mal, dass Fronika solche Worte hörte. Manchmal kamen sie von Bruder Philip, manchmal auch von anderen. Trotzdem ärgerten sie Fronika. „Ich werde mich bemühen, keine Versuchung darzustellen, Bruder Philip. Trotzdem denke ich, dass Ihr eher die Männer ins Gebet nehmen solltet. Ist es nicht in erster Linie ihre Schuld, wenn sie eine Versuchung in mir sehen?" Beinahe hätte sie ihm die Frage gestellt, ob sie zu Hause sitzen und darauf warten solle, dass ihr Onkel eine Heirat mit einem Fremden arrangierte. Das Problem war nur, dass er diese Frage mit Ja beantworten würde.

Bruder Philips wettergegerbte Wangen röteten sich. Dann atmete er einmal tief durch. „‚Also ist auch der Weg der Ehebrecherin; die verschlingt und wischt ihr Maul und spricht: Ich habe kein Böses getan.'"

„‚Die Missetat des Gottlosen wird ihn fangen'", zitierte Fronika nun ihrerseits, „‚und er wird mit dem Strick seiner Sünde gehalten werden.'"

Bruder Philips Augen verengten sich. „‚Denn die Lippen der Hure sind süß wie Honigseim'", knurrte er, „‚und ihre Kehle ist glatter als Öl, aber hernach bitter wie Wermut und scharf wie ein zweischneidiges Schwert.'"

„‚Den Reinen ist alles rein'", schoss Fronika zurück, „‚den Unreinen aber und Ungläubigen ist nichts rein, sondern unrein ist ihr Sinn sowohl als ihr Gewissen.'" Sie konnte sich das Grinsen nicht verkneifen.

Bruder Philip atmete scharf aus und erhob sich. „Es ist besser, wenn ich dich jetzt allein lasse. Der Unterricht, den ich dir erteile, führt ja doch nur zu Diskussionen und zum Verdrehen der Heiligen Schrift." Er streckte die Hand aus und griff nach dem Stundenbuch. Dann klappte er es geräuschvoll zu.

Fronika hatte vorgehabt, ihn zu fragen, ob sie das herrliche Buch behalten könne, bis er das nächste Mal zum Unterricht vorbeikommen würde. Nun aber biss sie sich auf die Zunge. Der Mönch war nicht in der Stimmung, ihr diesen Gefallen zu tun.

Sollte sie sich entschuldigen? Fronika hatte nur seine verzerrte Sicht auf die Schrift angefochten. Nein, was sie gesagt hatte, tat ihr nicht leid – ebenso wenig wie das, was sie getan hatte. Trotzdem wünschte sie, ihr Lehrer würde nicht verärgert das Haus verlassen.

Während Fronika Bruder Philip zur Tür begleitete, sprach niemand von beiden ein Wort. Dann wandte er sich ihr zu. „Ich werde übermorgen nicht wiederkommen. Dein Onkel wird mich davon überzeugen müssen, dass es dir leidtut, die Schrift dazu missbraucht zu haben, mit mir zu streiten. Wenn er glaubt, dass du dich wieder konzentrieren und von sinnlosen Gedanken fernhalten kannst, komme ich vielleicht zurück." Er machte ein finsteres Gesicht.

Fronika hatte hochrote Wangen. Er nahm ihr übel, dass sie ihn mit ihrer Bibelfestigkeit übertrumpft hatte. Wie lächerlich! Trotzdem wollte sie, dass er wiederkam. Sie hatte kein Exemplar der Heiligen Schrift und er brachte oft seine eigene mit, damit sie darin lesen konnte. Wenn sie wollte, dass er wiederkam, musste sie ihn besänftigen. „Natürlich", sagte sie und kaute auf der Innenseite ihrer Wange herum. Dann fügte sie mit einer artigen Verbeugung hinzu: „Verzeiht mir, Bruder Philip."

Der Ordensmann wandte sich um und verließ ohne ein weiteres Wort das Haus. Aber er würde zurückkommen. Schließlich liebte er das Essen, das der Koch ihm in diesem Haus servierte.

Sie würde Onkel Rutger zu ihm schicken, damit er ihn um Verzeihung bat und seinen verletzten Stolz heilte.

„Also … wer ist dein zukünftiger Ehemann?", fragte Anna später an diesem Nachmittag.

Ratlos sah Fronika sie an. Dann erinnerte sie sich daran, dass die gestrige Mittsommernacht dazu da war, von einem zukünftigen Ehemann zu träumen. Allerdings wollte sie ihrer Freundin nicht erzählen, dass sie tatsächlich von jemandem geträumt hatte. „Du weißt, dass das nicht funktioniert. Erinnerst du dich nicht daran, dass Irmele in der Mittsommernacht von einem Schweinehirten geträumt hat? Und dann hat sie den Sohn eines reichen Kaufmanns geheiratet."

„Findest du nicht, dass Matthis sehr gut aussieht? Hast du etwa nicht von ihm geträumt?" Anna hob vielsagend die Augenbrauen. „Oder hast du im Traum an Georg Papendorf gedacht?"

Die beiden saßen im Erdgeschoss und aßen reife Kirschen.

Anna beugte sich vor und spuckte einen Kirschkern in die Tonschale, die sich zwischen ihnen befand.

„Du weißt, dass Matthis Förster ist. Ich habe Onkel Rutger noch nicht davon erzählt, aber ich denke nicht, dass er einverstanden wäre. Er möchte, dass ich einen wohlhabenden Mann heirate."

„Aber er sieht gut aus", flüsterte Anna. „Und wie ihr euch gegenseitig in die Augen gestarrt habt … Ich dachte, dein Onkel könnte ihn vielleicht in seinen Betrieb aufnehmen."

Stimmte das? Hatten sie einander angestarrt? „Ich glaube nicht, dass Onkel Rutger so etwas tun würde. Seine drei letzten Schiffsladungen sind verloren gegangen, zwei davon auf See, die dritte durch Diebstahl. Er macht sich große Sorgen um seine Einnahmen." Ihr Magen zog sich zusammen. „Haben wir uns wirklich in die Augen gestarrt?"

„Mach dir keine Sorgen. Außer mir und Peter hat das wahrscheinlich niemand mitgekriegt."

„Hat er etwas gesagt?"

Anna nickte. „Obwohl Peter zu Hause unterrichtet wurde, wusste er etwas darüber, wie die anderen Jungen Matthis in der Schule behandelt haben. Er hat gesagt, dass einige der Buben ihn schikaniert haben, weil er arm war." Anna runzelte die Stirn.

Fronika wusste, wie es sich anfühlte, wenn man aufgrund seiner Armut drangsaliert wurde. Der Gedanke versetzte ihr einen Stich. Trotzdem konnte sie Anna nicht in dem Glauben lassen, dass eine Heirat zwischen ihr und Matthis möglich war. Wie dumm, dass sie Anna nicht den wahren Grund nennen konnte.

Anna nickte. „Das Verhalten deines Onkels hat mich überrascht. Warum hat er zugelassen, dass ihr miteinander tanzt? Eigentlich dürfte es keinen großen Unterschied machen, dass Matthis nicht mehr nur Forstgehilfe, sondern inzwischen Förster des Markgrafen ist."

Fronika hatte keinen Grund, ihrer Freundin zu widersprechen. Matthis kam nun einmal nicht als Kandidat in Betracht.

„Wenn ich deinem Onkel unrecht tue, bedaure ich es", sagte Anna.

„Nein, du hast recht. Es war seltsam, dass er Matthis erlaubt hat, mit mir zu tanzen“ – *vor allem, weil er mich festnehmen würde, wenn er wüsste, wer ich in Wirklichkeit bin* – „und dass er ihn zum Essen eingeladen hat, ist sogar noch seltsamer.“

„Aber er hat etwas … er wirkt gütig und bescheiden, aber bescheiden auf eine … beeindruckende Weise. Das klingt dumm, oder?“

„Nein, du beschreibst ihn sehr gut.“ Fronika erinnerte sich daran, wie Matthis seinen Arm um sie gelegt und sie durch die feiernde Meute geführt hatte. Dabei hatte sie sich so sicher gefühlt. Sie seufzte.

„Ich muss sagen, Fronika“ – Anna spuckte einen weiteren Kirschkern aus – „dass ich dich noch nie dabei ertappt habe, einen Mann so anzusehen, wie du Matthis gestern Abend angesehen hast. Es würde mich nicht überraschen, wenn du dich in ihn verliebst.“

„Ich kenne ihn kaum“, erwiderte Fronika und lachte, um ihr Unbehagen zu überspielen. „Daher solltest du so etwas nicht sagen.“

Matthis war nun wirklich der letzte Mann auf Erden, in den sie sich verlieben durfte.

Kapitel 5

Matthis marschierte den Schlossberg zu Schloss Dornbeck hinauf. Die Wache am Torhaus winkte ihn durch. An der Eingangstür sagte der Diener: „Ihr seid Matthis Weidmann, der Förster, nicht wahr?“

„Ja.“

„Der Markgraf wartet in der Bibliothek auf Euch. Folgt mir."

Der redegewandte Diener drehte sich um und ging den Flur entlang.

Matthis war immer ein wenig nervös, wenn er mit dem Markgrafen sprach. Auch jetzt spürte er, wie ihm der Schweiß den Rücken hinunterlief. Er musste dem Markgrafen erzählen, dass ein Wilderer im Dornbecker Wald sein Unwesen trieb. Bestimmt war er nicht gerade erfreut.

Der Diener führte Matthis in einen Raum, in dem die Fenster geöffnet waren. Der wolkenverhangene Himmel hatte den Grafen dazu veranlasst, Kerzen anzuzünden, die nun in Ständern aus Kupfer auf dem Schreibtisch von Markgraf Reinhart vor sich hin flackerten. Er selbst saß dahinter und starrte auf einige Papiere. Unglücklicherweise stand Ulrich Schinkel neben ihm.

Während der Markgraf Matthis zu mögen schien, konnte man das von seinem neuen Vogt nicht behaupten. Ulrich machte aus seiner Abneigung gegenüber Matthis keinen Hehl und Matthis dankte es ihm mit derselben Ablehnung. Nie würde er vergessen, wie arrogant sich Ulrich in ihrer Kindheit benommen hatte. Als Sohn des Vogts hatte sich Ulrich damals oft damit gebrüstet, dass er eines Tages seinen Platz einnehmen würde. Und letztlich war es so gekommen.

Als der Markgraf zu ihm aufblickte, trat Matthis in den Schein der Kerzen.

Markgraf Reinhart, auch bekannt unter dem Namen Fürst von Dornbeck, war nicht viel älter als Matthis. Er war der neue Markgraf geworden, als sein älterer Bruder im Jahr zuvor bei einem Feuer im Westflügel des Schlosses zu Tode gekommen war. Er hatte dichte dunkle Haare und Augenbrauen. Mit seinen breiten, muskulösen Schultern und seiner beeindruckenden Größe war er genau die Art von Mann, die man sich als ritterlichen Beschützer wünschen würde. Aufgrund seines Titels als Markgraf war er sogar noch Respekt einflößender.

Die Stirn des Markgrafen war zerfurcht, so als würde er sich konzentrieren. „Matthis", grüßte er ihn. Dann winkte er ihn näher.

Der junge Förster trat an den Schreibtisch heran. Dabei tat er sein Bestes, um Ulrich zu ignorieren. Trotzdem sah er aus dem Augenwinkel, wie der Vogt ihn musterte.

„Erstatte mir Bericht über den Wildpark", begann der Markgraf. „Gibt es irgendwelche Probleme?"

„Fürst von Dornbeck", sagte Matthis und verbeugte sich. Er hatte beschlossen, mit den guten Neuigkeiten zu beginnen. „Das milde Wetter hat viele neue Fasanenküken schlüpfen lassen. Auch die Hasenpopulation ist stark gestiegen. Eigentlich wäre es am besten, mein Herr, wenn Ihr den Forstgehilfen erlauben würdet, Fallen zu stellen, um ein paar Hasen für Eure Speisekammer zu fangen ... Wenn es zu viele sind, könnten die Tiere dürr und kränklich werden und neue Raubtiere wie Wölfe in den Wildpark locken."

„Dann tu das, bitte. Lass die Forstgehilfen so viele Fallen stellen, wie du für nötig hältst." Er wandte sich an seinen Vogt. „Ulrich, sag dem Koch, dass er sich darauf vorbereiten soll, in den nächsten Tagen Schmortöpfe und Aufläufe mit Hasenfleisch zu kochen."

„Für Euch, mein Herr, oder für Eure Diener?" Es schien, als würde die Aussicht auf Hasenfleisch keine große Begeisterung bei Ulrich wecken. Jedenfalls sah sein ohnehin schon verkniffenes Gesicht noch verkniffener aus.

„Sowohl für meinen Tisch als auch für den der Diener."

„Ja, mein Herr." Auf Ulrichs Gesicht bildete sich ein Ausdruck von Resignation. Als er Matthis dabei ertappte, wie er ihn beobachtete, verfinsterte sich sein Blick noch mehr.

Der Markgraf sah erneut zu Matthis hinüber.

„Die Hirschkühe und ihre Kälber habe ich durchgezählt, mein Herr", fuhr Matthis fort. „Sie sind vollständig. Aber ich vermisse ein paar Hirsche. Auch habe ich einen Pfeil ohne Eure rote Befiederung gefunden. Darüber hinaus gab es Blutspuren auf dem Boden, die so aussahen, als hätte jemand versucht, sie mit Hilfe von Blättern zu verwischen. Es hat den Anschein, als sei ein Wilderer im Dornbecker Wald unterwegs."

Die Augen des Markgrafen verengten sich. „Ein Wilderer?", entgegnete er mit finsterer Miene.

„Ich fürchte es. Wenn Ihr es wünscht, könnte ich einen Aushang im Stadtzentrum machen. Wir könnten eine Belohnung für denjenigen aussetzen, der uns Informationen über den Wilderer liefert."

Der Vogt gab ein abfälliges Schnauben von sich. „Eine Belohnung? Denkst du nicht, dass du ein bisschen zu unbekümmert mit dem Geld des Markgrafen umgehst? Du bist doch nicht mal sicher, dass es einen Wilderer gibt."

Matthis' Gesicht begann zu glühen. Keinesfalls wollte er den Eindruck erwecken, dass er vorschnell Belohnungen aussetzte.

„Vielleicht sollten wir noch warten, bevor wir eine Belohnung aussetzen", sagte Fürst von Dornbeck. „Ich denke zwar, dass ein verloren gegangener Pfeil Beweis genug für einen Wilddieb ist, aber sieh dich erst einmal um und versuch, mehr Informationen über diesen Wilderer zu sammeln. Wilderei kann nicht toleriert werden. Der König selbst hat mir das Land, die Wälder und das Wild dieser Region anvertraut. Daher ist es meine Pflicht, dafür zu sorgen, dass all das gehegt und gepflegt wird." Er warf Matthis einen durchdringenden Blick zu. Kein Wunder, dass er den Ruf eines erbitterten Kämpfers genossen hatte, bevor er zum Gardehauptmann des Herzogs von Pommern und später zum Markgrafen von Dornbeck ernannt wurde.

„Ich vertraue dir die Aufgabe an, den Wilderer zu fassen."

„Ja, mein Herr. Ich werde ihn finden und dingfest machen."

Während das Dienstmädchen den frisch gereinigten Wandteppich wieder aufhängte, blickte Fronika auf die Gästeliste. Wäre sie auf der Suche nach einem wohlhabenden Ehemann, dann wäre diese Liste hervorragend geeignet. Ihr Onkel wollte, was das Beste für sie war. Obwohl er es niemals sagte, hatte Fronika den Verdacht, dass er eine bestimmte Absicht verfolgte. Er wollte, dass sie einen Ehemann fand und aufhörte zu wildern.

Der Bürgermeister selbst hatte Rutgers Einladung wegen einer anderen Verpflichtung ausgeschlagen, aber sein Sohn würde da sein. Der Vogt des Markgrafen würde ebenfalls kommen und auch Matthis' Name stand auf der Liste. Fronika war nicht sicher, ob sie begeistert oder entsetzt darüber sein sollte.

Vielleicht würde es ihr ja gelingen, kühl und berechnend damit umzugehen. In diesem Fall konnte sie ihre Freundschaft mit dem Förster als Gelegenheit sehen, ihn im Auge zu behalten und herauszufinden, ob er etwas über ihr Wildern wusste – und wenn ja, wie viel.

Jetzt erschien Onkel Rutger im Türrahmen.

Als er auf Fronika zukam, lächelte sie. „Ich habe mir gerade die Gästeliste angesehen. Zuerst habe ich gedacht, du hättest jeden wohlhabenden Kaufmann und jeden wichtigen Amtsträger von Dornbeck eingeladen. Aber dann ist mir klar geworden, dass du nur die Unverheirateten eingeladen hast."

Er lachte leise. „Fronika, du bist so eine wunderschöne Frau und hast darüber hinaus herausragende Fähigkeiten, die sich ein wohlhabender Amtsträger bei seiner Frau nur wünschen kann. Ich könnte den Markgrafen selbst einladen und wäre immer noch der Meinung, er könnte keine bessere Entscheidung treffen, als um deine Hand anzuhalten."

Jetzt war es Fronika, die lachte. „Da hast du eine wirklich hübsche Rede gehalten. Ich danke dir."

„Bist du schon gespannt auf deine Geburtstagsfeier morgen Abend?"

„Natürlich. Aber ich muss dir etwas sagen."

„Ja?"

„Erinnerst du dich an den Mann, den du beim Mittsommerfest zu meiner Feier eingeladen hast?"

„Der, mit dem du den ganzen Abend getanzt hast?" Er zog eine Augenbraue hoch.

„Ich habe nicht den ganzen Abend mit ihm getanzt. Aber ja, Matthis Weidmann. Wie ich glaube, gibt es etwas, das du noch nicht über ihn weißt." Fronika sah zu ihrem Onkel auf. Wie würde er die Neuigkeiten aufnehmen? „Matthis ist … Er ist der Förster des Markgrafen."

Ihr Onkel starrte sie an. „Hast du gerade Förster gesagt? Warum hast du mit dem Förster des Markgrafen getanzt?", fragte er gedämpft.

„Ich wusste nicht, dass er der Förster ist." Sie kaute auf ihrer Unterlippe herum.

„Fronika, du hast mit dem Teufel getanzt und jetzt habe ich ihn zu uns nach Hause eingeladen." Sogar ihr humorvoller Onkel, der immer guter Dinge war, sah jetzt bestürzt aus. „Aber wir können ihn nicht wieder ausladen. Wir müssen höflich sein und darauf hoffen, dass er niemals herausfindet, was für eine grandiose Schützin du bist."

Nicht einmal jetzt gingen ihm die Scherze aus.

„Hab keine Angst, Fronika." Onkel Rutger schüttelte den Kopf. „Er würde dich niemals verdächtigen. Du bist meine Nichte, eine wunderschöne, anmutige junge Frau, die jeden Monat mindestens drei Heiratsanträge bekommt."

„So viele nun auch wieder nicht." Sie musste Rutger wegen seiner Übertreibungen ganz schön oft zurechtweisen.

„Mindestens zwei jeden Monat." Er gestikulierte mit seiner Hand. „Mach dir keine Sorgen. Du bist in Sicherheit. Du kannst seine Gesellschaft noch einen Abend lang genießen und dann wirst du ihn wahrscheinlich niemals wiedertreffen."

Fronika ging davon aus, dass er damit recht hatte. „Ich muss versuchen, in seiner Gegenwart keine Nervosität zu zeigen." Und ignorieren, wie schön seine Augen waren. Und wie tief seine Stimme. Und wie gern sie mit ihm redete.

„Der einzige Grund, weshalb ich ihn eingeladen habe, war die Art, wie du ihn angesehen hast. Ich hatte gehofft, er sei wohlhabender, als es den Anschein hat."

„Was meinst du mit ‚wie du ihn angesehen hast'?"

„Na, wie ihr euch angesehen habt. Dass er jung und gut aussehend ist, spielt allerdings keine Rolle. Du stehst gesellschaftlich über ihm. Er ist nur der Adoptivsohn des alten Forstgehilfen."

„Weißt du etwas über ihn?"

„Ja, schon. Wenn die Geschichten, die ich über den neuen Förster gehört habe, wahr sind, hat der alte Forstgehilfe ihn als kleinen Jungen auf dem Marktplatz gefunden. Da er weder Eltern noch eine Familie hatte, hat er ihn mit nach Hause genommen. Er und seine Frau haben ihn großgezogen. Die beiden haben ihn in die städtische Schule geschickt. Matthis muss den Markgrafen beeindruckt haben, sonst hätte er ihn sicher nicht zum Förster ernannt. Aber von morgen Abend an werde ich ihn nicht mehr zu irgendwelchen Feiern einladen. Nur so zur Sicherheit."

Das schien eine vernünftige Herangehensweise zu sein.

„Wie denkst du über Georg Papendorf? Er ist auch ein gut aussehender Mann, oder?"

„Ich denke schon. Und sein Status als Sohn des Bürgermeisters lässt ihn noch ein bisschen besser aussehen, oder?" Fronika zog herausfordernd die Augenbrauen hoch.

„Fragst du das oder stellst du das fest?"

Fronika lachte. „Seine Manieren sind sehr geschliffen, aber …"

„Er gefällt dir auch nicht? Zumindest ist er jung und du kannst nicht behaupten, dass ich dir schon wieder einen alten Mann andrehen will!"

„Es ist ja nicht so, dass ich irgendetwas gegen ihn hätte. Aber nach so kurzer Zeit kann man seinen wahren Charakter noch nicht einschätzen."

„Dabei kennst du ihn länger als Matthis. Aber nimm dir Zeit, um mehr über seinen Charakter zu erfahren. Alles, worum ich dich bitte, ist, dass du ihm nicht von vornherein einen Korb gibst. Denk an den Einfluss, den er auf die städtische Gesetzgebung haben könnte. Und daran, wie er dich dabei unterstützen könnte, den Armen von Dornbeck zu helfen. Sicher kannst du erkennen, welche Vorteile ein solches Bündnis hätte. Du könntest aufhören zu wildern und trotzdem die Armen versorgen." Er nickte vielsagend.

„Stimmt wohl." Fronika gab es nicht gerne zu, nicht einmal sich selbst gegenüber, aber Rutger hatte wahrscheinlich recht.

„Heute Nacht gehst du doch sicher nicht auf die Jagd, oder?"

„Doch! Nachdem ich wegen des Mittsommerfestes bereits zwei Nächte verloren habe, möchte ich nicht auch noch die dritte verpassen."

„Manchmal denke ich, dass du dir zu viel abverlangst."

„Es geht mir gut. Mach dir keine Sorgen."

Das Dienstmädchen kehrte zurück, um einen weiteren Wandbehang zu befestigen. Fronika musste sich auf die Jagd vorbereiten. Also gab sie Rutger einen flüchtigen Kuss auf die Wange und ging nach oben.

Obwohl ihr Onkel nur fünfzehn Jahre älter war als sie, war er ein guter Vormund. Sie konnte sich keinen besseren vorstellen. Wozu brauchte sie einen Ehemann? Sie war ihr eigener Herr und konnte tun und lassen, was sie wollte. Ein Ehemann würde ihr jedenfalls nicht erlauben, wildern zu gehen. Solange sie sich nicht erwischen ließ, konnte sie noch auf unabsehbare Zeit jagen gehen und das Fleisch an die Armen weiterreichen.

Kapitel 6

Matthis steuerte auf Rutgers Haus zu. Die Sonne warf noch immer ihr Licht über den Himmel, doch hatten die meisten Leute bereits ihr Tagwerk vollbracht und befanden sich auf dem Weg nach Hause.

Es überraschte ihn noch immer, dass er zu Fronikas Geburtstagsfeier eingeladen worden war. Wäre Fronika ein Mädchen, das Wert auf Reichtum, Macht und Status legte, würde sie sich niemals mit Matthis einlassen. Nicht, wenn Georg Papendorf zur Wahl stand. Es wäre also dumm, sich falsche Hoffnungen zu machen.

Ein junger Mann und eine junge Frau gingen in dieselbe Richtung wie Matthis. Als die Frau ihrem Begleiter ihr Gesicht zuwandte, lächelte er sie an. Daraufhin begann die Frau zu strahlen. Auch das Lächeln des Mannes verbreiterte sich und er legte seinen Arm um sie. Vertrauensvoll schmiegte sie sich an ihn. Dann küsste der Mann die Frau und sie setzten ihren Weg fort.

Solange er noch Forstgehilfe gewesen war, hatte Matthis Gedanken an eine Heirat vermieden. Aber jetzt, wo er das Pärchen sah, spürte er ein leichtes Ziehen in seiner Brust. Sollte er einmal heiraten, würden seine Frau und er dann genauso verliebt ineinander sein wie diese beiden?

Inzwischen war Matthis zum Förster ernannt worden und konnte sich eine Heirat leisten – jedenfalls konnte er eine Frau heiraten, die gewillt war, einen einfacheren Lebensstil zu pflegen als der, an den Fronika gewöhnt war.

Rutger Menkels' Haus war ein großes dreistöckiges Fachwerkgebäude, das nicht weit entfernt vom Marktplatz lag. Das Erdgeschoss war gemauert und weiß verputzt, die oberen Stockwerke ragten mit jeder Ebene ein bisschen weiter vor. Der Putz wechselte sich mit Holzbalken ab. In Kombination mit den gestreiften Fensterläden im Erdgeschoss verlieh dies dem Gebäude ein dekoratives Aussehen.

Als Matthis das Haus erreichte, waren die Fenster geöffnet und ließen die warme Abendluft herein. Dadurch konnte er Stimmen hören. Die Tür war ebenfalls offen. Da nirgendwo Dienstboten in Sicht waren, trat Matthis ein.

In einem wunderschönen blauen Kleid stand Fronika im großen Raum im Erdgeschoss. Das Haar fiel ihr über Schultern und Rücken. Es war von ein paar kleinen Zöpfen durchzogen. Gehalten wurden diese von passenden blauen Bändern. Fronika sprach mit Georg – oder hörte ihm vielmehr zu.

„Der alte Markgraf war ein guter Freund meines Vaters und sein ältester Sohn hat unsere Region bestens verwaltet, aber der neue Markgraf …" Georg schüttelte den Kopf. „Viele Leute vertrauen ihm nicht."

Als Fronikas Blick zur Eingangstür und damit zu Matthis wanderte, verbreiterte sich ihr Lächeln. „Matthis! Komm herein."

Sie signalisierte ihm, sich zu ihnen zu gesellen, trat ein Stück zur Seite und schuf auf diese Weise Platz zwischen sich und Georg.

„Matthis weiß sicher etwas über den neuen Markgrafen", sagte Georg und wandte sich Matthis zu. „Was hältst du von ihm?"

Matthis dachte einen Moment darüber nach, wie er Georgs Frage beantworten sollte. Fürst von Dornbeck hatte die Aufgabe, alle Leute der Gegend zu schützen, insbesondere vor Eindringlingen von außerhalb des Heiligen Römischen Reiches. Schließlich befanden sie sich sehr nah an der nordöstlichen Grenze. „Er ist ein guter und kompetenter Landesherr, genauso wie sein Vater und sein Bruder vor ihm."

Georg zog die Augenbrauen hoch. „Mein Vater sagt, er habe zwar eine Ausbildung zum Ritter absolviert, aber nie etwas anderes gemacht. Auch habe er erst vor Kurzem angefangen, die Kämpfer zu trainieren, die das Schloss verteidigen. Er kann doch gar nicht wissen, wie man die Stellung eines Markgrafen ausfüllt."

Fronika blickte von Georg zu Matthis.

„Fürst von Dornbeck ist ein fähiger Mann. Er hat alles gelernt, was notwendig ist, um seinen Pflichten nachzukommen."

„Das ist eine loyale Aussage, Matthis, aber was bringt dich dazu, das zu glauben? Hast du derart viel Vertrauen in seinen Vogt und ersten Ratgeber, unseren alten Freund Ulrich?"

Matthis zwang sich, nicht auf Georgs Seitenhieb einzugehen. Wusste er, dass Matthis befürchtete, der Vogt könne das Vertrauen des Markgrafen in seine Person erschüttern? „Fürst von Dornbeck ist, wie ich schon sagte, ein kompetenter Anführer."

„Kompetent." Georg zuckte mit den Schultern. „Vielleicht. Aber einige Leute stellen sich immer noch die Frage, ob er nicht etwas mit dem Tod seines Bruders zu tun hat. Ein Feuer im Westflügel? Soweit ich weiß, hat es noch nie ein Feuer im Schloss gegeben. Und das hier ist im Schlafzimmer des Markgrafen ausgebrochen."

Matthis hatte die Gerüchte gehört. Er hätte Georg wegen seiner Andeutung am liebsten zurechtgewiesen, unterdrückte jedoch seinen Ärger. „Woher willst du wissen, dass es im Schlafzimmer ausgebrochen ist? Falsche Gerüchte werden von Leuten in die Welt gesetzt, die gerne tratschen."

Georg zuckte erneut mit den Schultern und lächelte. „Dem kann ich nichts entgegensetzen."

„Außerdem wurde der derzeitige Markgraf bei dem Versuch, seinen Bruder aus dem Feuer zu retten, verletzt", fügte Matthis hinzu. „Als er versucht hat, seinen Bruder in Sicherheit zu bringen, ist das brennende Bett zusammengebrochen und auf seinem Fuß gelandet. Er humpelt immer noch."

„Jaaa", sagte Georg gedehnt. Es war unüberhörbar, dass er Matthis' Aussage bezweifelte.

Der Markgraf brauchte jetzt Hilfe, wenn er auf sein Pferd steigen wollte – eine Tatsache, die dem ehemaligen Ritter deutlich missfiel.

„Ich glaube, das Essen ist fertig", sagte Fronika gut gelaunt. Bestimmt war sie froh, die unangenehme Unterhaltung beenden zu können. „Sollen wir uns daran gütlich tun?"

Der Tisch war mit unterschiedlichsten Speisen beladen. Irgendwie landete Matthis auf einem Platz, der sich neben Fronika und gegenüber von Georg, Peter und Anna befand. Während sie aßen, schien Fronika das Gespräch bewusst auf angenehmere Themen zu lenken. Sie lächelte ununterbrochen und lachte beinahe genauso viel. Selbst der Klatsch über den Markgrafen konnte Matthis' Freude über den Abend kaum trüben.

Als Rutger aufstand und ankündigte, nun über Fronikas Tugenden zu sprechen, wurden alle still. „Vor mehr als fünfzehn Jahren starben die Eltern meiner wundervollen Nichte an der Großen Pest. Da ich im Orient war, dauerte es vier Jahre, bis ich davon erfuhr." Er blickte auf Fronika herab. „Fronika in meine Obhut zu nehmen und mit ihr in diesem Haus in Dornbeck zu leben, war das Beste, was mir je passieren konnte. Ich kann mir keine bessere Nichte vorstellen. Ohnehin ist sie eher eine Tochter für mich. Sie ist liebenswert, intelligent und niemals untätig – weder körperlich noch geistig. Der Mann, der sie davon überzeugen kann, ihn zu heiraten, wird ein echter Glückspilz sein."

Die Leute an den Tischen murmelten ihre Zustimmung, während Fronika errötete.

„Fronika macht mir große Freude – aber nicht nur mir, sondern auch allen anderen, die das Vorrecht haben, sie zu kennen. Darum bitte ich euch: Hebt mit mir die Gläser und trinkt auf meine Nichte Fronika Menkels."

Während sich Fronikas Gesichtsfarbe noch dunkler färbte, hob Matthis mit den anderen Gästen sein Glas. Kurz darauf lächelte sie und ließ ihren Blick kurz zu jedem in der Runde schweifen.

„Es ist ein wunderbarer Abend", sagte Matthis, als die Tischgespräche wieder einsetzten. „Dein Onkel scheint sehr viel von dir zu halten."

Mit einem feuchten Schimmer in den Augen blickte sie zu ihm. „Es ist ein großer Segen, ihn zum Vormund zu haben. Ich bin mir sicher, dass mir sonst niemand so viele ... Freiheiten einräumen würde. Und ja, es ist ein wunderbarer Abend. Ich hoffe, der Himmel ist klar, damit du heute Abend gut nach Hause kommst. Wie weit ist es?"

„Weniger als eine halbe Stunde."

„Lebst du allein?"

„Meine Mutter lebt bei mir."

„Tatsächlich. Ist sie bei guter Gesundheit?"

„Ja, für eine Frau ihres Alters." Er lächelte.

Fronika lächelte zurück. „Hast du Geschwister?"

„Ich hatte eine Schwester. Aber sie ist gestorben. Und durch die Große Pest bin ich genau wie du zum Waisen geworden. Als ich zehn Jahre alt war, nahm mich der alte Forstgehilfe mit nach Hause und er und seine Frau haben mich adoptiert. Meine Adoptivmutter konnte keine Kinder bekommen. Stattdessen hat sie den armen Kindern geholfen, die an ihre Tür kamen und nach etwas zu essen fragten."

Georgs Stimme unterbrach ihre Unterhaltung. „Ich habe mich schon gefragt, wann du Fronika ein bisschen von deiner Kindheit erzählst. Du weißt schon ... als du auf der Straße gelebt und fliegende Händler und Ladeninhaber bestohlen hast."

Was für ein Fiesling. Schon damals, als Matthis die Dornbecker Schule besucht hatte, hatte man ihn mit spöttischen Bemerkungen gequält. Die Pfarrer, denen die Schule unterstand, hatten die

Jungen manchmal zurechtgewiesen. Trotzdem war Matthis oft nichts anderes übrig geblieben, als sich nach Schulschluss mit den Fäusten zu verteidigen. Georg lachte, als sei das alles nur ein kleiner Scherz.

„Aber das ist schon lange her“, mischte Peter sich jetzt überraschend in die Unterhaltung ein. „Matthis hat sich gut gemacht und sogar den Markgrafen beeindruckt. Georg und ich hingegen, wir haben wenig getan, um uns von den anderen abzuheben – abgesehen davon, dass wir anstelle unserer Väter auf Feiern gegangen sind.“

Niemand sagte ein Wort. Schließlich brach Fronika das Schweigen. „Der Forstgehilfe und seine Frau scheinen gute Menschen zu sein.“ Sie sah in Georgs Richtung und hob dabei ein wenig den Kopf. „Ich bin sicher, dass es ein Segen für sie war, einen Sohn wie Matthis zu haben.“

Georg wandt sich, hatte aber trotzdem sofort eine Erwiderung parat. „Euer Onkel hat mir erzählt, dass Ihr eine mitfühlende Frau seid, die sich für die Armen einsetzt. Das ist eine bewundernswerte Eigenschaft.“

„Kinder verdienen es, freundlich behandelt zu werden, ganz egal, ob sie reich oder arm sind. Ein Kind kann sein eigenes Schicksal nicht beeinflussen.“

Georg nickte schwach. Er erinnerte Matthis an einen dieser Mirakelspieler, die auf den Kirchenstufen oder auf dem Marktplatz auftraten und eine Rolle spielten, um bei den Zuschauern eine Reaktion hervorzurufen.

Jetzt betraten ein paar Minnesänger den Raum, begannen zu spielen und gaben eine sanfte Ballade zum Besten. Dabei wurde der letzte Gang des Essens auf Servierplatten hereingetragen: Kuchen, der mit Äpfeln und Datteln belegt war. Außerdem gab es eine besondere Raffinesse in Form eines Schwanes, die den Gästen einen spontanen Applaus entlockte. Der Vogel war aufwendig gestaltet und bestand im Wesentlichen aus weißem Marzipan. Die schwarzen Augen erinnerten an Rosinen, der orange Schnabel sah aus wie ein Stück Karotte. Selbst die Federn waren sehr detailgetreu nachgebildet.

Fronika klatschte in die Hände und lehnte sich zu Matthis hinüber. Dabei leuchteten ihre Augen. „Mein Onkel weiß, dass ich Schwäne liebe. Er ist so wunderschön." Sie lächelte Rutger an, woraufhin dieser ihr zuzwinkerte.

Ein Diener gab ihnen beiden ein großes Stück Kuchen. Während die Minnesänger mit ihrem Lied fortfuhren, lehnte sich Fronika weiter zu Matthis hinüber. „Hoffentlich hat Georg nicht dafür gesorgt, dass du dich unwohl fühlst. Offenbar wart ihr als Kinder nicht gerade die besten Freunde." In dem von Kerzen erhellten Raum wirkte das Blau ihrer Augen noch intensiver.

„Wir sind jetzt erwachsen. Ich hoffe, dass er sich geändert hat."

Ein schelmisches Lächeln huschte über Fronikas Gesicht. „Du hast gesagt, dass ihr miteinander gekämpft habt. War das oft der Fall?"

„Ja, aber es sind immer drei oder vier seiner Freunde dazugekommen und haben ihn gerettet."

Wieder umspielte ein neckisches Lächeln ihre Lippen. „Hast du ihn jemals verprügelt?"

„Als ich das letzte Mal mit ihm gerauft habe, war er allein und ich habe ihm ein blaues Auge und eine aufgeplatzte Lippe verpasst. Danach verhielten sich Georg und seine Freunde ein bisschen … respektvoller."

Fronika stellte Matthis noch mehr persönliche Fragen. Allerdings hoffte er, dass sie vor gewissen Dingen haltmachen würde. Jedenfalls hatte er nicht den Wunsch, ihr alles zu erzählen, was er als Kind gesehen – und getan – hatte.

Als Förster des Markgrafen gehörte er nicht zu ihrer Gesellschaftsschicht. Sein Verstand sagte ihm, dass sie sich nicht für ihn interessieren sollte. Jedenfalls war nicht zu übersehen, dass die anderen Gäste hochwertigere Kleidung trugen als er selbst. Trotzdem sah sein Herz nur ihre mitfühlenden Augen, ihre liebenswürdigen Gesichtszüge und ihre unvergleichliche Schönheit.

Wenn er sich verbot, in ihre blauen Augen zu sehen, würde sein Kopf vielleicht nicht von seinem Herzen überwältigt werden. Einen Versuch war es wert, sonst würde er sich am Ende noch mit verletztem Stolz herumschlagen müssen – und mit einem gebrochenen Herzen.

Fronika blickte in Matthis' blaugrüne Augen und stellte sich vor, wie er als Kind allein auf der Straße gelebt hatte – gezwungen, sich gegen Fieslinge zur Wehr zu setzen. Wenn sie das Selbstbewusstsein in seinem Gang und seiner Körperhaltung sowie seine dunkelblonden Haare und seine Gesichtszüge betrachtete, wusste sie, dass Peter recht hatte: Matthis hatte sich erstaunlich gut gemacht. Die Tatsache, dass er ebenso ein Waisenkind war wie sie, ließ ihre Zuneigung ihm gegenüber zusätzlich wachsen.

Aber wenn er wüsste, was sie Nacht für Nacht tat, würde er sie festnehmen und in den Kerker werfen lassen. Der Traum, den sie in der Mittsommernacht von ihm gehabt hatte, kehrte auf das Lebhafteste zu ihr zurück.

Sie war kurz davor, ihm eine weitere Frage zu stellen, als die Minnesänger näher auf sie zuschlenderten und schließlich genau hinter ihrem Platz zum Stehen kamen. Jetzt war es nicht länger möglich, sich zu unterhalten.

Dann fiel Fronikas Blick auf Georg. Er hatte einen unübersehbaren Ausdruck von Hoffnung auf dem Gesicht. Da er nun mal der Sohn des Bürgermeisters war, wäre es vielleicht nicht verkehrt, eine Zeit lang mit ihm zu reden, bevor der Abend dem Ende zuging.

Als die Minnesänger ihr Lied beendet hatten, stand Rutger auf und verkündete, dass es Zeit zum Tanzen war. Ein aufgeregtes Gemurmel entstand und die Gäste erhoben sich von ihren Plätzen. Zugleich kamen die Dienstboten, um die auf Böcken stehenden Bänke und Tische abzubauen, an denen die Gäste gegessen hatten.

„Fronika", sagte Georg und beugte sich von hinten über ihre Schulter. Dadurch zwang er sie, sich zu ihm umzudrehen. „Ich habe mich so darauf gefreut, heute Abend mit Euch zu tanzen. Bekomme ich den ersten Tanz?“

Georgs helle Haut, Haare und Augen hoben sich angenehm von seiner leuchtend roten, hellgrünen und blassrosa Kleidung ab. Er nahm Fronikas Hand zwischen seine. „Ihr seid das hübscheste Mädchen, das meine Augen jemals erblickt haben. Ihr seid wie ein himmlisches Wesen, ein reines Mädchen, das vom Himmel auf die Erde gesandt wurde.“

Fronika lachte. Als sie jedoch den Eindruck gewann, dass er nicht erfreut über ihre Reaktion war, zwang sie sich dazu, das Lächeln von ihrem Gesicht zu verbannen und stattdessen dankbar auszusehen. „Ich danke Euch für Eure freundlichen Worte, Herr Papendorf. Euer großzügiges Lob hat mich überrascht. Ihr seid sehr poetisch.“

„Nenn mich doch bitte Georg. Und das war ziemlich poetisch, nicht wahr? Aber ich habe jedes einzelne Wort so gemeint.“ Er blickte tief in ihre Augen und hob dabei ihre Hand an seine Lippen.

Fronika entzog sie ihm jedoch. Dabei hoffte sie, dass sie nicht allzu angewidert aussah.

Die übereifrige Art, mit der er ihre Hand tätschelte, war ein bisschen befremdlich. Außerdem hätte sie viel lieber mit Matthis getanzt.

Fronika hatte nichts gegen Freundlichkeit, aber dieser Mann sah sie an, als würde er jeden Moment um ihre Hand anhalten. Selbst wenn sie sich vorstellen könnte, Georg zu heiraten, wusste sie noch lange nicht, ob er bereit wäre, sein Geld für die Armen einzusetzen.

„Das ist ein sehr ernster Gesichtsausdruck für eine Frau, die tanzt und sich dem Vergnügen hingibt“, sagte Georg, als der Tanz endete. Dadurch riss er Fronika aus ihren Überlegungen.

„Ich tendiere dazu, meine Gedanken schweifen zu lassen. Das hier ist eine sehr lebhafte Zusammenkunft, oder? Hast du meine Freundin Anna gesehen?“ Fronika sah sich um und entdeckte sie neben ihrem Mann. Anna sah heute Abend wunderschön aus.

„O ja. Sie ist Peter Vorekens Frau, nicht wahr? Ich muss sie um einen Tanz bitten." Georg beugte sich so weit vor, dass sie seinen Atem an ihrer Wange spürte. „Aber zuerst möchte ich noch einmal mit dir tanzen, Fronika."

Ein Mann näherte sich ihnen.

„Georg, willst du mich nicht diesem wunderschönen jungen Mädchen vorstellen?"

Georg warf Fronika ein bedauerndes Lächeln zu. „Fronika, das hier ist Ulrich Schinkel, der Vogt des Markgrafen. Ulrich, das hier ist Fronika Menkels, Nichte und Mündel von Rutger Menkels."

Der Fremde verschwendete keine Zeit. „Würdet ihr mir die Ehre eines Tanzes erweisen, schöne Frau?", fragte er.

Er war ein bedeutender Mann. Rutger wäre also erfreut. „Gern."

Während Fronika mit Ulrich Schinkel tanzte, bemerkte sie die Aura von Arroganz, die ihn umgab. Als der Tanz zu Ende war, sagte sie: „Ihr könnt mich zu meinem Onkel begleiten. Ich bin sicher, dass er sich gern mit Euch unterhalten würde."

Sie gingen zu Rutger hinüber. Da sich Peter und Anna auf die Tanzfläche begeben hatten, stand er allein da.

Nachdem Ulrich Rutger begrüßt hatte, fragte er: „Ist es zu viel verlangt, wenn ich euch darum bitte, noch einmal mit Eurer hübschen Nichte tanzen zu dürfen? Ich bin wirklich der Meinung, dass sie das anmutigste Mädchen von Dornbeck ist."

Die Tatsache, dass er nicht sie, sondern ihren Onkel fragte, ob er noch einmal mit ihr tanzen könne, gefiel Fronika überhaupt nicht. Aber Rutger lächelte, als sei er darüber sehr erfreut, und gab sein Einverständnis. Der Tanz mit Ulrich schien sich für Fronika endlos hinzuziehen.

Als er vorbei war, wollte Ulrich gerade etwas sagen, wurde jedoch von Matthis unterbrochen. „Entschuldigung", sagte der junge Förster und trat nah an die beiden heran. „Ich würde gern mit dem Geburtstagskind tanzen." Er nahm ihre Hand, als hätte sie bereits zugestimmt.

Ulrich warf Matthis einen finsteren Blick zu, doch Matthis

hatte nur Augen für Fronika. Als sie nickte, führte er sie davon. Sie gesellten sich zu anderen Tänzern, die einen Kreis gebildet hatten, der den gesamten Raum ausfüllte.

„Ich fürchte, dass dieser Ulrich wütend auf dich ist."

Matthis lächelte. „Er hat mich noch nie gemocht, auch nicht, als wir noch Kinder waren. Es stört mich nicht."

Wie dankbar Fronika war, vor Ulrich gerettet worden zu sein! Daher erlaubte sie sich, ganz im Tanz aufzugehen. Alle drehten sich, klatschten in die Hände, traten zur Seite und drehten sich aufs Neue.

Als sie sich umsah, konnte sie den Vogt nicht mehr sehen. Sie stellte sich vor, wie Matthis und Ulrich in Streit gerieten, genauso wie in ihrer Kindheit. Inzwischen waren sie jedoch erwachsen geworden und Fronika wollte nicht der Grund für Eifersucht oder Auseinandersetzungen zwischen ihnen sein.

Es schien ihr, als könnte sie nie wieder den Blick von Matthis und seinen blaugrünen Augen wenden. Er gab ihr das Gefühl, sicher und behütet zu sein. Soweit sie sich erinnerte, hatte sie dieses Gefühl noch bei niemand anderem gehabt. Das war seltsam – vor allem in Anbetracht seiner Position.

Als der Tanz zu Ende war, wandte sie sich ihm zu. Da er in dem überfüllten Raum dicht neben ihr stand, wirkte er sogar noch größer. Sie konnte die Bartstoppeln auf seinen Wangen und das kleine Grübchen auf seinem Kinn sehen. Als er den Kopf neigte, um ihre Worte besser hören zu können, setzte ihr Herz erst einen Schlag aus und schlug dann umso ungestümer weiter. „Ich werde mich jetzt einen Moment hinsetzen."

„Geht es dir nicht gut?"

„Ich bin nur ein wenig erschöpft." Fronika musste heute Nacht unbedingt wieder auf die Jagd gehen und daher mit ihren Kräften haushalten. „Du kannst gern weitertanzen, solange ich mich ausruhe." Sie ging zu einer Bank hinüber, die an der Wand stand und nicht besetzt war.

Matthis begleitete sie dorthin, dann wurde er von Rutger und ein paar anderen Männern, die offenbar mit ihm reden wollten, von dort weggerufen.

Fronika sah dabei zu, wie Peter Anna über die Tanzfläche wirbelte. Auch einige andere Pärchen nutzten die Musik und ließen keinen Tanz aus. Vielleicht hätte sie weitertanzen sollen, denn jetzt sah sie, wie sich alle anderen amüsierten. Mit wem konnte sie sich unterhalten? Sie sah sich um. Wo war Matthis?

Da. Er saß neben einem von Rutgers Freunden, einem Mann mit einer Knollennase, der ihm anscheinend eine Geschichte erzählte. Seine Augen waren fest auf Matthis' Gesicht gerichtet. Auch hatte er sich nach vorn gebeugt und drückte liebevoll einen Becher Wein an seine Brust.

Fronika fing Matthis' Blick auf. Er wirkte gelangweilt. Deshalb signalisierte sie ihm mit der Hand, zu ihr zu kommen, um ihr Gesellschaft zu leisten.

In diesem Moment lehnte sich sein Gesprächspartner zurück, rief einem vorbeigehenden Dienstboten etwas zu und streckte ihm seinen leeren Becher entgegen. Matthis ergriff die Gelegenheit, sich von ihm zu verabschieden, und eilte zu Fronika hinüber.

„Setz dich und unterhalte dich mit mir. Ich habe keine Lust mehr zu tanzen. Und jetzt, wo ich darüber nachdenke …" Eigentlich sollte sie das nicht tun, aber … „Würdest du mich nach draußen in unseren kleinen Garten begleiten? Es wäre so viel einfacher, sich dort zu unterhalten, ohne den Lärm."

Sogleich hielt Matthis ihr seinen Arm hin, woraufhin Fronika ihn ergriff und sich von ihm durch die Hintertür nach draußen begleiten ließ. Hoffentlich würde niemand darüber tratschen, dass sie sich allein im Garten aufhielten.

Kapitel 7

Der Abendhimmel war klar und die letzten Sonnenstrahlen tauchten den Garten in ein sanftes Licht. Glücklicherweise waren Matthis und Fronika nicht allein. Einige andere Leute schienen dieselbe Idee gehabt zu haben und schlenderten durch den Garten oder saßen auf einer der Bänke.

„Ich hoffe, dass du deinen Geburtstag genießt."

„O ja, das tue ich." Sie ging zu einer schmiedeeisernen Bank hinüber und setzte sich an ein Ende, sodass noch jede Menge Platz für Matthis übrig blieb. „Es war so laut da drinnen. Da dachte ich, es wäre besser, die Unterhaltung hier draußen fortzusetzen."

Matthis setzte sich nicht neben sie, sondern blieb stehen.

Vielleicht war das hier ein Fehler. Sie hatte die Sache nicht zu Ende gedacht. Wenn sie nicht mit ihm allein sein wollte – und sollte –, dann hätte sie ihn nicht bitten sollen, mit ihr in den Garten zu kommen. Plötzlich fiel ihr auf, wie sehr ihr Verhalten den anderen vermittelte, dass sie Matthis vorzog.

„Möchtest du wieder hineingehen?", fragte sie unsicher.

„Ist dir kalt?"

Sie schüttelte den Kopf.

Nun setzte sich Matthis doch ans andere Ende der Bank, bemüht, einen gebührenden Abstand zu Fronika zu wahren. „Erzähl mir etwas über dich. Ich weiß, dass du es liebst, armen Kindern Lesen und Schreiben beizubringen. Aber was magst du sonst noch?" Über seiner rechten Augenbraue lag eine dicke Locke seines blonden Haares. Die Schatten des Dämmerlichtes betonten das Grübchen auf seinem Kinn.

„Ich …" *Ich liebe die Jagd.* Aber das konnte sie ihm schlecht erzählen. „Ich lerne gern."

„Deine Freundin Anna hat erwähnt, dass du einen Lehrer hast. Was lernst du denn?“ Matthis streckte die Hand aus, riss ein Blatt von dem Busch hinter ihnen und starrte es nachdenklich an.

„Bruder Philip bringt mir meistens theologische Bücher mit. Wir führen manchmal ziemlich lebhafte Debatten, aber das musst du für dich behalten.“ Sie biss sich auf die Unterlippe. Würde Matthis etwas dagegen haben? Während sie darauf wartete, wie er auf ihr Geständnis reagieren würde, hörte beinahe ihr Herz auf zu schlagen.

Er streifte sie nur kurz mit seinem Blick. „Warum hältst du das geheim?“

„Die meisten Leute haben etwas gegen gebildete Frauen.“

„Ich hätte nicht gedacht, dass es dir etwas ausmacht, was die Leute denken. Manche Leute sind geistlos und behandeln Frauen nicht sehr gut, aber ich schätze, dass du so einen Menschen nicht sehr lange tolerieren würdest.“

Sie lächelten einander an. „Nein, das würde ich wahrscheinlich nicht.“

„Ich besitze einen Psalter und zwei der Evangelien“, verriet er ihr.

„Du hast Evangelien? Und sie gehören dir?“ Fronika fiel die Kinnlade herunter.

„Du kannst mich besuchen und sie lesen, wenn du möchtest.“

„Am liebsten würde ich die ganze Heilige Schrift besitzen. Ich habe einen Psalter und manchmal bringt Bruder Philip eine Ausgabe der Evangelien und eines anderen Buches der Bibel mit, damit ich darin lesen kann. Liest du sie sehr oft?“

Er nickte. „Ich lese gerne. Ich kann das Lukasevangelium beinahe auswendig.“

„Was machst du sonst noch gerne?“

Er schien kurz davor zu sein, etwas zu sagen, hielt dann jedoch inne und starrte auf das Blatt in seinen Händen.

„Was denn? Ich habe dir mein Geheimnis auch erzählt.“ *Zumindest eines davon.* „Jetzt musst du mir deins erzählen.“

Matthis atmete in einer Weise aus, die den Eindruck erweckte, als würde er über sich selbst lachen. Dann drehte er sich um und streckte ihr seinen Zeigefinger entgegen. „Du musst mir versprechen, niemandem davon zu erzählen."

„Ich verspreche es. Jetzt sag." Für den Fall, dass er flüstern wollte, beugte sie sich zu ihm hinüber.

„Ich … schreibe gern."

„Schreiben? Was schreibst du?" Sie hielt den Atem an.

„Vieles."

„Sag es mir."

„Geschichten. Gedichte." Er wagte immer noch nicht, sie anzusehen.

„Oh, ich würde sie gern lesen! Willst du sie mir nicht zeigen?"

„Einige sind für Kinder. Ich lasse sie nie jemanden lesen."

„Du solltest kommen und sie meinen Kindern vorlesen! Den armen Kindern, die ich unterrichte, meine ich." Sie senkte die Stimme. „Wirklich, das musst du. Sie würden es über alles lieben. Ganz bestimmt!"

Matthis zuckte mit den Schultern und wandte den Kopf. „Ich weiß nicht."

„Du musst. Morgen Nachmittag, an der Südmauer. Bitte, Matthis." Es hörte sich gut an, wenn sie seinen Namen aussprach. Fast kam es ihm so vor, als wären sie alte Freunde, so freundlich und vertraut klang es.

Matthis antwortete nicht.

„Du hast doch keine Angst, oder?" Männer hassten es, wenn jemand glaubte, dass sie sich vor etwas fürchteten.

„Soll ich dir die Wahrheit sagen? Ja, ich habe Angst."

Fronika lachte über die unerwartete Antwort. „Aber warum?"

„Vielleicht komme ich tatsächlich. Solange nur die Kinder zuhören."

„Nur die Kinder. Und ich."

„Und nur, wenn du mir versprichst, nicht über mich zu lachen."

„Ich würde niemals lachen."

„Doch, das würdest du – wenn die Gedichte furchtbar schlecht wären."

„Wenn sie das wären, würde ich vielleicht lachen. Aber sie sind es nicht."

„Jetzt bist du dran und musst mir ein peinliches Geheimnis erzählen. Schließlich habe ich dir auch eins erzählt." Er sah aus dem Augenwinkel zu ihr hinüber, fuhr dabei aber fort, das Blatt in seinen Händen zu halten.

„Ein peinliches Geheimnis? Ich weiß nicht, ob es peinlich ist, aber … in Anbetracht dessen, was Georg über deine Kindheit erzählt hat, kann ich dir sagen, dass ich nach dem Tod meiner Mutter und meines Vaters mittellos war. Als ich fünf Jahre alt war, nahm eine Nachbarin mich bei sich auf, aber sie ließ mich den Fußboden schrubben und hat mir kaum etwas zu essen gegeben. Vier Jahre vergingen, bis Onkel Rutger kam und mich holte. Und solange ich bei ihnen war, durfte ich nie zur Schule gehen."

Fronika beschloss, ihm nicht zu erzählen, dass sie einen großen Teil ihrer Zeit damit verbracht hatte, um Essen zu betteln. Erst später hatte ein Bauernjunge Mitleid mit ihr gehabt und ihr gezeigt, wie man einen Bogen und ein paar Pfeile herstellte. Sie hatte sich selbst beigebracht, wie man Fasanen schoss, und dabei festgestellt, dass sie ziemlich gut darin war. In der Lage zu sein, Nahrung für sich selbst und für ein paar der anderen armen Waisenkinder in der Stadt zu beschaffen, hatte ihr ein Gefühl von Stärke vermittelt. Und stark hatte sie sich bis dahin noch nie gefühlt.

Nachdem sie zu ihrem Onkel gezogen war, hatte er ihr viel Freiraum gelassen. Daher hatte sie sich oft die Zeit damit vertrieben, auf die Jagd zu gehen. Einmal, im Alter von zwölf Jahren, hatte Matthis' Vater sie dabei erwischt, wie sie im Dornbecker Wald Fasanen getötet hatte. Fronika hatte furchtbare Angst davor gehabt, dass er sie an den Pranger stellen oder an den Markgrafen ausliefern würde. Jedoch hatte er nur mit ihr geschimpft – und ihr, für den Fall, dass sie hungrig wäre und mit zu seinem Haus käme, Essen angeboten. Anstatt das Angebot anzunehmen, war sie davongerannt.

Allerdings konnte sie Matthis diese Geschichte nicht erzählen.

„Wie hast du lesen gelernt?"

„Onkel Rutger hat einen Lehrer engagiert. Er hat gesagt, dass die Ehefrau eines reichen Kaufmannes nicht dumm sein dürfe."

Als Fronika merkte, dass sie gerade verraten hatte, welche Art von Mann sie ihrem Onkel zufolge heiraten sollte, errötete sie.

Matthis schien es jedoch nicht zu bemerken. „Du bist kein gewöhnliches Mädchen."

„Vielleicht nicht. Jedenfalls werde ich nicht zulassen, dass du wegen morgen deine Meinung änderst. Du musst unbedingt kommen und deine Gedichte und Geschichten den Kindern vorlesen."

Matthis schüttelte den Kopf und lachte in sich hinein. Es war ein tiefes, raues Geräusch, das wie ein warmer Wasserfall über sie hinwegschwappte. „Schlägt man dir je etwas ab?"

„Nicht so oft."

„Aber ich kann nicht lange bleiben."

„Warum nicht? Bist du so beschäftigt?"

„Normalerweise nicht, aber es ist etwas passiert, das ich untersuchen muss."

„Ach ja?" Sie richtete sich auf. „Was ist passiert?"

„Ich glaube, dass ein Wilderer im Dornbecker Wald sein Unwesen treibt."

Fronika zuckte zusammen. „Wie kommst du darauf?" Ihre Worte klangen atemlos. Sie schluckte und versuchte, ihren galoppierenden Herzschlag zu beruhigen.

„Ich habe einen Pfeil gefunden."

„Stammt der Pfeil denn nicht vom Markgrafen? Er geht doch manchmal auf die Jagd."

„Nein, seiner ist es nicht."

Fronika wollte ihn gerade fragen, inwiefern sich der Pfeil von denen des Markgrafen unterschied, aber Matthis fuhr bereits fort.

„Ich sollte nicht darüber sprechen. Du wirst dich ganz bestimmt nicht dafür interessieren."

Wenn du wüsstest, wie sehr es mich interessiert, würde es dich sicher überraschen. „Ich hoffe, dass dir der Wilderer nicht allzu große Schwierigkeiten bereitet. Vielleicht ist es nur ein spielendes Kind, eines, dem sein Vater einen Bogen und Pfeile gebaut hat."

„Vielleicht. Aber es fehlen ein paar Hirsche."

„Hirsche sind sehr geschickt darin, sich zu verstecken, nicht wahr?"

Matthis starrte sie an. Inzwischen war es vollständig dunkel, es gab nur noch das wenige Licht, das durch die Fenster des Hauses schien oder vom Halbmond auf die Erde gelenkt wurde.

Sie zuckte mit den Achseln. „Das habe ich jedenfalls gehört." Um das Thema zu wechseln, verschränkte sie die Arme vor der Brust und sagte: „Ich habe dich in den Garten gebeten, damit ich ein bisschen mehr über dich erfahren kann. Und jetzt haben wir die meiste Zeit über mich gesprochen. Hast du nicht gesagt, dass du eine Schwester hattest, die gestorben ist?"

Auf seinem Gesicht bildete sich ein seltsamer Ausdruck. Wenn sie ihn nur besser hätte sehen und in seinen Zügen hätte lesen können. Wieder einmal neigte er den Kopf, um auf das Blatt zu starren.

Matthis nickte. „Meine Adoptiveltern hatten nie Kinder. Manchmal sind unterschiedliche Jungen eine Weile bei uns geblieben und haben auf einem Strohlager auf dem Boden geschlafen. Es gab zum Beispiel zwei Brüder, die älter waren als ich und ungefähr zwei Jahre geblieben sind, bevor sie angefangen haben, in den Ställen des Markgrafen zu arbeiten."

Fronika spürte zwar, dass er weder über seine Schwester noch über seine frühe Kindheit sprechen wollte, begriff aber auch, dass er nach der Adoption durch den Forstgehilfen und seine Frau ein gutes Leben geführt hatte. In ihrem Herzen stieg Dankbarkeit gegenüber seinen Adoptiveltern auf.

„Ich habe mir oft eine Schwester gewünscht", gestand Fronika. „Als ich noch sehr jung war, habe ich mir einfach eine Schwester ausgedacht. Sie hieß Sophie. Immer wenn ich mich mit ihr unterhalten habe, muss mich die Familie, bei der ich gelebt habe, für verrückt gehalten haben. Ich glaube, dass ich Spaß daran hatte, sie zu schockieren."

„Das traue ich dir jedenfalls zu", nickte Matthis, wobei ein amüsiertes Lächeln seine männlichen Lippen umspielte.

„Fronika?", rief Rutger. Schnell erhob sie sich. Die Umrisse ihres Onkels wurden in der geöffneten Hintertür sichtbar. „Bist du da draußen?“

„Ja, ich bin hier.“

„Du musst kommen und dich an den Feierlichkeiten beteiligen. Ich möchte dich ein paar Leuten vorstellen.“

Matthis stand ebenfalls auf und begleitete sie ins Haus. „Ich hoffe, dass du keinen Ärger bekommst“, flüsterte er ihr zu.

„Oh, nein. Onkel Rutger schimpft nie mit mir. Immerhin bin ich erwachsen.“

„Ach, Matthis. Wie ich sehe, bist du auch hier. Genießt du die Abendluft?“

„Bei all der Musik konnte ich drinnen mein eigenes Wort nicht verstehen“, kam Fronika ihm zuvor. „Damit wir uns unterhalten können, ohne schreien zu müssen, habe ich Matthis gebeten, mit in den Garten zu kommen.“

„Natürlich“, entgegnete Rutger und lächelte. Trotzdem sah er überrascht aus – überrascht, dass sie ihre Zeit damit verbrachte, ein Gespräch mit dem Förster zu führen.

Fronika war selbst ein bisschen erstaunt.

Wieder im Haus, stellte Rutger seine Nichte weiteren Gästen vor, unter anderem einem ihr unbekannten Mann und dessen Sohn. Sicher war Letzterer ein weiterer möglicher Heiratskandidat. Unter den anderen Gästen war ein alter Mann mit schlaffen Wangen, der Fronika lüstern beäugte. Er legte Wert auf die Feststellung, dass seine Frau vor Kurzem verstorben war und er eine neue suchte. Fronika schauderte und verabschiedete sich so schnell wie möglich von ihm.

„Da bist du ja!“ Georg griff nach ihrer Hand. „Komm und tanz mit mir.“

Ein neues Lied begann und sie gesellten sich zu den anderen Tänzern. Da einige Leute bereits im Aufbruch waren, war die Tanzfläche nicht ganz so überfüllt wie zuvor. Als der Tanz zu Ende war, sah Fronika, dass Matthis auf die Eingangstür zuging. Sie wollte sich auf den Weg zu ihm machen, doch Georg legte seine Hand auf ihren Arm und hielt sie zurück.

„Fronika, du weißt, dass du für mich das hübscheste Mädchen

Dornbecks bist. Was denkst du über mich?" Ein flehender Blick trat in seine Augen.

„Ich denke, dass du ... ein überaus schmeichelhafter Mann bist." Fronika lachte ein wenig und hoffte, die Situation auf diese Weise retten zu können. Dann machte sie sich von ihm los, damit sie sich von Matthis verabschieden konnte. „Ich bin sofort zurück."

Sie erreichte Matthis gerade noch rechtzeitig, bevor er aus der Eingangstür treten konnte. Ein paar andere Leute standen ganz in der Nähe, unter anderem Rutger. Fronika spürte den Blick ihres Onkels auf sich ruhen.

Während sie noch auf ihn zustürmte, drehte sich Matthis um. Auf einmal standen sie einander gegenüber. „Vergiss nicht: die Kinder und die ... Gedichte." Fronika hoffte, dass ihre Worte vage genug waren, um ihre Verabredung vor Rutger geheim zu halten.

Matthis sah Fronika tief in die Augen. „Ich werde es nicht vergessen." Sein Lächeln raubte ihr den Atem.

Rutger warf ihr einen bedeutungsvollen Blick zu, doch warteten auch Anna und Peter darauf, sich von ihr zu verabschieden. Als Fronika ihre Freundin umarmte, flüsterte ihr diese zu: „Ich komme morgen bei dir vorbei. Ich will wissen, wohin du mit Matthis gegangen bist."

Fronika ignorierte Rutgers argwöhnischen Blick und kehrte zu Georg zurück. „Verzeih mir, aber ich bin so erschöpft. Ich möchte nicht mehr tanzen."

Er protestierte nicht. Wahrscheinlich lag es daran, dass die Minnesänger ihr letztes Lied spielten und sich immer mehr Gäste verabschiedeten.

„Gute Nacht, meine hübsche Fronika", sagte Georg und küsste ihr die Hand.

„Gute Nacht", antwortete Fronika und versuchte, freundlich auszusehen, ohne ihn in seinen Hoffnungen allzu sehr zu bestärken. Glücklicherweise stand Rutger in der Nähe. Fronika hatte das ungute Gefühl, dass Georg sonst sofort den Wunsch geäußert hätte, sie zu heiraten.

Als alle Gäste gegangen waren, tätschelte Fronika die Hand ihres Onkels. „Danke für die Feier."

„Hattest du einen angenehmen Geburtstag?"

„Oh ja, einen sehr angenehmen."

„Ich freue mich, das zu hören."

Vielleicht dankte sie ihm nicht häufig genug. Die Unterhaltung, die sie heute Abend mit Matthis geführt hatte, hatte sie an die Zeit nach dem Tod ihrer Eltern erinnert. Damals hatte ihr Onkel sie aus furchtbarer Not, Einsamkeit und der schlechten Behandlung durch lieblose Menschen gerettet. Sie hatte ihm so viel zu verdanken.

Morgen würde sie ihm von dem Pfeil erzählen – und von Matthis' Erkenntnis, dass es einen Wilderer gab, der Hirsche tötete. Jetzt hingegen musste sie sich auf die Jagd vorbereiten. Sie wollte nicht, dass morgen jemand hungerte, nur weil sie so viel getanzt hatte und zu müde war.

Immerhin konnte sie sich auf den nächsten Nachmittag und die Zeit mit Matthis und den Kindern freuen.

Kapitel 8

Gähnend marschierte Fronika zu dem Platz außerhalb der Stadtmauer, an dem sie den ärmsten Kindern Lesen und Schreiben beibrachte. Die meisten von ihnen lebten in klapprigen Behausungen, die sich an die steinerne Stadtmauer lehnten. Zusammengezimmert aus Holz, Ästen, löchrigen Decken und Müll, den die Bewohner irgendwo aufgesammelt hatten, boten die spärlichen Hütten kaum genug Schutz vor Wind und Regen. Hauptsächlich Waisenkinder und ihre Geschwister lebten hier, aber auch ganze Familien, deren Eltern aufgrund einer Krankheit oder eines Gebrechens nicht in der Lage waren, arbeiten zu gehen, um für einen höheren Lebensstandard zu sorgen. Die ärmlichen Kinder, die sich meist wegen ihrer Kleidung schämten, wagten nicht, die städtische Schule zu besuchen. Dort würden sie von den anderen Kindern zu sehr gehänselt werden. Fronika stellte bekümmert fest, dass die Angst davor bei den meisten Kindern größer war, als der Drang zu lernen – deshalb versuchte sie, so gut es ging, ihr Interesse am Lesen und Schreiben zu wecken und ihnen auch das Rechnen beizubringen.

Als sich Fronika dem Fleck nackter Erde näherte, auf dem die Kinder normalerweise spielten oder lernten, Buchstaben zu schreiben, indem sie diese mit Stöcken in den staubigen Boden ritzten, hörte sie Matthis' Stimme.

Und dann sah sie ihn. Während er aufrecht dastand, saßen die Kinder im Halbkreis vor ihm und blickten andächtig zu ihm auf.

„… und als der Hase hüpfte, machte der Wolf einen Satz und landete im Gras. Aber da war kein Hase zwischen seinen Pfoten. Verschwunden war sein Abendessen."

Die Kinder begannen mit leiser Stimme, Fragen zu stellen, und er beantwortete sie geduldig. Dabei warf er Fronika, die jetzt hinter den Kindern stand, immer wieder einen Blick zu. „Eure Lehrerin ist hier", verkündete er schließlich. „Jetzt ist sie dran."

Fronika trat vor, Matthis hingegen einen Schritt zurück. „Du bleibst noch hier", ermahnte sie ihn, bevor sie sich umdrehte und die Kinder ansah.

Nach einer kurzen Begrüßung fragte sie: „Würdet ihr euch freuen, wenn Förster Matthis ein paar weitere Geschichten und Gedichte vorlesen würde?"

Die Kinder begannen zu jubeln und bekundeten lautstark ihre Zustimmung.

Matthis lächelte ein wenig und zog ein paar gefaltete Pergamentblätter aus der Tasche seines hüftlangen Ledergewandes. Bisher hatte Fronika ihn nur Kleidung tragen sehen, die ihn als Mittelstandsbürger auswies. Heute hingegen hatte er die Art von Kleidung an, die man von einem Förster während der Arbeit im

Wald erwarten würde: Ein braunes Leinenhemd bedeckte Hals und Arme, darüber trug er eine grüne ärmellose Cotte aus Leder, die vorn mit Knöpfen versehen war. An dem Gürtel, den er um die Hüfte trug, hing ein Dolch.

Er sah genauso gut aus wie am Abend zuvor, nur ein bisschen urtümlicher und selbstbewusster – eine Kombination, die ihr Herz in dem lebhaften Rhythmus schlagen ließ, den die Minnesänger beim Mittsommerfest gespielt hatten.

Zuerst trug Matthis ein Gedicht über eine Elster und einen Grashüpfer vor, womit er die Kinder zum Lachen brachte. Dann las er ihnen eine Geschichte über einen hungernden Raben vor, der einem Bäcker einen seiner Kuchen stahl. Am Ende der Geschichte machte der Bäcker zwei Kuchen für den Vogel und seine Jungen. Natürlich war es eine Kindergeschichte, in der der Vogel sprechen konnte. Trotzdem trieb sie Fronika die Tränen in die Augen. Als Matthis fertig war, applaudierte sie zusammen mit den Kindern.

Nach jedem Gedicht, jedem Reim und jeder Geschichte baten ihn die Kinder, noch mehr vorzulesen. Nun aber zeigte er ihnen seine leeren Hände. „Es gibt keine mehr. Ich habe sie alle vorgelesen."

„Lies sie noch mal vor!", riefen die Kinder.

Fronika und Matthis lachten. Er schüttelte den Kopf. „Heute nicht mehr."

Fronika erteilte ihnen eine kurze Unterrichtsstunde, dann verabschiedete sie die Kinder und schickte sie zum Spielen. Matthis begleitete die junge Frau zurück zum Stadttor.

„Deine Geschichten und Gedichte waren herrlich." Vermutlich klang ihre Begeisterung in seinen Ohren ebenso wie die der überdrehten Kinder, die, nachdem er geendet hatte, wild vor ihm auf und ab gesprungen waren. Allerdings war ihr das egal. Matthis hatte das Lob verdient.

Er blickte zu ihr. Merkte er, dass sie in der vergangenen Nacht nur sehr wenig geschlafen hatte? Sie war die ganze Nacht lang auf die Jagd gegangen, hatte jedoch nur einen Fasan erlegt. Anna hatte sie früh aus dem Bett geworfen und dann auch noch einen

„Faulpelz“ genannt. Anschießend hatten sie sich stundenlang über die Feier am vergangenen Abend unterhalten.

„Es stimmt, dass Matthis nicht reich ist“, hatte Anna gesagt und dabei die Stirn gerunzelt. „Das ist jammerschade, zumal er sehr gut aussieht und dich zu mögen scheint. Aber welcher Mann sollte dich nicht anhimmeln? Du bist wunderschön und wirst einmal eine sehr gute Ehefrau abgeben. Fronika, warum heiratest du nicht?“

„Und wen schlägst du da vor?“ Fronika täuschte eine Unbekümmertheit vor, die sie gar nicht empfand.

Anna seufzte und schüttelte den Kopf. „Das ist ja das Problem. Niemand ist deiner würdig.“

Fronika gab ein abfälliges Schnauben von sich.

„So ist es aber! Wenn ich jemand aussuchen müsste, fällt mir niemand ein, den ich für gut genug halte. Sie sind alle entweder zu alt und zu hässlich oder zu … irgendwas.“

Wäre Anna derselben Meinung, wenn sie das Geheimnis kennen würde, das Fronika vor ihr verbarg? Sie hasste es, Dinge vor Anna geheim zu halten. Und jetzt verbarg sie sogar etwas vor ihrem Onkel. Schließlich hatte er sie gefragt, warum sie bei der Feier so viel Zeit mit Matthis verbracht hatte. Fronika hatte jedoch nicht den Mut aufgebracht, ihm zu erzählen, dass Matthis von dem Wilderer wusste. Und dass der Pfeil, den er gefunden hatte, der Grund dafür war.

Als Fronika und Matthis das Tor erreichten, blieb er stehen. „Ich muss zu meinen Pflichten zurück. Trotzdem möchte ich dir dafür danken, dass du mich darum gebeten hast, meine Geschichten den Kindern vorzulesen.“

„Sie haben sich so darüber gefreut. An den Gesichtern der Jungen war deutlich abzulesen, dass du jetzt das perfekte Vorbild für sie bist. Sicher werden sie noch lange von dir und deinen Geschichten sprechen. Ich hoffe, dass du bald wiederkommst.“

„Das werde ich.“ Dann wurde er beinahe traurig. „Und du bist das perfekte Vorbild für die Mädchen“, sagte er sanft. „Kein Wunder! Danke, dass du so freundlich zu ihnen bist. Für die meisten von ihnen bist du wahrscheinlich der einzig nette

Mensch in ihrem gesamten Leben. Sie sind regelrecht in dich vernarrt."

Fronikas Herz zog sich einmal mehr in ihrer Brust zusammen. „Ich bin auch in sie vernarrt." Diese dreckigen, oft stinkenden, manchmal weinenden und einander beschimpfenden Wesen – sie liebte sie von Herzen.

„Kommst du übermorgen wieder? Ich gebe jeden Montag, Mittwoch und Freitag Unterricht."

Einen Moment lang starrte er sie an, so als würden seine Augen in ihren nach etwas suchen. Anscheinend fand er es auch, denn er nickte.

In dieser Nacht schlug Fronikas Herz besonders schnell. Während sie ihren Bogen und ihre Pfeile, die sie wie immer unter einem schwarzen Umhang versteckte, fest an ihre Brust drückte, zitterten ihre Hände. Wenn es ihr nicht gelang, ihre Nervosität zu kontrollieren, würde sie niemals vernünftig zielen können. Warum nur hatte sie solche Angst?

Es war dieser dumme Traum. Da sie am vergangenen Tag und in der vergangenen Nacht so wenig geschlafen hatte, war sie nach dem Abendessen vor Müdigkeit eingenickt. Und dabei hatte sie einmal mehr davon geträumt, dass Matthis sie in den Kerker des Dornbecker Schlosses zerrte und dort einsperrte. Sein vorwurfsvoller Blick hatte einen körperlich spürbaren Schmerz durch ihre Brust gejagt. Wie er sie verachten würde! Sie hatte ihn getäuscht und ihm vorgegaukelt, die Tochter eines Kaufmanns zu sein. Dabei war sie nichts als eine gesetzesfeindliche Wilddiebin. Wie er sie dafür hassen würde, dass sie ihn dazu gebracht hatte, ihr von den verschwundenen Hirschen zu erzählen, wo sie doch diejenige war, die diese gestohlen hatte.

Aber es war nur ein Traum. Nur ein Traum, sagte sie sich immer wieder.

Abgesehen davon fragte sie sich, wer den hungernden Kindern helfen würde, wenn sie es nicht tat. Der Markgraf saß in seinem majestätischen Schloss und genoss jede Art von Luxus, während nicht weit von ihm entfernt Kinder hungerten. Versuchte er sie etwa zu versorgen? Nein.

Aber Matthis würde vielleicht anders darüber denken als sie. Tatsächlich schien er dem Markgrafen gegenüber sehr loyal zu sein. Törichte Männer waren den Reichen und Mächtigen gegenüber immer loyal, aber war Matthis töricht?

Fronika und ihre jungen Begleiter steuerten auf den Schutz der Bäume zu. Sobald sie in der tiefen Dunkelheit des Waldes verschwunden waren, würde sie sich besser fühlen. Matthis war bestimmt zu Hause im Bett und suchte nicht nach Wilderern. Aber was, wenn er nicht im Bett lag? Wenn er sich stattdessen doch auf die Suche nach Wilderern – nach ihr – gemacht hatte?

Diese Gedanken mussten aufhören. Sie brachten ihre Hände zum Zittern.

Bald darauf erreichten sie den Schutz der Bäume. Fronika versteckte ihren alten Mantel in einem Busch und warf sich den Köcher mit den Pfeilen über die Schulter. Dann schlich sie auf eines ihrer liebsten Jagdreviere zu. Nachdem sie sich ins Laub gehockt hatte, spähte sie in die Dunkelheit hinein, spannte einen Pfeil in ihren Bogen und wartete. Einige tiefe Atemzüge später waren ihre Hände ruhig und ein großer Hirsch mit einem riesigen Geweih trat in ihr Blickfeld.

Fronika verschwendete keine Zeit, sondern hob den Bogen, zog den Pfeil zurück und schoss ihn in Richtung des Hirschbockes ab. Nur kurz jedoch nachdem der Pfeil den Bogen verlassen hatte, machte der Hirsch einen Satz zur Seite, brach lautstark durch die Büsche und verschwand.

Fronika keuchte auf und ließ beinahe ihren Bogen fallen. Hatte sie das Tier verwundet? Oder hatte sie es verfehlt?

Sie rannte vorwärts. Dabei hörte sie immer noch, wie der Hirsch durch das Unterholz stürmte. Sie versuchte, ihm zu folgen, doch das Geräusch wurde leiser. Dann war das Tier weg.

Fronika gelangte an den Ort, an dem sich der Hirsch befunden hatte, als sie den Pfeil abgeschossen hatte. Keine Spur von ihrem Pfeil! Sie entfernte sich ein Stück und suchte den Boden ab. Aber auch als sie die Büsche durchforstete und ihre Füße durch das Laub gleiten ließ, fand sie den Pfeil nicht.

Ihr blieb nichts anderes übrig, als auf Händen und Füßen weiterzumachen. Auch die drei Jungen halfen ihr dabei. Gemeinsam durchkämmten sie die dicke Schicht kühlen, lehmigen, sich zersetzenden Laubs.

Gott, hilf mir. Ich muss diesen Pfeil finden. Wieder einmal zitterten ihre Hände. Sie konnte Matthis nicht noch mehr Beweise für ihre Wilderei liefern.

Fronika suchte weiter, bis ihre Hände auf dem Laub etwas Warmes, Feuchtes, Klebriges ertasteten. Sie hob es an ihre Nase und roch daran. Der metallische Geruch von Blut. Der Pfeil musste den Hirsch verwundet haben.

Ihr drehte sich der Magen um. Es war schlimm genug, das Tier verletzt zu haben, ohne es zu töten. Aber jetzt trug es auch noch den Beweis für ihre Wilddieberei mit sich herum.

Fronikas Magen drohte, das Abendessen wieder von sich zu geben. Um das zu verhindern, atmete sie mehrfach ganz tief durch. *Ich muss ruhig bleiben.* Der Hirsch tat ihr leid, doch gab es nichts, was sie für ihn tun konnte. Es hatte keinen Sinn, sich darüber Gedanken zu machen.

Stattdessen zwang sich Fronika, an die Kinder zu denken, die sie mit dem gewilderten Fleisch ernährte. Die meisten von ihnen wussten nicht, dass das Fleisch von ihr stammte. Doch es waren dieselben Kinder, die ihren Unterricht besuchten und voller Dankbarkeit zu ihr aufblickten. Fronika konnte sie unmöglich enttäuschen. Würde sie jetzt zimperlich und schwach werden, nur weil sie den Hirsch verletzt hatte, anstatt ihn zu töten? Würde sie die Kinder jetzt verhungern lassen?

Trotzdem gab es diesen Pfeil, der möglicherweise immer noch in dem Hirsch steckte. Er lieferte einen zusätzlichen Beweis für ihr Vergehen. Doch würde niemand jemals erfahren, dass dieser Pfeil ihr gehörte.

Einer der jungen Männer hielt ihr die Hand hin. Fronika ergriff sie und ließ sich aufhelfen. Dann gab sie ihnen das Zeichen, ihr zu folgen. Gemeinsam schlugen sie eine dem Fluchtweg des Hirsches entgegengesetzte Richtung ein.

„Meine Liebe." Rutger fand Fronika am nächsten Tag in der Küche, wo sie ein bisschen Brot, Käse und getrocknetes Obst zusammensuchte, um zu frühstücken. „Der junge Georg Papendorf erweist sich als wertvolle Bekanntschaft. Wie es scheint, hat sein Vater uns in drei Tagen zum Abendessen zu sich nach Hause eingeladen. Freust du dich darüber, dass du in das Haus des Bürgermeisters von Dornbeck eingeladen wurdest?"

Fronika versuchte, ein Lächeln zustande zu bringen. Sie hatte erneut von Matthis geträumt und dieses Mal hatte er sie auf dem Marktplatz im Stadtzentrum an den Pranger gestellt. Er hatte das Holzbrett angehoben, sie gezwungen, ihren Kopf und ihre Hände hindurchzustecken, und es dann fixiert. Nun war sie gefangen und nicht mehr in der Lage, sich zu bewegen. Leute kamen, lachten und zeigten mit dem Finger auf sie. Auch warfen sie verfaultes Obst in ihr Gesicht. Manche näherten sich ihr sogar und schmierten Matsch und Unrat in ihr Haar.

Ihr Magen verkrampfte sich. Der Traum war so real gewesen, dass sie den Gestank der verfaulten Früchte riechen und den Aufprall auf ihrem Gesicht spüren konnte. Sie konnte fühlen, wie ihr der harte, hölzerne Pranger um ihren Hals die Kehle zuschnürte, wenn sie ihren Kopf nicht in einer bestimmten Position hielt, und wie das Holz in ihre Handgelenke schnitt.

Nachdem Matthis sie dort platziert hatte, war er irgendwie verschwunden. Rutger hingegen hatte sich in ihrer Nähe aufgehalten, dabei jedoch die Arme vor der Brust verschränkt und sich geweigert, ihr zu helfen.

Irgendwann war sie davon aufgeschreckt, dass sie ihren Kopf zur Seite geworfen hatte, um nicht von einem verfaulten Ei getroffen zu werden. Als sie wieder eingeschlafen war, hatte sie einen weiteren Albtraum gehabt. Ein großer Hirsch mit roten Augen hatte versucht, sie mit seinem Geweih aufzuspießen – aufgrund dessen, was sie seinen Brüdern angetan hatte.

„Fronika, geht es dir nicht gut? Du siehst blass aus."

„Ich bin nur ein bisschen müde. Sonst ist alles in Ordnung." Sie musste diese grauenhaften Träume aus ihren Gedanken verbannen. Daher würde sie ihren Onkel etwas anderes fragen, was sie beschäftigte. „Ich habe über das nachgedacht, was Georg an meinem Geburtstag über den Markgrafen gesagt hat."

„Ach ja? Was hat er denn gesagt?"

„Er hat gesagt, es gebe Gerüchte, wonach der Markgraf das Feuer im Dornbecker Schloss absichtlich gelegt hat, damit sein Bruder stirbt und er selbst Markgraf wird." Und wenn das stimmte, wenn der Mann seinem eigenen Bruder etwas derart Skrupelloses antun konnte, was würde er ihr dann antun, wenn sie beim Wildern erwischt wurde?

„Es ist nur ein Gerücht."

„Denkst du, dass es wahr ist?"

Rutger zuckte mit den Achseln. „Ich schätze, das weiß niemand. Es kommt mir aber gar nicht so unwahrscheinlich vor. Der vorige Markgraf hatte keine Frau und keine Kinder. Ist er aus dem Weg, dann erbt sein jüngerer Bruder alles. Ansonsten hätte sein Bruder niemals mehr als Gardehauptmann werden können."

Wenn man es so betrachtete, kam es einem wirklich nicht gerade unwahrscheinlich vor.

„Aber wir sprachen darüber, dass der Bürgermeister uns zum Abendessen zu sich nach Hause eingeladen hat. Ich dachte, es würde dich freuen, Georg wiederzusehen. Schließlich hatte ich den Eindruck, dass du bei deinem Geburtstag gern mit ihm getanzt hast."

„Ich tanze immer gern."

„Ich könnte mir vorstellen, dass er dich bald fragt, ob du ihn heiraten möchtest."

Fronika schüttelte den Kopf. „Ich glaube nicht, dass ich Georg jemals heiraten werde."

Ein Ausdruck von Enttäuschung huschte über das Gesicht ihres Onkels. „Das habe ich schon befürchtet."

„Es tut mir leid, Onkel Rutger. Du bist so gut zu mir gewesen und ich bin mir sicher, dass eine Heirat mit Georg für dich von Vorteil wäre." Sie wartete darauf, dass er ihre Aussage entweder bestätigte oder bestritt.

Rutger zuckte mit den Achseln. „Es stimmt zwar, dass eine Verbindung mit Georg und seinem Vater für mich sehr nützlich wäre. Trotzdem würde ich nicht wollen, dass du gegen deinen Willen heiratest."

Ein leichtes Schuldgefühl überkam sie. War sie egoistisch? Einige Leute würden sagen, dass sie das war – egoistisch, dumm und naiv gegenüber ihren eigenen Interessen.

„Ich kann sowieso nicht heiraten. Weder Georg Papendorf noch irgendein anderer Mann von Dornbeck würde seiner Frau erlauben, Hirsche zu wildern, um die Armen zu versorgen."

Rutger lächelte, doch war da eine Ernsthaftigkeit in seinen Augen, die seine Belustigung Lügen strafte. Dann wandte er den Kopf, so als sei ihm ein neuer Gedanke gekommen. „Natürlich würdest du keine Hirsche wildern." Er drehte sich ein wenig von ihr weg und machte sich an der wundervollen Orientvase zu schaffen, die auf dem kleinen Tisch stand. „Du könntest den Bürgermeister und andere der wohlhabendsten Leute von Dornbeck überreden, eine Gesellschaft zur Unterstützung der Armen zu gründen. Dann würdest du nicht mehr jede Nacht auf die Jagd gehen müssen."

Das klang vielversprechend. Fronika würde vielleicht aufhören, diese schrecklichen Träume zu haben, und endlich schlafen können.

„Du willst doch nicht für den Rest deines Lebens jede Nacht Hirsche jagen, oder?"

„Nein." Das wurde ihr immer klarer. Sie konnte es nicht für immer tun. Früher oder später, daran führte kein Weg vorbei, würde man sie erwischen.

„Warum heiratest du dann nicht Georg?"

Ein paar Sekunden lang schwieg Fronika. „Ich sollte darüber nachdenken." Was ihr Onkel gesagt hatte, war ein weiterer Grund, weshalb sie niemals Matthis heiraten konnte. Er war nicht reich genug, um ihr dabei zu helfen, sich um die Armen zu kümmern. Sie könnte vielleicht ihren Onkel um Hilfe bitten. Jedoch wusste sie, dass er aufgrund der Rückschläge, bei denen er vor Kurzem drei Schiffsladungen mit Waren verloren hatte, dazu nicht mehr in der Lage war.

„Du siehst traurig aus, meine Liebe."

„Ich bin nicht traurig." Sie schüttelte den Kopf, blinzelte aber zugleich gegen ein paar Tränen an. *Wie dumm.* Das kam sicher nur von ihrer Müdigkeit. Die Erschöpfung ließ sie empfindlich werden.

„Es gibt einen Grund, weshalb ich das alles erwähne", sagte Rutger und starrte auf die bunte Vase. „Ich mache mir Sorgen. Der Förster könnte herausfinden, dass du diejenige bist, die die Hirsche des Markgrafen wildert."

„Warum sagst du das?" Fronika hatte das Gefühl, als würde jemand eine Faust in ihren Magen rammen.

„Die Jungen haben mir erzählt, wie du vor ein paar Nächten einen Pfeil verloren hast."

„Ich weiß", erwiderte Fronika und atmete flacher. „Ich habe zwei dumme Fehler gemacht."

„Solche Sachen passieren immer, ganz egal wie vorsichtig man ist."

Das stimmte wohl. Und es sah wirklich so aus, als würde ihr einziger Ausweg darin bestehen, jemand zu heiraten, der reich war und nichts dagegen hatte, den Armen zu helfen.

Einen Moment lang sagte Rutger überhaupt nichts. „Georg Papendorf verehrt dich. Es wäre einfach, ihn zu überreden. Er würde das Geld, das du brauchst, um deine Schüler zu ernähren, kaum vermissen. Bei Matthis Weidmann sieht es da schon anders aus."

„Ich habe mich bis jetzt weder für den einen noch für den anderen entschieden. Außerdem hat mich keiner von ihnen gefragt."

„Verzeih mir. Ich habe dich mit all dem Geschwätz übers Heiraten verärgert. Du musst niemanden heiraten, nicht solange ich noch lebe." Eine ganze Zeit lang schwieg Onkel Rutger erneut. Währenddessen überschlugen sich Fronikas Gedanken. „Aber das ist eine weitere Sache, die man berücksichtigen muss. Ich werde nicht für immer leben, mein Schatz. Wenn mir etwas Unerwartetes passieren würde, könntest du nicht einfach so weitermachen wie bisher. Du müsstest heiraten."

Rutger blickte auf das Essen herab, das Fronika immer noch in Händen hielt. „Geh jetzt und iss etwas. Ich werde dich nun in Ruhe lassen." Er tätschelte liebevoll ihre Wange und verließ dann den Raum.

Fronika setzte sich an den Küchentisch und knabberte ihr Brot. Die Köchin kam aus dem Keller gestürmt und brachte Kartoffeln und Möhren mit.

„Dein Onkel will nur das Beste für dich", sagte sie in ihrem typischen, nörgelnden Tonfall.

„Hast du unsere Unterhaltung mit angehört?"

„Ein bisschen davon vielleicht." Der Tonfall der Köchin gefiel Fronika gar nicht. „Er ist so gut zu dir gewesen und hat dir alles gegeben, was ein Vater seinem Kind geben würde. Mehr noch ... Als es seine Aufgabe gewesen wäre, dir klarzumachen, dass du die Pflicht hast zu heiraten, hat er dich nicht gezwungen. Und du hast jeden guten und wohlhabenden Mann zurückgewiesen, den er dir vorgestellt hat. Nun, es steht mir ja nicht zu, dich zu kritisieren, aber ich habe eine eigene Meinung. O ja, die habe ich. Wenn Herr Menkels will, dass du Georg Papendorf heiratest, dann ist es ganz bestimmt das Beste für dich. Und wenn du die pflichtbewusste Nichte wärst, die du sein solltest, dann würdest du nicht Nein sagen."

Je länger die Köchin sprach, desto mehr verfärbten sich Fronikas Wangen.

„Du hast recht." Fronika richtete sich zu ihrer vollen Größe auf und strich sich den Rock glatt. „Es steht dir nicht zu, mich zu kritisieren." Sie schlug das Essen in ein Tuch ein und stapfte die Treppe hinauf in den zweiten Stock, in dem sich ihr Schlafzimmer befand. Kurz bevor sie die Zimmertür erreichte, lief ihr plötzlich ein eiskalter Schauer über den Rücken.

Wenn die Köchin ihre Unterhaltung mit angehört hatte, dann hatte sie auch mitbekommen, was Rutger über ihr Wildern gesagt hatte. Würde die Köchin irgendjemandem ihr Geheimnis verraten?

Kapitel 9

Matthis war in den letzten Tagen sehr beschäftigt gewesen. Er hatte den Forstgehilfen dabei geholfen, Fallen für die Hasen aufzustellen, um deren Population zu kontrollieren. Es war eine Schande, dass er nicht ein paar der erbeuteten Hasen mit den Armen teilen konnte, besonders mit den Kindern, denen Fronika half. Genau das würde er dem Markgrafen bei der nächsten Begegnung vorschlagen.

Als er sich hinkniete, um eine Falle aufzustellen, die groß genug war, um einen Hasen zu fangen, gleichzeitig jedoch zu klein, um einem Hirsch zu schaden, hörte er ganz in der Nähe ein Rascheln. Gleich darauf ertönte das Schnauben eines großen Tieres.

Matthis stand auf und bewegte sich so leise wie möglich in die Richtung, aus der die Geräusche kamen. Als das mühevolle Atmen lauter wurde, wusste er, dass er sich dem Tier näherte.

Matthis blieb stehen. Was, wenn die Geräusche nicht tierischen, sondern menschlichen Ursprungs waren? Was, wenn er kurz davor war, ein junges Liebespaar bei etwas zu erwischen, womit sie in der Stadt nicht ungestraft davonkommen würden? Aber nein. Das Schnaufen klang nach einem Hirsch in Not, nicht nach einem Geräusch von Menschen.

Er trat noch etwas näher und gelangte in ein Dickicht von Büschen, Kletterpflanzen und kleinen Bäumen. Schließlich sah er ihn: Vor ihm auf dem Boden lag ein großer Hirsch auf der Seite. Abgesehen von seinen mühsamen Atemzügen bewegte er sich nicht. Ein Pfeil schaute aus seiner Flanke hervor. Sowohl getrocknetes als auch frisches Blut umgab die Wunde. Und die Federn am Pfeil waren weiß – genau wie bei dem ersten Pfeil, den er gefunden hatte.

Matthis schoss das Blut in den Kopf. Jemand wilderte tatsächlich im Dornbecker Wald.

Der Hirsch lag im Sterben. Es war jetzt das Beste, die arme Kreatur zu töten und sie von ihren Schmerzen zu erlösen. Matthis zog einen Pfeil aus seinem Köcher und holte den Bogen hinter seinem Rücken hervor. Dann zielte er auf eine Stelle, wodurch das Tier sofort sterben würde. Nachdem er den Pfeil abgeschossen hatte, hörte das Heben und Senken seiner Flanken auf.

Matthis blickte mit zusammengebissenen Zähnen und keuchendem Atem auf das arme Tier und den hervorschauenden Pfeil herab.

Wer wilderte im Dornbecker Wald? Wenn der Täter nur ab und an wilderte, um seine Familie zu ernähren, würde Matthis ihn vielleicht niemals fassen. Matthis vermutete jedoch, dass eine größere Anzahl an Hirschen fehlte. Dies ließ nur einen Schluss zu: Der Wilderer verkaufte das Fleisch.

Jeder, der am Markttag dabei erwischt wurde, wie er Hirschfleisch verkaufte, würde verhaftet werden. Dasselbe galt für einen Schlachter, der es in seinem Laden verkaufte. Dieser Wilderer verkaufte es wahrscheinlich heimlich – was bedeutete, dass er einen Schwarzmarkt betrieb.

Für Matthis konnte dies von Vorteil sein. Schließlich eröffnete ihm der Verkauf auf dem Schwarzmarkt eine weitere Möglichkeit, den Wilderer zu schnappen.

Dies war Matthis' Gelegenheit, den Tod seines Vaters zu rächen. Koste es, was es wolle, er würde diesen Wilderer fassen. Er würde sicherstellen, dass der Markgraf ihn nicht so billig davonkommen lassen würde. Matthis hatte jedoch das Gefühl, dass er sich in dieser Hinsicht keine Sorgen machen musste. Fürst von

Dornbeck würde das Bedürfnis verspüren, den Wilderer mit der ganzen Härte des Gesetzes zu konfrontieren.

Obwohl Matthis' neue Anstellung als Förster innerhalb der Stadtmauern Dornbecks noch nicht sehr bekannt war, musste er heute sicherstellen, dass niemand ihn wiedererkannte. Also zog er einen langen dunkelblauen Mantel an, der bis zu seinen Knöcheln reichte. Die Luft war immer noch feucht und kühl von dem heftigen Regen am frühen Morgen. Daher würde es nicht ganz so seltsam aussehen, wenn er jetzt die Kapuze über den Kopf zog, um sein Gesicht teilweise zu verdecken.

Er verließ sein Haus im Wald. Als er in der Stadt ankam, steuerte er auf den Marktplatz zu. Da Dienstag war, würde der Markt in vollem Gange sein. Käufer und Verkäufer würden den runden, mit Kopfsteinpflaster befestigten Platz bevölkern. Selbst der Regen von vorhin dürfte die meisten Verkäufer nicht vertrieben haben. Zuerst ging er jedoch in einen Laden in der Schlachtergilde, einer Straße, in der beinahe jedes Geschäft verschiedene Arten von Fleisch anbot.

Die Verkäuferin war eine füllige Frau, alt genug, seine Mutter zu sein. Matthis bat sie um Auskunft, welche Art von Fleisch sie verkaufte.

„Welche Art wollt Ihr denn?"

„Ich möchte etwas, das nach Wild schmeckt."

„Nach Wild?", fragte sie und verzog das Gesicht. „Was meint Ihr damit? All unser Fleisch kommt von den Wiesen in der Umgebung von Dornbeck. Wir verkaufen hier kein Wildfleisch."

„Kennt Ihr jemanden, der das tut? Ich würde viel Geld für Hirschfleisch bezahlen." Matthis wartete gespannt auf ihre Reaktion.

„Ich weiß nicht, wo man solches Fleisch bekommt." Sie gab ein leichtes Schnauben von sich, machte auf dem Absatz kehrt und ging in den Hinterraum. Als sie zurückkehrte, legte sie eine große Gans, die bereits gerupft und bratfertig war, auf den Tresen. „Das ist das Wildeste, was wir hier verkaufen. Es stammt vom Hof des alten Schindler nördlich der Stadt. Dort werden den Gänsen die Flügel gestutzt, wenn sie noch jung sind. Daher ist ihr Fleisch so zart und lecker wie nur irgend möglich." Die Augen der Frau verengten sich. „Wenn Ihr Hirschfleisch findet, dann wurde es auf dem Land des Markgrafen gewildert. So etwas würden wir hier nie verkaufen. Der Markgraf würde uns einen Kopf kürzer machen. Wenn Ihr nicht dumm seid, wisst Ihr das."

„Ich sehe, dass Ihr eine ehrliche Frau seid. Das ist bewundernswert. Vielleicht komme ich auf dem Nachhauseweg noch einmal wegen der Gans hier vorbei."

Matthis verließ den Laden, reihte sich in die Menschenmenge ein, die auf dem Weg zum Markt war, und sah sich um. Verkäufer jeder Art hatten ihre Stände aufgebaut und boten ihre Waren an. Matthis erspähte nichts Außergewöhnliches. Niemand sah so aus, als würde er Wildfleisch verkaufen. Niemand sah verdächtig aus.

In aller Öffentlichkeit würde Matthis den Schwarzmarktverkäufer wohl nicht finden können. Stattdessen musste er irgendwo anders suchen oder jemanden finden, der über derartige Informationen verfügte. Einerseits konnte er überall sein, andererseits konnte es vorteilhaft für ihn sein, sich in der Nähe des Marktes aufzuhalten.

Wen konnte Matthis fragen? Er hatte sich bereits bei der Frau im Schlachterladen verdächtig gemacht.

Als er sich umsah, fiel sein Blick auf Frauen mit großen Körben an den Armen, die ihre Einkäufe tätigten. Einige von ihnen waren Dienstmädchen, andere mittleren oder höheren Alters, die für ihre Familien einkauften. Die meisten Verkäufer waren beschäftigt und hatten keine Zeit für eine private Unterhaltung. Aber als er an den Rand des Marktplatzes gelangte, dorthin, wo das gewaltige Rathaus stand, sah er einen jungen Mann. Er lehnte an der Mauer des Gebäudes und beobachtete die Vorübergehenden. Obwohl er jünger als zwanzig war, sah er bereits ausgewachsen aus. Ob er irgendetwas wusste?

Matthis näherte sich ihm. „Hast du eine Ahnung, wo man hier Hirschfleisch kaufen kann?“

„Warum willst du das wissen?“ Der junge Mann sah Matthis gelangweilt an. Dabei waren seine Augen nur zur Hälfte geöffnet.

„Ich möchte ein bisschen Hirschfleisch kaufen. Ist das so ungewöhnlich?“

„Ganz und gar nicht.“ Er stieß sich von der steinernen Wand ab und drehte sich um. Dann ging er um die nächste Ecke.

Matthis wartete einen Moment, dann folgte er ihm durch eine enge Gasse. Sie befand sich zwischen zwei Gebäuden, die zum Marktplatz hin ausgerichtet waren. Hatte Matthis womöglich jemanden gefunden, der ihn zum Schwarzmarkt führen konnte? Oder würde er jetzt Bekanntschaft mit Räubern machen?

Die Eingänge auf beiden Seiten der kleinen Straße waren zu dunkel, als dass man hätte sehen können, ob die Türen offen oder geschlossen waren. Es fiel kaum Sonnenlicht in die Gasse. Auch warf ein großer Baum am anderen Ende noch zusätzlichen Schatten. Matthis vergewisserte sich, dass sein Messer in Reichweite war, und ließ unter seinem Mantel die Hand auf dem Messergriff ruhen.

Der junge Mann erreichte das Ende der engen Gasse und blickte sich zu Matthis um. Dann wandte er sich nach links und verschwand.

Matthis folgte ihm. Er blickte zuerst nach rechts und dann nach links, um sich zu vergewissern, dass niemand hinter den Gebäuden lauerte. Anscheinend nutzten die Bewohner die Rückseite des Gebäudes, um dort den Inhalt ihrer Nachttöpfe zu entsorgen. Jedenfalls vermischte sich der Gestank in der Luft mit der drückenden Sommerhitze und ließ einen dichten Nebel entstehen, der ihm das Atmen erschwerte.

Der junge Mann hatte einige Meter Vorsprung und gab ihm das Zeichen, zu ihm aufzuschließen. Matthis beschleunigte seinen Schritt, hielt in der dunklen Seitenstraße jedoch weiterhin Ausschau nach jeder Art von Bewegung. Seine Stiefel verursachten in dem Dreck schmatzende Geräusche. Als sie zu einer Gasse gelangten, die hinter einer Häuserreihe vorbeiführte, bogen sie nach rechts ab. Im ersten Eingang stand eine Frau. Ihr Haar war rot und strähnig. Obwohl es zu einem Zopf auf dem Rücken geflochten war, gelang es ihm irgendwie, in alle Richtungen abzustehen. Vorne fehlten der Frau ein paar Zähne.

„Wen haben wir denn hier?" Sie ließ ihren Blick eine Weile über Matthis' Gesicht schweifen.

„Ich möchte Wildfleisch kaufen."

„Warum bist du hierhergekommen? Du glaubst doch nicht, dass wir hier so etwas haben, oder?" Eine Hand ruhte auf ihrer Hüfte. Die andere benutzte sie, um beim Reden damit herumzufuchteln. Fast sah es so aus, als würde sie auf diese Weise ihre Worte verteilen. Provozierend lächelte sie ihn an. „Ich muss allerdings zugeben, dass du aussiehst wie ein Mann, der weiß, was er will."

Matthis vermutete, dass er auf der Rückseite des Bordells gelandet war, das man das Rote Haus nannte. Es lag der Waschfrauenstraße gegenüber.

„Er will nur Hirschfleisch", sagte der junge Mann. „Gib ihm, was er will."

Die Frau hob die Hand und verpasste dem Boten eine Schelle auf den Hinterkopf.

„Aua!"

„Für wen hältst du dich? Du hast mir gar nichts zu sagen. Kennst du diesen Mann?"

„Nein." Es klang bockig, als käme es mehr von einem Jungen als von einem Mann.

Die Frau wandte sich wieder Matthis zu.

„Ich möchte ein bisschen Hirschfleisch für meine alte Mutter kaufen. Der Bader hat gesagt, es würde ihr Blut stärken."

Erst starrte sie ihn nur an, dann machte sie einen Schritt rückwärts. „Komm rein."

Matthis betrat den schlecht beleuchteten Hinterraum und folgte der Frau durch einen Flur in eine kleine Küche. Dicke Scheiben frischen Hirschfleisches lagen auf dem Tisch.

„Ist es das, wonach du suchst?"

„Ja." Matthis betrachtete das Fleisch, das bereits gehäutet und bratfertig war. Inzwischen war er sicher, dass es sich um Hirschfleisch handelte. Er tat so, als müsste er überlegen, welches Stück er haben wollte. Mit im Raum befand sich ein Junge von ungefähr vierzehn Jahren, der ihm ein Stück Stoff anbot, in das er das Fleisch einwickeln konnte.

Schließlich wählte Matthis eine Scheibe Fleisch aus, wickelte sie in das Tuch und reichte der Frau das Geld. Sie stopfte die Münzen in eine Geldbörse, die an ihrem Gürtel um ihre Hüften hing, dann begleitete sie ihn zurück zur Hintertür.

Als sie die Tür öffnete, um ihn nach draußen zu lassen, standen dort ein Mann und eine Frau und warteten. Der ordentlichen Erscheinung und der Kleidung nach zu urteilen, handelte es sich bei beiden um Dienstboten aus wohlhabenden Haushalten.

Wussten die wohlhabenden Leute von Dornbeck von diesem Schwarzmarkt für Hirschfleisch? Wenn er nur herausfinden konnte, was hinter der Sache steckte.

Vielleicht konnte er in Erfahrung bringen, wem das Haus gehörte.

Als er wieder allein auf der Straße war, umrundete er das Gebäude bis zur Vorderseite. Es handelte sich um das Bordell – genau wie er vermutet hatte. Obwohl in seiner Kindheit alle Jungen seines Alters darüber gesprochen hatten, konnte er sich nicht daran erinnern, dass irgendjemand jemals den Namen des Besitzers erwähnt hatte.

Dennoch, er hatte zumindest den Schwarzmarkt gefunden, den der Wilderer benutzte, um sein Fleisch zu verkaufen.

Der Markgraf lud Matthis in seine Bibliothek ein. Während er die Papiere auf seinem Schreibtisch anstarrte, war sein Gesichtsausdruck angespannt und düster. Er wirkte eindeutig besorgt. Sein Vogt stand direkt hinter ihm und warf Matthis böse Blicke zu.

„Matthis, hast du Neuigkeiten für mich?“

„Fürst von Dornbeck, ich danke Euch, dass Ihr mich empfangt. Es ist nämlich tatsächlich so, dass ich Neuigkeiten habe. Ich habe herausgefunden, dass es in der Stadt einen Ort gibt, an dem die Leute Hirschfleisch kaufen. Auch glaube ich, dass es sich um Hirsche handelt, die im Dornbecker Wald gewildert wurden."

Die Augenbrauen des Markgrafen senkten sich und verliehen ihm ein noch finsteres Aussehen. Er erhob sich, griff nach einem Gehstock und humpelte damit auf die großen Fenster zu, die eine Aussicht auf die steilen, bewaldeten Schluchten hinter dem Schloss boten. Obwohl es schon beinahe Mittag war, hatte die Sonne es noch nicht geschafft, die Wolken zu durchdringen. Der Fürst blieb stehen und blickte nach draußen.

„Erzähl mir alles, was du weißt", sagte er, ohne Matthis anzusehen.

Zuerst erzählte sein Förster ihm von dem Hirsch, den er mit einem Pfeil in der Flanke gefunden hatte. Auch berichtete er ihm davon, dass die weißen Federn des Pfeiles mit denen des zuvor gefundenen Pfeiles übereinstimmten. Dann beschrieb er die Situation, die er in der Seitenstraße hinter dem Rathaus, nicht weit entfernt vom Marktplatz, erlebt hatte. Insbesondere schilderte er das Fleisch, die Käufer und die Verkäufer.

„In welchem Haus war das?"

„Im Bordell, das alle das Rote Haus nennen."

„Ich werde meinen Verwalter damit beauftragen, den Eigentümer ausfindig zu machen." Er wandte sich wieder Matthis zu. „Vielen Dank für deine Sorgfalt, die dazu geführt hat, dass du von dem Schwarzmarkt und dem Wilderer erfahren hast. Das war sehr gute Arbeit."

„Ich habe nur meine Pflicht getan, doch war es mir eine Ehre, mein Herr. Ich habe vor, diesen Wilderer zu fassen." Matthis verbeugte sich.

„Halte mich auf dem Laufenden, falls du irgendetwas Neues entdeckst."

„Wenn ich darf, würde ich gern noch eine andere Sache mit Euch besprechen, mein Herr."

„Natürlich."

„Wir haben in dieser Woche sehr viele Hasen gefangen. Möchtet Ihr vielleicht ein paar davon den Armen schenken?"

Der Markgraf starrte Matthis an, als würde ihn die Frage überraschen.

„Den Armen schenken?" Ulrichs Stimme war voller Verachtung. Der Vogt trat vor und sah dem Markgrafen ins Gesicht. „Mein Herr, ich habe nie davon gehört, dass die vorherigen Markgrafen so etwas getan hätten."

„Ich tue aber nicht das, was die vorherigen Markgrafen getan haben, Ulrich", erwiderte Fürst von Dornbeck und räusperte sich. „Ich halte das für eine gute Idee, Matthis. Abgesehen davon glaube ich, dass mein Koch kurz davor ist, die Hasen wegzuwerfen. Deshalb darfst du alle Hasen, die du fängst, von nun an den Armen geben. Kümmere dich darum."

„Ja, mein Herr."

„Ulrich." Der Markgraf sah seinen Vogt an. „Lass den Verwalter rufen. Ich muss etwas mit ihm besprechen. Und begleite Matthis nach draußen."

Matthis verbeugte sich ein letztes Mal vor dem Markgrafen. Dann folgte er Ulrich, dessen Gesicht inzwischen ziemlich rot und verkniffen aussah – fast so, als hätte er etwas Bitteres gegessen.

Fronika würde sich allerdings freuen, wenn sie erfuhr, dass die Armen in den nächsten Tagen eine große Spende an Hasen erhalten würden.

Kapitel 10

Fronika kam in Begleitung von Peter und Anna zum Abendessen. Als sie das Haus des Bürgermeisters betrat, war sie ziemlich beeindruckt. Im Gegensatz zur dargebotenen Größe und Schönheit erschien ihr das Haus ihres Onkels klein und schäbig.

Im Laufe des Abends bemerkte Fronika, dass sich Rutger und Georgs Vater allein in eine Ecke zurückgezogen hatten und sich unterhielten. Dann begleitete Herr Papendorf Rutger zur Hintertür hinaus und sie verschwanden.

Plötzlich tauchte Georg neben Fronika auf. „Fronika", sagte er und berührte sie am Arm. „Ich habe nicht den Eindruck, dass du dich heute genauso gut amüsierst wie beim letzten Fest. Es tut mir leid, dass wir keine Musik haben. Mein Vater sagt, dass er bei musikalischer Begleitung nicht hören kann, was die anderen sagen. Daher wird auf seinen Festen niemals getanzt." Angesichts der Tatsache, dass sein Vater ein schlechter Gastgeber war, hob Georg missbilligend eine Augenbraue. „Kann ich dir irgendetwas holen? Oder dir, Anna? Etwas zu trinken?"

Bevor sie antworten konnten, winkte Georg einen Dienstboten zu sich, der ein Tablett mit Weinkelchen trug. Er nahm zwei davon herunter und reichte sie Fronika und Anna.

Während Georg redete, nippte Fronika gedankenverloren an ihrem Wein. Wieder und wieder hörte sie die Worte der Frau, die seit zehn Jahren ihre Köchin war. Wäre es falsch, Georg zurückzuweisen, wenn er sie fragte, ob sie ihn heiraten wolle? *Konnte* sie Georg heiraten? Er war charmant und jung. Die Köchin fand, dass es egoistisch sei, einen reichen Mann abzuweisen. Vielleicht würde Rutger endlich selbst heiraten, wenn Fronika unter der Haube war. Er war fünfunddreißig Jahre alt, nicht zu alt, um eine begehrenswerte Frau zu finden.

Aber sollte sie ihrer Köchin erlauben, sie zu beeinflussen, wenn es um eine Angelegenheit ging, die so ernst war wie die Ehe? Die Köchin würde Fronikas Leben ja nicht leben müssen – auch dann nicht, wenn sie dafür sorgte, dass Fronika den falschen Mann heiratete. Nur Fronika selbst würde die Konsequenzen tragen.

„Es ist wirklich schade“, fuhr Georg fort, „dass wir keine Musik haben. Ich würde furchtbar gerne noch einmal mit dir tanzen.“ Er kam ein bisschen näher, woraufhin Fronika die grauen Flecken in seinen hellblauen Augen bemerkte. Ganz bestimmt war er nicht unattraktiv. Die meisten Frauen würden ihn für gut aussehend halten.

„Georg! Komm her und erzähl diesem Mann, was du über die Maulesel und Pferde gesagt hast, die meine Männer aus Spanien mitgebracht haben.“ Ein älterer Herr winkte ihn zu sich und den beiden anderen Männern heran. Alle drei waren sehr gut gekleidet und trugen die neueste Mode – helle, farbenfrohe Gewänder, die mit Pelz besetzt waren, außerdem Hüte und Kapuzen mit langen Zipfeln.

„Entschuldigt mich.“ Georg entfernte sich widerwillig von Fronika und Anna und begab sich zu den drei Männern am anderen Ende des Raumes.

Dafür näherte sich jetzt Peter. „Anna, Liebling, ich möchte, dass du jemanden kennenlernst. Es wird nicht lange dauern.“ Gleich darauf war Fronika mit ihren Gedanken allein.

Anders als Georg wollte sie sich lieber unterhalten, anstatt zu tanzen. Schließlich wusste sie, dass sie bald auf die Jagd gehen musste. Oder lag es daran, dass Matthis nicht hier war, um mit ihr zu tanzen? Nein, solche Gedanken waren unangebracht. Am Tage zu schlafen war nicht gerade leicht. Dementsprechend hatte sie in letzter Zeit nicht sehr viel Schlaf gefunden, und wenn, dann hatten sie Albträume geplagt. Mit Matthis zu reden war im Übrigen noch angenehmer, als mit ihm zu tanzen. Fronikas Gedanken wanderten ständig zu ihrer Unterhaltung im kleinen Garten hinter dem Haus zurück. Morgen würde sie ihn wiedersehen.

„Was geht in deinem hübschen Köpfchen vor, Fronika?“ Georg war den Eindringling losgeworden und beugte sich wieder nah zu ihr herüber.

Fronika lachte, doch schwang Nervosität in ihrer Stimme mit. „Nichts Erwähnenswertes."

„Das kann nicht sein. Ich bin sicher, dass viele deiner Gedanken erwähnenswert sind." Er grinste. „Da wir nicht tanzen können, möchte ich dich bitten, mit mir in den Innenhof zu gehen. Ich würde dir dort gerne etwas zeigen." Ohne auf ihre Antwort zu warten, nahm er ihre Hand und legte sie auf seinen Arm. Dann führte er sie aus dem großen Raum hinaus. Über einen kurzen Flur gelangten sie schließlich in einen durch das Dämmerlicht nur schwach beleuchteten Hof.

Hätte sie sich weigern sollen, ihm nach draußen zu folgen? Schließlich war ihr bewusst, dass sie den Schutz der Festgesellschaft verließ. Zwar waren sie und Matthis bei ihrer Geburtstagsfeier ebenfalls in den Garten hinausgegangen, doch hatten sich dort noch andere Leute aufgehalten. Außerdem vertraute sie Georg nicht so, wie sie Matthis vertraute.

Georg zog sie in die Dunkelheit hinaus. „Unser Gärtner pflanzt hier draußen wundervolle Blumen."

Fronika erhaschte einen kurzen Blick auf ein paar Männer, die am anderen Ende des Hofes um ein kleines Pony herumstanden, das dort eingepfercht war. Sie schienen sich über das Tier zu unterhalten. Die Tatsache, dass Fronika noch andere Leute erblickte, erleichterte ihr das Atmen.

Georg führte sie zu ein paar großen Töpfen, in denen wunderschöne Blumen blühten. Einer davon war mit rot leuchtenden Geranien gefüllt. In einem anderen befand sich ein üppiger Rosenbusch, dessen zarte Blüten in voller Pracht standen.

„Die Rosen gehören meiner Mutter. Sie liebt Rosen und mein Vater liebt es, sie zu verwöhnen. Darum hat er ihr diesen Busch geschenkt." Georg sah Fronika an, nicht die Rosen. „Gefallen sie dir?"

„Sie sind sehr schön." Fronika berührte eine der Blüten mit ihrer Fingerspitze.

Georg riss eine davon ab und hielt sie ihr hin. „Für dich."

„Danke." Fronika führte die Blume an ihre Nase. „Sie riecht wundervoll."

Er führte sie zu einem Fresko, das auf eine der den Hof umgebenden Wände gemalt war. Es stellte eine Szene dar, in der zwei Liebende einander in einem Blumengarten umarmten.

„Es ist gut gemalt und sieht sehr realistisch aus. Der Künstler ist sehr talentiert."

„Meine Mutter liebt Farben. Mein Vater hat einen Künstler aus Heidelberg beauftragt, der einzig für dieses Kunstwerk angereist ist. Mein Vater liebt meine Mutter sehr." Georg trat näher an sie heran. „Wenn ich heirate, möchte ich es aus Liebe tun. Die Mitgift ist mir nicht so wichtig. Mir kommt es allein darauf an, dass die Frau mich liebt und ich sie."

Fronika legte die Hand auf ihre Brust und räusperte sich. „Das ist sehr lobenswert."

„Ich glaube, dass ich dich lieben könnte, Fronika, und zwar genauso, wie mein Vater meine Mutter liebt", flüsterte er mit heiserer Stimme. Dabei kam er ihr noch näher.

„Oh." Sie wich ein Stück zurück. „Deine Gefühle ehren dich und ich danke dir dafür, dass du mir dein Herz öffnest, aber …"

„Denkst du, dass du mich lieben könntest, Fronika?", fragte Georg mit großen, runden Augen. Dabei hielt er den Atem an.

„Ich weiß es nicht. Das hier kommt sehr plötzlich und ich bin mir meiner Gefühle noch nicht so sicher, wie du es zu sein scheinst."

Er nickte und entfernte sich ein paar Zentimeter von ihr. „Ich verstehe. Bedeutet das, dass du *eventuell* … etwas für mich empfindest? Vielleicht?"

„Darüber kann ich dir noch nichts sagen." Blitzartig schoss Matthis' Gesicht durch Fronikas Kopf. Aber sie durfte nicht an ihn denken. Sie räusperte sich, so als könnte sie auf diese Weise nicht nur ihren Hals, sondern auch ihren Kopf freibekommen.

„Ich kann dir Zeit geben." Georg berührte ihren Arm und blickte ihr tief in die Augen. „Du bist das schönste und begehrteste Mädchen von ganz Dornbeck. Wenn du mir versprichst, an mich zu denken und mich zumindest in Erwägung zu ziehen, werde ich auf dich warten.“ Die Atemlosigkeit in seiner Stimme schien seine Aufrichtigkeit zu beweisen.

Angesichts seiner Inbrunst konnte Fronika nicht verhindern, dass sich etwas in ihr regte, doch vermutete sie, dass es eher Mitleid als irgendetwas anderes war. „Nun gut. Ich verspreche, an dich zu denken.“

„Als möglichen Ehemann?“

„Ja.“ Aber als sie das Wort aussprach, verwandelte sich die Regung in ihrem Inneren in ein Brennen in ihrem Magen.

Nun bewegten sich die Männer, die sich das Pony angesehen hatten, auf sie zu. „Ich glaube, da kommt mein Onkel“, behauptete Fronika schnell, um Georg abzulenken. „Ich schätze, wir sollten besser reingehen.“

„Ja.“ Sein Tonfall wirkte ein bisschen ernüchtert. Dennoch lächelte er.

Georg griff nach Fronikas Ellenbogen und sie gingen zurück zur Tür. Währenddessen waren die Männer ein paar Schritte hinter ihnen. „Darf ist dich küssen?“, flüsterte Georg, als sie den engen Flur erreichten, der ins Haus führte.

Fronikas Herz begann so schnell zu schlagen, dass ihr schwindelig wurde. „Nicht heute Abend. Ich brauche Zeit, um nachzudenken.“

Als Fronika wieder Stimmen hörte, beschleunigte sie ihren Schritt. Sie betrat das Haus und ging zu Anna hinüber. Georg folgte ihr nicht.

Den restlichen Abend verbrachte Fronika in der Nähe von Peter und Anna. Als Rutger ihr weitere Personen vorstellte, unterhielt sie sich freundlich mit ihnen. Georg bemerkte zwar, dass Fronika ihr Weinglas nicht wiederfand, und brachte ihr ein neues, blieb aber ansonsten auf Distanz.

Als Rutger, Peter und Anna zum Aufbruch bereit waren, verabschiedeten sie sich von Georg und seinem Vater. Derweil nickte Fronika Georg höflich zu und erlaubte ihm, ihre Hand zu nehmen und für einen kurzen Kuss an seine Lippen zu führen.

Kaum dass sie auf der Straße angelangt waren, stieß Fronika auch schon einen tiefen Seufzer aus. Sie war noch nicht bereit,

Anna zu erzählen, was passiert war. Umso glücklicher war sie darüber, dass Rutger auf dem gesamten Nachhauseweg fröhlich mit Peter und Anna plauderte. Auf diese Weise konnte Fronika ihren wirren Gedanken freien Lauf lassen.

Fronika stand an ihrem Fenster im oberen Stockwerk. Als sie sah, dass Bruder Philip auf das Haus zukam und dabei ein mit Stoff umwickeltes Bündel an seine Brust drückte, eilte sie – immer zwei Stufen auf einmal nehmend – mit gerafften Röcken die Treppe hinunter.

Rutger hatte eine Mitteilung an den Mönch und Lehrer geschickt und ihm seine Lieblingsspeise in Aussicht gestellt, sofern er zurückkehren würde. Seit dem Tag, an dem sich Fronika mit ihm gestritten hatte, war er nicht mehr bei ihr gewesen. Bei dem Bündel, das er mit sich trug, musste es sich um ein neues Buch handeln, das er ihr zum Lesen mitbrachte. Was es wohl diesmal war?

Fronika öffnete ihm höchstpersönlich die Tür und führte ihn in den großen, offenen Raum. Flink zog sie den Tisch von der Wand ab und holte zwei Stühle.

„Ich habe etwas aus dem Alten Testament mitgebracht, das Erste und Zweite Buch der Chronik.“ Bruder Philip wickelte das Bündel aus und legte die Pergamente ehrfürchtig auf den Tisch.

„Oh, die habe ich noch gar nicht gelesen“, rief Fronika und setzte sich erwartungsvoll an den Tisch. Bruder Philip hingegen rührte sich nicht von der Stelle. „Warum geht Ihr nicht in die Küche, Bruder Philip? Unsere Köchin hat nur für Euch einen hübschen Schweinebraten mit würziger Pflaumensoße zubereitet. Außerdem glaube ich, dass sie gerade einen Laib Brot aus dem Ofen genommen hat. Er duftet bis hier.“

Bruder Philip machte einen betont desinteressierten Eindruck. „Dann kann ich sie wohl nicht enttäuschen.“

„Auf keinen Fall. Ihr müsst zu ihr gehen und davon kosten, sonst wird sie für den Rest der Woche schlecht gelaunt sein."

Der Mönch benötigte keine weiteren Ermutigungen. Er eilte durch die Hintertür in Richtung Küche.

Fronika seufzte zufrieden und machte sich daran, den neuen Schatz zu begutachten.

Die Chroniken waren ihr vertraut, schließlich hatte sie ähnliche Erzählungen im Ersten und Zweiten Buch der Könige gelesen. Während ihrer Studien mit Bruder Philip hatte sie erfahren, dass sie beide über dieselbe Zeitperiode und dieselben Könige berichteten. Trotzdem fand sie großen Gefallen an den wahren Geschichten über menschliche Fehler, menschliches Versagen und gelegentliche Triumphe. Die Triumphe rührten meistens daher, dass die Könige Gott gehorcht hatten, während das Versagen darauf beruhte, dass sie Gott missachteten.

Wie wundervoll es doch wäre, wenn Gott auf direkte Weise und genau wie bei den Propheten zu ihr sprechen würde. Die Könige von einst hatten Gott nur fragen müssen und dann eine Weisung von ihm erhalten. Als Fronika die Geschichte von Josaphat im Zweiten Buch der Chroniken las, erstaunte es sie, wie oft er daran erinnert worden war, „Gott zu suchen". Tat er es, dann lief alles gut und Gott kümmerte sich um seine Angelegenheiten. Tat er es nicht, dann drohte Unheil.

Eine Weile später spazierte Bruder Philip gemächlich in den Raum zurück und rieb sich dabei über den Bauch. „Eure Köchin ist eine Meisterin und sicherlich die beste Köchin in Dornbeck. Zumindest kann nicht einer meiner Ordensbrüder mit ihr und ihren Künsten mithalten."

„Bruder Philip." Fronika starrte auf den Text, den sie vor sich hatte. „Warum hat Gott gesagt, dass sein Zorn auf Josaphat ruht, obwohl er nur versucht hat, König Ahabe zu helfen?" Sie hatte eine eigene Theorie zu dieser Frage, wusste jedoch, dass es Bruder Philip schmeicheln würde, wenn sie ihn fragte.

„Lass mich das noch einmal lesen."

Fronika zeigte ihm die entsprechenden Passagen. Bruder Philip setzte sich und las sie sich leise durch. „König Josaphat muss gewusst haben, dass König Ahabe böse war und Gott nicht gehorcht hat. Es war dumm von ihm, König Ahabe in einen Krieg gegen seine Feinde zu folgen. Daraus können wir schlussfolgern, dass man niemals loyal gegenüber einem bösen Menschen sein darf."

Fronika nickte und dachte an Matthis. Tat er, was Josaphat getan hatte? War Matthis loyal gegenüber einem bösen Menschen – dem Fürsten von Dornbeck?

Andererseits gab es etwas, das ihr nicht mehr aus dem Kopf ging: die göttliche Mahnung, den Herrn zu suchen. Hatte sie den Herrn gesucht, bevor sie beschlossen hatte, wildern zu gehen? Wenn dasselbe für sie galt wie für Josaphat, dann konnte sie das im Handumdrehen ins Unglück stürzen.

Als Matthis am nächsten Tag auf der Lichtung in der Nähe der südlichen Stadtmauer eintraf, fand er Fronika dort bereits vor. Sie saß auf dem staubigen Boden und redete zu den Kindern, die einen Halbkreis um sie gebildet hatten und bewundernd zu ihr aufsahen.

Ob sie wohl wusste, wie schön sie war? Ihr Haar leuchtete in der Nachmittagssonne und ihre Stimme war sanft und freundlich. Was für eine wundervolle Mutter sie sein würde. Aber darüber sollte er nicht nachdenken.

Einige der Kinder bemerkten, wie er so dastand und sie anstarrte. „Da ist der Förster! Matthis!"

Fronika drehte sich um. „Ich bin gerade fertig mit dem Unterricht", sagte sie mit einem Lächeln auf den Lippen. „Kommt, Kinder. Zeigt Herrn Weidmann, wie man die Wörter schreibt, die ihr heute gelernt habt."

Sogleich begannen sie, die Worte Wald, Frau und Mann mit den Stöcken auf den Boden zu schreiben.

Matthis sah sich das Ergebnis an und lobte jedes einzelne

Kind. Wenn sie zu ihm aufblickten, zwinkerte er ihnen zu oder legte ihnen kurz die Hand auf die Schulter.

„Was ist da drin?", fragten sie verwundert, als er den schweren Sack, den er über der Schulter hierhergetragen hatte, vor ihren Füßen ablegte.

„Das werdet ihr schon noch erfahren", zwinkerte er ihnen verschwörerisch zu, „aber erst, wenn der Forstgehilfe mit einem zweiten Sack dieser Art hierherkommt."

Die Kinder zeigten lautstark ihre Aufregung und versuchten zu erraten, was sich in dem großen Beutel befand. „Spielsachen!" „Süßigkeiten!" Ein kleiner Junge machte einen anderen Vorschlag: „Ratten!"

„Iihh!", riefen einige der Mädchen.

„Ihr werdet noch ein bisschen warten müssen."

„Willst du den Kindern solange etwas erzählen?", fragte Fronika.

Als Matthis sich mit denen Kindern im Gras niedergelassen hatte, erzählte er ihnen eine Geschichte, die er sich seit seinem letzten Besuch ausgedacht hatte. Die Kinder hingen an seinen Lippen – Fronika, die bei ihnen saß, mit eingeschlossen.

Gerade als Matthis zum Ende kam, tauchte Hermann, sein neuester Forstgehilfe, zwischen den Bäumen auf. Er hatte einen Sack bei sich, der dem von Matthis stark ähnelte.

Aufgeregtes Gemurmel machte sich unter den Kindern breit. Matthis erhob sich. „Der Markgraf hat uns freundlicherweise erlaubt, dreißig gehäutete Hasen für euch mitzubringen. Ihr dürft sie zum Essen mit nach Hause nehmen."

Bevor Matthis fortfahren konnte, brach unter den Kindern, insbesondere unter den älteren, ein regelrechter Begeisterungssturm aus. Sie stießen Freudenschreie aus, jubelten und hüpften auf und ab. Warum verspürte er trotzdem diese überwältigende Traurigkeit und Scham, die ihn an die Vergangenheit erinnerte?

Bilder, die er längst hatte vergessen wollen, tauchten vor seinem inneren Auge auf. Das wutverzerrte Gesicht eines Verkäufers, der ihn angeschrien hatte, weil Matthis versucht hatte, ein paar Früchte von seinem Stand zu stehlen. Das aufgequollene

Gesicht eines untersetzten Bäckers, der ihn aus seinem Laden vertrieben und einen „dreckigen Bettler" genannt hatte. Das einer Frau, die bei seinem Anblick die Nase gerümpft und seiner Schwester befohlen hatte, aus dem Weg zu gehen. Das Gesicht seiner Schwester Helena, die mit vor Schreck weit geöffneten Augen sterbend zu ihm hinaufblickte. Das Entsetzen und der Schmerz, den er in ihrem jungen Gesicht gelesen hatte, brachte ihn auch heute noch an den Rand der Verzweiflung.

Konzentrier dich auf deine Aufgabe. Matthis konnte nicht zulassen, dass ihn diese Erinnerungen jetzt überwältigten. Diese Dinge waren vor langer Zeit passiert. Er war nicht länger das verachtete Waisenkind von früher. Doch beim Anblick der Kinder, die sich um ihn scharten, zog sich sein Magen krampfhaft zusammen. Ob seine Schwester und er wohl auch so armselig ausgesehen hatten?

Er zählte die Kinder ab. *Vierzehn.* Jetzt räusperte er sich. „Jeder von euch kann zwei Hasen mit nach Hause nehmen."

Der Forstgehilfe öffnete seinen Sack und Matthis tat dasselbe. Dann begannen sie, das Fleisch zu verteilen. Die Kinder griffen beherzt zu, packten die Hasen an einem ihrer Hinterläufe und sprachen aufgeregt davon, dass es heute Haseneintopf oder Hasenbraten am Spieß zum Abendessen geben würde.

Matthis trat näher an Fronika heran. „Zwei bleiben übrig. Wem soll ich sie geben?"

Während Fronika die Kinder beobachtete, schimmerten Tränen in ihren Augen. Als sie sich Matthis zuwandte, blinzelte sie schnell dagegen an. „Oh. Lass mich nachdenken." Einen Moment lang musterte sie die Kinder. „Pinnosa hier und Fritz da drüben." Sie rief die beiden zu sich. Matthis gab beiden einen dritten Hasen. Dabei versuchte er, nicht darüber nachzudenken, wie sehr das kleine Mädchen seiner Schwester ähnelte. Ihre Augen leuchteten, aber sie war blass und lächelte nicht. Wann war das letzte Mal, dass sie gelächelt hatte? Kein Kind sollte einen derart sorgenvollen Gesichtsausdruck haben.

„Wie kann ich dir jemals danken?" Fronika blickte zu Matthis auf. Wieder schimmerten Tränen in ihren Augen.

„Ich werde dem Markgrafen sagen, wie dankbar die Kinder sind."

„Aber ich bin sicher, dass du es warst, der ihn darum gebeten hat, den Kindern Nahrung zur Verfügung zu stellen. Fürst von Dornbeck hätte nicht von allein daran gedacht."

„Warum sagst du das?"

„Weil er es noch nie getan hat."

„Ich war tatsächlich derjenige, der den Vorschlag gemacht hat, ein paar der Hasen, die wir gefangen haben, an die Armen zu verteilen. Der Markgraf war jedoch so freundlich, dem Vorschlag zuzustimmen."

„Natürlich. Bitte dank ihm dafür."

Die Kinder liefen auseinander und eilten mit ihrem Geschenk nach Hause. Derweil sammelte der Forstgehilfe die Säcke ein und machte sich auf den Rückweg. Auch Matthis und Fronika verabschiedeten sich voneinander.

Den Kindern etwas zu essen zu bringen hatte bei Matthis schmerzhafte Gedanken ausgelöst und Erinnerungen aufkommen lassen, die er lieber vergessen hätte. Trotzdem bereute er es nicht. Fronika hatte ihn dazu inspiriert. Wenn sie doch nur für immer seine Inspiration sein könnte.

Kapitel 11

Zwei Tage später gab Fronika gerade Unterricht, als Matthis am Rand des Waldes auftauchte. Während sie ihre Stunde zu Ende brachte, lehnte er an einem Baum, um sie dabei nicht zu stören.

Fronika hatte ununterbrochen über den Markgrafen nachdenken müssen. Vor allem die Gerüchte, denen zufolge er seinen eigenen Bruder aus Machtgelüsten heraus getötet haben sollte, hatten ihr keine Ruhe gelassen. Wer zu solch einem Brudermord fähig war, musste von Grund auf böse und zu jeder Grausamkeit fähig sein. Fronika schüttelte sich und seufzte. Sie bedauerte es, dass Matthis nicht nur Förster war, sondern auch noch diesem grausamen Mann untertan.

Bald gingen alle Kinder nach Hause und Fronika war mit Matthis allein. „Hast du weitere Beweise für das Wildern gefunden?“, hörte sich Fronika fragen.

Matthis seufzte und starrte mit finsterem Blick auf den Boden vor seinen Füßen. „Leider ja.“ Er trat ein Stück zur Seite und blickte zu Fronika auf. „Ich bin auf einen verletzten Hirsch gestoßen. Er war von einem Pfeil durchbohrt, der dem ähnelt, den ich schon vor Kurzem gefunden hatte.“

„Auf einen verletzten Hirsch?“ Fronika drehte sich der Magen um. Auch klopfte ihr Herz in einer unerträglichen Geschwindigkeit.

„Er war dabei zu verenden, also habe ich ihn getötet.“ Er starrte auf die Bäume, die sich einige Meter von ihm entfernt befanden. „Ich tue das nicht gerne, besonders nicht bei einem Tier, das hilflos ist und nicht einmal fliehen kann. Aber ich wollte nicht, dass er noch länger leidet.“

„Natürlich nicht“, flüsterte Fronika. „Du hast das Richtige getan. Ich bin sicher, dass er auch so gestorben wäre. Du hast ihm weitere Leiden erspart.“ Während sie die Worte aussprach, flachte ihr Atem ab.

„Bestimmt willst du nichts über leidende Tiere und Wilderer hören. Wir sollten über etwas Angenehmeres sprechen.“ Als Matthis sie anlächelte, fühlte sich Fronika so, als würde die Sonne hinter einer Wolke hervorbrechen. Jedoch weckte die Erinnerung an den Hirsch große Zweifel in ihr und sie fragte sich, ob sie es verdiente, die Sonne zu sehen oder ihre Wärme zu spüren.

„Mich interessiert alles, was dich interessiert“, sagte sie wahrheitsgemäß. Gott sei Dank wusste er nicht, dass sie den Hirsch verletzt hatte. Schon der Gedanke, dass er es herausfinden könnte, sorgte bei ihr für weiche Knie.

„Was mich interessiert, ist der Ball, den der Markgraf im Dornbecker Schloss veranstalten will."

„Einen Ball? Er ist schon seit beinahe einem Jahr Markgraf und hat noch nie einen Ball veranstaltet."

„Jetzt tut er es. Der Vogt hat ihm dazu geraten, auch wenn der Markgraf wegen seines verletzten Knöchels nicht tanzt. Trotzdem glaubt er, dass es eine gute Gelegenheit ist, alle herausragenden Persönlichkeiten von Dornbeck kennenzulernen."

„Aha." Wer war damit wohl gemeint?

„Ich war überrascht, dass ich dazu eingeladen wurde. Du und dein Onkel seid es natürlich auch. Der Bürgermeister und sein Sohn werden ebenfalls dort sein."

„Oh. Das klingt, als könnte es … erfreulich werden."

„Wie ich erfahren habe, soll es ein Kostümball sein. Das war ebenfalls die Idee des Vogts."

„Ein Kostümball?" Als was würde sie gehen? Sie hatte noch nie einen Kostümball besucht. „Wie willst du dich verkleiden?"

„Ich fürchte, dass ich nicht als Förster gehen kann." Es klang wie eine Frage.

Fronika lachte. „Du wirst irgendetwas finden. Da bin ich mir sicher. Wann ist der Ball?"

„Erst in ein paar Wochen. Der Markgraf lädt einige Adlige aus anderen Gegenden dazu ein und will ihnen genug Zeit lassen, um anzureisen."

„Ich freue mich schon jetzt darauf, bei dieser Gelegenheit mit dir tanzen zu können", sagte Fronika. Dabei wurde sie von Erinnerungen an das Mittsommerfest durchflutet. Wie gern hatte sie damals mit ihm getanzt, wie sehr hatte sie es genossen, ihre Hand in seiner zu spüren. Ein kleiner Schauder rieselte ihren Rücken hinunter. „In der Zwischenzeit werde ich an meinem Kostüm arbeiten."

„Als was wirst du gehen?"

Fronika dachte einen Moment lang nach. „Als Schwan." Sie würde sofort damit anfangen, Federn für ihre Verkleidung zu suchen. „Ein weißer Schwan. Jetzt weißt du, wie du mich beim Ball finden kannst."

Matthis lächelte. Jedoch war da so etwas wie Traurigkeit in seinen Augen. „Mein Vater mochte Schwäne. Es gab ein Pärchen, das auf dem See in der Nähe des Dornbecker Schlosses lebte. Er hat mich oft dorthin mitgenommen. Dann haben wir ihnen Brotkrumen zugeworfen."

Es war herzzerreißend, dabei zuzusehen, wie sich sein Lächeln in Ärger verwandelte. Matthis starrte mit verkniffenem Mund auf den Boden. Fronika hatte ihn noch nie so verärgert gesehen.

„Es tut mir sehr leid."

„Ich glaube, dass dieser neue Wilderer derselbe ist, der damals meinen Vater getötet hat. Und ich werde nicht zulassen, dass er ungestraft davonkommt."

Fronikas Magen zog sich schmerzhaft zusammen. Was konnte sie sagen, ohne sich verdächtig zu machen? „Das kann nicht dieselbe Person sein. Es ist doch schon Jahre her."

„Vier Jahre, mehr nicht. Dieser Wilderer hat meinen Vater verwundet, dann hat er ihn gejagt und ihm einen Pfeil durchs Herz geschossen. Er hat kein Erbarmen gezeigt. Und dann ist er verschwunden – bis heute."

Fronika zwang sich zu atmen und ihre Stimme ruhig zu halten. „Warum glaubst du, dass es derselbe Mann ist?"

„Die Federn am Pfeil waren dieselben."

Fronika erschrak. Sie musste aufpassen, was sie sagte. „Aber … waren die Federn so ungewöhnlich? Könnten nicht mehrere Personen dieselben Federn an ihren Pfeilen haben?"

Matthis öffnete den Mund und schloss ihn dann wieder, so als würde er darüber nachdenken, was er ihr antworten sollte. „Du könntest recht haben. Weiße Federn sind nichts Außergewöhnliches."

„Natürlich nicht! Weiße Federn sind sehr gewöhnlich, wahrscheinlich sogar am gewöhnlichsten." Ihre Stimme war zu laut. Sie musste sich beruhigen. „Sehr gewöhnlich", wiederholte sie leise.

„Mein Vater war ein guter Mann. Wenn es in meiner Macht steht, werde ich ihn rächen", sagte Matthis, ohne Fronika anzusehen. „Er hatte es nicht verdient, auf diese Weise zu sterben."

„Natürlich nicht." Wenn sie ihn nur trösten könnte, wenn sie ihre Arme um ihn legen oder seine Hand berühren könnte. Ihr Herz schlug hart in ihrer Brust, einerseits wegen der Sehnsucht in ihrem Inneren, andererseits weil sie sich schuldig fühlte. Schließlich wusste sie, dass seine schmerzlichen Gedanken, zumindest teilweise, durch sie verursacht worden waren. „Ich wünschte, es wäre nicht passiert. Es tut mir so leid."

Ein paar Augenblicke später nickte Matthis. Dann räusperte er sich. „Ich möchte dir dafür danken, dass du mich auf die Idee gebracht hast, die gefangenen Tiere an die Kinder weiterzugeben. Es ist eine Freude zu wissen, dass sie heute Abend gut essen werden." Matthis sah Fronika tief in die Augen. „Die Welt braucht mehr Menschen wie dich, Fronika."

Fronika lächelte, um die Stimmung ein wenig zu heben. „Und wie dich, Matthis Weidmann."

„Ich muss jetzt zurück an meine Arbeit." Er machte einen weiteren Schritt auf den Wald zu.

„Wirst du nächste Woche wiederkommen?"

„Am Mittwoch bin ich mit dem Markgrafen verabredet, aber ich könnte vielleicht am Freitag kommen."

Fronika hoffte nur, dass er bis dahin keine weiteren Beweise für ihr Wildern gefunden haben würde.

Rutger und Fronika saßen allein am Tisch und aßen gerösteten Fasan und Kompott.

„Wie war deine heutige Unterrichtsstunde mit den Kindern?", fragte Onkel Rutger, gerade als sich Fronika ein Stück Fleisch in den Mund geschoben hatte. „Hast du den Förster getroffen?"

Fronika brauchte ein paar Augenblicke, um ihr Essen zu kauen. Sie starrte auf ihren Teller und schluckte schließlich. „Ja, er war da."

„Hast du ihn gefragt, was er über den Wilderer weiß?"

„Er weiß, dass es einen gibt.“ Fronika zwang sich, nicht unruhig auf ihrem Stuhl hin und her zu rutschen. Da es ihr schwerfiel, ihr Versagen einzugestehen, vermied sie es, ihrem Onkel in die Augen zu sehen.

„Was ist los, mein Schatz?“

„Er hat einen weiteren Pfeil gefunden.“

„Einen weiteren Pfeil?“

„Ich … ich habe einen Hirsch verletzt und er hat sich mitsamt Pfeil davongemacht.“

„Ich verstehe.“

Für einen kurzen Moment glaubte Fronika, den Ausdruck von Angst und Sorge über sein Gesicht huschen zu sehen.

„Matthis war wegen des Wilderers sehr verärgert. Er glaubt, dass es derselbe ist wie derjenige, der vor vier Jahren seinen Vater getötet hat.“

Rutger zog die Stirn in Falten. „Das ist nicht gut.“

„Ich weiß.“ Allein die Tatsache, dass Rutger besorgt war, reichte schon aus, um Fronikas Puls zu beschleunigen und ihr eine zentnerschwere Last auf die Brust zu legen, die ihr das Atmen erschwerte. „Wir müssen die Farbe der Federn an den Pfeilen verändern. Vielleicht könnten wir verschiedene Farben benutzen. Dann wird er denken, dass es mehr als einen Wilderer gibt!“

„Mein Schatz, du darfst dich nicht so aufregen. Atme.“ Rutger demonstrierte es ihr, indem er ganz tief einatmete und die Luft dann sehr viel langsamer wieder entweichen ließ. „Mach mit.“

Sie nahm einen tiefen Atemzug. Dann sah sie an dem Funkeln in seinen Augen und dem Zucken seiner Mundwinkel, dass ihr Onkel bereits die Komik in der Situation sah. „Das ist nichts, worüber man lachen sollte.“

„Ich werde mich darum kümmern.“ Sein amüsierter Gesichtsausdruck ließ ein wenig nach. „Ich werde sicherstellen, dass die Jungen ein paar neue Pfeile mit farbigen Federn herstellen – vielleicht in Grün und Braun, was man nicht so leicht sieht – und dass sie die Befiederung der alten verändern.“

„Danke, aber ich habe sie schon gebeten, das zu tun.“

„Nun gut. Das Problem ist gelöst.“

„Ich würde nicht sagen, dass es gelöst ist." Matthis war sehr aufgebracht gewesen. Aber vielleicht hatte sie ihn von dem Gedanken überzeugt, dass der Wilderer nicht derselbe war wie der, der seinen Vater getötet hatte. „Er hat zwei Säcke mit Hasen mitgebracht, die er und seine Forstgehilfen gefangen hatten. Und er hat sie alle den Kindern gegeben."

„Weiß der Markgraf davon?"

„Er hat seine Erlaubnis dafür gegeben."

„Dann versucht Matthis also, dich zu beeindrucken, indem er gut zu den Kindern ist. Hat er es geschafft?" Während Rutger einen Schluck Wein aus seinem Becher nahm, musterte er Fronika.

Fronikas Blick wanderte in unbestimmte Ferne, als sie weitersprach. „Matthis ist ein guter Mensch, auch wenn er der Förster ist. Ich würde nicht sagen, dass er es ausschließlich getan hat, um mich zu beeindrucken."

„Ich denke schon, dass er einen guten Eindruck bei dir hinterlassen möchte. Ehrlich gesagt befürchte ich, dass er sich in dich verliebt hat, Fronika."

„Aber nein. Er ist kein Mann, der sich in eine Frau verliebt, die er kaum kennt." Sie schüttelte energisch den Kopf, errötete und hob den Becher an ihre Lippen. Nachdem sie einen Schluck getrunken hatte, sagte sie: „Wir sind nur Freunde."

„Bist du dir da sicher? Vielleicht kennst du das Herz des Försters nicht ... und dein eigenes auch nicht."

Fronika funkelte ihn an. „Warum sagst du das?"

Ursel kam herein, um Rutgers Becher aufzufüllen, und er wartete, bis sie wieder gegangen war. „Meine Liebe, ich glaube nicht, dass du weißt, welche Wirkung du auf Männer ausübst. Die Tatsache, dass du einundzwanzig und immer noch nicht verheiratet bist, ist ein Beweis für meine Rücksicht auf deine Wünsche und meine Fähigkeit, dich zu beschützen. Du bist wunderschön, so schön, dass ich in der Stadt sogar das Gerücht gehört habe, ich hätte noch keinen Ehemann für dich gefunden, weil ich dich für mich selbst haben will."

„Das ist niederträchtig und ekelhaft!" Fronika stellte den Becher mit einem solchen Schwung auf den Tisch zurück, dass einige Tropfen des Inhalts hinausschwappten. Dabei hatte sie Mühe, ihre Atmung zu kontrollieren. „Das kann nicht wahr sein. Niemand kann so etwas glauben."

„Ich will damit sagen, dass Matthis blind und gefühllos sein müsste, um sich nicht zu dir hingezogen zu fühlen. Umso mehr solltest du darauf aufpassen, dass du dich nicht in ihn verliebst. Du könntest jeden unverheirateten Mann von Dornbeck haben. Glaub mir, die Ehe ist schwieriger, wenn man arm ist. Ich will einfach nur das Beste für dich."

Fronika nickte und starrte auf die Tischplatte. Wenn sie weiter wilderte, würde Matthis früher oder später ihr dunkles Geheimnis herausfinden. Und dann würde er sie gewiss ohnehin nicht mehr lieben können. Vielleicht sollte sie einfach tun, was Rutger wollte, und jemanden heiraten, der wohlhabend war. Jemanden wie Georg. Es würde ihr Leben auf jeden Fall einfacher machen.

Kapitel 12

Fronika erwachte mit einem Schrecken. Blasses Licht fiel durch ihr Fenster. War das die Abenddämmerung – oder das Morgengrauen?

Blinzelnd setzte sie sich auf. Dieses Licht kündigte definitiv den Morgen an, nicht die Nacht. Was war passiert? Sie erinnerte sich nicht, in dieser Nacht auf die Jagd gegangen zu sein. Zwar hatte sie sich hingelegt, jedoch nur, um sich ein wenig auszuruhen. Und nun musste sie die ganze Nacht geschlafen haben.

Fronika hatte die Jagd verpasst.

Diese Erkenntnis traf sie wie ein Schlag. Enttäuscht fiel Fronika auf das Bett zurück und drehte sich auf die Seite. Schmerz und Wut über sich selbst erfüllten ihr Herz. Nur weil sie nicht auf die Jagd gegangen war, mussten die Kinder jetzt hungern. Nur weil sie …

Nein! Sie hatten ja die Hasen, die Matthis ihnen gebracht hatte. „Danke, Herr, dass du für die Hasen gesorgt hast", flüsterte sie.

Ihre Gedanken wanderten zu Matthis, dann zur Unterhaltung, die sie gestern Abend mit Rutger geführt hatte. Er glaubte, dass Matthis sich zu ihr hingezogen fühlte. Im Grunde bezweifelte Fronika das auch gar nicht. Aber das wohlige Gefühl, das sich bei dem Gedanken an Matthis in ihrem Herzen breitmachte, gefiel ihr gar nicht. Wenn sie nur wieder einschlafen könnte, dann würde sie nicht länger darüber nachdenken müssen. Ein Klopfen an der Eingangstür sorgte dafür, dass Fronika sich aufsetzte und ihre Ohren spitzte. Erst hörte sie unterdrückte Stimmen, dann leise Schritte, in denen sie Ursel erkannte. Die Schritte kamen den Flur entlang und näherten sich.

Dann steckte Ursel den Kopf zur Tür herein. „Georg Papendorf ist hier und verlangt nach dir."

Hatte Fronikas Herz eben noch einen Satz gemacht, so verspürte sie jetzt eine gewisse Enttäuschung. „Ich bin in ein paar Minuten unten." Zumindest war Georg jemand, mit dem sie reden konnte. Das würde sie von … anderen Dingen ablenken.

„Guten Morgen, Fronika." Georg stand am Fuß der Treppe und hielt einen großen Strauß frischer Rosen in der Hand. „Die hier sind für dich."

„Oh. Sie sind herrlich", erwiderte Fronika und eilte die Stufen hinunter. Dann nahm sie die Blumen mit den rosa Blüten entgegen.

„Vorsicht. Sie haben Dornen."

Fronika versenkte ihr Gesicht in den Blüten und atmete den berauschenden Duft ein. „Danke. Wundervoll." Sie rief nach Ursel, um sie zu bitten, die Blumen in eine Vase zu stellen. „Da war eine Vase auf diesem Regal, aber jetzt ist sie weg." Die wunderschöne Vase, die Rutger vor ein paar Tagen während ihres Gesprächs betrachtet hatte … Sie war verschwunden. Ursel nahm die Blumen mit und kehrte bald darauf mit einer Keramikvase zurück, die sehr gut zu den Blumen passte.

„Sie haben dieselbe Farbe wie die Rosen meiner Mutter, aber ich habe sie bei einem Verkäufer auf dem Marktplatz erworben."

Fronika schnupperte erneut am Strauß. Sie konnte gar nicht mehr aufhören, ihn zu betrachten.

„Du siehst heute Morgen so strahlend aus. Der Morgen muss deine liebste Tageszeit sein."

Fronika lachte. „Du schmeichelst mir. Normalerweise bin ich um diese Zeit noch gar nicht aufgestanden."

„Ach nein?" Georg sah ein wenig enttäuscht aus. Vielleicht konnte sie ihn noch weiter enttäuschen.

„Nein. Morgens schlafe ich. Auch nachmittags mache ich nicht viel mehr, als meine Freundin Anna zu besuchen. Ab und zu widme ich mich auch theologischen Studien." Sicher wollte er keinen Faulpelz zur Frau. Noch weniger würde ihm eine Frau gefallen, die damit prahlte, wie viel sie über die Bibel und andere heilige Schriften wusste. Dadurch würde sie ihn vor anderen Männern in Verlegenheit bringen.

„Meine Liebe, wenn du mich heiratest, kannst du so viel studieren, wie du willst. Ich kann es mir leisten, dir alle Bücher der Bibel zu kaufen, dazu noch die Psalter und was du sonst noch haben möchtest. Fronika, ich möchte dich heiraten. Wenn du doch nur Ja sagen würdest."

Oh-oh. Das lief nicht so wie geplant. Fronika rang sich ein Lächeln ab. War es nicht das, was sie wollte – einen Ehemann, der genauso gut zu ihr war wie Rutger und sie mit Büchern, Lehrern und Freizeit verwöhnte? Wenn er sie mit Büchern verwöhnen wollte, würde er dann nicht auch zulassen, dass sie die Kinder außerhalb der Stadtmauer versorgte?

Fronika blickte in seine flehenden Augen. Wenn er freundlich und großzügig wäre … Vielleicht war es dumm von ihr, ihn nicht heiraten zu wollen, nur weil sie sich nicht zu ihm hingezogen fühlte. Bestimmt würde kein anderes Mädchen von Dornbeck ihn zurückweisen. Trotzdem war sie noch nicht bereit, diesem Mann ihr Versprechen zu geben.

„Danke, dass du mich nicht dazu zwingst, schon jetzt eine Entscheidung zu treffen."

„Natürlich." Georg trat einen Schritt zurück und nickte. „Ich muss jetzt gehen. Mein Vater hat mich damit beauftragt, in Dornbeck eine Einwohnererhebung durchzuführen. Jeder muss erfasst werden. Das bedeutet eine Menge Arbeit und ich habe viele Leute, die ich überwachen muss."

Fronika versuchte, nicht allzu beeindruckt auszusehen. „Ich bin sicher, dass du sehr gute Arbeit machen wirst." Sie streckte ihre Hand aus, woraufhin Georg diese ergriff und für einen Kuss an seine Lippen führte.

„Auf Wiedersehen, Fronika."

„Auf Wiedersehen."

Matthis brachte zwei weitere Säcke mit Hasen zu den Kindern und betrachtete dabei Fronikas Gesicht. Als Fronika sah, wie die Kinder jubelten und auf ihn zuliefen, wurden ihre blauen Augen rund und ihr Gesicht überzog sich mit einem Lächeln. Da die Maßnahme dem Ende zuging, waren es die letzten Hasen. Trotzdem genoss Matthis die Begeisterung der Kinder – und Fronikas Freude.

Er hatte gewartet, bis Fronikas Unterricht zu Ende war. Jetzt händigte er den Kindern das frische Fleisch aus und sah zu, wie sie damit nach Hause liefen.

Fronika sah ihn an. „Vielen Dank noch mal. Weißt du eigentlich, was für ein besonderer Mensch du bist? Du machst dir Gedanken um die Kinder, obwohl sie von den meisten Leuten verachtet werden."

„Vielleicht liegt es daran, dass ich einer von ihnen war, nachdem die Pest meine Eltern getötet hatte."

Fronikas Gesichtsausdruck wurde ernst. „Das letzte Mal, als du die Hasen gebracht hast, konnte ich Trauer in deinen Augen erkennen."

Matthis rieb sich das Kinn. „Ich habe mich … an etwas … erinnert." Sollte er es ihr sagen?

„Woran?"

Er starrte auf den Boden und vermied es, Fronika anzusehen. „Ich habe daran gedacht, wie es war, als meine Schwester und ich in ihrem Alter waren. Eigentlich versuche ich, nicht mehr an diese Zeit zu denken."

„War es sehr schmerzhaft?"

Matthis kaute auf seiner Unterlippe herum. „Nach dem Tod unserer Mutter und unseres Vaters waren wir allein. Ich habe versucht, mich um sie zu kümmern … um meine kleine Schwester." Er schüttelte den Kopf.

„Was ist mit ihr passiert?" Fronikas Stimme war warm und sanft und kaum mehr als ein Flüstern.

„Ein Pferd hat sie auf der Straße niedergetrampelt. Ich bin losgelaufen, um sie in Sicherheit zu bringen, aber es war zu spät. Das ist schon lange her."

„Das muss furchtbar gewesen sein." Fronika legte ihre Hand auf seine Schulter.

Als die Erinnerung an den Anblick, die Gerüche und den Schmerz zu ihm zurückkehrte, bildete sich ein dicker Kloß in seinem Hals. „Ich war auf der Straße und habe sie in meinen Armen gehalten." Matthis verzog sein Gesicht vor Schmerz und Zorn. „Ich kann immer noch sehen, wie die Leute mich angestarrt haben. Die Frauen haben voller Verachtung zu mir herübergesehen und die Männer haben mich angeschrien, ich solle aus dem Weg gehen."

„Wie alt warst du?"

Da Fronikas Stimme brüchig wurde, blickte Matthis zu ihr auf. In ihren Augen standen Tränen.

„Ich muss acht oder neun gewesen sein." Matthis schüttelte den Kopf und versuchte auf diese Weise, die Erinnerung loszuwerden. „Ich habe dich traurig gemacht. Ich hätte es dir nicht erzählen sollen."

„Ich sehe, dass du nicht gerne darüber sprichst. Trotzdem bin ich froh darüber, dass du es getan hast. Es zeigt, dass du Vertrauen zu mir hast." Ihre Hand fühlte sich so warm und weich auf seiner Schulter an. Aber dann nahm Fronika sie urplötzlich weg.

„Kurze Zeit später hat mich der Forstgehilfe gefunden und adoptiert. Ich habe ein gutes Leben geführt. Gott hat mich gesegnet … mehr als andere."

„Ich verstehe", sagte Fronika und nickte.

„Ohne Zweifel hast du ebenfalls schmerzliche Erinnerungen."

„Ja." Sie verzog den Mund zu einem schiefen Lächeln. „Aber ich wurde sehr gesegnet, als mein Onkel kam und mich bei sich aufgenommen hat. Er ist furchtbar gut zu mir gewesen. Eigentlich hat er mich sogar besser behandelt, als es die meisten Väter tun würden."

Sprach sie von der Tatsache, dass Rutger ihr erlaubt hatte, unverheiratet zu bleiben?

„Dann sind wir uns einig", fuhr Fronika fort. „Wir wurden beide sehr gesegnet." Ihr fröhliches Lächeln kehrte zurück. „Danke noch mal für die Hasen. Jetzt kann ich mich darüber freuen, dass die Kinder heute Abend genug zu essen haben – dank dir."

„Und dank des Markgrafen", erinnerte er sie.

„Und dank des Markgrafen."

Auf dem Weg hoch zum Dornbecker Schloss dachte Matthis über den zweiten Schwung Hasen nach, den er am Vortag den armen Kindern gebracht hatte. Fronika hatte genauso wunderschön ausgesehen wie immer, aber er hätte ihr nicht davon berichten sollen, wie seine kleine Schwester gestorben war. Er wollte nicht, dass sie ihn bemitleidete. Er wollte in ihren Augen stark und kompetent aussehen.

Matthis war schon immer bewusst gewesen, dass Fronika gesellschaftlich über ihm stand. Von ihr zu träumen war ungefähr so, als würde er darauf hoffen, eines Tages der Vogt des Markgrafen zu sein. Er hatte immer geglaubt, dass er den Aufgaben, die eine solche Position mit sich brachte, gewachsen wäre. Allerdings war der Posten des Vogts Ulrichs Bestimmung; schließlich folgte er seinem Vater nach, der diese Stellung schon bei den vorangegangenen Markgrafen eingenommen hatte.

Wie sollte der Markgraf jemals herausfinden, dass Matthis Organisationstalent oder eine Begabung für Diplomatie besaß?

„Du musst nach einer Gelegenheit Ausschau halten, es ihm zu zeigen", hatte seine Mutter gesagt.

Herauszufinden, wer der Wilderer war und den Schwarzmarkt betrieb, war eine Möglichkeit, die Aufmerksamkeit des Markgrafen zu erregen. Es mussten mehrere Leute in die Sache verwickelt sein, damit so viel Fleisch zur Verfügung stand, wie er im Roten Haus gesehen hatte. Vielleicht konnte eine Person so viele Hirsche erlegen, aber es wären noch andere erforderlich, um das Fleisch aus dem Wald zu schaffen und für den Markt vorzubereiten. Und diejenigen, die es verkauften, hatten wahrscheinlich nichts mit dem Erlegen und Parieren der Tiere zu tun. Bestimmt waren sie von irgendjemandem engagiert worden. Wer steckte nun hinter alledem?

Als Matthis in die Bibliothek geführt wurde, hatten sich der Markgraf und Ulrich über ein paar Papiere gebeugt, die auf dem Schreibtisch lagen.

Fürst von Dornbeck signalisierte Matthis vorzutreten. Der Vogt hingegen warf ihm nur kühle Blicke zu.

„Fürst von Dornbeck, Ihr wünschtet mich zu sprechen?"

Der Markgraf sah Matthis an. „Der Verwalter hat versucht herauszufinden, wer die Schwarzmarktverkäufer sind. Außerdem hat er sich bemüht, die Hintermänner ausfindig zu machen. Ich will wissen, wer im Roten Haus den Schwarzmarkthändlern die Erlaubnis erteilt, ihre illegalen Waren an die Leute von Dornbeck zu verkaufen. Leider gestaltet sich dies schwieriger als gedacht. Wie es scheint, ist es stadtbekannt, dass mein Verwalter ein Angestellter des Schlosses ist. Daher hat keine der Frauen, die im Roten Haus arbeiten, Vertrauen zu ihm." Der Markgraf blickte geistesabwesend in die Ferne. „Ich brauche jemanden, der in dieses Bordell geht und heimlich versucht, an die entsprechenden Informationen zu gelangen. Nun stellt sich mir die Frage, ob du vielleicht bereit wärst … dieses Opfer zu bringen?"

Matthis spürte, wie ihm das Blut in den Kopf stieg. „Mein Herr, ich gehe nicht an solche Orte."

„Das verstehe ich, Matthis. Du musst es auch nicht tun, aber …"

„Das werde ich aber, mein Herr", beeilte sich Matthis zu sagen. „Die Leute dort kennen mich wahrscheinlich nicht. Auch wissen sie nicht, dass ich für euch arbeite. Ich kann eine … Bewohnerin des Bordells bestechen, damit sie mir die Informationen gibt, die wir brauchen."

„Ich weiß das zu schätzen, Matthis. Wenn du mir dabei helfen kannst, diejenigen zu fassen, die für diesen Wilddiebstahl verantwortlich sind, werde ich dich großzügig belohnen, das versichere ich dir." Der Markgraf hielt Matthis ein Geldsäckchen aus schlichtem, braunem Leder hin. „Das hier sollte genug für die Bestechungsgelder sein."

„Zu wissen, dass die Wilderer gefasst wurden, wird mir Belohnung genug sein, mein Herr. Ich habe eigene Beweggründe für diesen Wunsch."

„Ich hörte davon, dass dein Vater, der Forstgehilfe, von einem Wilderer getötet wurde, als mein Bruder noch Markgraf war. Stimmt das?"

„Ja, mein Herr. Sein Mörder wurde nie gefasst und ich glaube, dass dieser neue Wilderer derselbe sein könnte, der meinen Vater getötet hat."

Der Markgraf sah Matthis an. „Ich will, dass dieser Wilderer gefasst wird – und zwar tot oder lebendig. Wenn du einen Wilderer zu Gesicht bekommst, hast du die Erlaubnis, auf ihn zu schießen, um ihn gefangen zu nehmen. Solltest du ihn dabei versehentlich töten, werde ich dich nicht dafür verantwortlich machen. Du hast doch Pfeil und Bogen bei dir, wenn du im Wald unterwegs bist, oder?"

„Ja, mein Herr."

„Gut. Das Wildern ist ein ernstes Vergehen gegen das Eigentum des Königs und ich bin der Statthalter des Königs. Es darf nicht toleriert werden."

„Ich werde alles tun, was in meiner Macht steht, um ihm Einhalt zu gebieten." Er würde wenig Bedenken haben, auf einen Wilderer zu schießen, vor allem nicht auf den, der seinen Vater getötet hatte.

„Danke, Matthis. Und vergiss nicht ..." Er hielt inne und blickte Matthis mit großem Ernst in die Augen. „Ich will nicht, dass du dein Gewissen verletzt. Versuch einfach nur, etwas herauszufinden."

„Ich verstehe, mein Herr."

Matthis lief zur Straße hinter dem Marktplatz. Jetzt befand sich das Rote Haus direkt vor ihm. Obwohl der Abend eher warm war, trug er denselben Mantel mit Kapuze wie an dem Tag, an dem er auf den illegalen Fleischmarkt gestoßen war. Da das Rote Haus ursprünglich einem wohlhabenden Kaufmann gehört hatte, waren die Gesichter und Namen des Erbauers sowie der früheren Eigentümer auf den Holzbalken der Vorderfront eingeschnitzt. Auch Blumen, Vögel und Tiere waren dort zu sehen. Ungewöhnlich war die rote Farbe, in der die Balken gestrichen waren.

Die Eingangstür wies dieselbe Farbe auf. Im Moment war sie offen, wurde jedoch von einem großen Mann bewacht, der breitbeinig im Türrahmen stand. Während Matthis darauf zuging, bat er Gott im Flüsterton um Hilfe.

Der Türsteher verschränkte seine kräftigen Arme vor der Brust und fixierte Matthis mit starrem Blick. „Was willst du?"

„Was wollen die Leute wohl, wenn sie ins Rote Haus gehen?"

Er gab ein leises Grunzen von sich, dann trat er zur Seite und erlaubte Matthis, die Schwelle des Hauses zu überschreiten.

Matthis begann zu schwitzen. Ein paar Frauen standen um

einen Tresen herum. Ein Mann saß an einem Tisch und hatte eine junge Frau auf dem Schoß. Sie lachte übertrieben.

Eine der Frauen, die am Tresen standen, sah beinahe alt genug aus, um seine Mutter sein zu können. Gleichzeitig machte sie den Eindruck, als könnte sie hier das Sagen haben. Matthis zog seine Kapuze vom Kopf und ging zu ihr. Die Frau starrte ihn mit halb geöffneten Augen an.

Matthis legte ein bisschen Geld auf den Tresen. „Zwei Becher Wein."

Die Frau schenkte sogleich ein und hob dann ihren Weinbecher an die Lippen, ohne Matthis aus den Augen zu lassen. Matthis tat dasselbe, nahm einen Schluck und begutachtete die Umgebung. Die Wände waren mit einem Behang versehen, der dieselbe Farbe aufwies wie der rote Wein in seinem Becher. Während die Fensterläden geschlossen waren, erhellten Kerzen, die in Wandleuchtern thronten und auf jedem der Tische standen, den Raum.

„Ein Mann, der es gewohnt ist zu bekommen, was er will." Die Frau berührte seinen Arm. „Du bist zu jung für mich, aber ich habe genau die Richtige für dich." Sie drehte sich um und schnippte mit den Fingern. Dabei sah sie eines der Mädchen an.

Das Mädchen taumelte vorwärts und kam auf die beiden zu. Sie war so furchtbar jung. Auch wankte sie so stark, als könnten ihre Füße sie kaum tragen.

„Das hier ist Kathryn. Sie wird dir Gesellschaft leisten. Das macht zwei Mark für mich und fünf Mark für Kathryn, es sei denn, du bleibst länger als eine Stunde." Die Frau hielt ihre Hand auf.

Die Empörung, die in Matthis aufstieg, brachte sein Gesicht zum Glühen. Er ignorierte es jedoch, zog die Münzen aus der Tasche und legte sie in ihre geöffnete Handfläche. Daraufhin griff die Frau nach seiner sowie nach Kathryns Hand und legte sie ineinander. Ohne Matthis anzusehen, führte Kathryn ihn zu der Treppe im hinteren Teil des Raumes.

Während Matthis hinter ihr die Treppe hinaufstieg, rann ihm der Schweiß an Stirn und Rücken hinunter. Das Mädchen ging langsam. Als sie an eine Tür kamen, streckte sie die Hand aus, um sie zu öffnen. Matthis sah, dass sie zitterte. Die andere Hand fühlte sich in Matthis' kalt und feucht an. Er folgte ihr in den Raum und schloss die Tür hinter sich.

Jetzt ließ Kathryn seine Hand los und machte einen Schritt von ihm weg.

Matthis hob die Hände. „Ich werde dich nicht anfassen. Hab keine Angst."

Das Mädchen war blass. Es wich noch ein bisschen weiter vor ihm zurück und näherte sich einem Bett, das beinahe den einzigen Gegenstand in dem Raum darstellte.

„Ich will nur reden. Ich werde dir nicht wehtun." Matthis starrte sie an. „Du kannst nicht älter als fünfzehn sein. Wie alt bist du?"

Kathryn setzte sich aufs Bett und schlang die Arme um ihren Körper. „Ich bin vierzehn."

„Was machst du hier? Wieso lässt du dich so behandeln?" Matthis' Hände ballten sich zu Fäusten und er hatte das starke Bedürfnis, denjenigen, der so etwas von diesem Mädchen verlangte oder es nicht wenigstens zu verhindern versuchte, höchstpersönlich zur Rechenschaft zu ziehen.

Auf Kathryns Gesicht bildete sich ein Ausdruck von Verzweiflung. Eine Träne lief ihre Wange hinunter und sie wischte sie schnell mit dem Saum ihres dünnen Oberteils weg. „Ich konnte sonst nirgendwo hingehen. Die Frau, die du gesehen hast … Agnes … Sie hat mir geholfen. Nach dem Tod meiner Mutter hat sie sich um meine beiden jüngeren Brüder gekümmert und ein Zuhause für sie gefunden. Dann hat sie gesagt, dass ich alles wiedergutmachen kann, indem ich hierherkomme und für sie arbeite." Zwei weitere Tränen lösten sich aus ihren Augen, doch jetzt machte sie keine Anstalten, sie wegzuwischen.

„Mir ist egal, was Agnes gesagt hat. Du musst nicht hierbleiben. *Das*", sagte er, während er mit seinen Armen, die ihre gesamte Situation zu umgreifen versuchten, wild in der Luft herumfuchtelte, „schuldest du ihr jedenfalls nicht." Wie viele Männer würden sie missbrauchen, wenn er nichts unternahm? „Ich werde dich hier rausholen. Willst du mit mir kommen?"

Entgeistert starrte sie ihn an. „Was?“

„Wenn du mit mir kommst, werde ich dich an einen sicheren Ort bringen.“ Seine Mutter würde sich um sie kümmern. „An einen Ort, an dem du etwas zu essen bekommst und niemand dich je wieder belästigen wird.“

Kathryn runzelte die Stirn. „Was für ein Ort ist das? Warum solltest du so etwas tun?“

„Ich will dir helfen. Ist das so schwer zu glauben?“ Natürlich war es das. Auf einmal wollte er jeden Mann bestrafen, der jemals an diesen Ort gekommen war und dem Mädchen beigebracht hatte, das sie niemals jemandem würde vertrauen dürfen.

Kathryn starrte ihn weiterhin an, so als hätte sie Angst, er würde auf sie losgehen, wenn sie wegschaute. „Ich kann das Haus nicht verlassen, ohne dass mich jemand sieht. Die Tür wird bewacht.“

„Es muss einen Weg geben.“ Matthis ging zum einzigen Fenster hinüber. Es zeigte auf eine schmuddelige Gasse. Draußen dämmerte es bereits und es gab nur eine Kerze in dem Raum. „Ich habe weniger als eine Stunde, um mir etwas auszudenken“, murmelte er.

„Warum solltest du mir helfen? Was willst du?“

„Ich bin ein gottesfürchtiger Mann. Jeder gottesfürchtige Mann würde einem jungen Mädchen dabei helfen, einen Ort wie diesen zu verlassen. Abgesehen davon arbeite ich für den Markgrafen.“ Er sah sich das Fenster an und versuchte es zu öffnen. Zwar schwang es auf, doch befanden sie sich zu weit oben. Daher schloss er es wieder. „Weißt du, wem dieses Haus gehört?“

„Agnes … nehme ich an.“

„Weißt du irgendetwas darüber, dass sie im hinteren Teil des Gebäudes Fleisch verkauft?“

Kathryn schüttelte den Kopf. „Ich bin erst seit …“, ihr Kinn zitterte, „… zwei Tagen hier.“

„Ich werde dich hier rausholen.“

„Was wirst du mit mir machen?“

Matthis bemerkte, dass Kathryns Stimme einen Anflug von Hoffnung enthielt. Auch weinte sie nicht länger.

„Ich werde dich zu meiner Mutter bringen. Sie lebt im Haus des alten Forstgehilfen im Dornbecker Wald und wird sich um dich kümmern. Du musst nicht an einem Ort wie diesem bleiben."

„Aber Agnes ... Sie wird mich schlagen, wenn sie mich findet."

„Sie wird dich nicht finden. Ich werde es nicht zulassen. Gibt es irgendetwas, das du unbedingt mitnehmen willst, Kathryn?"

Kathryn stand auf, griff unter ihr Bett und holte ein Stoffbündel darunter hervor. Dann drückte sie es an ihre Brust.

Matthis zog seinen Mantel aus. Er konnte sie damit bedecken. Aber wie würde er am Türsteher vorbeikommen? „Gibt es eine Hintertreppe?"

„Ja, sie führt in die Küche."

„Perfekt. Wir nehmen die Hintertür."

„Es sind immer Leute in der Küche. Sie werden mich sehen." Ihre Lippen begannen aufs Neue zu zittern.

„Zieh das hier an." Er gab ihr den Mantel. „Zieh dir die Kapuze über den Kopf. Ich werde nach unten gehen und die Leute ablenken, dann kannst du in dem Chaos fliehen."

Sie tat wie befohlen.

Ich werde dieses Mädchen nicht hier zurücklassen. Aber ich brauche ein Wunder. Matthis dachte darüber nach, welcher Heilige dafür zuständig war, Menschen dabei zu helfen, aus Gebäuden zu entkommen. Aber ihm fiel keiner ein. *Jesus, hilf mir, sie hier rauszuholen.*

Er ging zur Tür und öffnete sie einen Spaltbreit. Da niemand zu hören war, öffnete er sie weit genug und steckte den Kopf in den Flur. Niemand zu sehen. Als er dem Mädchen ein Zeichen gab, kam es zögernd auf ihn zu.

„Wenn du das Haus verlassen hast, läufst du durch die Gasse bis zum Rathaus. Weißt du, wo das ist?"

Sie nickte.

„Geh hinein und warte hinter der Tür. Ich hole dich dort ab."

Nachdem sie in den Flur geschlüpft waren, schloss Matthis leise die Tür hinter ihnen.

Kapitel 13

Matthis eilte zum anderen Ende des Korridors. Dort stieß er auf die Dienstbotentreppe, die aus spiralförmig angeordneten Holzstufen bestand. Da es keine Fenster gab, die für Licht sorgten, führten die Stufen in die Dunkelheit hinein.

Matthis ging vor. „Halt dich an mir fest", flüsterte er, woraufhin Kathryns kleine Hand nach seiner rechten Schulter griff.

Von unten drangen Stimmen an ihr Ohr. Matthis schlich so leise wie möglich die Stufen hinunter, doch knarrten die Holzbretter. Als er Licht auf den Stufen sehen konnte, hielt er inne, um zu lauschen.

Ein Mann diskutierte mit zwei Frauen darüber, wie man am besten ein Schwein zubereitete. „Wenn man es am Spieß röstet, wird es von außen knusprig."

„Ich mag es lieber, wenn man es in Schweinefett kocht."

Das Leben eines Mädchens hing davon ab, was in den nächsten paar Sekunden passieren würde. Matthis drehte sich zu Kathryn um und legte sich den Zeigefinger auf die Lippen. *Gott, schenk uns Gnade.* Mit diesem Stoßgebet stolperte Matthis die Stufen hinunter und trat in das Licht des Herdfeuers.

„Was ist das für ein wundervoller Geruch", rief Matthis laut. Er stolperte und trat gegen einen Kupfertopf, der auf dem Boden stand. Das Geräusch hallte von den Steinwänden der Küche wider.

„Wer bist du? Was tust du hier?", fragte eine der Frauen mit finsterem Gesichtsausdruck.

„Was willst du, mein Freund?", erkundigte sich ein Mann, der sogar noch größer war als der Türsteher am Eingang. Er kam auf Matthis zu.

„Ich suche das Klo", lallte Matthis. Auch schwankte er beim Gehen.

„Hier gibt es kein Klo. Geh auf die Straße." Der Mann zeigte mit seiner fleischigen Hand in Richtung der Hintertür.

Matthis hatte gehofft, nicht mit einem Mann kämpfen zu müssen, der so groß war wie ein Bär. Um dafür zu sorgen, dass Kathryn das Haus verlassen konnte, musste er jedoch irgendein Ablenkungsmanöver durchführen.

Matthis ließ sich nach vorn auf einen der Tische fallen. Dabei stieß er mehrere kupferne Töpfe und Pfannen sowie andere Kochutensilien herunter, die mit einem ohrenbetäubenden Lärm auf dem Fußboden landeten.

Lautes Geschrei und Geschimpfe folgte. Der Bär von einem Mann griff nach Matthis' Schulter und riss ihn in die Höhe. Gleich darauf ballte er seine Hand zur Faust, holte aus und zielte auf Matthis' Nase.

Instinktiv duckte sich Matthis und wehrte den Schlag mit seinem Arm ab. Unsanft schrammte die Faust des Bären an Matthis' Stirn entlang.

Über die Schulter des Mannes hinweg sah Matthis, wie ein dunkler Schatten durch die Küche lief und durch die Hintertür schlüpfte.

Als der kräftige Wachmann mit seiner Faust erneut auf Matthis' Gesicht zielte, wich er ein weiteres Mal aus. Dieses Mal war er jedoch nicht ganz so schnell. Der Schlag traf ihn unter seinem linken Auge und katapultierte ihn ein Stück rückwärts. Bevor der Mann ihn jedoch ein weiteres Mal treffen konnte, landete Matthis einen Schlag in dessen Bauch. Der Wachmann klappte ein wenig zusammen, ließ aber schon im nächsten Moment seine Faust aufwärts schnellen und rammte sie gegen Matthis' Kinn.

Matthis' Zähne klapperten aufeinander, doch er ignorierte die Schmerzen und rammte seine eigene Faust gegen die Nase des bulligen Mannes.

Der Mann griff oben am Hals nach Matthis' Gewand, schnürte ihm dadurch die Luft ab und zog ihn ein Stück in die Höhe. „Ich bring dich um", keuchte er, während Blut aus seiner Nase lief.

Matthis riss an den Händen seines Kontrahenten und versuchte auf diese Weise, von ihm loszukommen.

Als der Mann eine Hand wegnahm, um damit seine Nase abzuwischen, hielt sich Matthis am Tisch neben sich fest, hob seine Füße und trat so fest zu, wie er nur konnte. Sofort ließ der Mann ihn los und fiel rückwärts auf einen Tresen, der mit weiteren Töpfen und Pfannen bestückt war. Auch diese krachten auf den Boden. Das Geschrei der Frauen wurde dadurch nur noch lauter.

Matthis nutzte das Durcheinander von Töpfen, Pfannen, Frauen und dem um sich schlagenden Mann auf dem Boden, um zu fliehen. So schnell er konnte, sprang er aus der Tür auf die Gasse hinaus und rannte auf den offenen Marktplatz zu. Sein Kopf pochte und seine Wange fühlte sich heiß und geschwollen an. Trotzdem lief er weiter. Er hastete auf das Rathaus mit der grauen Steinfassade zu, riss die Tür auf und trat ein.

Einige Leute liefen durch den großen, offenen Raum und redeten miteinander. Kathryn sah er allerdings nicht. Dann fiel sein Blick auf etwas Dunkles. Er ging auf eine der Ecken des Raumes zu, bückte sich und hob sein Gewand auf, das dort zusammengeknüllt auf dem Boden lag.

Matthis' Mut schwand dahin. Wo war sie? Gab es einen sicheren Ort, an den sie gehen konnte? Warum hatte sie nicht auf ihn gewartet?

Sie hatte ihm nicht vertraut. Sie schien in ihrem Leben ja kaum Anlass dafür gehabt zu haben, jemandem Vertrauen zu schenken. Matthis seufzte und verstaute den Mantel unter seinem Arm.

Als er sich zum Gehen umwandte, kam ein Mann auf ihn zu. „Sucht ihr vielleicht nach dem Mädchen, das den Mantel fallen gelassen hat?" Er zeigte nach draußen auf den Kerzenladen. „Sie ist in den Laden auf der anderen Straßenseite gegangen."

„Ich danke Euch." Sofort rannte Matthis nach draußen und überquerte die Straße. Als er nach der Ladentür griff, öffnete sich diese von allein und Kathryn trat auf die Straße hinaus.

„Hör zu. Ich weiß, dass du keinen Grund hast, mir zu vertrauen, aber ich versichere dir, dass ich dich nur in Sicherheit bringen will." Außer Atem wartete er auf eine Reaktion des Mädchens.

Als Kathryn zu ihm aufblickte, waren ihre Augen mit Tränen gefüllt. „Ich bin ein schlechtes Mädchen. Du solltest nicht versuchen, mir zu helfen. Agnes wird mich hassen." Dann begann sie leise zu schluchzen und schlug dabei die Hände vors Gesicht.

Matthis wollte seinen Arm um sie legen, hielt sich dann jedoch davon ab. Er ließ die aufgestaute Luft aus seinen Lungen entweichen und beugte sich zu ihr herab. „Agnes ist kein guter Mensch. Ihr Verhalten dir gegenüber war schlecht – nicht du", sagte er sanft. „Du musst aber jetzt von hier weg. Wenn sie ihre Wachleute hinter uns herschickt, kann ich sie vielleicht nicht abwehren." Es war ein Wunder, dass der riesige Wachmann ihn nicht niedergeschlagen hatte. „Wir müssen gehen." Matthis hoffte, dass sie die Dringlichkeit in seiner Stimme vernahm.

Kathryn wischte sich mit den Händen durch das Gesicht und nickte.

Matthis hielt ihr seinen Arm hin und Kathryn ergriff ihn mit beiden Händen. Während sie nebeneinander hergingen, hielt das Mädchen seinen Kopf gesenkt. Keiner von ihnen sprach, bis sie das Stadttor durchquert hatten.

Wir haben es geschafft. Es war ein Wunder.

Erst sehr viel später erinnerte Matthis sich an seine eigentliche Aufgabe und gestand sich ein, nichts über die Wilderer oder ihre Schwarzmarktaktivitäten herausgefunden zu haben.

„Der Förster möchte dich sprechen." Ursel stand neben Fronikas Bett und blickte auf sie herab.

Fronika fühlte sich wie benebelt. War sie nicht gerade erst ins Bett gegangen? Die Jagd war gestern Nacht langwierig und schwierig gewesen. Fronika hatte nichts erlegen können und war erst kurz vor dem Morgengrauen wieder nach Hause gekommen.

„Fronika! Wach doch auf. Was soll ich dem Förster sagen?"

„Dem Förster?" Fronika setzte sich auf und rieb sich die müden Augen. „Matthis?" Ihr Blick wanderte zur Truhe an der Wand. Hatte sie daran gedacht, ihren Bogen und ihre Pfeile wegzuräumen? Auf alle Fälle waren sie nirgends zu entdecken. Hatte Matthis gesehen, wie sie damit nach Hause gegangen war? Hatte er sie in ihrer Jagdkleidung gesehen? Angezogen wie ein Junge?

„Was will er?“ Sie schlug die mit Leinenstoff bezogene Bettdecke auf.

„Er hat gesagt, dass er mit dir reden will. Soll ich ihm sagen, dass du krank bist?“

„Nein. Sag ihm, dass ich in wenigen Augenblicken bei ihm bin.“ Fronika sprang aus dem Bett und sah aus dem Fenster. Die Sonne schien und hatte schon den Tau der Nacht von den Wiesen genommen. Wahrscheinlich hatte sie ungefähr vier Stunden geschlafen. Sie spülte sich den Mund mit Wasser aus. Dann trank sie einen Schluck, steckte sich ein Minzblatt in den Mund und kaute es.

Ursel kehrte zurück und half Fronika dabei, in eines ihrer grünen Kleider zu schlüpfen. An Ausschnitt und Rocksaum befand sich je ein smaragdgrüner goldbestickter Streifen. Auch der Gürtel bestand aus diesem Material. Fronikas blonden Zopf bedeckte Ursel mit einem Gebände aus Seide, das von einem Haarreif gehalten wurde.

Als Fronika die Treppe hinunterging, schlug ihr das Herz bis zum Hals.

Matthis wartete in dem großen Raum, der als Wohn- und Esszimmer diente. Als er sich umdrehte und sie ansah, musste sie zugeben, dass er in seiner Arbeitskleidung und mit seinen zur Seite gebürsteten Haaren unwahrscheinlich gut aussah. Er trug eine Cotte aus weichem Leder in einem dunklen Grünton, der zu seinen Augen passte. Darunter schaute ein weißes Hemd hervor, dessen Kragen seinen Hals umrahmte. Da es zu dieser Zeit schon recht warm draußen war, hatte er keine Kapuze auf dem Kopf. Seine dunkelblonden Locken, die sich um seine Ohren kringelten, hatten eine ungeheure Anziehungskraft auf sie und Fronika verspürte den Drang, sie zu berühren.

Was für ein dummer Gedanke. Sie sollte lieber daran denken, dass er hier war, weil er sie womöglich mit dem Wilderer in Verbindung brachte.

„Fronika." Die Art, wie er ein wenig verlegen lächelte, beruhigte Fronika. „Ich hoffe, es macht dir nichts aus, dass ich dich zu dieser frühen Stunde störe."

„Nein, überhaupt nicht – solange du nichts dagegen hast, dass ich frühstücke, während du redest." Sie führte ihn in die Küche und lud ihn ein, mit ihr am groben Holztisch Platz zu nehmen. Jetzt saßen sie ganz in der Nähe der Köchin, die in der Küche zu tun hatte.

Die Köchin stellte Brot, Süßrahm und mit Kompott gefüllte Teigtaschen vor sie auf den Tisch.

Fronika biss in ein Gebäck mit Aprikosen. Es schmeckte wundervoll – wohl auch deshalb, weil sie seit der Rückkehr von der nächtlichen Jagd nichts mehr gegessen hatte.

Als sie zu ihm hinübersah, verschluckte sie sich fast an ihrem Bissen. „Was ist denn mit dir passiert?"

Erst jetzt hatte sie bemerkt, dass sein Gesicht auf Höhe seines linken Wangenknochens lila gefärbt war. Auch die linke Hälfte seiner Lippe war angeschwollen und man konnte eine dunkle Linie erkennen, die wie ein Schnitt aussah.

„Sieht es so schlimm aus?" Matthis verzog das Gesicht und rieb sich das Kinn.

„Bist du in eine Schlägerei geraten?"

„Es wird einen Moment dauern, dir alles darüber zu erzählen, und ich hatte gehofft …"

Fronika deutete mit der Hand auf das Essen, aber Matthis schüttelte den Kopf.

„Ich habe mich gefragt, ob du mitkommen würdest. Ich brauche dich, damit du mit einem jungen Mädchen sprichst."

„Mit einem jungen Mädchen?" Sie biss noch einmal von ihrer Teigtasche ab.

„Ich habe sie aus dem Roten Haus gerettet."

Fronika verschluckte sich und begann heftig zu husten. Matthis stand auf und klopfte ihr auf den Rücken.

Schließlich hatte sich Fronika wieder beruhigt. „Hast du gesagt, dass du sie aus dem Roten Haus gerettet hast?"

„Sie weint nur und meine Mutter glaubt, dass sie uns verlassen will, aber sie ist ein Waisenkind und weiß nicht, wohin." Er sprach schnell, so als hätte er Angst, sie würde ihn zum Schweigen bringen. „Ich dachte, du könntest sie vielleicht davon überzeugen, bei uns zu bleiben, oder – wenn sie wirklich nicht will – eine andere Bleibe für sie finden."

Fronika versuchte, ihre Betroffenheit zu verbergen. Sie hätte nicht gedacht, dass Matthis zu der Sorte Mann gehörte, die im Roten Haus ein und aus ging. Und was wollte er damit sagen, er habe ein Mädchen von dort gerettet? Langsam schüttelte sie den Kopf. „Wer weint? Kannst du noch einmal von vorne anfangen? Vielleicht schlafe ich noch halb, denn ich habe verstanden, du hättest ein Mädchen aus dem Roten Haus gerettet."

Matthis seufzte. „Ja, so ist es auch. Ich weiß, dass es seltsam klingt. Ich war dabei ..." Er errötete ein wenig, als eine Erkenntnis ihn traf. Dann räusperte er sich. „Ich hoffe, du weißt, dass ich normalerweise nicht in das Rote Haus gehe. Das ist ein Ort, an den ich *niemals*", er unterstrich seine Worte mit einer energischen Geste seiner rechten Hand, „niemals gehen würde. Der Grund für meinen gestrigen Besuch waren die Nachforschungen, die ich für den Markgrafen anstelle."

Fronika hob die Augenbrauen. Um welche Art von Nachforschungen konnte es sich da handeln? „Ich dachte, es sei deine Aufgabe, dich um den Dornbecker Wald zu kümmern und Wilderer zu fassen. Der Markgraf weiß doch, was das Rote Haus ist, oder?"

„Natürlich." Matthis atmete ganz tief ein und ließ die Luft dann wieder entweichen. „Weißt du, so seltsam es auch klingt, aber ich habe wegen der Wilderei ermittelt."

Fronika blieb skeptisch. Immerhin war *sie* noch nie im Roten Haus gewesen und dabei war *sie* doch der Wilderer, nach dem er suchte. Oder etwa nicht?

Matthis räusperte sich erneut. „Es gibt einen Schwarzmarkt für gewildertes Hirschfleisch", sagte er ruhig. „Das Fleisch wird hinten im Roten Haus verkauft. Ich versuche herauszufinden, wer darin verwickelt ist."

Das konnte nicht sein! Fronika zwang sich, nicht zu sprechen, während ihr Herz heftig pochte und sie die Sache durchdachte.

Gab es noch jemand anderen, der die Hirsche des Markgrafen wilderte? Sie war während der Jagd noch nie auf jemand anderen gestoßen. Wie konnte irgendjemand das Fleisch des Wilderers verkaufen? Das war unmöglich, da sie doch der Wilderer war.

Fronika musste sich auf das konzentrieren, was Matthis sagte. „Sprich weiter. Du bist also ins Rote Haus gegangen, um etwas über den Schwarzmarkt herauszufinden. Was ist dann passiert?"

Matthis blickte auf seine Hände, die er auf dem Tisch ineinandergelegt hatte. „Während ich dort war, habe ich ein junges Mädchen kennengelernt." Er hielt eine Hand hoch, sah Fronika dabei aber immer noch nicht in die Augen. „Ich habe ihr nichts getan, das schwöre ich dir. Ich war nur dort, um Informationen einzuholen."

„Ich glaube dir." Er hatte einen so verlegenen Gesichtsausdruck, dass sie gar nicht anders konnte, als ihm zu glauben.

„Danke. Also … dieses Mädchen war viel zu jung, um an einem solchen Ort zu sein und zu tun, was … was dort von ihr verlangt wird. Ich habe zu ihr gesagt, dass ich sie an einen sicheren Ort bringen würde, dass sie dort nicht bleiben müsse. Deshalb ist sie mitgekommen."

„Haben sie einfach so zugelassen, dass sie mit dir geht?"

„Nein." Matthis fuhr sich mit der Hand durch die Haare und zerzauste dabei die Locken. „Ich habe ein Ablenkungsmanöver gestartet, damit sie in dem entstandenen Tumult entwischen konnte."

„Ist das der Grund für den Bluterguss auf deiner Wange?"

Matthis nickte.

„Und für den Schnitt an deiner Lippe?"

„Allerdings hättest du sehen sollen, was *er* davongetragen hat." Der Ausdruck auf Matthis' Gesicht war eine Mischung aus Stolz und Belustigung.

„Sah er schlimmer aus als du?"

Matthis zuckte mit den Achseln. „Könnte man sagen."

Fronika lachte, doch geriet ihr Herz bei dem Gedanken, dass Matthis dieses Mädchen gerettet hatte, beinahe ins Stolpern. „Wie alt ist sie?"

„Vierzehn."

„Ach, du meine Güte!", rief Fronika und presste eine Hand auf ihren Bauch. Während Matthis' Schilderungen hatte sie nicht weitergegessen, so gespannt hing sie an seinen Lippen. Jetzt gerieten die beiden Bissen in ihrem Magen derart in Aufruhr, dass sie Angst bekam, sie würden demnächst wieder hochkommen.

„Ich habe sie mit nach Hause genommen. Sie hat die letzte Nacht dort verbracht, aber jetzt weint sie und sagt, sie wolle weg. Sie behauptet, sie würde unser Haus in Verruf bringen. Außerdem hat sie Angst, dass Agnes ihren kleinen Brüdern etwas antut – vor allem jetzt, wo sie ihre Schuld nicht mehr abträgt."

„Agnes? Ihre kleinen Brüder?"

„Agnes ist die Frau im Roten Haus, die dem Mädchen nach dem Tod ihrer Mutter geholfen hat, ein Zuhause für ihre kleinen Brüder zu finden. Sie hat gesagt, dass sie das nur tun würde, wenn Kathryn – so heißt das vierzehnjährige Mädchen – für sie arbeitet."

„Nein." Fronika schlug ihre Faust auf den Tisch. „Wir dürfen nicht zulassen, dass sie glaubt, sie müsse sich dem Willen dieser furchtbaren Frau fügen."

„Ich werde ihre Brüder finden müssen. Sonst wird sie selbst nach ihnen suchen."

„Weißt du, wo sie sind? Ich werde zu ihnen gehen." Fronika erhob sich. „Wie kann diese Frau es wagen, hilflosen Kindern etwas Derartiges anzutun? Wir sollten sie an den Pranger stellen oder in den Kerker werfen lassen."

„Zuerst brauchen wir Beweise, Fronika. Wenn wir der Frau Einhalt gebieten wollen, müssen wir einen kühlen Kopf bewahren und beweisen, dass sie das Gesetz gebrochen hat. Ich bin nicht sicher, ob wir ihr einen Gesetzesverstoß nachweisen können. Außerdem wissen wir nicht, wo sich Kathryns kleine Brüder befinden."

„Natürlich. Trotzdem verstehe ich nicht, wie jemand einer Vierzehnjährigen so etwas antun kann."

„Sobald du dein Frühstück aufgegessen hast, können wir aufbrechen und mit ihr sprechen." Mit einem Augenzwinkern lehnte sich Matthis zurück und verschränkte die Arme vor der Brust. Er würde sie nicht hungern lassen, so viel stand fest, und so widmete sich Fronika mit einem Seufzen wieder ihrem Essen.

Kapitel 14

Nachdem Fronika zu Ende gefrühstückt hatte, liefen Matthis und sie in Richtung des Stadttores, das in den Dornbecker Wald und zum Haus des Forstgehilfen führte. Matthis lotste sie einen ausgetretenen Pfad entlang – einen Pfad, den Fronika nachts vermied, damit sie dort keine Fußabdrücke hinterließ.

„Es tut mir leid, dass ich deine Pläne durchkreuzt habe." Matthis bog einen Ast zur Seite, damit Fronika passieren konnte. „Ich wusste nicht, wen ich sonst hätte fragen können, und weiß ja, dass dir die Menschen am Herzen liegen, vor allem die Waisenkinder."

„Ich hatte sowieso nichts Besseres zu tun." *Außer schlafen vielleicht.*

„Auf jeden Fall danke ich dir. Ich hoffe, dass Kathryn nicht weggelaufen ist, während ich unterwegs war."

Fronika war nicht die Einzige, die sich um die Waisenkinder sorgte. Matthis' tat das ganz offensichtlich auch – seinem energischen Schritt und den Falten auf seiner Stirn nach zu urteilen, sogar sehr.

Ein plötzlicher Gedanke versetzte Fronika einen schmerzhaften Stich. Was, wenn das Motiv für die Rettung des Mädchens doch tiefer lag als zunächst angenommen? Was, wenn Matthis mehr für sie empfand als bloßen Beschützerinstinkt? Aber nein. Das Mädchen war erst vierzehn. Natürlich heirateten auch Vierzehnjährige. Und sie heirateten Männer, die viel älter waren als sie. Normalerweise geschah es zum Nutzen ihrer Väter. Trotzdem kam es vor, dass auch Männer in Matthis' Alter ein vierzehnjähriges Mädchen heirateten. Dieses Mädchen hier befand sich jedoch in einer Zwangslage und seine Situation war wirklich bedauernswert. Fronika sollte einzig und allein über die Frage nachdenken, wie man ihm helfen konnte.

Schließlich erreichten sie das Haus des alten Forstgehilfen. Adrett sah es aus, das musste Fronika zugeben. Um das Haus herum gediehen überall Blumen. Das Dach war mit einer solchen Sorgfalt mit Stroh gedeckt worden, dass es aussah wie ein Hut, der aus einem einzigen Stück Stoff bestand.

Matthis öffnete die Vordertür. „Mutter?", rief er. „Kathryn? Ich habe meine Freundin Fronika mitgebracht."

Fronika folgte ihm ins Innere des Hauses. Der vordere Teil bestand aus einem langen Raum, in dem sich ein Herd, ein Tisch und einige Hocker befanden. Am anderen Ende des Raumes standen ein paar wenige, bequem aussehende Stühle. Farbenfrohe Behänge schmückten die Wände und die Fenster standen offen, um das Licht hereinzulassen. Es war ein anheimelnder Ort, der nach frisch gebackenem Brot roch.

„Mutter?"

„Ich komme!", rief eine Stimme aus Richtung des offenen Flures, der sich im hinteren Teil des Hauses befand. Wenig später tauchte eine alte Frau mit schlaffen Wangen und einem sympathischen Lächeln im Flur auf, der den vorderen Raum mit dem Rest des Hauses verband. Dann drehte sie sich um und winkte jemanden heran. „Komm, komm."

Ein junges Mädchen trat vor und stellte sich neben die ältere Frau. Es streifte Fronika mit einem Blick, dann senkte es den Kopf.

„Fronika, das hier sind meine Mutter und Kathryn. Und das hier ist Fronika."

Kathryn blickte nicht zu ihr auf, aber Fronika konnte genug von ihrem Gesicht sehen, um zu wissen, dass sie geweint hatte.

Matthis' Mutter nahm Fronikas rechte Hand in beide Hände und drückte sie. Die alte Frau ging Fronika nur bis zur Schulter und war recht füllig. „Vielen Dank, dass du gekommen bist, meine Liebe. War es ein sehr beschwerlicher Weg?"

„Überhaupt nicht."

„Soll ich dir ein wenig Milch holen? Wir haben eine eigene Kuh, daher ist sie frisch. Außerdem haben wir einen Keller. Er befindet sich ganz in der Nähe des Baches und hält alles kühl."

„O gern! Wenn Matthis und Kathryn auch etwas davon nehmen."

„Ich helfe dir, Mutter." Matthis sah noch einmal zu Fronika hinüber, dann folgte er seiner Mutter.

Kathryn stand bewegungslos da. Ihr Kopf war immer noch gesenkt.

„Wollen wir uns dort drüben hinsetzen?"

Das Mädchen nickte kaum merklich und folgte Fronika ans andere Ende des Raumes. Dort nahmen sie auf den Federkissen Platz, die auf den hübschen, aus schiefen Ästen gezimmerten Holzstühlen lagen. Obwohl sie rustikal aussahen, handelte es sich um die bequemsten Stühle, in denen Fronika jemals gesessen hatte.

„Matthis hat mir erzählt, was mit dir passiert ist und wie du hierhergekommen bist. Und wie sehr sich seine Mutter darüber freut, dass du hier bist. Bestimmt ist sie oft einsam. Schließlich ist Matthis viel weg und sie hat sonst keine Familie."

Kathryn blickte nachdenklich zu Fronika auf. Es schien, als sei sie noch nicht auf die Idee gekommen, dass sie einen wertvollen Dienst leistete, indem sie bei Matthis' alternder Mutter blieb.

Da das Mädchen nichts sagte, fuhr Fronika fort: „Du weißt, dass du hierbleiben darfst. Ich habe Matthis' Mutter selbst heute zum ersten Mal getroffen. Aber sie scheint eine sehr gute Frau zu sein. Und ich bin mir sicher, dass sie dich gerne um sich hat."

Nach einem Moment der Stille erwiderte Kathryn leise: „Sie ist ein freundlicher Mensch. Aber ich glaube nicht, dass ich bleiben sollte. Matthis musste meinetwegen sein Bett räumen. Außerdem muss ich eine Schuld begleichen."

„Welche Art von Schuld?"

Endlich sah Kathryn Fronika an. Wenn sich Fronika nicht irrte, las sie Verärgerung in ihren dunkelbraunen Augen. „Du würdest das nicht verstehen. Manchmal müssen Waisen … schlimme Dinge tun, um am Leben zu bleiben und Essen für ihre jüngeren Geschwister zu beschaffen."

„Es überrascht dich vielleicht, aber ich kann das durchaus verstehen. Ich weiß, was es heißt, den Abfall fremder Leute zu durchwühlen, um etwas zu essen zu finden. Geschwister hatte ich keine, aber als meine Mutter und mein Vater starben, habe ich in der Familie eines Nachbarn gelebt. Sie haben mich wie eine Dienstbotin behandelt. Da war ich fünf Jahre alt. Erst Jahre später hat mich mein Onkel zu sich geholt. Ich verstehe deine Situation sehr gut. Und ich finde, dass du niemandem etwas schuldest, erst recht nichts, was dir ein schlechtes Gefühl gibt."

„Matthis hat es dir gesagt, nicht wahr? Dass ich kleine Brüder habe. Weißt du, was mit ihnen passieren wird, wenn ich nicht wieder auftauche?"

„Nein."

„Ich kann nicht zulassen, dass sie misshandelt werden. Oder auf der Straße landen und verhungern. Außerdem war Agnes sehr nett zu uns. Sie hat uns Essen und Kleidung gegeben. Ich muss tun, was sie sagt, um meiner Brüder willen." Kathryn war erneut den Tränen nahe.

„Was, wenn Matthis und ich deinen Brüdern helfen? Vielleicht können wir eine andere Bleibe für sie finden."

Kathryn riss ihren Kopf hoch. „Denkst du wirklich?"

„Ja, das tue ich. Aber Kathryn, was auch passiert, du solltest nie wieder zum Roten Haus oder zu dieser Frau namens Agnes zurückkehren. Niemand, der dich um das bittet, worum sie dich gebeten hat, ist ein guter Mensch. Bitte. Du musst dich von ihr fernhalten und du darfst dich ihr gegenüber nicht verpflichtet fühlen."

„Aber … ich fühle mich verpflichtet." Kathryns Unterlippe zitterte und ihre Augen füllten sich jetzt mit Tränen. „Vielleicht sollte ich nicht, aber so ist es. Sie hat uns von der Straße geholt. Mehr noch, als mein jüngster Bruder krank war, hat sie sich um ihn gekümmert. Niemand anderes hat uns Hilfe angeboten."

„Das ist an sich etwas Gutes. Aber wenn sie es nur getan hat, um dich von sich abhängig zu machen und dafür zu sorgen, dass du für sie arbeitest, dann verdient sie deine Loyalität nicht, Kathryn. Wirklich, du solltest mir glauben."

Zwei Tränen liefen die blassen Wangen des Mädchens hinunter. „Was mit mir ist, ist nicht so wichtig. Auf meine Brüder kommt es an. Sie sind unschuldig, aber ich habe schlechte Dinge getan, Dinge, die du dir nicht mal vorstellen kannst. Was, wenn ich als schlechter Mensch geboren wurde und immer ein schlechter Mensch bleiben werde? Ich sollte einfach tun, was Agnes will."

„Das stimmt doch nicht." Wie konnte jemand so denken? „Du bist fast noch ein Kind. Man sollte dich nicht zwingen …"

„Ich bin kein Kind mehr." Wütend funkelte Kathryn Fronika an.

„Nein, nein, so habe ich das nicht gemeint. Ich versuche dir nur klarzumachen, dass du ein gutes Leben haben könntest. Du musst dich nicht im Roten Haus hergeben. Dein Leben könnte viel besser sein. Ist es nicht so, dass du dich tief in dir drin nach etwas Besserem sehnst?"

Es war genau diese Hoffnung auf etwas Besseres gewesen, die Fronika davor bewahrt hatte, in derselben Verzweiflung zu versinken, die Kathryn ganz offensichtlich verspürte. Fronika hatte geglaubt, dass sie eines Tages selbst über ihre Lebensumstände bestimmen würde. Dass sie in der Lage sein würde, das Haus zu verlassen, in dem man sie aufgenommen hatte, ohne sie gern zu haben. Dass eine Zeit kommen würde, in der sie für sich selber sorgen konnte. Dass sie eines Tages nicht mehr in den Müllhaufen anderer Leute herumwühlen müsste oder von Menschen abhängig wäre, die sie schlecht behandelten.

Hätte Fronika mehr Dankbarkeit gegenüber den Leuten empfunden, die sie bei sich aufgenommen hatten, dann würde sie vielleicht verstehen, wie sich Kathryn in Bezug auf Agnes fühlte. Aber Fronika hatte nie etwas anderes gewollt, als ihnen und ihrer schlechten Behandlung zu entkommen.

„Du möchtest Agnes für das, was sie für deine Brüder getan hat, Dankbarkeit erweisen. Aber nicht auf diese Weise. Später, wenn du dazu in der Lage bist und ihr dann immer noch etwas zurückzahlen möchtest, kannst du Agnes Geld geben."

Kathryn sah Fronika nicht an. Stattdessen fummelte sie am Rand ihres Ärmels herum. „Warum hat Matthis dich gebeten zu kommen und mit mir zu reden?"

„Er hatte Angst, dass du weggehen würdest. Außerdem … weiß ich allerhand über Waisenkinder. Zweimal die Woche gebe ich außerhalb der Stadtmauern Unterricht. Jedes Kind, das kommen will, kann kommen."

Kathryn blickte zu Fronika auf. „Bringst du ihnen Lesen bei?"

„Ja, genau."

„Ich wollte immer lesen können."

„Wenn du hier bei Matthis' Mutter bleibst, kannst du es lernen. Ich würde es dir sehr gerne beibringen."

„Trotzdem muss ich dafür sorgen, dass es meinen Brüdern gut geht." Kathryn sank in den Stuhl zurück und seufzte. „Aber vielleicht sollte ich trotzdem hierbleiben."

In diesem Moment kamen Matthis und seine Mutter wieder. Sie hatten einen Krug und ein paar getöpferte Tassen dabei. Die Art, wie Kathryn Matthis ansah, ja beinahe anhimmelte, sorgte erneut für ein ungutes Gefühl bei Fronika. Hatte sie Angst, dass Matthis die Situation ausnutzen könnte? Oder dass das Mädchen Matthis verführen würde? Nein, das war es nicht. Fürchtete sie, dass er sich in Kathryn verlieben und sie heiraten würde? Die Hitze in ihren Wangen und das Grummeln in ihrem Magen verrieten ihr: Das war es.

Während Fronika mit Kathryn zusammensaß, sah Matthis zu ihr hinüber. Dabei bemerkte er ihren Gesichtsausdruck. Als seine Mutter Milch in die Tassen goss, gab er Fronika ein Zeichen. „Kann ich kurz mit dir reden?"

Fronika nickte unmerklich und erhob sich. Dann ließ sie sich von Matthis die Tür öffnen und ging mit ihm nach draußen.

Bevor Matthis sich zu Fronika umdrehte, rieb er sich über den

Nacken. „Kennst du einen Ort, an dem Kathryn bleiben könnte?“ Wie konnte er seine Überlegungen erklären? „Ich konnte nicht zulassen, dass sie an diesem furchtbaren Ort bleibt, aber unser Haus ist klein und ich denke, dass es unangenehm für sie ist … und für mich.“

„Unangenehm?“

Matthis sah Fronika an. „Ich habe nicht den Wunsch, mit einem vierzehnjährigen Mädchen verlobt zu sein. Daher glaube ich, dass es keine gute Idee ist, sie hier im Haus zu haben. Einer von uns muss gehen.“ In seiner Stimme schwang eine gewisse Verzweiflung mit. „Es ist zwar nicht so, dass ich Angst vor dem habe, was passieren könnte. Eher habe ich Angst davor, was die Leute und was Kathryn denken könnte.“

Fronika lächelte zaghaft. „Matthis, du verblüffst mich!“ Sie legte eine Hand auf den Mund, um nicht laut loszulachen.

„Ich weiß nicht, was du meinst. Das ist alles nicht lustig.“

Fronika schüttelte den Kopf. „Nein. Ich meine, dass du wirklich sehr fürsorglich bist.“ Sie neigte neckisch den Kopf. „Glaub ich jedenfalls.“

„Und was bedeutet das jetzt?“

„Ich frage mich, wessen Ruf du zu beschützen versuchst.“ Jetzt war ein freches Funkeln in Fronikas Augen.

„Ihren und meinen.“ Matthis senkte die Stimme. „Unser beider Ruf.“

Fronika blickte Matthis tief in die Augen und schüttelte dabei den Kopf. Matthis wollte sie fragen, was in ihren Gedanken vorging, aber er beschloss, einfach nur ihren sanften, süßen Gesichtsausdruck zu genießen. Wahrscheinlich würde sie es ihm sowieso nicht erzählen – oder er würde es, wenn sie es doch tat, gar nicht verstehen.

„Also“, drängte er, „weißt du einen Ort? Vielleicht könnte sie bei dir bleiben.“

Fronikas Augenbrauen schossen in die Höhe. Kurz darauf senkten sie sich wieder und die junge Frau begann, auf ihrer Unterlippe herumzukauen. „Nein, ich glaube, das würde nicht funktionieren.“

Verwundert hob Matthis die Augenbrauen. Rutgers Wohnsitz war dreimal größer als das Haus, das er mit seiner Mutter teilte.

„Ich glaube nicht, dass Rutger … Jedenfalls müsste ich ihn erst fragen. Er ist ebenfalls unverheiratet, weißt du."

Matthis seufzte. „Daran hatte ich nicht gedacht."

„Aber er weiß vielleicht einen Ort. Er kennt in Dornbeck fast jeden."

„Könntest du ihn noch heute fragen?"

„Ja, und vorerst kann sie mit zu mir nach Hause kommen. Sie könnte Anna kennenlernen – vielleicht kann sie ja bei ihr bleiben und ihr bei den Kindern helfen! Ich werde sie fragen. Und Zeit mit ihr verbringen, bis ich heute Nachmittag die Kinder unterrichte."

„Danke, Fronika." Voller Freude ergriff Matthis Fronikas Hand, merkte dann aber, dass er das lieber nicht hätte tun sollen. Jedenfalls begann sein Herz zu stolpern – wie jedes Mal, wenn er sie berührte oder ihr zu nah kam.

Fronika drückte nun ihrerseits seine Hand. „Danke, dass du sie gerettet hast. Ich mag gar nicht darüber nachdenken, was sonst mit ihr passiert wäre."

Ja, und er mochte nicht darüber nachdenken, was passieren würde, wenn er eines Tages um Fronikas Hand bitten würde. Sie wuchs ihm mit jedem Tag mehr ans Herz.

Einige Stunden später verließ Fronika Annas Haus. Fürs Erste hatte Kathryn dort Unterschlupf gefunden und spielte liebevoll mit Annas zweijähriger Tochter Christina.

Zu Hause angekommen, begegnete Fronika ihrem Onkel auf der Treppe zwischen Erdgeschoss und erstem Stock. Auch er war gerade von der Arbeit heimgekehrt.

„Darf ich dich etwas fragen?"

„Natürlich, mein Schatz." Rutger stand auf halber Höhe der Treppe und sah zu ihr herunter.

„Es ist eine etwas längere Geschichte." Fronika lachte nervös. „Matthis hat ein Mädchen aus dem Roten Haus gerettet und bei sich in Sicherheit gebracht."

Rutgers Kinnlade klappte herunter und er bekam große Augen. „Was soll das heißen, er hat ein Mädchen aus dem Roten Haus gerettet?"

Fronika musste über seine Reaktion schmunzeln, so sehr ähnelte sie ihrer eigenen. „Sie musste dort arbeiten – ein vierzehnjähriges Waisenkind! Aber Matthis hat sie gefragt, ob sie nicht von dort wegwill. Er hat ihr geholfen zu entkommen."

Rutgers Gesichtsausdruck ließ eine gewisse Anspannung erkennen. „Was hatte Matthis im Roten Haus zu suchen?", fragte er mit kratziger Stimme.

„Es ist nicht so, wie man denken könnte. Er hat versucht, etwas über einen Schwarzmarkt für gewildertes Fleisch herauszufinden."

Rutgers Augen weiteten sich und er rieb sich mit der Hand übers Kinn.

„Aber das ist es nicht, was ich dir erzählen wollte. Weißt du irgendeinen Ort, wo dieses Mädchen – Kathryn – unterkommen könnte? Es ist problematisch für Matthis, wenn sie bei ihm zu Hause wohnt. Könnte sie vielleicht bei uns bleiben?"

Rutger stand ein weiteres Mal der Mund offen. „Du weißt, dass das nicht geht. Ganz bestimmt willst du nicht, dass sie etwas über dein Geheimnis herausfindet. Sie könnte dich an diesen Förster verraten. Und der wiederum würde dich an den Markgrafen ausliefern. Die beiden würden denken, dass *du* diejenige bist, die den Schwarzmarkt beliefert."

Rutger hatte recht. Wenn Matthis sie beim Wildern erwischte, würde er denken, dass sie diejenige war, die den Schwarzmarkt belieferte. Fronika fragte sich erneut, wer außer ihr die Hirsche im Dornbecker Wald wilderte.

„Du hast großen Einfluss", sagte Fronika jetzt. „Vielleicht könntest du herausfinden, wer hinter dem Schwarzmarkt steckt."

Ihr Onkel sah Fronika nicht an. „Ja, vielleicht könnte ich das. Vielleicht könnte ich das."

„Was Kathryn anbelangt, werde ich Anna fragen, ob sie nicht

bei ihr bleiben könnte. Natürlich wird sie zuerst Peter fragen müssen, aber Kathryn könnte ihnen für Kost und Logis mit den Kindern helfen."

„Gut. Und wenn das nicht klappt, werde ich dir helfen, eine Bleibe für dieses Mädchen zu finden."

„Sie macht sich auch Sorgen um ihre zwei kleinen Brüder. Agnes, die Chefin im Roten Haus, weiß, wo sie sind."

Rutger zwängte sich auf den engen Stufen an Fronika vorbei. „Das kannst du mir überlassen, Fronika. Ich werde sie finden und dafür sorgen, dass sich jemand um sie kümmert."

„Ja, wirklich? Oh, du bist der beste Onkel der Welt."

Kurz bevor sie ihn umarmte, kam es Fronika so vor, als ob Rutger zusammenzuckte und ein kleiner Anflug von Schmerz über sein Gesicht huschte.

Nachdem sie einen Schritt zurückgetreten war, musterte sie ihn. „Stimmt irgendetwas nicht, Onkel Rutger? Wirst du krank?"

„Nein, nein. Es geht mir sehr gut. Ich werde Kathryns kleine Brüder finden. Mach dir keine Sorgen."

Rutger würde sich darum kümmern. Er kümmerte sich immer um alles. Er war so ein guter Mensch.

Kapitel 15

Matthis verbeugte sich vor dem Markgrafen. „Fürst von Dornbeck."

„Was hast du über unsere Wilderer und unseren Schwarzmarkt herausgefunden?" Der Markgraf humpelte zu seinem Schreibtisch zurück und stützte sich dabei auf seinen Gehstock. Er war ein hochgewachsener Mann. Auch nach einem Jahr hatte er sich noch nicht daran gewöhnt, dass er humpelte und dazu gezwungen war, einen Gehstock zu benutzen. Die meiste Zeit über machte er ein finsteres Gesicht. Die tiefen Falten auf seiner Stirn vermittelten Matthis den Eindruck, dass er entweder unter ständigen Schmerzen oder unter düsteren Gedanken litt.

„Mein Herr, ich bin gestern zum Roten Haus gegangen und habe versucht, etwas über den Schwarzmarkt herauszufinden. Ich fürchte jedoch, dass ich nicht sehr viel erfahren habe."

„Weißt du, wem das Haus gehört?"

„Möglicherweise einer Frau namens Agnes. Sie hat ein Mädchen dort für sich arbeiten lassen, ein Waisenkind, das erst vierzehn Jahre alt ist, und ich … ich habe ihr geholfen zu entkommen."

Der Markgraf starrte Matthis an. „Konnte sie dir irgendetwas über den Schwarzmarkt berichten?"

„Nein, mein Herr."

„Und der Wilderer ist auch nicht gefasst worden?"

„Ich habe vor, mich nachts auf die Lauer zu legen."

„Das könnte gefährlich werden."

„Trotzdem bin ich fest entschlossen, ihn zu fassen. Und die Schwarzmarktverkäufer ebenfalls."

„Ich werde dafür sorgen, dass sich mein Verwalter noch ein bisschen näher mit dem Roten Haus und dessen Eigentümern befasst. Auch er hat nicht viel darüber in Erfahrung bringen können. Er soll sich aber noch einmal genauer über diese Agnes informieren." Fürst von Dornbeck runzelte die Stirn. „Mein Problem ist, dass mein Verwalter vom Roten Haus sehr angetan zu sein scheint. Man kennt ihn dort, daher ist er vielleicht nicht die beste Wahl, wenn es darum geht, jemanden dorthin zu schicken. Aber das soll nicht deine Sorge sein." Der Markgraf verzog das Gesicht und rieb sich über den Nacken. „Es gibt noch etwas, das ich dich fragen wollte. Du kommst doch zu dem großen Kostümball, den wir hier im Schloss geben?"

„Ja, mein Herr."

„Es wird erwartet, dass jeder sich aufwendig kleidet oder ein Kostüm trägt. Wie ich höre, ist das die neueste Mode." Die Falten auf seiner Stirn wurden noch tiefer. „Ich glaube, dass du genauso wenig davon begeistert bist wie ich. Aber vielleicht gibt es ja ein Mädchen, das du gerne mitbringen möchtest. Sag mir seinen Namen und ich sorge dafür, dass es eingeladen wird."

„Ich glaube, es steht schon auf der Einladungsliste." Kaum dass die Worte seinen Mund verlassen hatten, wollte er sie auch schon zurücknehmen. „Das heißt …" Matthis lief rot an.

„Nun gut", sagte der Markgraf und nickte. Dabei lächelte er beinahe. „Danke für deinen Bericht, Matthis. Ich hoffe, dass du diesen Wilderer bald fassen wirst. Wenn der König kommt und feststellt, dass all seine Hirsche aus dem Dornbecker Wald verschwunden sind, wird er sehr ungehalten sein. Das kann ich nicht zulassen."

„Ich verstehe, mein Herr. Ich werde Euch nicht enttäuschen."

Nachdenklich lief Matthis zu der Lichtung, wo Fronika den Kindern Unterricht erteilte. Er grübelte darüber nach, wie er den Wilderer fassen konnte. Er würde jede Nacht durch den Wald streifen und auf die Lichtungen gehen, wo Hirsche am besten zu sehen waren. Schließlich hatte er das Wildern schon viel zu lange zugelassen. Es würde ihn nicht überraschen, wenn der Markgraf seiner überdrüssig würde und ihn durch jemand anderen ersetzte.

Obwohl sehr viele Hirsche fehlten, glaubte Matthis immer noch, dass es womöglich nur einen Wilderer gab, wenn auch mit Helfershelfern. Eine Person, die nur einen oder zwei Hirsche pro Nacht erlegte, konnte allerhand Fleisch heranschaffen, genug für einen kleinen Schwarzmarkt.

Als Matthis auf die Lichtung gelangte, hatten sich die Kinder dort bereits zusammengefunden. Nun blickte er den Weg in Richtung Stadttor entlang und konnte sehen, dass Fronika herannahte. Anna lief neben ihr, Kathryn folgte den beiden in kurzem Abstand. Matthis freute sich, Kathryn bei den beiden Freundinnen zu sehen.

Nachdem sich alle begrüßt hatten, widmete Fronika ihre Aufmerksamkeit wie immer den Kindern. In einiger Entfernung plauderte Anna über verschiedene Dinge, Kathryn hingegen sagte kaum ein Wort. Stattdessen schien sie ununterbrochen Matthis anzustarren.

Nach einer Weile kam ein Mann auf einem weißen Maultier auf die Lichtung zugeritten. Als er näher kam, erkannte Matthis Rutger. Fronika winkte ihm zu, fuhr aber mit ihrem Unterricht fort. Bei den Frauen angelangt, bremste Rutger das Maultier und stieg ab.

„Du musst Kathryn sein“, sagte er und heftete seine Augen auf das Mädchen, das seinen Kopf gesenkt hielt und nun scheu zu ihm aufblickte. „Ich wollte dir sagen, dass ich deine beiden Brüder gefunden habe und dass du auf dem Bauernhof wohnen wirst, wo sie leben.“

Kathryn hob den Kopf und starrte ihn an.

„Ich habe alles veranlasst. Du wirst im Haus der Familie Schindler leben und für Kost und Logis ein paar leichtere Arbeiten verrichten.“

„Meine Brüder? Ihr habt meine Brüder dort gefunden?“

„Ja, und du wirst mit ihnen zusammen sein.“

„Danke.“ Ihre Stimme war heiser.

„Wenn du willst, kann ich dich schon jetzt dorthin bringen. Dann werde ich einen meiner Diener zu dir schicken, damit er dir deine Sachen bringt.“

Kathryn nickte eifrig. Also half Rutger ihr kurz entschlossen auf sein Maultier, nahm die Zügel und setzte das Tier in Bewegung. Während sie davongingen, stieß Matthies einen erleichterten Seufzer aus. Auch Fronika lächelte glücklich und schlug begeistert ihre Hände ineinander. Genau wie sie vorhergesagt hatte, hatte sich alles wunderbar gefügt. Kathryn konnte bei ihren Brüdern sein.

Doch es war Matthis nicht entgangen, wie müde Fronika aussah. Sie war so schön wie immer, aber ihre Schultern und Augenlider hingen herab und sie sprach mit den Kindern nicht mit derselben Energie wie sonst. Als ihre Schüler sich verabschiedeten, lächelte sie, aber die dunklen Ringe unter ihren Augen weckten bei Matthis Sorge um ihre Gesundheit.

„Fronika, du wirkst müde. Geht es dir gut?"

Sie öffnete den Mund, als wollte sie etwas sagen, schloss ihn dann jedoch wieder.

„Du siehst wirklich erschöpft aus, Fronika", bestätigte Anna. „Hast du nicht genug geschlafen?"

„Oh, ich bin nicht besonders müde. Mir geht es gut. Ich …" Fronika schien darüber nachzudenken, was sie sagen sollte. „Ich habe einfach nicht genug Schlaf bekommen."

„Gab es denn einen Anlass dafür?", fragte Anna mit neugierigem Blick.

Fronika sah an ihrer Freundin vorbei und zuckte mit den Achseln. „Manchmal schlafe ich nicht gut. Das ist aber kein Grund zur Sorge. Alles ist in Ordnung. Wollen wir gehen?"

Doch Matthis wurde das Gefühl nicht los, dass eben nicht alles in Ordnung war.

„Fronika, was hältst du davon, wenn du heute Nacht bei uns schläfst? Zu Hause kannst du dich anscheinend nicht so gut ausruhen", stellte Anna nach dem gemeinsamen Abendessen fest, während es draußen bereits dunkel wurde. Wie gern würde Fronika ihr Angebot annehmen, aber wie konnte sie? „Matthis hatte recht. Du siehst erschöpft aus."

Fronika konnte ein herzhaftes Gähnen nicht unterdrücken. Doch sie musste heute Nacht auf Jagd gehen. Vielleicht konnte sie einfach hierbleiben, bis alle im Haus eingeschlafen waren, und sich dann hinausschleichen? Hinterher könnte sie behaupten, dass sie in der Nacht noch nach Hause gegangen war, weil sie in einem anderen als ihrem eigenen Bett doch nicht schlafen konnte.

„Das scheint eine gute Idee zu sein", sagte Fronika und schaffte es zu lächeln.

Sogleich schickte Anna ein Dienstmädchen zu Rutger, um ihn darüber zu informieren, dass Fronika die Nacht bei ihr verbrachte. „Ich will einfach nicht, dass du nach Hause gehst, wo du doch so müde aussiehst. Deshalb kriegst du später etwas, das die Kindermädchen den Kindern zum Schlafen geben, wenn sie krank sind. Das ist genau das, was du brauchst."

Nachdem das Kindermädchen die kleine Christina ins Bett gebracht hatte, spielte Peter noch mit seinem Sohn Günther. Währenddessen saßen Fronika und Anna im Erdgeschoss und unterhielten sich.

„Fronika, was ist los mit dir? Du wirkst ein bisschen nervös. Liegt es daran, dass Rutger gegen eine Hochzeit zwischen dir und Matthis ist?"

Die junge Frau antwortete nicht sofort. Vielleicht war es an der Zeit, Anna die Wahrheit zu gestehen. „Du darfst niemandem erzählen, was ich dir jetzt sage."

„Natürlich nicht. Wir bewahren doch immer gegenseitig unsere Geheimnisse."

„Ich mag Matthis wirklich." Fronika seufzte und spürte, wie sie eine Gänsehaut überfiel. Das passierte immer, wenn sie sich sein Gesicht vorstellte, sein Lächeln, seine Augen und wie er aussah, wenn er redete. Außerdem war er so furchtbar nett zu den Kindern und zu ihr. Am meisten bewunderte sie, wie selbstlos er Kathryn gerettet hatte. Es war liebevoll und heldenhaft. Außerdem erinnerte es sie ein bisschen daran, wie Rutger gekommen war und sie vor diesen Leuten gerettet hatte, bei denen sie gelebt und für die sie geschuftet hatte.

War sie jetzt, wo sie nicht mehr schuftete oder bettelte, sondern wilderte, um die Armen zu versorgen, nicht noch erschöpfter als vorher? Aber das war etwas anderes. Sie tat es, weil sie es wollte.

„Du magst Matthis. Ja, weiter", drängte Anna.

„Matthis ist …"

„Freundlich? Gut aussehend? In dich verliebt?"

„In mich verliebt? Das würde ich nicht sagen."

„Ich habe gesehen, wie er dich anschaut. Also glaube ich schon, dass man das sagen kann."

„Ich denke, dass Kathryn in ihn verliebt ist."

„Natürlich ist sie das. Er hat sie gerettet. Sie wäre kein menschliches Wesen, wenn sie sich nicht in ihn verliebt hätte."

„Vielleicht heiratet er sie ja."

Anna runzelte die Stirn. „Das halte ich nicht für wahrscheinlich. Sie ist ein hübsches Mädchen, aber Matthis scheint mir kein Mann zu sein, der ein so junges und schüchternes Ding sucht."

Das war ein Argument.

„Du hast immer noch nicht meine Frage beantwortet. Bist du traurig, weil Rutger etwas dagegen hat, dass du Matthis heiratest?"

Wieder nahm sich Fronika Zeit für ihre Antwort. „Ich glaube nicht, dass Rutger mich davon abhalten würde, jemanden zu heiraten, nur weil er arm ist. Aber vielleicht ist es egoistisch." Im Gegensatz zu Georg Papendorf konnte Matthis ihr nicht so gut dabei helfen, die Kinder zu versorgen. Matthis zu heiraten kam ihr aus vielen Gründen egoistisch vor.

„Man kann Matthis aber auch nicht als arm bezeichnen. Natürlich ist er nicht die gute Partie, die man bei dir als Rutgers Nichte erwarten würde. Trotzdem hat er als Förster des Markgrafen einen gewissen Status." Nach einem Moment der Stille fragte Anna: „Würdest du ihn heiraten, wenn er dich fragen sollte?"

Würde sie den Mann heiraten, der sie hassen würde, wenn er herausfand, dass sie der Wilderer war? Das erschien ihr doch sehr abwegig. Und doch … „Ich mag ihn sehr gern."

„Jaaa." Annas Tonfall drängte Fronika weiterzusprechen.

„Ich rede gern mit ihm."

„Jaha."

Manchmal fragte sich Fronika, wie es sich anfühlen würde, ihn zu küssen oder von ihm in den Arm genommen zu werden. Doch war sie noch nicht bereit, das vor Anna zuzugeben. „Ich finde ihn gut aussehend."

„Du wärst blind, wenn du das nicht tätest."

„Aber ich kann mich nicht in jeden Mann verlieben, mit dem ich rede, geschweige denn ihn heiraten. Nein, das geht nicht."

„Oh, Fronika. Warum bist du so übervorsichtig? Wovor hast du solche Angst?"

War sie übervorsichtig? War es nicht vernünftig, achtsam zu sein? „Ich will nicht, dass mein Herz gebrochen wird. Ich habe nur ein Herz, weißt du." Aber das war es nicht. Sie war bereit, ihr Herz zu riskieren. Aber sie war noch nicht bereit, die Kinder zu opfern, die auf ihre Nahrung angewiesen waren.

Es wurde immer schwieriger, Anna nicht alles erzählen zu können. Aber hatte sie eine Wahl?

Fronika schreckte hoch. Sie hatte geträumt, in eine tiefe Grube zu fallen. Wo war sie? War es zu spät, um auf die Jagd zu gehen? Neben ihr atmete jemand. Da fiel es ihr wieder ein: Sie übernachtete in Annas und Peters Haus und teilte sich mit ihrer Freundin die Schlafstatt.

Vorsichtig schlüpfte sie aus dem Bett. Schnell und so leise wie möglich zog sie sich an. Bis zu ihrem eigenen Haus war es nicht weit. Dort würde sie ihre Jagdkleidung anziehen und ihren Langbogen samt Pfeilen holen.

In diesem Moment gab Anna im Schlaf ein Geräusch von sich und drehte sich um. Dabei plumpste ihr Arm auf Fronikas Kissen. Fronika hielt den Atem an. Schlief Anna noch? Oder würde sie gleich die Augen öffnen und bemerken, dass Fronika nicht mehr im Bett war?

Doch schon kehrten Annas tiefe Atemzüge zurück. Sie waren ein bisschen kratzig und gerade laut und regelmäßig genug, um Fronika davon zu überzeugen, dass sie immer noch schlief.

Mit angehaltenem Atem schlich Fronika zur Tür hinaus.

Nachdem sie sich zu Hause umgezogen hatte, eilte sie zu den drei Jungen, die sie immer begleiteten. Sie warteten am üblichen Treffpunkt, waren jedoch eingeschlafen. Einer von ihnen wachte auf, als Fronika sich näherte, und rüttelte die anderen an der Schulter, um sie zu wecken. Leise huschten sie gemeinsam in den dunklen Wald.

In der Hoffnung, dass sie heute mehr Glück haben würde als in der vorangegangenen Nacht, begab sich Fronika zu einem ihrer Lieblingsplätze, um dort nach Hirschen Ausschau zu halten. Diesen Platz hatte sie schon seit einigen Wochen nicht mehr besucht. Vielleicht grasten die Hirsche jetzt hier.

Fronika saß in der Hocke. Da Hirsche normalerweise so leise waren, dass man sie nicht hören konnte, hatte sie ihren Bogen bereits gespannt und fixierte die kleine Lichtung in wenigen Metern Entfernung. Während sie wartete, brannten ihre Augen.

Wie schön es jetzt wäre, im Bett zu liegen. Zweifellos würde Anna, wenn sie am Morgen aufgewacht war, entweder selbst zu ihr kommen oder einen Dienstboten schicken. Dann würde Fronika aufstehen und so tun müssen, als ginge es ihr gut, als wäre sie nicht die ganze Nacht auf den Beinen gewesen.

Aber sie wollte nicht, dass jemand hungerte, nur weil ihr ihr Schlaf wichtiger war. In der vorangegangenen Nacht hatte sie nichts erlegen können. Heute Nacht durfte sie nicht schon wieder versagen.

Jetzt hörte Fronika ein leises Rascheln. Ein großer Hirsch trat in ihr Blickfeld. Entschlossen zielte Fronika auf ihn. Kaum dass er stillstand, schoss sie auch schon den Pfeil ab.

Diesmal traf er sein Ziel exakt. Der Hirsch machte zwei Schritte und fiel zu Boden.

Sogleich sprangen die drei Jungen, die sich hinter Fronika versteckt hatten, auf, rannten auf das Wild zu und begannen mit der harten Arbeit, es für den Abtransport vorzubereiten.

„Wer ist da?", rief plötzlich eine Männerstimme.

Schlagartig hielten die Jungen mit ihrer Beschäftigung inne und standen still – so still wie Fronikas Herz. Aber dann begann es wieder zu schlagen, und zwar so heftig, dass es ihr in der Brust wehtat.

Nicht weit von ihnen entfernt ertönte ein Knacken, dann noch eins. Jemand kam auf sie zu.

Die Jungen begannen zu laufen. Während einer von ihnen an Fronika vorbeischoss, wirbelte sie herum und rannte ebenfalls los.

„Halt!"

Kapitel 16

Während Fronika lief, schlugen Zweige in ihr Gesicht. Sie stolperte über Baumwurzeln und Büsche, rannte aber weiter. Ihr Herz hämmerte immer noch in ihrer Brust und sie hatte den Geruch von Schweiß und Tierblut in der Nase. Dabei gab es doch gar kein Blut in ihrer Nähe.

Fronika war sicher, dass die Stimme Matthis gehört hatte.

Ein Schrei übertönte die knackenden Geräusche, die Fronika und die Jungen erzeugten, während sie sich durch den Wald schlugen. War einer der Jungen erwischt worden? Würde er Matthis verraten, wer der Wilderer war und warum?

Während sie weiter durch die Bäume und das Unterholz rannte, pochte Fronikas Kopf im Rhythmus ihrer Schritte. In vollem Tempo schoss sie aus dem Wald hervor. Die Jungen waren nirgends zu sehen, aber sie waren ja auch in verschiedene Richtungen gelaufen. Bestimmt würden sie irgendwo ein Versteck finden.

Schnell fand Fronika das Loch in der Stadtmauer, das sie nach Einbruch der Dunkelheit benutzte. Es war gerade groß genug, um sich hindurchzuzwängen. Sie entfernte die lockeren Steine und schlüpfte hindurch, dann setzte sie die Steine wieder an ihren Platz. Wenig später eilte sie durch die kleinen Seitengassen der Stadt, kletterte über die Gartenmauer und verschwand durch die Hintertür im Haus.

Erleichtert lehnte sie sich gegen den Türrahmen und versuchte, wieder gleichmäßig zu atmen. *O Gott, Vater, bitte lass Matthis nicht herausfinden, was ich getan habe.* Als sie darüber nachdachte, welchen Eindruck ihr Wildern bei Matthis hinterlassen würde, spürte sie einen schmerzhaften Stich in ihrem Magen. Sie war eine Diebin. Diese Hirsche gehörten dem König und dem Markgrafen, nicht ihr, auch wenn ihr Verhalten einen guten Grund hatte.

Ihr blieb nur zu hoffen, dass der geschnappte Junge dem Förster nichts über Fronika erzählen würde. Vielleicht war er sogar davongekommen, bevor Matthis ihn in den Kerker des Markgrafen werfen konnte.

Um den Kragen ihrer ledernen Cotte herum fühlte sich Fronikas Haut kalt und klamm an. Ihr Schweiß war beim Laufen abgekühlt und ihr Kopf war leicht wie eine Wolke, so als würde er bei nächster Gelegenheit davonschweben. Ihr Inneres befand sich so sehr in Aufruhr, dass Fronika sich die Hand auf den Bauch legte. „Nicht krank werden. Nicht krank werden", befahl sie ihrem Magen.

Fronika schloss die Augen und versuchte, nicht über Matthis oder den armen Jungen nachzudenken, den er zu fassen bekommen hatte. Es gab jetzt einfach nichts, was sie daran ändern konnte. Stattdessen würde sie ganz ruhig ein- und wieder ausatmen. Außerdem würde sie sich darauf konzentrieren, ins Bett zu gehen, ohne dass irgendjemand sie hörte.

Fronika schlich die Stufen hinauf und gelangte zu ihrer Zimmertür. Sie war nur angelehnt. Als Fronika sie öffnete, quietschte sie. Im Inneren angekommen, ging Fronika so leise wie nur möglich in den hinteren Teil des Raumes. Sie öffnete die Truhe und legte Pfeil und Bogen hinein. Dann begann sie, ihre Jagdkleidung abzulegen.

„Wo bist du gewesen?"

Fronika wirbelte herum. „Anna." Um zu verhindern, dass ihr das Herz aus der Brust hüpfte, schlug sie die Hände darüber. „Du hast mich zu Tode erschreckt. Was machst du hier?"

„Als du mitten in der Nacht das Haus verlassen hast, habe ich mir Sorgen um dich gemacht. Und was hast du da an? Fronika, das ist seltsam. Wohin bist du gegangen? Was hast du gemacht?"

„Anna, ich …" Wie konnte sie Anna anlügen? Bei dem Gedanken, Anna die Wahrheit zu sagen, begann Fronikas Herz aufs Neue loszuhämmern. Es pochte bis in ihren Kopf hinein und rief ein Gefühl der Schwäche bei ihr hervor. Aber machte die Angst sie krank? Oder lag es an der Erschöpfung, die daher rührte, dass sie so lange ihr Geheimnis bewahrt hatte? Sie hatte es niemals jemandem gesagt, aber es würde sich gut anfühlen, es endlich mit jemandem zu teilen. Sie konnte Anna vertrauen, oder? „Wenn ich es dir erzähle, versprichst du dann, es niemandem weiterzusagen?"

Anna, die in Fronikas Bett gelegen hatte, setzte sich nun auf und schlug die Bettdecke zurück. „Ich werde es keiner Menschenseele sagen." Sie krabbelte aus dem Bett und half Fronika dabei, die Schnürbänder ihrer ledernen Strümpfe und ihrer ledernen Cotte zu lösen. Beides schützte Fronika vor Dornen und Zweigen.

„Ich weiß nicht mehr, wie es angefangen hat", sagte Fronika.

„Wie was angefangen hat?" Anna bearbeitete einen Knoten an der Schnürung des linken Lederstrumpfes.

Wie konnte sie das alles in Worte fassen? „Ich bin … ich … wildere Hirsche im Dornbecker Wald. Nachts. Beinahe jede Nacht des vergangenen Jahres." Fronika fühlte sich schwach, so schwach, dass ihre Knie unter ihr nachgaben.

„Fronika!", keuchte Anna. „Du wilderst? Das ist mir unerklärlich. Aber … aber … warum? Warum solltest du so etwas tun?"

Annas Tonfall drehte Fronika den Magen um. „Ich ernähre Dutzende von Waisen und armen Familien." Das rechtfertigte ihr Handeln, oder etwa nicht? „Warum sollten die Tiere im Wald leben und sterben, ohne für irgendjemanden von Nutzen zu sein?" Jetzt, wo sie es laut aussprach, klang es doch nach einer erbärmlichen Ausrede.

Anna schlug sich die Hand vor den Mund und starrte Fronika an. Das Mondlicht, das durch das Fenster fiel, ließ ihre weit aufgerissenen Augen noch größer und unheimlicher erscheinen. „Du … du bist so … mutig", stotterte Anna und gab ein unterdrücktes Lachen von sich. „Du gehst jede Nacht los und tötest Hirsche im Wald des Markgrafen? Ich habe noch nie so etwas Aufregendes gehört!" Anna kicherte erneut.

„Pssst. Man wird dich hören." Angesichts der begeisterten Reaktion erlaubte sich Fronika den Hauch eines Lächelns.

„Ich wünschte, ich könnte dich da draußen sehen, wie du durch die Bäume pirschst, deine Beute jagst und das Wild des Markgrafen tötest, um die Armen zu ernähren. Das ist so romantisch."

Fronika sank auf ihr Bett. „Es ist überhaupt nicht romantisch.

Aber ich bin erleichtert, dass du nicht mit mir schimpfst." Mit einem Seufzer lehnte sie sich gegen ihr Kissen. „Es ist ermüdend."

„Wie hat es denn nun angefangen?", fragte Anna und setzte sich zu Fronika. Aufgrund der Dunkelheit konnte Fronika ihr Gesicht nicht erkennen.

Die junge Frau dachte einen Moment lang nach. „Ich habe nach einem Weg gesucht, den Armen zu helfen, und ich wollte irgendetwas, das ich ganz allein tun kann. Als ich ein Kind war, habe ich kleinere Tiere gewildert. Ich habe gelernt, wie man Pfeil und Bogen benutzt, und ich war gut darin. Es gab so viele Hirsche im Dornbecker Wald. Da kam es mir so vor, als würde es niemandem schaden, wenn ich ein paar davon erlege und an die Armen weitergebe. Rutger und ich haben einen Plan gemacht, wonach ein paar der Jungen, die für ihn arbeiten, mit mir gehen und das Fleisch der getöteten Hirsche zerlegen und abtransportieren. Außerdem hat Rutger noch ein paar Leute, die das Fleisch an die Armen verteilen."

„Oh." Anna saß mit dem Gesicht zum Kopfende. „Aber ..."

Als sie schwieg, fragte Fronika: „Aber was?"

„Kommt es dir nicht seltsam vor, dass Rutger dir erlaubt, ein solches Risiko einzugehen? Wenn du geschnappt wirst, hackt dir der Markgraf vielleicht die Hand ab. Er wird sehr wütend sein und dich in den Kerker werfen. Und was ist mit Matthis? Wenn er herausfindet, dass du wilderst ..."

„Ich weiß, ich weiß." Fronikas Herz zog sich zusammen. „Ich will Matthis nicht verletzen, aber ich will auch nicht die Armen im Stich lassen, die sich darauf verlassen, dass ich sie mit Essen versorge."

Anna nickte. „Aber Fronika, wie lange willst du das noch machen? Es muss so anstrengend sein, jede Nacht auf die Jagd zu gehen. Wann schläfst du? Gestern hat es den Eindruck gemacht, als würdest du überhaupt nicht schlafen. Du hast so müde ausgesehen."

„Ich weiß es nicht. Vielleicht kann ich eines Tages aufhören. Aber um ehrlich zu sein, frage ich mich, wie das jemals möglich sein soll. Es sei denn ..."

„Es sei denn?"

„Es sei denn, ich heirate einen reichen Mann, der sein Geld dafür aufwendet, ihnen Nahrung zu geben."

„Fronika, du bist doch nicht für jeden Hungernden verantwortlich."

„Aber ich kann den Gedanken nicht ertragen, dass sie leiden, wo ich doch etwas dagegen tun könnte. Abgesehen davon jage ich gerne und ich glaube, dass ich etwas Gutes tue und Gott mich dafür belohnen wird."

„Mir kommt es so vor … Nein, das sollte ich vielleicht nicht sagen."

„Was? Sag es. Du weißt, dass ich nicht böse auf dich sein werde."

„Ich finde einfach, dass Rutger als dein Onkel ein bisschen besser für dich und dein Wohlergehen sorgen sollte. Er sollte dich nicht dazu ermutigen, die Landesgesetze zu brechen."

„Onkel Rutger weiß, dass ich den Armen helfen möchte. Und dass ich eine Frau bin, die man nicht so leicht umstimmen kann. Er erlaubt mir ja auch, einen Lehrer zu haben und alles zu lernen, was ich möchte. Dafür bin ich dankbar." Trotz dieser Worte nagte auf einmal das Gefühl an Fronika, dass Anna recht hatte. Warum versuchte Rutger nicht, sie vom Wildern abzubringen?

„Du solltest nicht von dir selbst verlangen, *jede* Nacht auf die Jagd zu gehen, Fronika. Wirklich nicht. Sonst wirst du noch krank werden. Abgesehen davon muss es sehr hart sein, in der ständigen Angst zu leben, geschnappt zu werden. Ich könnte diese Anstrengung niemals verkraften." Anna streckte die Hand aus und drückte Fronikas Arm. „Aber du bist ja auch immer schon stärker gewesen als ich."

Stärker? Oder dümmer? „Vielleicht hast du recht damit, dass ich nicht *jede* Nacht auf die Jagd gehen sollte."

„Also wirst du es nur noch ein paarmal die Woche tun?"

„Ich denke schon. Aber es kommt mir egoistisch vor. Die Leute werden hungern."

„Fronika, das hab ich doch schon gesagt: Du bist nicht für jeden in Dornbeck verantwortlich."

„Vielleicht nicht." Allmählich ging die Sonne auf und warf ein gräuliches Licht durch das Fenster. Dadurch war der Raum jetzt so hell, dass Fronika Annas Gesicht sehen konnte. „Aber wenn ich ihnen Nahrung geben kann und es nicht tue …“

„Du quälst dich doch nur. Gott weiß, dass du nicht jeden mit Nahrung versorgen kannst. Selbst du hast deine Grenzen. Vielleicht solltest du auch mal darüber nachdenken, ob es wirklich richtig ist, Hirsche im Revier des Markgrafen zu wildern.“

Fronika öffnete den Mund, um zu protestieren, aber Anna unterbrach sie.

„Ich bitte dich ja nur, darüber nachzudenken. Versprich mir, das zu tun.“

„Das werde ich.“ Fronika beugte sich vor und stützte ihren Kopf mit den Händen ab. „Ich muss vielleicht sowieso mit dem Wildern aufhören. Möglicherweise hat Matthis einen der Jungen geschnappt, die mir helfen, das Fleisch aus dem Wald zu schaffen.“

„Was? Wann?“

„Heute Nacht.“

„Denkst du, dass er dich erkannt hat?“

Fronika schüttelte den Kopf. „Aber wenn er einen der Jungen geschnappt hat, könnte er Matthis erzählt haben, dass ich der Wilderer bin.“

„Oh. Aber du weißt nicht, ob er ihn geschnappt hat oder nicht?“

„Ich bin nicht sicher.“

„Dann musst du davon ausgehen, dass er es nicht getan hat. Mach dir keine Sorgen darüber und geh jetzt schlafen. Du musst schlafen, Fronika.“

„Was ist mit dir?“

„Ich werde ebenfalls schlafen. Schließlich habe ich den größten Teil der Nacht wach gelegen und für dich gebetet.“

In Fronikas Hals bildete sich ein Kloß. Niemand hatte je zu ihr gesagt, dass er für sie betete. „Danke, Anna.“

„Gern, du verrückte, wundervolle, mutige Frau, die das Wild des Markgrafen stiehlt.“

Verrückt. Das war eine gute Beschreibung. Wirklich, sie musste verrückt sein.

„Hast du irgendwelche Briefe von Kathryn bekommen?", fragte Rutger, während er mit seiner Nichte zu Mittag aß.

Fronika schüttelte den Kopf.

„In den vergangenen Tagen warst du ein bisschen stiller als sonst."

„Ich habe nichts von Kathryn gehört, aber ich glaube auch nicht, dass sie lesen oder schreiben kann. Und mir geht es gut."

„Heute Morgen habe ich gesehen, wie Anna das Haus verlassen hat. Ich hoffe, sie hat dich nicht vom Schlafen abgehalten."

„O nein", erwiderte Fronika und schüttelte wieder den Kopf. Was würde er sagen, wenn sie ihm erzählte, was letzte Nacht passiert war? Und dass sie Anna ihr – und auch Rutgers – Geheimnis erzählt hatte.

„Wie geht es Anna?"

„Es geht ihr gut." Fronika starrte auf ihr Essen hinab. Sie hatte keinen besonderen Hunger.

„Hast du von Matthis irgendwelche Neuigkeiten erfahren? Hat er etwas Neues über den Wilderer herausgefunden?"

„Ich … ich weiß es nicht." Sie konnte genauso gut ein Geständnis ablegen. „Ich glaube, dass er gestern Nacht einen der Jungen geschnappt hat."

Rutger begann zu husten. Anscheinend hatte er sich an dem Fruchtsaftkompott verschluckt. Jetzt prustete er dagegen an.

Als er wieder sprechen konnte, sagte er mit heiserer Stimme: „Was hast du gesagt?"

„Matthis hat uns letzte Nacht gehört und geschrien, wir sollen stehen bleiben. Ich glaube nicht, dass er mich sehen konnte. Wir sind natürlich weggerannt, aber ich glaube, er könnte Werner geschnappt haben."

Rutgers Gesicht schien eine aschgraue Farbe anzunehmen. Er holte sein Taschentuch hervor und tupfte sich damit über die Stirn. „Warum glaubst du, dass Matthis ihn geschnappt hat?"

„Ich habe Werner schreien hören."

„Siehst du Matthis heute?"

„Nein, heute nicht."

„Du hättest mir davon erzählen sollen. Du hättest mich sofort, als du nach Hause gekommen bist, aufwecken sollen."

„Es tut mir leid. Ich wusste aber, dass wir nichts hätten tun können."

Rutger stieß einen tiefen Seufzer aus. „Alles wird wieder gut, da bin ich mir sicher. Ich werde versuchen herauszufinden, was passiert ist und ob er gefangen genommen wurde."

„O danke, Rutger. Ich mache mir Sorgen um ihn. Aber wie willst du das anstellen? Was wirst du tun?"

„Mach dir keine Sorgen, mein Schatz. Ich habe meine Quellen."

„Hast du irgendwelchen Einfluss auf den Markgrafen?"

Rutger zögerte, schüttelte dann jedoch den Kopf. „Der Markgraf ist ein mächtiger Mann, aber er hat sein ganzes Leben weit entfernt von dieser Gegend verbracht. Ich kenne niemanden, der Einfluss auf ihn hat, abgesehen von seinem Vogt, Ulrich. Und wahrscheinlich Matthis. Aber ich werde herausfinden, ob Werner den Weg nach Hause gefunden hat."

„Denkst du, dass der Markgraf ein anständiger Mann ist – trotz der Gerüchte?"

„Ich habe keine Ahnung, ob der anständig ist, aber er hat eine schwere Strafe gegen einen Dienstboten verhängt, der vor ein paar Monaten beim Stehlen erwischt wurde."

Wenn der Markgraf imstande war, seinen eigenen Bruder zu töten, was würde er dann dem armen Werner antun? Würde er ihn foltern und aus ihm herauspressen, für wen er arbeitete? Fronika und Rutger würden alles verlieren. Es war sogar möglich, dass sie Dornbeck mit Schimpf und Schande verlassen mussten. Kein Wunder, dass Rutger kreidebleich geworden war, als sie ihm von Werner erzählt hatte.

„Da morgen Sonntag ist und ich in der Kirche immer so müde bin, habe ich darüber nachgedacht, heute Nacht nicht auf die Jagd zu gehen und stattdessen die Sabbatruhe einzuhalten. Vielleicht könnte ich an zwei Nächten pro Woche ausruhen." Wenn sie nicht schon heute von den Wachen des Markgrafen in den Kerker geworfen wurde.

Rutger sah besorgt aus. „Natürlich, mein Schatz. Ich finde, dass das eine gute Idee ist."

„Ich werde jetzt nach oben in mein Zimmer gehen. Sagst du mir sofort Bescheid, wenn du etwas über Werner in Erfahrung gebracht hast?"

„Ja, mein Schatz. Jetzt mach dir keine Sorgen. Durch Sorgen erreicht man gar nichts." Rutger warf ihr ein kurzes Lächeln zu, doch wirkte es eher brüchig und gezwungen.

Er machte sich genauso viele Sorgen wie sie.

Kapitel 17

Heute war Sonntag und Fronika fühlte sich tatsächlich ausgeruht. Wahrscheinlich würde sie nicht einmal einschlafen, während sie betete, so wie das in der Vergangenheit oft der Fall gewesen war.

Rutger hatte sie darüber informiert, dass Werner Matthis durch die Finger geschlüpft war. Bei dem Gedanken, wie knapp sie seinem Zugriff entgangen waren, schauderte Fronika innerlich. Ohne Zweifel würde sie Gott dafür danken, dass Werner entkommen war.

Falls sie Matthis in der Kirche begegnete, würde sie dann den Mut haben, ihn zu fragen, wie seine Jagd nach dem Wilderer lief?

Als sie mit Rutger das hallende Kirchenschiff betrat, zog sich Fronika den Schleier über das Gesicht. Sie tauchte ihre Finger in das heilige Wasser und bekreuzigte sich. Dann kniete sie sich mit gesenktem Kopf vor das Kruzifix. Nach einem Moment stillen Gebetes – *Gott, vergib mir meine Sünde und denk nicht mehr an sie* – begab sie sich in Richtung Altar und suchte sich einen Stehplatz, von dem aus sie den Pfarrer sehen konnte.

Als Fronika sich umsah, konnte sie weder Anna noch Matthis entdecken. Rutger trat zu ihr, neigte den Kopf und kniete sich hin, um zu beten. Fronika tat dasselbe und bekreuzigte sich.

Normalerweise verspürte Fronika wenig oder überhaupt keine Schuldgefühle wegen ihres Wilderns. Schließlich ernährte sie die Armen. Aber heute konnte sie beim Beten gar nicht mehr aufhören, Gott ihr Verhalten zu beichten.

Ich habe die Landesgesetze gebrochen. Es tut mir leid, dass ich die Kinder nicht auf irgendeine andere Weise versorgen konnte … Vergib mir, falls das, was ich tue, Matthis Schmerzen bereitet oder Schwierigkeiten macht. Ich will niemandem wehtun. Vergib mir, dass ich auch dein Gesetz gebrochen und den Markgrafen sowie den König bestohlen habe.

Beinahe hätte sie gesagt, dass sie wünschte, nicht mehr auf die Jagd gehen zu müssen. Zuerst war es aufregend gewesen, aber jetzt … Sie fürchtete sich vor dem Töten und den Schuldgefühlen, die sie dadurch hatte.

Ich bin so durcheinander. Ist es denn nicht richtig, die Armen zu versorgen? Gott, mein Herr, wenn es dein Wille ist, dann zeig mir einen anderen Weg.

Bruder Philip kniete nicht weit von ihr entfernt. Dann legte er sich – wie er es oft tat – bäuchlings auf den Steinfußboden. Fronika hatte ihn einmal gefragt, warum er das tat. Daraufhin hatte der Mönch ein finsteres Gesicht gemacht. „Weil ich von der Erkenntnis meiner Sünde so überwältigt bin“, hatte er geknurrt, fast so, als sei das offensichtlich. Was würde er wohl sagen, wenn er etwas über Fronikas Wildern wüsste? Wahrscheinlich gab es auf der ganzen Welt nicht genug Möglichkeiten, sich auf den Bauch zu werfen, um Fronika von dieser Sünde zu reinigen, jedenfalls nicht aus Bruder Philips Sicht. Aber sie musste sich ja auch nicht aus seiner Sicht entsühnen, nur aus Gottes Sicht.

Jetzt fiel Fronikas Blick auf einen Mann mit dicken, dunkelblonden Haaren. Matthis! Er schritt im Mittelgang durch das Kirchenschiff und nahm einen Platz auf der anderen Seite ein.

Fronika senkte den Kopf und schloss die Augen. Aber anstatt sich selbst zu prüfen und über Jesus nachzudenken, tauchte ein Gesicht vor ihrem geistigen Auge auf: Matthis, wie er herausfand, dass sie der Wilderer war, nach dem er suchte – das Bild aus ihrem wiederkehrenden Traum.

Der Knabenchor trug einige einstimmige gregorianische Gesänge vor, dann begann der Pfarrer die Messe und hielt eine kurze Predigt. Als er mit dem Sakrament des heiligen Abendmahls begann, schloss Fronika die Augen und konzentrierte sich auf dessen Bedeutung. Wie viel Mitleid hatte sie doch mit denen, die kein Latein verstanden. Schließlich richtete es sie immer auf, wenn sie über die Bibelworte nachdachte und spürte, dass sie sich in der Gegenwart Gottes befand.

Als sie vortrat, um das heilige Abendmahl zu empfangen, reihte sich Matthis direkt hinter ihr ein und ihre Blicke trafen sich.

Fronikas Nacken prickelte. Was fiel ihm ein, direkt hinter ihr zu gehen? Vor zwei Nächten hatte er Werner geschnappt, auch wenn er ihn kurz danach wieder verloren hatte. Hatte er herausgefunden, dass sie der Wilderer war? Wie hatte er sie eben angesehen? Fronika hatte ihm nur einen sehr kurzen Blick zugeworfen. Sie glaubte nicht, dass er verärgert ausgesehen hatte, aber sie konnte sich da nicht sicher sein.

Ihr Verhalten war albern. Natürlich wusste er nicht, dass sie der Wilderer war. Trotzdem trieb ihr dieser Gedanke die Röte ins Gesicht.

Als der Pfarrer die Leute entließ, versuchte Fronika Matthis im Blick zu behalten. Hoffentlich war es nicht allzu offensichtlich, dass sie auf dem Weg zu ihm war. Die Leute bewegten sich im Mittelgang auf den Eingang zu und versperrten ihr die Sicht. Schließlich sah sie ihn wieder. Zu dem Bluterguss auf seinem Wangenknochen hatten sich dunkle Ringe unter seinen Augen gesellt. Er wirkte erschöpft. Zwischen seinen Augenbrauen hatte sich eine Falte gebildet, aber als er Fronika sah, entspannte sich sein Gesichtsausdruck.

Plötzlich trat Georg Papendorf zwischen die beiden und Fronika blickte in sein lächelndes Gesicht.

„Fronika, wie schön du heute wieder aussiehst."

„Danke, Georg. Es ist ein wundervoller Tag für die Kirche, nicht wahr? Fühlst du dich von deinen Sünden befreit?"

Georg öffnete den Mund, geriet dann aber ins Stocken. „Befreit? Nun, ja. Ich denke schon."

„Ich auch", entgegnete Fronika und lächelte. „Es war schön, dich zu treffen, Georg. Ich wünsche dir eine gute Woche."

„Danke. Ich wünsche dir auch eine gute Woche, Fronika." Georg sah die junge Frau noch einen Moment lang an, dann flüsterte er: „Ich gebe dir Zeit zum Nachdenken, genau wie du es dir gewünscht hast. Bitte … denke liebevoll an mich."

Fronika öffnete den Mund, wusste aber nicht, was sie dazu sagen sollte. Also lächelte sie nur und nickte.

Georg drückte ihre Hand. „Auf Wiedersehen, Fronika."

„Auf Wiedersehen, Georg."

Kaum dass er sich umgedreht hatte, sagte Matthis zu Rutger, der direkt hinter Fronika stand: „Darf ich Eure Nichte nach Hause begleiten?"

„Ja", erwiderte Rutger und nickte ihm zu. Dann steuerte er mit den Massen auf die Tür zu.

Matthis hielt Fronika seinen Arm hin. Er sah alles andere als verärgert aus. Von Fronikas Schulter fiel eine Last.

„Du siehst sehr ausgeruht aus", sagte er.

„Danke, aber ich habe gerade das Gegenteil über dich gedacht."

Aus dem Augenwinkel erhaschte Fronika einen flüchtigen Blick auf Georg, der mit zusammengekniffenen Augen zu ihnen herüberstarrte. Er war in der Nähe der Kirchentür stehen geblieben. Jetzt machte er ein finsteres Gesicht und stapfte nach draußen.

Fronika hoffte, dass sie seine Gefühle nicht verletzt hatte. Jetzt jedoch, wo sie so nahe neben Matthis stand und seinen Arm berührte, konnte sie nicht anders, als ihre Aufmerksamkeit auf ihn zu richten. „Hattest du ein paar schwierige Nächte?"

Matthis seufzte. „Du möchtest gar nichts über meine Schwierigkeiten hören."

Gemeinsam traten sie nach draußen ins Sonnenlicht. Da ein ziemliches Gedränge herrschte, wurde Fronika immer wieder gegen Matthis' Arm gedrückt. Sie ließen zwei Frauen vor, die miteinander stritten. Rutger befand sich ein bisschen weiter vorn, war aber so weit weg, dass er ihre Unterhaltung nicht mit anhören konnte.

„Es macht mir nichts aus, an dem teilzuhaben, was dir Probleme bereitet." Fronika sagte die Wahrheit, auch wenn sie im Moment eigentlich nur neugierig auf das war, was er herausgefunden hatte.

Matthis schüttelte den Kopf und presste seine Lippen aufeinander. „Ich habe vor ein paar Nächten einen Jungen im Wald geschnappt."

„War er der Wilderer?"

Matthis schüttelte erneut den Kopf. „Aber der Wilderer war dort und hatte gerade einen Hirsch erlegt. Ich glaube, dass der Junge und noch mindestens eine weitere Person gerade dabei waren, ihn abzutransportieren." Er hielt einen Moment lang inne und starrte geradeaus.

„Also hast du ihn geschnappt? Hat er dir gesagt, wer der Wilderer ist?"

„Nein." Matthis sah auf seine Füße. Sie kamen nur sehr langsam voran, wodurch sich Rutger noch weiter von ihnen entfernte. „Ich habe ihn verloren. Er hat sich aus meinem Griff herausgewunden. Zwar habe ich ihn noch lange verfolgt, doch dann ist er mir trotzdem entwischt." Er seufzte noch einmal.

Obwohl es sich nicht richtig anfühlte und Matthis' Gesicht die Last herber Enttäuschung widerspiegelte, schwappte eine Welle der Erleichterung über Fronika hinweg. Gleichzeitig durchzuckten sie wieder Schuldgefühle.

„Das tut mir leid. Ich weiß, wie wichtig es dir ist, ihn zu fassen."

„Ich *muss* ihn dingfest machen. Was für ein Förster bin ich denn, wenn ich einen Wilderer nicht fangen kann, der so viel und so oft wildert? Der Markgraf wird das Vertrauen in mich verlieren und mich durch jemand anderen ersetzen."

„Das würde er bestimmt nicht tun. Er weiß doch sicher, dass du dein Bestes tust."

„Und der Vogt kann mich nicht leiden und wartet auf die erstbeste Gelegenheit, mich beim Markgrafen anzuschwärzen."

„Wie kann man *dich* denn nicht leiden?"

„Schon als wir noch Kinder waren und uns zum ersten Mal begegnet sind, hatte Ulrich eine Abneigung gegen mich. Und als Fürst von Dornbeck mich zum Förster ernannt hat, schien er voller Neid zu sein. Ich glaube, dass er seit dem Tod des früheren Markgrafen immerzu Angst hat, seine Position zu verlieren."

„Manche Leute sind nun einmal neidisch. Wahrscheinlich kennt der Markgraf seine wahre Natur."

Matthis zuckte mit den Achseln. „Möglicherweise."

„Vielleicht sieht er sogar, dass deine starke Persönlichkeit das genaue Gegenteil von der des Vogts ist."

Matthis lächelte ein wenig und sah auf Fronika herab. „Du bist eine treue Seele, oder?"

Fronika dachte einen Moment lang nach. „Ich bin treu, aber hoffentlich nur gegenüber Leuten und Angelegenheiten, die es wert sind." Sie lächelte ihn an. „Du bist auch eine treue Seele, oder?"

„Ich schätze schon."

Fronika dachte über seine Treue gegenüber dem Markgrafen nach. „Denkst du, dass es möglich ist, *zu* treu zu sein?", fragte sie.

Zwischen Matthis' Augenbrauen bildete sich eine Falte. „Vielleicht." Dann nickte er. „Es ist möglich, wenn man der falschen Sache treu ist … oder der falschen Person gegenüber."

„Wie wahr." Wenn der Markgraf seinen Bruder getötet hatte, um dessen Platz einzunehmen, dann konnte Matthis' Treue zu ihm allerhand Schwierigkeiten hervorrufen und ihn dazu bringen, falsche Dinge zu tun. Fronika hoffte, dass er das früher oder später begreifen würde.

Aber konnte auch sie treu gegenüber der falschen Person oder Sache sein? Sie war nur gegenüber Gott, ihrem Onkel, ihrer Freundin Anna und den Armen treu. Nein, ihre Treue war ganz bestimmt gerechtfertigt.

Am nächsten Tag schlenderten Fronika und Anna gemeinsam über den Markt. Ihre Körbe waren bereits voller Obst und Gemüse. Zwar hatte Fronika einen Dienstboten für diese Arbeit. Dieses Mal genoss sie es jedoch, selbst mit den verschiedenen Verkäufern auf dem Dornbecker Marktplatz zu sprechen und die Lebensmittel auszusuchen.

„Diese Melonen sehen so süß aus", bemerkte Fronika und klopfte mit dem Finger gegen die Frucht.

„Du hast zu viel für sie bezahlt", schimpfte Anna. „Die Frau hätte sie dir für weniger überlassen."

„Es hat mir nichts ausgemacht. Außerdem hat sie so ausgesehen, als hätte sie das Geld nötiger als ich." Ihr Kleid war mehrmals geflickt worden und sie hatte keine Schuhe an den Füßen gehabt.

Eine Frau stand neben einem Karren mit Blumensträußen und Pflanzen in Tontöpfen. Die Verkäuferin hielt einen Topf mit hellroten Geranien in der Hand und rief: „Blumen erfreuen das Herz!"

Wie eine Honigbiene zog es Fronika zu den roten Blüten. Während Anna mit der Verkäuferin verhandelte und ihr ein paar Möhren und etwas Porree für einen Blumenstrauß bot, interessierte sich Fronika für die Geranien.

Plötzlich erregte eine Männerstimme ganz in Fronikas Nähe ihre Aufmerksamkeit. „Das neue Mädchen ist wieder im Roten Haus. Erinnerst du dich an die Kleine mit dem hübschen Gesicht?"

Fronika blickte nach rechts. Zwei Männer standen in wenigen Metern Entfernung vor der Bäckerei. Einer hatte einen dicken Brotlaib unter dem Arm. Der andere hatte sich zu ihm hinübergebeugt, als würde er ihm ein Geheimnis anvertrauen. Auf seinem bärtigen Gesicht lag ein lüsternes Grinsen. Fronika juckte es in den Fingern. Sie hätte ihm das Grinsen gern ausgetrieben.

Der andere Mann gab ein grunzendes Geräusch von sich und nickte.

„Wir sollten rübergehen und sie begrüßen, was?“ Er lachte. Es war ein hässliches Geräusch.

„Agnes schirmt sie ziemlich ab. Sie lässt dich vielleicht nicht …“

„Ach, Agnes mag mich. Sie gibt mir jedes Mädchen, das ich will.“

Fronika erbleichte und spürte, wie sich ihr Magen zusammenzog. Wütend starrte sie auf die beiden Männer, die Fronika jedoch nicht bemerkten. Schließlich entfernten sich die beiden von der Bäckerei und gingen die Straße hinunter.

Fronika griff nach Annas Arm. „Hast du das gehört?“

„Was gehört?“ Anna wandte sich mit ihrem Blumenstraß gerade von der Blumenverkäuferin ab.

Fronika trat zur Seite, weg von der Straße, und zog Anna mit sich. „Da drüben bei der Bäckerei haben sich zwei Männer unterhalten. Was der eine gesagt hat, klang so, als sei Kathryn ins Rote Haus zurückgekehrt.“

„Aber nein, das kann ich nicht glauben. Es muss jemand anderes sein. Ganz bestimmt. Kathryn ist doch bei ihren Brüdern auf dem Bauernhof.“

„Ich habe das dumme Gefühl, dass sie nicht mehr dort ist. Ich muss es herausfinden.“

„Wie willst du das machen? Das kannst du doch gar nicht!“ Anna legte die Blumen in ihren Korb und griff nach Fronikas Arm. „Was geht in deinem Kopf vor?“

Fronika wusste, dass sie es Anna wahrscheinlich nicht erzählen sollte. Schließlich bestand die Möglichkeit, dass sie versuchen würde, Fronika von ihrem Vorhaben abzubringen. „Ich kann nicht zulassen, dass Kathryn von diesem ekelhaften Mann belästigt wird. Daher werde ich einfach zum Roten Haus gehen und nachsehen, ob sie dort ist.“

„Sie werden dich nicht hineinlassen.“

Das würden sie doch – jedenfalls wenn Fronika anbot, dort zu arbeiten.

Fronika stand vor dem Roten Haus. Anna hielt sich immer noch an ihrem Arm fest.

„Fronika, was willst du machen?"

Die junge Frau wandte sich ihrer Freundin zu und sah ihr in die Augen. „Nichts Schlimmes. Ich will nur herausfinden, ob Kathryn hier ist." Sie drückte Anna ihren Korb in die Hand. „Ich bin in ein paar Minuten zurück."

Fronika drehte Anna und ihrem verstörten Gesichtsausdruck den Rücken zu. Dann spazierte sie auf die Vordertür des Roten Hauses zu.

Der Wachmann, der mit verschränkten Armen vor der Tür stand, warf ihr schon von Weitem prüfende Blicke zu. Als sie näher kam, ließ er seine Arme sinken und wandte sich ihr zu. „Was willst du?"

„Ich will mit Agnes sprechen."

„Weswegen?" Zwischen seinen Augen bildete sich eine Falte. Ansonsten bewegte er sich nicht. Sein Verhalten machte deutlich, dass Fronika nicht die geringste Bedrohung darstellte.

„Sie wird sich mit mir unterhalten wollen."

„Geh weg. Dies ist kein Ort für Mädchen wie dich."

„Woher weißt du, welche Art von Mädchen ich bin?" Die Andeutung, die sie machte, rief ein flaues Gefühl in ihrem Magen hervor. Sie biss jedoch die Zähne zusammen und sagte dann mit fester Stimme: „Ich will mit Agnes reden."

Der Türsteher beugte sich drohend zu ihr nach vorn. „Warum?"

„Ich will für sie arbeiten."

Der Wachmann hob die Augenbrauen und wich wieder ein Stück zurück. „Ach ja?"

„Ja."

„Also gut." Er öffnete die Tür und ging voran.

Als sie eintraten, wandte jeder im Raum den Blick und sah

Fronika an. Eine Frau, deren Kleidung mehr Haut bedeckte als es bei den anderen der Fall war, drehte sich um und stemmte die Hände in die Hüften. „Wen bringst du mir da, Konrad?"

„Sie will mit dir reden, Agnes."

Die Frau musterte Fronika vom Scheitel bis zur Sohle. „Was willst du?"

Fronika ging auf sie zu. „Ich spiele mit dem Gedanken, für dich zu arbeiten. Ich habe gehört, dass meine Freundin Kathryn hier angefangen hat. Wenn das so ist, will ich auch hier arbeiten."

Agnes verschränkte die Arme vor der Brust und fuhr fort, Fronika zu beäugen.

„Ist sie hier?"

„Warum sollte das eine Rolle für dich spielen?"

„Weil ich dort sein will, wo meine Freundin ist."

„Du willst also für mich arbeiten." Agnes lächelte spöttisch. „Hast du eine solche *Arbeit* schon mal gemacht?"

Eine der Frauen, die Fronika aus wenigen Metern Entfernung musterten, kicherte. Das Oberteil ihres Kleides war so unanständig tief ausgeschnitten, dass Fronika ihren Blick abwandte. Die junge Frau neben ihr lachte noch lauter. Zwei Männer, die an einem Tisch saßen, blickten von ihrem Spiel auf und grinsten sie an.

In der Hoffnung, dass sie nicht sehen konnten, wie ihr die Röte ins Gesicht stieg, hob Fronika den Kopf. „Es gibt für alles ein erstes Mal. Ich brauche dringend Arbeit und genau das hier will ich machen – jedenfalls wenn Kathryn hier ist. Sie hat gesagt, dass ich in kurzer Zeit viel Geld verdienen kann."

Während Agnes Fronika anstarrte, bildete sich ein Lächeln in ihrem Gesicht. „Dann mach dich für die Arbeit fertig. Konrad wird dir dein Zimmer zeigen."

„Zuerst will ich mit Kathryn sprechen."

Agnes beugte sich zu ihr hinüber, als wollte sie ihr etwas zuflüstern. „Ich spiele hier keine Spielchen. An diesem Ort werden Geschäfte gemacht. Ich weiß, dass du dein Mädchen retten willst, aber sie ist jetzt mein Mädchen."

Fronika bemerkte die Kälte in den harten blauen Augen der Frau und wich vor ihr zurück. Ein Teil von ihr wollte sich umdrehen und davonlaufen. Aber Kathryn war hier und Fronika würde nicht gehen, ohne zumindest mit ihr gesprochen zu haben.

Sie heftete ihren Blick auf die Treppe im hinteren Teil des Raumes und ging, ohne sich noch einmal umzusehen, direkt darauf zu. Kurz darauf hörte sie, wie Agnes etwas flüsterte. Als Fronika die ersten Stufen erklomm, gab der Türsteher ein Grunzen von sich. Fronika erreichte jetzt den Teil der Treppe, der im Dunkeln lag, beschleunigte ihren Schritt und rannte schließlich blindlings die Stufen hinauf.

Hinter ihr hämmerten schwere Schritte. Fronika rannte den Flur entlang und rief laut: „Kathryn! Kathryn, wo bist du?"

Ihr Herz schlug so heftig, dass sie kaum atmen konnte. Der Wachmann war immer noch hinter ihr und seine Schritte näherten sich.

Am Ende des Flures öffnete sich eine Tür und dahinter kam Kathryns Gesicht zum Vorschein. Die Augen des Mädchens weiteten sich. „Fronika."

Als Fronika auf sie zurannte, machte Kathryn einen Schritt rückwärts und ließ Fronika in ihr Zimmer stürmen. Gleich darauf warf Fronika die Tür hinter ihnen ins Schloss.

Kaum, dass die Tür zu war, vernahm Fronika auch schon ein lautes Geräusch, das von draußen kam. Entsetzt starrte sie auf die Tür, doch blieb sie geschlossen. „Was war das? Was macht er?"

„Er hat die Tür von außen verrammelt", erwiderte Kathryn. Ihre Stimme war leise, und als sie zu Fronika aufblickte, stand ihr der Mund offen. „Was tust du hier?"

„Ich bin gekommen, um dir dieselbe Frage zu stellen."

„Ich kann tun und lassen, was ich will." Kathryn wandte sich ab und setzte sich auf das Bett, das in der Mitte des Raumes stand.

„Aber Kathryn, warum? Ich verstehe es nicht. Was ist mit deinen Brüdern?"

Kathryn zuckte kurz mit ihren zarten Schultern. Sie sah Fronika noch immer nicht an.

„Wolltest du nicht bei ihnen bleiben? Waren die Leute auf dem Bauernhof gemein zu dir?"

Kathryn blieb stumm und rührte sich nicht. Schließlich sagte sie: „Sie waren nicht gemein, aber ich hatte das Gefühl, dass ich nicht genug tue, um meine Schuld zu begleichen. Agnes ist aufgetaucht und hat mich überredet zurückzukommen. Sie hat mich an die Versprechen erinnert, die ich ihr gegeben hatte, und daran, wie sehr sie mir und meinen Brüdern geholfen hat." Kathryns Stimme zitterte. „Ich weiß, dass es dir falsch vorkommt, aber … wofür … bin ich denn sonst gut?" Sie begann leise zu schluchzen.

Fronika setzte sich neben sie und legte ihre Hand auf Kathryns Schulter. „Kathryn, diese Frau, Agnes, benutzt dich. Du schuldest ihr keine Treue. Du musst das hier nicht tun! Du bist so jung und dein Leben kann völlig anders verlaufen. Du bist viel zu gut für diese Art von Leben."

Kathryn schüttelte vehement den Kopf. „Nein, das bin ich nicht. Ich habe Dinge getan, schlimme Dinge. Das verstehst du nicht. Ich bin nicht unschuldig und rein wie du. Ich bin verdorben … ruiniert." Als sie die Worte aussprach, sah es so aus, als würden sie einen bitteren Geschmack in ihrem Mund hervorrufen.

„Das ist nicht wahr. Du bist ein hübsches, junges Mädchen, das in diesem Moment noch einmal ganz von vorn anfangen kann. Die Leute haben dir schlimme Dinge angetan. Ich bin mir sicher, dass es so ist. Aber du musst nicht an diesem furchtbaren Ort bleiben, wo sie dich einsperren wollten. Du kannst die Frau sein, die deiner Bestimmung entspricht, die Frau, die immer noch tief in dir wohnt. Nur weil dir Menschen schlimme Dinge angetan haben oder du in der Vergangenheit selbst schlimme Dinge getan hast, bist du noch nicht böse. Du kannst dich entscheiden, frei zu sein, frei von alledem."

Während Fronika sprach, wurde ihr klar, dass dies auch für sie selbst galt, und so flossen Tränen ihre Wangen hinunter. In ihrer Kindheit, als sie in Abfällen nach Essbarem gesucht und auch ein paarmal Essen gestohlen hatte, hatten die Leute hässliche Dinge zu ihr gesagt. Aber auch sie war nicht das, was die Leute gesagt hatten – Bettlerkind, wertlos oder Waisengesindel. Und Kathryn war das auch nicht. „Du bist besser als das."

„Woher weißt du, dass Gott mich nicht verflucht hat und ich deshalb diese Dinge tun muss? Er hätte dafür sorgen können, dass meine Eltern am Leben bleiben. Er hätte sie retten können, er hätte mich retten können." Sie schluchzte heftiger.

„Er rettet dich jetzt." Fronika griff nach Kathryns Arm und versuchte sie auf diese Weise dazu zu bringen, dass sie ihr zuhörte. „Er hat dich gerettet, als Matthis gekommen ist und dich hier gefunden hat. Er hat dich gerettet, als Rutger dich zu dem Bauernhof gebracht hat, wo deine Brüder leben. Wir können einfach abhauen und du musst nicht länger ..."

„Wir können nicht abhauen! Sie haben uns eingesperrt. Oh, was hast du getan, Fronika? Jetzt werden sie dir all diese furchtbaren Dinge antun. Und das ist alles meine Schuld."

„Nein, nein, wir werden davonkommen. Niemand wird mir etwas antun." Trotz dieser Worte verkrampfte sich Fronikas Magen, und als sie darüber nachdachte, wie sie entkommen konnten, brannten ihre Wangen.

Kapitel 18

„Wir kommen hier raus." Fronika tätschelte Kathryns Schulter, während die beiden auf dem Bett saßen. „Sie würden nicht wagen, mich gegen meinen Willen hier festzuhalten." *Obwohl ich ihnen gesagt habe, dass ich hier arbeiten will.* Aber wie sollten sie fliehen – vor allem in Anbetracht der Tatsache, dass Kathryn schon einmal entkommen war? Sie würden nicht zulassen, dass sie das Haus ein zweites Mal verließ.

Während die Schultern des schluchzenden Mädchens bebten, stiegen Gedanken an das, was Kathryn hier, genau in diesem

Raum, getan haben musste, vor Fronikas geistigem Auge auf. Sie schauderte. *Gott, hilf ihr, hier herauszukommen und nie mehr zurückzukehren. Hilf ihr zu begreifen, dass sie nicht hierbleiben muss.*

Fronika ging zum Fenster hinüber, das zur Straße zeigte. Unten gingen Leute umher. Sie hatten Bündel, Säcke und Körbe voller guter Sachen vom Markt bei sich. Im Vorbeigehen biss ein Mann von dem Brötchen ab, das er in der Hand hatte. Alle gingen ihren täglichen Pflichten nach und kauften ein, ohne zu wissen, dass direkt über ihnen das Leben eines jungen Mädchens auf dem Spiel stand. Kathryn war womöglich zu einem verkommenen, hässlichen Leben verdammt. Ihr Schicksal hing von dem ab, was an diesem Tag, in dieser Stunde oder in dieser Minute geschah. Und Fronikas Unschuld konnte ihr genauso schnell entrissen werden.

„O Herr, mein Gott", flüsterte sie in den verhangenen Himmel hinein, „bitte hol mich hier heraus. Hol uns beide hier heraus. Wir sind nichts als Staub und Asche in deinem großen Universum, Gott. Aber im Namen unseres Retters Jesus: Denk an uns und hilf uns."

„Es tut mir so leid, dass du meinetwegen hierhergekommen bist", sagte Kathryn, während sie Fronika vom Bett aus beobachtete. „Du hättest niemals herkommen sollen." Ihr Gesicht war tränenüberströmt und fleckig.

„Mach dir keine Sorgen. Wir werden uns einen Plan überlegen. Früher oder später müssen sie die Tür wieder entriegeln. Wir müssen etwas finden, das wir als Waffe benutzen können. Damit werden wir uns den Weg nach draußen erzwingen." Fronika sah sich im Raum um und suchte nach etwas, das sie benutzen konnte, um es jemandem über den Kopf zu ziehen. „Ansonsten könnten wir sie auch zwischen die Beine treten oder ihnen die Faust in den Hals rammen. Rutger hat mir beigebracht, dass das die beiden Stellen sind, wo man zuschlagen muss, wenn man von einem Mann angegriffen wird."

Kathryns Gesicht schien noch blasser zu werden und ihre Augen weiteten sich. „Aber wenn wir so etwas täten, würden sie uns bestrafen, wenn nicht sogar umbringen."

„Der Plan ist, sie so zu schwächen, dass sie uns nichts mehr tun können, und zwar gerade lange genug, um zu entkommen."

Kathryn sah immer noch verängstigt aus. „Du solltest ohne mich gehen."

„Hab keine Angst. Vertrau mir einfach."

Kathryn wischte sich eine weitere Träne aus dem Gesicht und presste die Lippen aufeinander.

Zielgerichtet ging Matthis auf die Lieblingsbäckerei seiner Mutter zu. Heute jährte sich der Tod seines Vaters, und obwohl seine Mutter es nicht zugab, verspürte sie um diesen Tag herum immer ein Gefühl von Traurigkeit. Daher hatte Matthis beschlossen, einen Kuchen für sie zu kaufen. Dies war ein Luxus, den sie sich sonst nicht gönnte. Bestimmt würde sie mit ihm schimpfen, weil er den weiten Weg auf sich genommen hatte. Das galt umso mehr, als er auf der Suche nach dem Wilderer jede Nacht unterwegs gewesen war und immer weniger Schlaf bekommen hatte. Jedoch war es die Mühe wert, denn seine Mutter würde über etwas anderes nachdenken als nur über den Tod seines Vaters.

Rief da jemand seinen Namen? Matthis wandte den Kopf, sah auf der überfüllten Straße aber niemanden, den er kannte. Daher ging er weiter.

„Matthis!"

Anna rannte auf ihn zu. Als sie ihn erreichte, war sie so außer Atem, dass sie nur noch keuchen konnte.

„Was ist los?" Ihrem Gesichtsausdruck nach zu urteilen war es etwas Schlimmes. „Ist Fronika etwas zugestoßen?"

Sie schluckte. Dann sagte sie: „Fronika ist im Roten Haus. Du musst kommen und sie holen."

„Im Roten Haus?"

„Sie hat gehört, dass Kathryn dort ist. Also ist sie hineinmarschiert, um sie ausfindig zu machen."

Matthis eilte bereits auf die Waschfrauenstraße zu. „Wie lange ist Fronika schon dort?"

„Länger, als ich angenommen hatte. Ich habe ihr geraten, es nicht zu tun, aber sie hat gesagt, dass sie nur kurz nachschauen will, ob Kathryn dort ist. Und dass sie mit ihr reden will."

Was würden sie ihr antun? Matthis begann zu laufen, ließ Anna hinter sich und schlängelte sich zwischen den Leuten durch.

Als er in die Straße bog, in der sich das Rote Haus befand, verlangsamte er seinen Schritt. Der Türsteher starrte ihn bereits an. „Verschwinde von hier", sagte er mit tiefer Stimme.

Für Schauspielerei war keine Zeit. Außerdem war er sowieso nicht gut darin. Matthis stellte sich aufrecht hin und blickte dem Wachmann, der größer war als er, in die Augen. „Ich bin Matthis Weidmann und ich bin der Förster des Markgrafen von Dornbeck. Er wird nicht zulassen, dass ihr mich an den Geschäften hindert, die mir von Amts wegen übertragen wurden. Er wird dieses Bordell schließen. Dann werden Agnes und der Rest von euch auf der Straße stehen."

Der düstere Gesichtsausdruck des Wachmanns verfinsterte sich noch mehr. „Du bist der Mann, der Kathryn mitgenommen hat."

„Der bin ich. Auch darüber weiß der Markgraf Bescheid. Obendrein wird er erfahren, dass ihr ein junges Mädchen gegen seinen Willen hier festhaltet, ein junges Mädchen, das die Nichte eines wohlhabenden Bürgers namens Rutger Menkels ist."

Als er den Namen „Rutger Menkels" aussprach, wich der Türsteher ein kleines Stück vor ihm zurück und der Ausdruck in seinen Augen veränderte sich. Rutger war einer der wohlhabendsten Leute in Dornbeck, aber erklärte das die Reaktion dieses stoischen Ochsen?

„Komm. Ich werde dich zu Agnes bringen."

Matthis trat dem Wachmann beinahe auf die Hacken, als er ihm in den schäbigen, nur zum Teil beleuchteten Raum folgte. Agnes' durchdringender Blick fiel auf die beiden und sie machte ein paar Schritte auf sie zu. Der Türsteher traf sie auf halbem Wege und flüsterte ihr etwas ins Ohr. Plötzlich ging in Agnes'

Gesicht eine Veränderung vor, die stark an das erinnerte, was zuvor beim Wachmann passiert war. Agnes machte eine Handbewegung, mit der sie den stämmigen Mann verscheuchte, dann näherte sie sich Matthis.

„Wo ist sie?", fragte Matthis.

„Wo ist wer, mein lieber Junge?"

„Du weißt, wen ich meine. Ich werde nicht hier herumstehen und mit dir diskutieren. Ich werde sie auch ohne deine Hilfe finden."

Schon bewegte sich Matthis auf die Treppe zu, doch der Wachmann trat blitzschnell vor und stellte sich ihm in den Weg. Als Matthis versuchte, ihn zu umrunden, packte ihn der Mann am Arm. Matthis entwand sich seinem Griff und drehte sich zu Agnes um. Kurz darauf bekam der Türsteher erneut seinen Arm zu fassen. Dabei gruben sich seine Finger tief in Matthis' Fleisch ein.

„Ich bin der Förster des Markgrafen! Ihr haltet zwei junge Mädchen gegen ihren Willen hier fest. Der Markgraf wird nicht zulassen, dass so etwas ungestraft bleibt."

„Zwei Mädchen?" Agnes tat so, als wäre sie überrascht, und legte die rechte Hand über ihr Herz. „Das war mir nicht bewusst. Ich versichere, dass ich so etwas niemals tun würde. Kannst du mir die Namen der beiden gefangenen Mädchen sagen?"

„Kathryn und Fronika."

„Bist du sicher, dass sie gegen ihren Willen hier sind? Vielleicht haben sie sich selbst dazu entschieden, hier zu sein."

Ihren Worten folgte mehrfaches Glucksen. Alle Leute im Raum starrten Matthis an.

„Wenn du beweisen kannst, dass sie nicht aus freien Stücken hier sind, hat der Markgraf sicher einen Grund, mich in den Kerker zu werfen. Aber da beide freiwillig hier sind …" Sie schnalzte mit der Zunge. „Ich vermute, dass dich der Markgraf fragen könnte, was du hier tust."

Matthis versuchte stöhnend, dem Griff des Wachmanns zu entkommen. „Wenn sie aus freien Stücken hierhergekommen sind, dann lass ihnen auch die Freiheit, wieder zu gehen."

Agnes trat näher an ihn heran und lächelte. Sie berührte seine

Schläfe mit einem ihrer Finger und fuhr dann damit durch sein Gesicht bis hin zum Kinn. „Du bist zu gut aussehend, als dass du meinen Zorn erregen könntest ... viel zu gut aussehend. Abgesehen davon verrät deine Leidenschaft und Entschlossenheit, dass du in eines der Mädchen, die du so gerne befreien möchtest, verliebt bist.“ Ihr Lächeln verbreiterte sich und gab den Blick auf eine Zahnlücke im Oberkiefer frei. „Welche ist es? Kathryn? Oder Fronika?“

„Lass mich gehen. Ich bin der Förster des Markgrafen.“

„Du bist also der Förster des Markgrafen. Warum bist du dann hier? Nein, vergiss es, deine Antwort kenne ich ja bereits. Ich würde niemals einen Mann schlecht behandeln, der dem Markgrafen so nahesteht.“ Ihre Worte trieften nur so vor Unaufrichtigkeit. „Ich werde dir erlauben, nach oben zu gehen und die Mädchen zu befreien, von denen du sprichst. Ich bin die Spielchen leid. Kathryn ist hier nicht länger willkommen, das kannst du ihr sagen.“ Sie schnippte mit den Fingern, woraufhin der stämmige Ochse, der Matthis' Arme festhielt, losließ.

Matthis rannte die Stufen hinauf. Als er oben ankam, rief er: „Fronika!“

Von irgendwoher auf der anderen Seite der Tür rief jemand ihren Namen.

„Fronika!“

„Das ist Matthis!“ Wie hatte er sie gefunden? Woher wusste er, dass sie hier war? „Hier!“, rief sie an der Tür stehend. „Wir sind hier!“

„Wo? Wo bist du?“ Seine Stimme war fest und ruhig, aber auch eindringlich.

Fronika leitete ihn mit ihrer Stimme. Dabei klopfte ihr Herz heftig und schnell. Erlaubten sie ihm, sie und Kathryn freizulassen? Oder würden die Wachleute versuchen, ihn aufzuhalten?

Seine Schritte kamen näher. „Hier! Wir sind hier drinnen!“ Sie hörte, wie Holz auf Holz schabte und der Balken entriegelt wurde, dann schwang die Tür auf. Matthis’ Gesicht war angespannt, zwischen seinen Augenbrauen hatte sich eine tiefe Falte gebildet. Auch waren seine Fäuste zum Schlag erhoben.

Als Matthis seinen Fuß über die Schwelle setzte, warf sich Fronika in seine Arme und vergrub für einen kurzen Moment ihr Gesicht an seiner Schulter. Wenig später blickte Matthis, der Fronika fest im Arm hielt, besorgt in ihr Gesicht. „Bist du unverletzt?“

„Ja, ja, es geht uns beiden gut. Aber wir müssen schnell verschwinden.“ Fronika drehte sich um und wollte Kathryn holen, die hinter ihr stand.

„Geht und lasst mich hier“, sagte Kathryn und verzog das Gesicht. „Geht.“

„Wir gehen nicht ohne dich.“ Fronika griff nach Kathryns Arm.

„Meine Sachen.“ Kathryn entzog sich ihr und sank neben dem Bett auf die Knie. Sie zog ein Bündel darunter hervor und klemmte es sich unter den Arm.

„Kommt.“ Matthis signalisierte ihnen mit einer Handbewegung, ihm durch die Tür nach draußen zu folgen.

Da Fronika nicht sicher war, ob Kathryn mit ihnen gehen würde, hielt sie gespannt den Atem an. Als Kathryn einen Schritt vortrat, ließ Fronika sie hinter Matthis zur Tür hinausgehen.

Matthis wandte sich nach rechts und steuerte auf die Vordertreppe zu.

„Gehen wir nicht durch die Küche und zur Hintertür hinaus?“, fragte Kathryn.

„Nein“, antwortete Matthis. Seine Stimme war fest. „Sie werden uns durch den Haupteingang hinauslassen.“

Fronika verspürte ein flaues Gefühl in ihrem Magen. Würden sie sich den Weg nach draußen erkämpfen müssen?

„Sie werden mich niemals gehen lassen.“ Kathryns schrille Stimme ließ Tränen befürchten. „Lasst mich hier.“

„Nein. Sie werden dich gehen lassen.“

Während sie den Flur durchschritten und auf die Treppe zugingen, hielt sich Kathryn an Matthis' Ärmel und Fronika an Kathryns Arm fest. Dann marschierte Matthis, ohne zu zögern, die Stufen hinunter.

Jedermann in dem großen, offenen Raum am Fuße der Treppe starrte sie an. Kathryn hielt ihren Kopf gesenkt, aber Fronika funkelte alle Anwesenden wütend an und hielt jedem Blick stand, auch dem von Agnes.

Agnes starrte zurück. „Niemand von euch dreien darf je wieder seinen Fuß in das Rote Haus setzen. Habt ihr das verstanden?

Einen Moment lang sagte niemand ein Wort. „Niemand wird das wollen", erwiderte Matthis schließlich.

„Was ist mit dir, Kathryn?" Agnes' Stimme hatte einen spöttischen Klang. „Wirst du zurückkommen?"

Kathryn zuckte zusammen. Ihre Hände zitterten und ihre Schultern waren nach vorne geneigt.

„Sie wird auch nicht wiederkommen", sagte Fronika mit Nachdruck.

Agnes grinste nur.

Dann traten sie ins Tageslicht hinaus. Fronika war noch nie in ihrem Leben so dankbar dafür gewesen, einen Ort verlassen zu können.

Matthis ging zügig die Straße hinunter, sagte aber nichts. Während sich Kathryn immer noch an seinem Ärmel festhielt, griff Matthis nach Fronikas Hand und nahm sie fest in seine. Fronika trat näher an ihn heran.

Matthis blickte auf sie herab. „Gott sei Dank wurdest du nicht verletzt."

„Danke, dass du uns vor diesem furchtbaren Ort gerettet hast, Matthis." Fronikas Atem ging schnell, doch das hatte plötzlich nichts mehr mit der Gefahr zu tun, aus der sie befreit worden waren. Sondern wie sich ihre Hand in Matthis' anfühlte.

Der junge Mann sah sie nicht mehr an, sondern führte Fronika und Kathryn die Straße entlang, vorbei an Pferden und Leuten. Dann warf er Fronika einen kurzen Blick zu. „Es war eine unglaublich glückliche Fügung, dass Anna mich gesehen hat und ich gerade in der Gegend war."

Seine Stimme war fest, kontrolliert.

Anna rannte auf die drei zu. „Oh, es geht euch gut, es geht euch gut!“ Sie fiel Fronika um den Hals. „Haben sie dir etwas getan?“

„Ich bin unverletzt, dank dir und Matthis.“

Jetzt eilte Anna zu Kathryn hinüber und umarmte auch sie. „Ich danke Gott, dass ihr beide in Sicherheit seid.“

Matthis blickte auf Fronika herab. Er schien kurz davor zu sein, etwas zu sagen.

„Ich hole eure Sachen vom Markt“, sagte Anna und lief eilig hinüber zu einem Krämerladen. Als sie wieder herauskam, hatte sie Fronikas Korb bei sich.

„Den hätte ich beinahe vergessen.“ Fronika nahm ihr den Korb ab. „Ich hätte mich nicht einmal daran erinnern können, wo ich ihn zurückgelassen habe. Danke, Anna. Du bist ein Gottesgeschenk.“ Sie umarmte ihre Freundin ein weiteres Mal.

„Peter wird sich schon Sorgen um mich machen“, sagte Anna. „Ich muss jetzt gehen. Auf Wiedersehen.“

Auch Matthis, Fronika und Kathryn setzten sich wieder in Bewegung. Allerdings sah das Mädchen unglücklich aus und machte den Eindruck, als sei sie erneut den Tränen nahe. Fronika trat zu ihr und legte ihren Arm um sie. „Dieser Teil deines Lebens ist zu Ende“, sagte sie leise. „Du bist frei von Agnes und dem Roten Haus. Als sie gesagt hat, dass du nie mehr dorthin zurückkommen darfst, hat sie dich in die Freiheit entlassen. Ich weiß, dass du das Gefühl hattest, ihr etwas schuldig zu sein und dass du dorthin gehören würdest. Aber das ist ein Gefühl, das keinen Platz in deiner Zukunft hat. Kathryn? Verstehst du?“

Das Mädchen nickte und wischte sich eine Träne von der Wange.

Fronika konnte nur hoffen, dass sich Kathryn diese Worte zu Herzen nahm. Wenn sie nur den kaputten Teil von sich wegwerfen würde, den Teil, der dachte, dass sie es nicht verdiente, frei zu leben, ohne dass jemand sie benutzte und missbrauchte. Fronika hatte sehr lange gebraucht, um sich nicht mehr schuldig zu fühlen, weil sie einen Onkel hatte, der wohlhabend war und ihr alles gab, was sie brauchte und wollte. Sehr lange hatte ein Teil von ihr geglaubt, dass sie es verdiente, als einfaches Bettlerkind verachtet zu werden und dazu gezwungen zu sein, wie eine Sklavin zu arbeiten. Auch hatte sie nicht geglaubt, das Recht auf drei Mahlzeiten am Tag zu haben. Aber dieser Teil von ihr war in ihren Gedanken und in ihrem Herzen jetzt nicht mehr willkommen. Eben davon musste sie auch Kathryn überzeugen – dass ihre Gebrochenheit Teil ihrer Vergangenheit war, nicht ihrer Gegenwart oder ihrer Zukunft. Es war möglich, von vorn anzufangen … und sich über den Neubeginn zu freuen.

Mit einem Mal blieb Matthis stehen. Als Fronika aufblickte, sah sie, dass sie vor ihrem Haus angekommen waren. Ohne Kathryns Arm loszulassen, wandte sie sich Matthis zu. „Bitte komm mit rein."

Als sie den großen Raum im Erdgeschoss betreten hatten, bat Fronika Matthis, einen Moment zu warten. Dann nahm sie Kathryn mit in die Küche.

„Ursel, ich möchte, dass du ein Bad für Kathryn vorbereitest. Und, Else", rief sie der älteren Frau zu, die der Köchin in der Küche half, „kümmerst du dich bitte um sie und hilfst ihr beim Haarewaschen?"

„Natürlich." Else legte ihren Arm um Kathryns Schultern. Mit ihrer mütterlichen Art war sie genau das, was Kathryn brauchte. „Komm, Liebes, wir machen dich von oben bis unten sauber. Es geht nichts über ein warmes Bad."

Fronika eilte an den Platz nahe der Eingangstür zurück, wo Matthis stehen geblieben war. Er bemerkte ihr Kommen nicht und sah immer noch ein bisschen wütend aus, so als würde er an eine Ungerechtigkeit denken. Bei seinem Anblick füllten sich ihre Augen mit Tränen.

Matthis drehte sich um. Als er ihr einladend die Hände entgegenstreckte, ließ sich Fronika weinend in seine Arme fallen und drückte ihre Wange an seine Brust.

„Mein tapferes Mädchen", flüsterte er ihr ins Haar und strich es ihr gleichzeitig aus dem Gesicht. „Wein doch nicht."

Wie konnte sie jetzt weinen? Fronika versuchte sich zu beruhigen. Oh, wie gut es sich anfühlte, von seinen warmen, starken Armen gehalten zu werden und ihr Gesicht gegen seine kräftige Brust zu drücken. Als sie sich auf die Wärme seines Körpers konzentrierte, versiegten ihre Tränen.

Doch sie hatte nicht das Recht, sich auf eine solche Weise von ihm halten zu lassen. Sie wollte ihn nicht verletzen und sie konnte ihn nicht heiraten, also war es besser, sofort einen Schritt zurückzutreten.

Aber Fronika hatte nicht die Kraft, ihn von sich zu schieben. Sie würde noch einen kurzen Moment so stehen bleiben. „Danke." Fronika schloss ihre Augen und prägte sich tief ins Gedächtnis ein, wie warm, sicher und aufregend es sich anfühlte, von ihm in den Arm genommen zu werden. Sie war noch dabei, seinen Geruch einzuatmen, als sie Schuldgefühle überkamen. „Danke, dass du uns heute gerettet hast. Ich weiß nicht, wie wir ohne deine Hilfe hätten fliehen sollen."

„Ich bin froh, dass Anna mich gefunden hat. Und ich bin dankbar, dass du nicht verletzt wurdest. Das wurdest du doch nicht, oder?"

„Überhaupt nicht." Es war an der Zeit, sich von ihm zu lösen. Sie musste es tun. Daher atmete sie noch einmal ganz tief ein und versuchte, auf diese Weise seinen Geruch – nach immergrünen Bäumen, frischer Luft und irgendetwas anderem, etwas Unwiderstehlichem – im Kopf zu behalten. Erst dann atmete sie langsam wieder aus.

Widerwillig löste sie ihre Arme von seiner Taille und wollte einen Schritt zurücktreten. Aber Matthis ließ sie nicht los. Eine Hand blieb an ihrem Rücken, die andere legte er an ihre Wange. Gleichzeitig blickte er ihr tief in die Augen.

Während sie einander ansahen, schien für einen Moment die Zeit stillzustehen.

Als sich seine Augen auf ihren Mund hefteten, begann Fronikas Herz schneller zu schlagen und es verschlug ihr den Atem. Würde er sie küssen? Wagte sie, ihn zu küssen? Es wäre einfach, sich auf die Zehenspitzen zu stellen und seinen Kopf zu sich herunterzuziehen. Sie glaubte nicht, dass er ihr widerstehen würde.

In diesem Moment fiel eine Tür ins Schloss und ließ Fronika zusammenzucken. Die Stimme der Köchin erklang aus dem hinteren Teil des Hauses und rief nach Ursel, die kommen und ihr helfen solle. „Beeil dich! Die Milch wird noch sauer, bevor du hier ankommst."

Fronika gab ein nervöses Lachen von sich. „Ich sollte das nicht", murmelte Matthis fast so, als würde er mit sich selbst reden. Er starrte immer noch auf Fronika hinab, doch hatte sein Gesichtsausdruck an Intensität verloren.

Matthis machte einen Schritt zurück. Dabei streichelte er so flüchtig über ihre Wange, dass sich Fronika fragte, ob es versehentlich passiert war. „Ich muss gehen. Kümmere dich um Kathryn."

„Das werde ich."

Was war geschehen? Wieso ging er gerade in diesem Moment? Hatte sie sich etwa nur eingebildet, dass er sie küssen wollte?

Verwirrt blieb Fronika in der Eingangshalle zurück.

Kapitel 19

Inzwischen waren zwei Wochen vergangen und der Abend, an dem der Markgraf seinen Kostümball veranstaltete, war gekommen.

Fronika hatte Matthis nur ein paarmal während ihrer Unterrichtsstunden gesehen. Derweil hatte Georg sie zweimal besucht, ihr Blumen vorbeigebracht und ihr von seinem Kostüm für den Ball erzählt.

„Was trägst du beim Ball?", hatte Georg sie gefragt.

„Das kann ich dir nicht verraten. Wo bliebe sonst der besondere Reiz eines Kostümballs? Du wirst erraten müssen, welches Mädchen ich bin.“ Vielleicht war es keine gute Idee, Georg zu necken, aber sie hoffte, dass er sie eine Zeit lang nicht erkennen würde und sie während der ersten Tänze mit Matthis tanzen konnte.

Rutger hatte ihr erzählt, dass viele adelige Damen und Herren auch aus den umliegenden Ländereien zum Ball kommen würden, außerdem die bedeutendsten Einwohner von Dornbeck. Fronika und ihr Onkel waren eingeladen, Anna und Peter jedoch leider nicht. Immerhin würde Matthis dort sein. Obwohl sie seiner Anziehungskraft nicht allzu sehr nachgeben durfte, würde die Möglichkeit, mit ihm reden zu können, das nervöse Flattern in ihrem Magen beruhigen. Es hing mit der Gegenwart so vieler hochgestellter Persönlichkeiten zusammen.

Unterdessen war sie voller Begeisterung über ihr Schwanenkostüm. Rutger hatte bei Fronikas Maske keine Kosten gescheut. Sie bestand aus weißen Schwanenfedern. Während die Aussparungen für die Augen schwarz umrandet waren, war der Rest der Maske schneeweiß. Der dazu passende Kopfschmuck umgab Fronikas Haar mit weißen Federn.

Fronikas Kleid war ebenfalls weiß und hatte silberne Stickereien auf dem Oberteil. Auch den Gürtel zierten Silberfäden. Auf Höhe der Schultern waren weiße Federn am Kleid befestigt. Fronikas blonde Haare waren sehr weit oben zusammengesteckt, fielen dann aber in einzelnen Locken auf ihren Rücken herab. Außerdem waren sie mit weißen und silbernen Bändern durchzogen.

Rutger nutzte für die Gelegenheit seine Kutsche und Fronika war dankbar, dass sie nicht laufen oder gar reiten musste, denn das hätte vielleicht ihr Kostüm ruiniert. Sie hoffte, dass die anderen Damen auf dem Ball genauso aufwendig gekleidet waren wie sie.

Während Fronika auf dem gepolsterten Sitz der Kutsche saß, hob sie die Hand und berührte ihre Maske. Es fühlte sich seltsam an, etwas im Gesicht zu haben. Würde irgendjemand erraten, dass sie genauso viele Geheimnisse verbarg, wie die Maske vorgab?

Rutger trug keine Maske, dafür aber einen Turban im Stil der Sarazenen und eine aufwendige Robe, ebenfalls im Stil der Leute, die im Heiligen Land lebten. Er hatte gesagt, dass man es von den Männern nicht erwartete, Masken zu tragen, und dass einige von ihnen nicht einmal in einem Kostüm erscheinen würden.

Als Fronika aus der Kutsche stieg, fühlte sie sich wie eine Prinzessin. Rutger begleitete sie die wenigen Stufen hinauf bis zum Eingang des Schlosses. Vielleicht bildete sie es sich nur ein, aber es kam ihr so vor, als würden die Dienstboten am Eingang ihre Augen aufreißen und ihren Blick ein bisschen länger als nötig auf Fronika verweilen lassen.

War ihr Kopfschmuck zu aufwendig? War ihre Maske verrutscht? Sie hob die Hand und legte sie an die Maske, doch schien sie sich am richtigen Platz zu befinden.

Nachdem sie das Schloss betreten hatten, reihten sie sich in die Schlange der Leute ein, die darauf warteten, den Markgrafen von Dornbeck zu begrüßen.

Die anderen Damen trugen ebenfalls Masken. Die Frau vor Fronika trug eine helle blaugrüne Maske, die an den Seiten prachtvoll gestaltet war und die Schwanzfedern eines Pfaus nachbildete. Auch trug sie einen Kopfschmuck aus echten Pfauenfedern, die zur Maske passten.

Die Männer waren in sehr teure Gewänder gehüllt, aber außer Rutger trugen nur sehr wenige Kostüme. Einer war wie ein indischer Sultan gekleidet, ein anderer wie ein römischer Senator, ein weiterer erinnerte an einen Mongolen aus dem Fernen Osten.

Fronikas Blick fiel auf einen Mann, der sich mit dem Markgrafen unterhielt. Ohne Frage handelte es sich dabei um Matthis. Er war in eine kunstvolle Cotte aus Brokat gehüllt, die verschiedene Blau- und Goldtöne aufwies und seinen Oberkörper bis zu den Hüften bedeckte. Die Ärmel hatten Schlitze, die sich über die gesamte Armlänge zogen. Darunter kam weißes Leinen zum Vorschein. Weiße Manschetten aus Hermelin betonten die Ärmel, den Saum und die Schultern des Obergewandes. Darüber hinaus trug er einen Filzhut, an dem eine Feder befestigt war.

Kaum dass Matthis sein Gespräch mit dem Markgrafen beendet hatte, drehte er sich auch schon um und lächelte Fronika an. Als Fronika feststellte, wie gut er aussah, blieb ihr die Luft weg.

Kurz darauf verstellte ein großer Mann mit einem gigantischen Turban den Blick auf Matthis. Nachdem der Mann die Sicht endlich wieder freigegeben hatte, war der junge Förster verschwunden.

Als Fronika und Rutger dem Markgrafen gegenüberstanden, war Fronika erstaunt, wie jung und attraktiv er war. Er war alles andere als der ungehobelte ehemalige Ritter, den sie erwartet hatte. Sein dunkles Haar fiel in leichten Wellen herab, seine Augen waren braun und lagen über hohen Wangenknochen. Zudem war er groß und breitschultrig. Als Ulrich, der Vogt, Rutgers und Fronikas Namen von der Einladungskarte ablas und sie auf diese Weise dem Markgrafen vorstellte, sah Fürst von Dornbeck ihnen in die Augen.

Beim Anblick des Gehstocks, auf den er sich stützte, verspürte Fronika einen Anflug von Mitleid. Zweifellos war diese Behinderung auf die Verletzung zurückzuführen, die er erlitten hatte, als es im Westflügel des Dornbecker Schlosses gebrannt hatte. Fronika und Rutger sprachen die angemessenen Grußworte und der Markgraf gab eine treffende Erwiderung. Dann gingen sie weiter und erlaubten ihm auf diese Weise, die Gäste zu begrüßen, die hinter ihnen warteten.

Jetzt befanden sie sich außerhalb des Ballsaales und trafen dort auf Matthis, der anscheinend auf sie gewartet hatte. Seine Augen lächelten ihr zu und um seine Mundwinkel zuckte es. Weil Rutger ihr jedoch vorausging, begrüßte Matthis ihn zuerst. Dann begannen sie zu dritt eine kleine Unterhaltung.

Fronika konnte sich nur schwer auf das Gesprächsthema konzentrieren und musste immerzu Matthis anstarren. Er war eine Augenweide, so frisch rasiert und von seiner Arbeit in freier Natur braun gebrannt. Das hellblaue Obergewand schmeichelte seiner Figur und unterstrich die Farbe seiner Augen. Als er sich jetzt von Rutger abwandte und Fronika anlächelte, leuchteten sie stärker als je zuvor.

Matthis streckte ihr seine Hand entgegen und Fronika tat dasselbe. Fast fühlte sich die Bewegung so an wie ein Traum. Dann führte Matthis ihre Hand an seine Lippen und hauchte einen Kuss darauf.

Fronika hatte schon oft erlebt, dass jemand ihre Hand küsste. Doch hatte sie niemals etwas Besonderes gespürt. Warum also ließen seine Lippen, als sie auf ihre Haut trafen, einen Schauer über ihre Schultern und ihren Rücken rieseln?

„Fronika, du bist der schönste Schwan, den ich jemals gesehen habe." Matthis hielt ihr seinen Arm hin.

„Danke. Und du bist der bestaussehende Prinz, den ich jemals gesehen habe."

Als sie wieder auf den Ballsaal zuhielten, blitzte in seinen Augen erneut der Schalk auf. „Nur für eine Nacht. Diese Kleidungsstücke müssen morgen an ihren rechtmäßigen Besitzer zurückgegeben werden."

„Es ist nicht die Kleidung, die aus einem Mann einen Prinzen macht."

Sein Lächeln verbreiterte sich. „Du verzauberst heute Abend nicht nur mit deiner Schönheit, sondern auch mit deiner Klugheit, wie es scheint."

„Woher willst du wissen, dass ich schön bin? Ich trage doch eine Maske."

„Sie bedeckt aber nur das halbe Gesicht. Und ich weiß, wie die andere Hälfte aussieht." Er starrte mit hypnotisierendem Blick auf sie herab. „Und sie ist wunderschön."

„Ich habe dich nie für einen Schmeichler gehalten, Matthis. Ich werde am Ende noch besser von mir denken, als gut für mich ist."

„Das halte ich nicht für wahrscheinlich."

Jetzt begannen die Musiker und Sänger ein lebhaftes Lied. Kurz darauf betrat Fronika den Ballsaal.

„Sagst du mir, wer alles hier ist?", flüsterte Fronika Matthis ins Ohr. „Ich fürchte, dass ich außer dir kaum jemanden kenne."

„Ich werde mein Bestes tun. Ich glaube, dass die Frau in dem roten Kleid die Herzogin von Peisterberg ist. Und die junge Frau an ihrer Seite, die mit der blauen Maske, ist ihre Tochter."

Wie aufregend es wäre, eine Herzogin zu treffen! Oder die Tochter einer solchen. Beide trugen Masken, die ihrer eigenen ähnelten, aber sogar noch aufwendiger verziert waren als die ihre. „Ihre Kleider und Masken sehen entzückend aus."

„Nicht so entzückend wie deine", sagte Matthis, ohne zu zögern.

Fronikas Herz schien aus ihrer Brust springen und unter der gewölbten Decke des Ballsaales umherfliegen zu wollen. Matthis Weidmann, Retter junger Damen in Not, könnte … vielleicht … doch … in sie verliebt sein.

Sie sollte sich schämen! Wie konnte sie sich nur darüber freuen? Matthis war zu gut und freundlich und er hatte in seinem Leben zu viele tragische Dinge erlebt, als dass sie ihn verletzen und sein Herz brechen dürfte. Er *durfte* sie nicht lieben. Sie sollte ihm aus dem Weg gehen und ihn zurückweisen, bevor sich sein Herz ganz auf sie einschoss.

Aber als Fronika zu ihm aufblickte, wusste sie, dass sich ihr Herz in ebenso großer Gefahr befand. *O ihr Heiligen im Himmel.* Es erschien ihr genauso wahrscheinlich, dass *sie* in *ihn* verliebt war.

„Wie geht es Kathryn?", fragte er.

Natürlich hatte er keine Ahnung, was in ihrem Kopf vorging. Da die Maske die Hälfte ihres Gesichtes bedeckte, konnte sie alles denken und niemand würde es aus ihren Zügen lesen können. Fast fühlte sie sich, als wäre sie jemand anderes, jemand Kühneres, jemand, der kokett und sorglos sein konnte. Morgen würde sie wieder vernünftig sein können und bedenken, dass Matthis, egal wie stark und edel und freundlich er auch war, immer noch die Stellung eines Försters innehatte und damit kein Mensch war, den ihr Onkel – oder sie selbst – als ihren Ehepartner in Betracht ziehen sollte. Aber heute Nacht, innerhalb dieses eindrucksvollen Schlosses und dieses wunderschönen und prunkvollen Ballsaales, konnte Matthis ein heldenhafter Prinz und sie seine Prinzessin sein.

„Kathryn geht es gut. Wie du weißt, wohnt sie bei Peter und Anna. Sie besteht darauf, im Zimmer der Dienstboten zu schlafen und ihnen bei ihrer Arbeit und bei den Kindern zu helfen.

Ihr zu erlauben, als Dienstmädchen zu arbeiten, scheint die einzige Möglichkeit zu sein, sie am Weggehen zu hindern."

Durch die Augenöffnungen in ihrer Maske schielte Fronika zu Matthis hinüber. Er hatte keine Ahnung, wie viele Geheimnisse sie tatsächlich vor ihm verbarg. Ob er wohl auch etwas vor ihr verbarg? Oder war er tatsächlich, was er zu sein schien: ein fleißiger Förster, der dem Markgrafen treu ergeben war und Geschichten und Gedichte schrieb, die Kinder liebten? Für seinen gesellschaftlichen Stand war er sehr gebildet, auch tanzte er gut und seinen ausgeprägten Beschützerinstinkt legte er nicht nur ihr gegenüber zutage.

Im Herzen glaubte Fronika, dass sein Gewissen genauso rein war wie sein Gesicht, genauso unbefleckt wie seine klaren blaugrünen Augen.

Matthis nickte und reagierte damit auf ihre Information über Kathryn.

„Da ist die Schwester des Markgrafen." Matthis nickte in Richtung eines Mannes und einer Frau, die gerade den Ballsaal betraten. „Und das ist ihr Mann, der Graf von Auenwald."

Fronika bewunderte ihre Schönheit. Trotz der Maske glänzten ihre perfekten Lippen und ihre durchsichtige Haut im Kerzenlicht. Ihr Kleid war aus rosa Seide, hatte eine leuchtende Stickerei aus Silberfäden und war mit Pelz abgesetzt. Während sie die anderen schönen Menschen begrüßte, lächelte sie und bewegte sich anmutig durch den Raum.

Ihr Ehemann lächelte nicht und war auch nicht so gut aussehend wie sie. Stattdessen hatte er eine unterwürfige Ausstrahlung, als wären all ihre Wünsche ihm Befehl. Jedenfalls schien er seine Frau selbst entscheiden zu lassen, wen sie begrüßte und wie lange sie sich mit der Person unterhielt.

„So viel Schönheit", hauchte Fronika und schüttelte sanft den Kopf.

Matthis nickte, schien aber längst nicht von so viel Ehrfurcht erfüllt zu sein wie sie.

Rutger stand auf der anderen Seite des Ballsaales und sprach mit einem Mann. Fronika wusste nicht genau, um wen es sich dabei handelte, aber er hatte Ähnlichkeit mit Georg Papendorf und trug einen seltsam geformten Hut und ein farbenfrohes Gewand.

Der Tanz endete. Mit der Musik verstummten auch die Geräusche, die die Tänzer mit ihren Schuhen und Kleidersäumen verursachten. Matthis wandte sich Fronika zu. „Erweist du mir die Ehre des nächsten Tanzes?"

„Es wäre mir eine Freude, mein Herr." Fronika machte einen förmlichen Knicks und legte ihre Hand in seine. Als ihre Finger sich berührten, begann Fronikas Herz zu tanzen. Ihre Gedanken wanderten zu dem Moment zurück, als er sie nach der Rettungsaktion aus dem Roten Haus in seinen Armen gehalten hatte. *Wie ich seine Berührungen genieße.* Normalerweise hätte sie sich bei einem solchen Gedanken schuldig gefühlt, aber hinter ihrer Maske war alles anders. Von dort lächelte sie ihn an und ließ die warmen Gefühle zu, die von ihrer Hand bis zu ihren Wangen und ganz durch sie hindurchströmten.

Als die Musik von Neuem begann, führte Matthis Fronika in die Mitte der Tanzfläche. Der Tanz war langsamer und komplizierter als die Volkstänze, die sie beim Mittsommerfest getanzt hatten. Glücklicherweise hatte Rutger sichergestellt, dass sie auch die beherrschte. Schon in jungen Jahren hatte er einen Tanzlehrer für sie engagiert. Waren Matthis die förmlicheren Tänze vertraut?

Der Tanz begann, bevor Fronika die Gelegenheit hatte, ihn danach zu fragen. Matthis' Bewegungen zeugten von großem Selbstvertrauen und Fronika ließ sich führen. Obwohl die Tanzfläche wegen der vielen schönen Kleider, Menschen und Farben genug Ablenkung bereithielt, hatte Fronika nicht das Bedürfnis, ihren Blick von Matthis abzuwenden. Und so ließ sie ihn nicht aus den Augen, während sie einen Schritt auf ihn zumachte, seine Hände ergriff, sie wieder losließ und einen Schritt zurücktrat. Beide drehten sich erst in die eine Richtung, dann in die andere. Schließlich landeten sie wieder an ihrem Ursprungsplatz und fassten sich erneut an den Händen.

Matthis in seiner blauen Cotte aus Brokat mit der Bordüre aus Hermelin sah von Kopf bis Fuß wie jeder andere Prinz, Herzog oder Markgraf auf dem Ball aus. Und der Ausdruck in seinen Augen ließ ihn sogar noch besser aussehen.

Viel zu schnell ging der Tanz zu Ende. Matthis sah sich um, beugte sich zu ihr herüber und sagte sanft: „Alle sehen auf dich, die schönste Frau hier."

„Ich glaube, dass sie dich ansehen, Matthis. Sie fragen sich: ‚Wer ist dieser gut aussehende Prinz?'"

Ungläubig zog Matthis eine Augenbraue und einen Mundwinkel hoch. „Danke. Aber ich habe die Wahrheit gesagt."

„Ich auch."

„Matthis!", tönte es nun und Georg stellte sich neben ihn. „Hoffentlich hast du nicht vor, den ganzen Abend mit diesem reizenden Schwan zu tanzen."

„Eigentlich hatte ich das schon vor", erwiderte Matthis und zwinkerte Fronika zu.

Fronika lächelte ihn an. Als ihr Blick zu Georg zurückwanderte, hatten sich ärgerliche Falten auf seiner Stirn gebildet. „Ich bin ein bisschen müde", sagte sie eilig. „Vielleicht könnte Matthis einen Platz suchen, wo ich mich hinsetzen kann."

Georg sah immer noch nicht erfreut aus. „Ich komme später wieder zu dir, Fronika, wenn du dich besser fühlst." Im nächsten Moment sah es so aus, als hätte er hinter Fronika jemanden erblickt, mit dem er gern sprechen wollte. Bevor er ging, griff er noch einmal nach Fronikas Hand und küsste sie.

Während schon das nächste Stück begann, führte Matthis sie von den Tänzern weg. „In der Galerie gibt es ein paar Stühle."

Die Galerie grenzte an den Ballsaal und war ein länglicher Raum, der spärlich von Kerzen beleuchtet und an einer der Wände mit vielen kleinen Fenstern versehen war. An der gegenüberliegenden Wand hing ein großes Gemälde, das sich über die volle Länge des Raumes erstreckte und eine Kriegsszene zeigte. Zwischen den schmalen Fenstern standen Stühle. Fronika setzte sich auf einen davon, Matthis nahm neben ihr Platz.

„Ich war nicht wirklich müde", sagte Fronika und beobachtete Matthis aus dem Augenwinkel. „Ich hatte nur keine Lust, mit Georg zu tanzen."

„Dann musst du es auch nicht. Wenn du willst, werde ich es ihm sagen."

„Es ist ja nicht so, dass ich grundsätzlich etwas dagegen habe, mit ihm zu tanzen. Ich möchte nur … in diesem Moment … nicht mit ihm tanzen."

Matthis starrte auf die Kriegsszene an der Wand vor ihnen. Dabei bildete sich ein nachdenklicher Ausdruck auf seinem Gesicht. „Das ist ein gelungenes Gemälde, oder? So lebensecht."

Fronika änderte ihre Position auf dem Stuhl, damit sie es besser betrachten konnte. „Ja, mit Ausnahme der Damen da drüben am Rand. Ich glaube nicht, dass Damen an einer Schlacht teilnehmen würden."

„Nein, wahrscheinlich hat der Künstler nach einer Möglichkeit gesucht, etwas Schöneres in dieses Bild des Grauens zu integrieren."

„Auf alle Fälle bringen sie mehr Farbe in die Szene."

Durch den Eingang zum Ballsaal drang lautes Gelächter an ihr Ohr. Fronika wartete gespannt, ob noch andere den Weg in die Galerie finden und sie stören würden.

„Vielleicht könnten wir einen Spaziergang machen", sagte Fronika, ohne nachzudenken. „Obwohl – wahrscheinlich ist das gar nicht möglich. Wohin könnten wir auch gehen?"

„Es gibt einen Balkon am Ende der Galerie. Wenn du möchtest, könnten wir dort ein wenig Luft schnappen."

„Das klingt gut."

Nachdem sie sich erhoben hatten, legte Fronika ihre Hand auf Matthis' Arm. Ob er etwas dagegen haben würde, wenn sie sich bei ihm einhakte? Dank der Maske fühlte sie sich heute Abend ein wenig mutiger als sonst. Aber leider auch ein wenig tollkühner und darum schob sie ihren Arm, ohne weiter nachzudenken, unter seinen.

Gemeinsam spazierten sie die leere Galerie entlang. Am Ende angekommen, öffnete Matthis die Tür zu einem Balkon. Vorsichtig traten sie hinüber zur niedrigen Steinmauer und starrten nach unten. Dort, am Fuße des felsigen Berges, der das Schloss über die Landschaft erhob, befand sich eine tiefe Schlucht. In der Ferne blinkten die kleinen Lichter der Stadt Dornbeck. Über ihnen erstrahlte der Mond in einem friedlichen weißen Licht.

„Die Luft ist heute Abend herrlich“, murmelte Fronika. „Nicht zu warm und nicht zu kalt.“

Matthis drehte sich um und sah sie an. „Bist du sicher, dass du nicht lieber drinnen wärst, um all die Gräfinnen und Herzoginnen kennenzulernen?“

„Wir können irgendwann später wieder in den Ballsaal gehen. Es ist angenehm hier.“ *Allein mit dir.* Es würde ihr nichts ausmachen, den ganzen Abend hier zu verbringen. Und sich vorzustellen, wie es wäre, wenn er sie küssen würde … und wenn sie die Freiheit hätten, sich ineinander zu verlieben. Wenn sie doch nur in Wirklichkeit eine Schwanenprinzessin und er ein Prinz wäre.

Kapitel 20

Matthis konnte seine Augen nicht von Fronika losreißen. Die Maske machte sie irgendwie noch geheimnisvoller … und begehrenswerter. Seltsamerweise passten die weißen Federn ganz hervorragend zu ihr und umrahmten ihr perfektes Gesicht. Die Erinnerung daran, wie sie sich an seine Brust geschmiegt hatte, nachdem er mit ihr und Kathryn aus dem Roten Haus geflohen war, war heute Abend besonders präsent.

Fronika drehte dem Ausblick unter dem Balkon den Rücken zu und sah Matthis an. „Ich weiß, dass deine Eltern auch der Großen Pest zum Opfer gefallen sind. Aber wie lange hast du auf der Straße gelebt, bevor du vom Förster und seiner Frau aufgenommen wurdest?“

Die Frage riss Matthis aus seinen angenehmen Überlegungen.

Er fuhr mit der Hand über seinen Hinterkopf und räusperte sich. „Es muss ungefähr ein Jahr gewesen sein. Vielleicht auch etwas weniger."

Als er nichts mehr sagte, tastete sich Fronikas Hand seinen Arm entlang. Als sie schließlich nach seiner Hand griff und sie zärtlich drückte, klopfte Matthis' Herz wie das Gedonner von Pferdehufen.

„Was ist passiert, als du auf der Straße gelebt hast? Wo hast du gewohnt?", flüsterte sie.

Matthis musste schlucken, bevor er antworten konnte. „Meine Schwester war viel jünger als ich. Ich musste mich um sie kümmern. Wenn das Wetter gut war, haben wir in den Innenhöfen oder Gärten irgendwelcher Leute geschlafen. Wenn es kalt oder regnerisch war, haben wir in den Ställen wohlhabender Leute übernachtet. Nachdem Helena gestorben war, hat mich mein Vater, der Forstgehilfe, krank in einem kleinen Unterschlupf gefunden, den ich mir im Wald gebaut hatte." Matthis dachte nicht gern an diese Zeit, in der er sich so hilflos gefühlt hatte. Von seinen Adoptiveltern einmal abgesehen, hatte er noch nie mit jemandem darüber gesprochen.

Fronika nahm seine andere Hand in ihre und hielt jetzt beide fest. „Als mein Vater und meine Mutter starben, nahmen mich die Nachbarn bei sich auf", sagte sie nach einer kurzen Pause. „Ich war erst fünf, aber sie haben mich dazu gezwungen, Nachttöpfe zu leeren und Böden zu schrubben. Es gab nur zweimal am Tag etwas zu essen und dann auch nur Erbsensuppe und Schwarzbrot."

Während Fronika sprach, starrte sie auf ihrer beider Hände. „Ich habe mich so manches Mal durch den Abfall der Leute gewühlt. Einmal habe ich aus einem Haus in der Nähe einen Braten gestohlen und ihn mit einem anderen Waisenkind geteilt. Ab und zu habe ich andere Nachbarn um Essen angebettelt. Die Art, mit der sie mich anblickten, hat mir das Gefühl gegeben, wertlos und verachtet zu sein."

Matthis schmerzte es, dass ihr so etwas zugestoßen war, und doch schweißte es die beiden zusammen. Fronika verstand, was er durchgemacht hatte, weil sie dasselbe erlebt hatte. Zum ersten

Mal in seinem Leben hatte er den Eindruck, dass der Schmerz, den er verspürt hatte, einen Sinn gehabt haben könnte.

Obwohl Fronika ihm schon sehr nah war, kam sie ihm nun noch ein wenig näher. Matthis ließ ihre Hand los und berührte ihr Gesicht. Ihre Haut war wie Seide. Als seine Finger ihren Kiefer entlangfuhren, öffneten sich Fronikas Lippen. Daran, wie sich ihre Brust hob und senkte, konnte er ablesen, dass sie schneller atmete. Sein eigener Atem fühlte sich flach und kratzig an. Jetzt beugte sich Matthis zu ihr herab. Und bevor seine Vernunft die Oberhand gewinnen konnte, presste er seine Lippen auf ihre.

Ein kaum vernehmbares Geräusch entfuhr ihr und sein Verstand schien ihn vollends zu verlassen. Matthis legte seine Hand auf ihre Wange und zog Fronika ganz zu sich heran. Geschah dies wirklich? Wenn nicht, war es der beste Traum, den er jemals gehabt hatte. So süß … so süß.

Moment mal. Was würde sie von ihm denken? Er hatte nicht das Recht, sie zu küssen.

Als er sich ihr entzog, legte Fronika ihren Kopf auf seine Schulter. Grundgütiger! Wenn die Federn an Maske und Kopfschmuck nicht an seiner Wange gekitzelt hätten, wäre es ein perfekter Moment gewesen.

„Fronika. Ich habe dich gesucht."

Fronika trat einen Schritt von ihm weg und legte die Hände auf ihr Gesicht.

Als Matthis sich umdrehte, sah er Rutger am anderen Ende des Balkons stehen. Um wieder klare Gedanken fassen zu können, blinzelte Matthis einmal kräftig. Würde ihr Onkel wütend werden? Er hatte jedes Recht dazu.

„Matthis. Fronika. Der Ball findet drinnen statt."

„Ja, natürlich, Herr Menkels", sagte Matthis.

„Fronika, da sind ein paar Leute, die ich dir vorstellen möchte."

Fronika hielt sich mit beiden Händen an Matthis' Arm fest. Derweil wartete Rutger, bis sie ihn erreicht hatten. „Ich möchte, dass du die Herzogin von Peisterberg kennenlernst", sagte er zu seiner Nichte und schloss Matthis nicht darin ein, „außerdem Frau Auenwald und Frau Kneiperdorf."

Jetzt, wo Rutger die Führung übernahm, würde Matthis für den Rest des Abends vielleicht keine Gelegenheit mehr haben, noch einmal mit ihr zu sprechen.

Anstatt auf Rutgers Worte einzugehen, blickte Fronika zu Matthis auf. Ihre Augen waren erstaunlich blau und leuchtend, fast so, als stünden Tränen darin. *O Gott, Vater, habe ich sie zum Weinen gebracht?*

Aber vielleicht bildete er sich das auch nur ein. Jedenfalls nutzte sie eine Gelegenheit, in der Rutger nicht zu ihnen herübersah, und presste ihre Wange an seinen Arm. Erst dann ließ sie ihn los und ging zu Rutger hinüber. Als sie aus der Galerie in den Ballsaal wechselten, drehte sich Fronika noch einmal zu Matthis um und sah ihn mit großen Augen an. Dabei hatte sie ein sanftes Lächeln auf den perfekten Lippen.

Matthis blieb im Türrahmen stehen. „Wie kann ich dich jemals für mich gewinnen?“, flüsterte er zu sich selbst. „Was muss ich tun? Was muss ich tun, um deiner würdig zu sein?“

Fronika fühlte sich, als würde sie schweben. Sie konnte immer noch Matthis' Lippen auf ihren spüren und die Verletzlichkeit in seinen Augen sehen. Es war ihm schwergefallen, über seine Vergangenheit zu sprechen. Umso mehr hatte sein Vertrauen ihr Herz berührt. Und er verstand. Er hatte dieselben schmerzhaften Kindheitserinnerungen wie sie. Anders als die Kinder, die sie unterrichtete, war er vom Forstgehilfen und seiner Frau gerettet worden, genauso wie sie selbst von Rutger gerettet worden war. Und jetzt ging es ihm genauso wie ihr. Matthis fühlte sich gedrängt, andere wie Kathryn vor Unterdrückung zu beschützen, genauso wie Fronika sich gedrängt fühlte, die verwaisten und armen Kinder vor Hunger zu bewahren.

In ihrem Herzen brandeten Gefühle auf, die sie niemals zuvor verspürt hatte. Hatte sie den Mut, diese Gefühle Liebe zu nennen? Zum zweiten Mal heute Abend keimte in ihr der Verdacht auf, dass ihr Herz alle Warnungen in den Wind geschlagen hatte. Dabei war es doch unvernünftig – wenn nicht gar unmöglich –, sich in den Förster zu verlieben. *Himmel, was soll ich jetzt machen?*

Sie hob ihre Hand und berührte ihre Lippen. Würde die Erinnerung an seinen Kuss verblassen? Würde sie die Gefühle vergessen, die er in ihrem Inneren geweckt hatte? *Lass das nicht zu.* Sie wollte sich für immer daran erinnern.

Ohne richtig mitzubekommen, was um sie herum geschah, hatte Rutger sie zu zwei Damen geführt – sie mussten wohl Mutter und Tochter sein – und ihnen Fronika vorgestellt. Sie merkte, dass die drei sie anstarrten, und machte schnell einen Knicks.

Sie musste aufhören, über Matthis und seinen Kuss nachzudenken, zumindest so lange, wie Rutger dabei war, sie all diesen bedeutenden Leuten vorzustellen. Obwohl ihre Gedanken vernebelt waren, gelang es ihr, einigermaßen zusammenhängende Gespräche zu führen. Jedenfalls schien das gelangweilte Lächeln ihrer Gegenüber ebendies zu bestätigen.

Während Rutger sie noch weiteren Personen vorstellte, erhielt sie immer wieder Komplimente für ihre wunderschöne Kleidung. Fronika wurde von einer warmen Welle der Zuneigung zu ihrem Vormund überschwemmt, der sie aus ihren armseligen Verhältnissen in Kindheitstagen herausgezogen hatte. Damals hatte sie nie ein nettes Wort oder gar ein Kompliment für ihr Aussehen bekommen. Die Leute hatten lediglich ihre Nase gerümpft und auf andere Weise dafür gesorgt, dass sie sich wie ein Außenseiter fühlte.

Jetzt bat der Sohn eines Grafen sie um einen Tanz. Als sie den jungen Mann auf die Tanzfläche begleitete, beschlich sie das Gefühl, Matthis untreu zu sein. Sie versuchte, sich von ihrer besten Seite zu zeigen, tanzte aber nicht mit ganzem Herzen und ertappte sich dabei, wie sie sich nach Matthis umsah.

Als der Tanz zu Ende war, tauchte Rutger an ihrer Seite auf. „Erlaube mir, dir etwas zu trinken zu holen. Du musst durstig sein."

„Das bin ich tatsächlich, danke." Fronika bedankte sich bei ihrem Tanzpartner und folgte Rutger zum anderen Ende des Raumes, an dem ein mit Essen und Getränken beladener Tisch aufgestellt war.

„Probier das hier, meine Liebe. Ich glaube, es ist sehr belebend." Rutger griff nach einem der Becher und drückte ihn Fronika in die Hand.

„Was ist das?"

„Fruchtsaft, denke ich."

Es hatte dieselbe rote Farbe wie Fronikas Lieblingsgetränk, das aus dem Saft gekochter Kirschen und anderen roten Früchten hergestellt wurde. Fronika nahm einen kräftigen Zug und schluckte, dann begann sie plötzlich zu würgen. Die Flüssigkeit brannte in ihrem Hals wie Feuer. Sie hustete, versuchte aber, das Getränk nicht auszuspucken. Daher hatte sie keine andere Wahl, als erneut zu schlucken.

„Ah! Was ist das?", brachte sie schließlich hervor.

„Ist es kein Fruchtsaft?"

„Ganz und gar nicht. Ich glaube, dass es irgendwelche Spirituosen sind."

„O weh! Gibt es hier irgendwo Wasser?", wandte sich Rutger an die Bediensteten.

Einer von ihnen reichte Fronika einen Becher. Sie probierte, stellte fest, dass es sich tatsächlich um Wasser handelte, und trank einige große Schlucke. Durch das kühle Nass ließ das Brennen in ihrem Hals ein wenig nach.

Dafür stieg ihr schon jetzt eine gewisse Hitze in den Kopf. In der Hoffnung, dass es helfen würde, trank Fronika noch ein bisschen mehr Wasser. In ihrem ganzen Leben hatte sie noch nie etwas Stärkeres als Weinschorle getrunken.

„Ich hoffe, dass niemand riecht, was ich da zu mir genommen habe." Angewidert verzog sie ihr Gesicht.

„Mach dir keine Gedanken", sagte Rutger. „Möchtest du dich ein bisschen hinlegen?"

„Nein, es geht mir gut. Ich muss nur etwas essen, dann wird es mir besser gehen." Um den beißenden Nachgeschmack und den unangenehmen Geruch der Spirituosen zu überlagern, griff Fronika nach einem Stück Stachelbeertorte und biss begierig hinein.

„Nun gut, aber ich finde, dass du dich zumindest für ein paar Minuten hinsetzen solltest." Rutger griff nach Fronikas Ellenbogen und führte sie durch eine der Türen in ein kleines Zimmer mit gepolsterten Bänken.

Eine Dame lag auf einer der Bänke, während ein Dienstbote ihr Luft zufächelte. Fronika setzte sich auf eine andere.

„Leg dich doch hin", sagte Rutger. „Ich werde in ein paar Minuten wiederkommen und nachsehen, ob es dir gut geht. Und nimm deine Maske ab, sonst wird dir zu warm."

Fronika hatte nichts dagegen, seiner Bitte Folge zu leisten, und war froh, dem Gedränge der fröhlichen Feier für ein paar Minuten zu entkommen. Daher zog sie sich die Maske vom Gesicht, legte sich hin und schloss die Augen.

Ein paar Augenblicke lang atmete sie ganz tief durch und genoss die frische Luft in ihrem Gesicht, dann setzte sie sich wieder auf. Sie wollte die Federn in ihrem Haar nicht ruinieren.

Ihr Magen knurrte und sie freute sich im Stillen darüber, dass sie geistesgegenwärtig genug gewesen war, das herrliche Stück Stachelbeertorte mit hinübergenommen zu haben.

Als Rutger auch nach mehreren Minuten nicht zurückkehrte, wurde Fronika unruhig. Ob sie einfach wieder zurück in den Ballsaal gehen sollte? Als sie nach ihrer Maske greifen wollte, konnte sie sie nirgends entdecken. Wohin hatte sie die Maske gelegt? Weder auf der gepolsterten Bank neben ihr noch auf dem steinernen Fußboden darunter konnte sie sie finden.

Was sollte sie jetzt tun? Ohne ihre Maske würde ihr Kostüm seltsam aussehen und außerdem würde sie dann die einzige Dame im Saal ohne Maske sein. Fronika suchte noch einmal den gesamten Raum ab – von der Maske war jedoch keine Spur. Wie seltsam. Sie hatte nicht den Wunsch, den gesamten Abend in diesem Raum zu verbringen. Da sie sich inzwischen besser fühlte, beschloss sie, allein loszugehen und Rutger zu suchen. Vielleicht wusste er ja, was mit ihrer Maske passiert war.

Während Matthis darauf wartete, dass Rutger die Lust verging, Fronika jedem auf dem Ball vorzustellen, sprach er mit verschiedenen Männern. Als Fronika begann, mit einem jungen Mann zu tanzen, zwang er sich, nicht eifersüchtig zu werden oder sich Gedanken darüber zu machen, ob sie ihn gut aussehend oder interessant fand. Ihr Onkel wollte wahrscheinlich, dass sie mit jemandem tanzte – mit jemand anderem als Matthis.

Nach dem Tanz gesellte sich Fronika zu Rutger und ging mit ihm zu dem Tisch am anderen Ende des Raumes hinüber, auf dem sich Speisen und Getränke befanden.

„Matthis, amüsierst du dich?", fragte der Markgraf. Er stand neben dem Förster und stützte sich auf seinem Gehstock ab.

„Natürlich, Fürst von Dornbeck."

Der Markgraf runzelte die Stirn. Dabei waren seine Augenbrauen eng zusammengezogen und sein Kiefer angespannt. Hatte er so im Kampf ausgesehen, als er noch Ritter und Gardehauptmann gewesen war? „Ich kann nicht dasselbe sagen", knurrte er.

„Gefällt Euch die Musik nicht, mein Herr?"

„Ich mag es einfach nicht, nur zu lächeln und den Leuten zuzuhören. Sie übertreiben in ihren Schwärmereien über alles und jeden maßlos, stehen dumm herum und reden über belanglose Dinge. Das ist mir wahrlich zuwider."

Matthis musste schmunzeln. „Ich kenne dieses Gefühl, mein Herr."

„Soldaten sagen, was sie denken, und es hat nie etwas mit *wundervoll* zu tun." Er verlagerte ein wenig sein Gewicht und klopfte dabei mit seinem Gehstock auf den Boden. „Ich bin zu dir gekommen, um dich zu fragen, ob du uns morgen auf die Jagd begleiten möchtest. Zumindest haben wir dann etwas zu tun und niemand kann sich darüber auslassen, wie *wundervoll* alles ist. Alle werden damit beschäftigt sein, einen Hirsch oder eine Hirschkuh zu jagen."

Matthis unterdrückte ein weiteres Lächeln und nickte. „Ja, mein Herr." Aber dann wurde ihm auf einmal flau im Magen. Es bestand die Möglichkeit, dass sie vielleicht keine Hirsche zum Jagen mehr finden würden. Der mysteriöse, nächtliche Wilderer hatte so viele davon getötet, dass es immer schwieriger wurde, welche zu finden. So etwas würde den Markgrafen nicht erfreuen, vor allem jetzt nicht, wo er sich in einer solchen Stimmung befand.

„Du solltest tanzen, Matthis. Du bist jung und fähig dazu." Ein Ausdruck von Traurigkeit huschte über sein Gesicht. „Ich glaube, dass der wunderschöne weiße Schwan mit dir tanzen möchte."

Matthis drehte sich nach links, um nachzusehen, von wem der Markgraf sprach. Tatsächlich kam Fronika auf ihn zu. Ihre weißen Federn an der Maske und im Haar schwangen im Takt ihrer Bewegungen auf und ab. Als sie näher kam, wandte sich der Markgraf seinem Vogt zu und Matthis richtete all seine Aufmerksamkeit auf Fronika.

„Wollen wir tanzen?", fragte er.

Anstelle einer Antwort streckte Fronika ihre Hand aus und griff nach seiner. Dann führte Matthis sie in die Mitte des Ballsaales, wo gerade ein weiterer Tanz begann.

Fronika hielt seine Hand ganz fest und strich über Matthis' Arm. Versuchte sie ihm zu zeigen, dass sie den Kuss nicht bereute?

Als der Tanz begann, hatten sie sich gerade einander gegenübergestellt. Sie machten einen Schritt aufeinander zu – und Fronika trat ziemlich nah an ihn heran. Fast hatte Matthis den Eindruck, als würde sie ihn hier vor allen Leuten küssen wollen.

Ihre verführerischen Lippen brachten Matthis' Herz zum Stolpern. Was tat sie da? Er hatte sie noch niemals so … ungehemmt erlebt. Fast wirkte sie wie ein anderer Mensch. Lag es an dem Kuss? Woran sonst konnte es liegen?

Als sie sich mit den Tanzschritten einmal um sich selbst drehte, schwangen ihre Hüften – etwas, das er *nicht* bemerken sollte. Während des gesamten Tanzes trat sie immer wieder näher an ihn heran als nötig, hielt seine Hand länger als sonst und benahm sich so, dass sein Herz schneller schlug.

Als der Tanz vorbei war, umklammerte sie seine Hand und lehnte sich an ihn.

„Fronika", flüsterte er. „Ich … ich weiß nicht, ob dein Onkel dich so sehen sollte."

Sie blickte zu ihm auf. Dabei sah es so aus, als wartete sie auf seine nächsten Worte.

Matthis schluckte. „Möchtest du wieder auf den Balkon gehen?"

Fronika nickte und hielt sich an seinem Arm fest.

Vielleicht hatte Fronika den Eindruck, dass sein Kuss ein Heiratsantrag gewesen war. Sicher würde ein Mädchen wie sie nicht zulassen, dass er sie küsste, wenn sie nicht bereit war, ihn zu heiraten. Als sie auf die Tür zugingen, die in die Galerie führte, und dann in den dunkleren, leeren Raum wechselten, schlug Matthis das Herz bis zum Hals.

Während sich Matthis' Augen noch an die neuen Lichtverhältnisse gewöhnten, drehte sich Fronika zu ihm um und küsste ihn. Der Kuss war zu Ende, bevor er ihn erwidern konnte, dann drehte sie sich um und rannte mit gerafften Röcken auf den Balkon zu.

Matthis folgte ihr mit eiligen Schritten. Diese Seite von ihr hatte er noch nie gesehen und es kam ihm seltsam vor. Hatte Fronika zu viel Wein getrunken? Selbst ihr Haar sah ein bisschen anders aus, weniger voll und weniger lockig. Aber es musste Fronika sein, schließlich trug sie dieselbe Schwanenmaske und denselben Kopfschmuck.

Als Matthis den Balkon erreichte, stand Fronika an der Brüstung und starrte in die Nacht hinaus. Matthis ging auf sie zu, woraufhin Fronika den Kopf wandte und erneut verführerisch lächelte. Kurz darauf drehte sie sich vollends zu ihm um und lehnte sich mit dem Rücken an die Brüstung.

„Fronika." Matthis schluckte und versuchte, all seinen Mut zusammenzunehmen. „Dir kann nicht entgangen sein, dass ich jede Gelegenheit nutze, um mir dir zusammen zu sein, auch wenn ich weiß, dass dein Onkel einen Förster nicht für gut genug hält. Aber ich liebe dich, Fronika, und ich werde alles tun, um dich zu meiner Frau zu machen."

Sie trat einen Schritt näher an ihn heran, griff nach seinen Schultern und zog ihn an sich. Dann spitzte sie die Lippen. Wie konnte er ihr widerstehen? Wie konnte er sich nicht zu ihr herunterbeugen und sie küssen?

Gerade als er dabei war, genau das zu tun, flüsterte sie mit seltsamer, heiserer Stimme: „Was hast du gesagt?"

„Ich habe gesagt, dass ich dich liebe. Ich will dich heiraten. Bitte heirate mich."

Kapitel 21

Während Fronika durch den Ballsaal ging, blieb sie dicht an der Wand. Ein paar Leute bemerkten sie und starrten sie an. Zweifellos fragten sie sich, warum sie keine Maske trug. Da sie glaubte, Rutger weiter vorn entdeckt zu haben, lief sie weiter.

Der Mann drehte sich um. Es war tatsächlich ihr Onkel. In der Hoffnung, dass er sie bemerken würde, ging sie auf ihn zu. Allerdings kam ihr jetzt Georg zuvor. Er flüsterte Rutger etwas ins Ohr, dann steuerten beide auf die Galerie zu, in der Fronika zuvor mit Matthis gewesen war. Wenig später waren sie aus ihrem Blickfeld verschwunden.

Fronika eilte auf die Galerie zu und schlüpfte durch die Tür. „Rutger", rief sie leise. Aber als sich ihre Augen an das Halbdunkel gewöhnt hatten, sah sie, wie er am anderen Ende der Galerie auf den Balkon hinaustrat.

Wie frustrierend. Er hatte wahrscheinlich auch nicht die leiseste Ahnung, wo ihre Maske war. Da sie jedoch nicht wusste, wen sie sonst hätte fragen oder was sie sonst hätte tun sollen, setzte sie ihren Weg fort.

Jemand sprach auf dem Balkon. Je näher sie kam, desto überzeugter war sie, dass es sich um Matthis handelte. Bat er Rutger um die Erlaubnis, sie heiraten zu dürfen? Fronikas Herz begann zu stolpern und raubte ihr den Atem. Was würde sie tun, wenn Rutger ihn abwies? Ihre Gedanken verhedderten sich, als wären sie ein dorniges Rankengewächs.

Fronika trat auf den Balkon hinaus, aber Matthis war nicht mit Rutger zusammen. Stattdessen stand er sehr dicht bei einer Frau, die Fronikas Maske trug!

Matthis beugte sich herab, um sie zu küssen. Fronika war auf einmal schlecht und ihr drehte sich der Magen um. Dann sagte Matthis: „Ich liebe dich. Ich will dich heiraten. Bitte heirate mich."

Zu wem sagte er das? Wer war diese Frau? Kaum dass Matthis diese Worte gesagt hatte, fiel ihm die Frau auch schon um den Hals und küsste ihn auf den Mund. Und Matthis erwiderte den Kuss mit großer Leidenschaft.

Um nicht laut aufzuschreien, biss Fronika ihre Zähne zusammen. Dennoch konnte sie nicht verhindern, dass ein verzweifeltes Jaulen ihre Lippen verließ. Im nächsten Moment sah sie Rutger und Georg, die nur wenige Meter von ihr entfernt waren. Rutger musste sie wohl gehört haben, denn er drehte sich um und sah sie an.

Matthis musste sie ebenfalls gehört haben, denn er löste sich von der Frau und sah zu Fronika hinüber.

Seine Augen weiteten sich. „Fronika?", keuchte er und wandte sich zu dem Mädchen um, das er geküsst hatte. „Wer bist du?"

Täuschte er dies nur vor? Wusste er wirklich nicht, dass die Frau, die er geküsst hatte, jemand anderes war als Fronika? Hatte die Frau ihn hereingelegt, indem sie Fronikas Maske aufgesetzt hatte? Und wo hatte sie das Kleid her, das ihrem eigenen so ähnlich war? Nichts davon ergab einen Sinn.

Plötzlich begann die Frau, auf Fronika zuzulaufen. Dabei gab sie ein helles Lachen von sich. Als sie an Fronika vorbeikam, berührte irgendetwas Fronikas Schulter, dann klatschte es auf den Boden. Ihre Maske. Fronika beugte sich herunter und hob sie auf. Die Frau durchquerte die Tür und rannte weiter in die Galerie.

„Fronika." Matthis machte ein paar unsichere Schritte auf sie zu. „Ich … ich dachte, sie wäre du."

„Soll ich etwa glauben, dass du sie nicht von mir unterscheiden konntest?" Vielleicht war es ihm gegenüber unfair, aber … In Fronikas Kopf wirbelte die Szene, in der er diese andere Frau geküsst hatte, herum wie ein verrückt gewordener Kreisel. Ihr drehte sich erneut der Magen um und brennende Wut überkam sie.

„Komm, meine Liebe." Rutger stellte sich Fronika in den Weg, bevor sie Matthis erreichen konnte, und griff nach ihrem Arm. „Dieser Mann und seine Liebschaften gehen uns nichts an. Wir wollen ihn seiner eigenen Dummheit überlassen."

Mit schmerzverzerrtem Gesicht ließ sie sich von ihrem Onkel in die Galerie führen.

„Warte, Fronika, bitte."

Die Verzweiflung in Matthis' Stimme sorgte dafür, dass sie sich noch einmal umdrehte und ihn ansah.

„Die Frau hat mich hereingelegt. Ich wusste es nicht. Ich dachte, sie wäre du."

Der verlorene Ausdruck in seinen Augen versetzte ihr einen Stich. Tränen brannten in ihren Augen und ihr Herz schien vor lauter Schmerz zu zerspringen. Aber Rutger ließ sie nicht los und führte sie weiter durch die Galerie hindurch.

„Fronika", rief Matthis noch einmal und folgte ihnen.

„Wer war sie?" Obwohl Rutger sie weiter vorwärtstrieb, drehte sich Fronika erneut zu Matthis um. „Warum sollte sie so etwas tun?"

„Es ist mir vollkommen unverständlich. Bitte glaub mir. Ich könnte niemals eine andere lieben als dich." Seine Stimme klang gepresst.

Fronikas Herz setzte einen Schlag aus. Er liebte sie? Aber wie konnte er dann nicht wissen, dass diese Frau jemand anderes war? Dass er eine andere mit ihr verwechselte und dann auch noch küsste, schmerzte sie unendlich.

„Ich hoffe, du glaubst ihm nicht, Fronika", sagte Rutger und zog sanft an ihrem Arm. „Lass uns gehen."

„Fronika …" Matthis streckte ihr flehend die geöffneten Handflächen entgegen. „Bitte."

Mit jedem Blinzeln stürmte das Bild, das ihn eng umschlungen mit einer anderen zeigte, erneut auf Fronika ein. „Ich möchte nicht mehr darüber reden."

„Wir gehen, und zwar sofort", sagte Rutger, während sie die lange Galerie in Richtung Ballsaal durchschritten. „Ich lasse die Kutsche holen."

Fronika sagte nichts. Alles in ihr fühlte sich taub an, abgesehen von dem Schmerz in ihrem Herzen und dem brennenden Gefühl in ihrer Nase, das daher rührte, dass sie verzweifelt gegen ihre Tränen ankämpfte.

Wie sie zur Kutsche gelangt war, die vor der großen Eingangstür auf die beiden wartete, wusste sie nicht mehr. Erst als die Kutsche sich langsam in Bewegung setzte und sie sanft hin- und herschaukelte, schien sie wieder etwas wahrzunehmen.

„Gott, warum?", flüsterte sie. Warum hatte sie sich in einen Mann verliebt, den sie nicht heiraten konnte, der sie nicht wollte und der ihr Vertrauen missbrauchte, indem er eine andere Frau küsste und ihr seine Liebe gestand? Der Schleier aus Tränen vor ihren Augen vernebelte ihre Sicht, doch sie hielt sie nun nicht mehr auf. Ungehindert strömten sie ihre Wangen hinunter und fielen in dicken Tropfen auf ihr Kleid.

Die Verzweiflung in Matthis' Herzen verwandelte sich im Handumdrehen in Wut. Jemand hatte ihn absichtlich hinters Licht geführt. Aber warum? Er eilte durch die Tür in den Ballsaal.

Hektisch sah er sich um und strich sich fahrig die Haare aus dem Gesicht. Wo war die Frau, die so schamlos vorgegeben hatte, Fronika zu sein? Er musste sie finden und zwingen, in Gegenwart von Fronika und noch vor ihrer Abfahrt die Wahrheit über ihre Identität und ihr Verhalten zu gestehen.

Fieberhaft durchforstete Matthis die Menschenmenge und suchte überall. Die Frau trug ein Kleid, das dem von Fronika ähnelte. Trotzdem konnte er sie nirgends entdecken. Er ging von einer Seite des Ballsaales zur anderen und fahndete überall nach ihr – ohne Erfolg. Offenbar wollte sie nicht gefunden werden.

Wie es aussah, gab es kein Ventil für seine Wut. Begriff Fronika denn nicht, dass er hinters Licht geführt worden war? Er hätte niemals wissentlich eine andere Frau geküsst. Und doch war die bittere Wahrheit, dass er eine andere Frau geküsst *hatte*, und das auch noch in Gegenwart von Fronika.

Der Gedanke daran machte ihn ganz krank. Die Erinnerung würde für immer in Fronikas Gedächtnis bleiben. Und der Schmerz in ihren Augen für immer in seinem.

Matthis starrte auf die Leute, die so fröhlich miteinander tanzten und redeten, als wäre Matthis' Hoffnung nicht gerade für immer zerstört worden. Und was war mit Fronika? Was musste sie von ihm denken? Zuerst hatte er sie geküsst und dann eine andere, wie ein ungehemmter Wüstling.

Irgendwie musste er ihr beweisen, dass er nicht herumlief und wahllos Frauen küsste. Er wusste nur nicht, wie.

In der Kutsche war es trotz der Lampe, die außen befestigt war, stockfinster. Fronika konnte weinen, so viel sie wollte. Solange sie dabei still war, würde Rutger nichts davon mitbekommen. Sie stütze ihren Arm an ihrer Wange ab. Auf diese Weise konnte sie sich die Tränen abwischen, ohne Aufmerksamkeit zu erregen.

„Fronika, es tut mir leid, dass du sehen musstest, wie Matthis diese andere Frau geküsst hat. Aber vielleicht ist es zu deinem Besten."

Fronika atmete ganz tief ein, um die Tränen so weit zurückzudrängen, dass Rutger sie nicht in ihrer Stimme hören konnte. Als sie das Gefühl hatte, gefasst antworten zu können, sagte sie: „Ich glaube, dass Matthis mit der Behauptung, die Frau habe ihn hereingelegt, die Wahrheit gesagt hat. Sie muss meine Maske gestohlen haben, als ich auf der Bank lag. Warum sonst hätte sie mir die Maske stehlen sollen? Außerdem hatte ihr Kleid Ähnlichkeit mit meinem. Ich kann verstehen, dass Matthis sie mit mir verwechselt hat.“ Trotzdem trieb ihr der Gedanke erneut die Tränen in die Augen.

Rutger sagte eine Weile gar nichts. „Du warst immer sehr reif für dein Alter. Und ich wollte nie, dass du dich an jemanden verschleuderst, der dich nicht verdient. Aber Matthis Weidmann … Er ist nur der Förster. Du könntest jeden unverheirateten Mann in Dornbeck bekommen. Denk an Georg Papendorf. Er ist ein guter Mann. Findest du nicht? Er würde dich niemals schlecht behandeln oder dir irgendetwas verweigern, was dein Herz begehrt.“

Fronika kämpfte erneut mit den Tränen. „Willst du, dass ich Georg heirate?“, gelang es ihr schließlich zu fragen.

Rutger seufzte. „Ich will dir keine Vorschriften machen, Fronika. Aber ich glaube, dass du an seiner Seite ein gutes Leben führen könntest.“

Kein anderer Vormund – und auch kein anderer Vater – würde einem Mündel oder einer Tochter jemals so viel Freiheit lassen. Rutger war so gut zu ihr gewesen und jetzt, wo sie einundzwanzig war, wollte er, dass sie heiratete und eine Familie gründete.

Warum gab sie Georg nicht ihr Jawort? Rutger hatte recht. Georg würde ihr, so gut er nur konnte, alles geben, was ihr Herz begehrte. Außerdem verliebten sich die meisten Leute sowieso erst nach der Heirat in ihren Ehepartner. Aber Matthis … Wie sollte sie seinen Kuss vergessen? Tief in ihrem Herzen sehnte sie sich danach, ihn lieben zu dürfen und von ihm geliebt zu werden.

Aber war das nicht dumm? Wenn er erst herausfand, dass sie der Wilderer war … War es nicht kindisch, etwas zu begehren, das sie niemals haben konnte? Wäre es nicht besser, Georg zu heiraten und Matthis jemand anderen finden zu lassen?

Eine weitere Träne floss ihre Wange hinunter. Fronika machte sich nicht die Mühe, sie wegzuwischen.

Bei der Jagd am nächsten Tag ritten Matthis und der Forstgehilfe direkt hinter dem Markgrafen. Sie hatten die Aufgabe, ihm die besten Jagdplätze zu zeigen. Seine adeligen Gäste, die noch ein paar Tage im Schloss verbrachten, begleiteten sie dabei. Wie vermutet hatten sie Schwierigkeiten, überhaupt irgendwelche Hirsche zu finden. Der Markgraf hatte dementsprechend schlechte Laune.

Matthis saß auf dem braunen Wallach und durchsuchte das Unterholz nach Hinweisen auf Hirsche. Er betete darum, dass einer von ihnen aus den Büschen springen würde. Wenn nicht, konnte er alles verlieren.

Er hatte bereits Fronika verloren.

Matthis' Stimmung war gedrückt, genauso gedrückt wie in dem Moment, als Fronika ihn bei dem Kuss erwischt hatte. Wenn er doch nur die Zeit zurückdrehen könnte! Wenn er doch nur bemerkt hätte, dass die Frau nicht Fronika war. Wenn er diese Schwindlerin doch nur nicht geküsst und ihr eine Liebeserklärung gemacht hätte.

Es musste irgendeinen undurchsichtigen Grund dafür geben, weshalb diese Frau Fronikas Maske gestohlen hatte. Welcher es war, konnte er nicht ergründen, aber er hatte den seltsamen Verdacht, dass Rutger etwas damit zu tun hatte. Ging ihm der Gedanke, dass Fronika sich in Matthis verliebte und ihn heiratete, so sehr gegen den Strich? Hatte er die Frau geschickt, damit sie Matthis hereinlegte? Immerhin war Rutger derjenige, der Fronika in den kleinen Raum neben den Speisen und Getränken geführt hatte. Genau dort musste Fronika ihre Maske abgenommen haben. Genau dort musste sie ihr gestohlen worden sein. Jedenfalls hatte er sie kurz vorher zum letzten Mal damit gesehen.

Rutger musste hinter der Sache stecken.

Matthis bereute es keinesfalls, dass er Fronika geküsst hatte. Aber er nahm an, dass dieser Kuss ihn dazu gebracht hatte, das andere Mädchen zu küssen. Der Kuss hatte ihm den Verstand vernebelt. Er hatte in Matthis die Sehnsucht geweckt, Fronika dazu zu bringen, ihn genauso zu lieben, wie er sie liebte … Er hatte eine Sehnsucht nach Fronika geweckt. Es war also zum Teil – zum größten Teil – seine eigene Schuld. Wie sollte sie ihn jetzt noch lieben?

Ich werde nicht aufgeben, Gott. Also lass nicht zu, dass sie sich in jemand anderen verliebt. Und lass mich in ihren Augen irgendwie besser dastehen.

Einer der Männer aus der Gruppe hob seinen Bogen, zielte auf den Boden und schoss. „Erlegt!"

„Was war's?", fragte jemand.

„Ein Hase. Wenn wir schon keine Hirsche finden können, sollten wir zumindest etwas anderes erwischen."

Matthis' Wangen glühten. Er fühlte sich für die allgemeine Unzufriedenheit verantwortlich. *Ich bitte dich, Herr, lass mich diesen Wilderer fassen. Bitte.*

Kapitel 22

Die aufmerksamen Gesichter der Kinder, die Fronika außerhalb der Stadtmauern unterrichtete, hoben ein wenig ihre gedrückte Stimmung. Während der Unterricht voranschritt, blickte sie immer wieder auf und sah sich nach Matthis um. Aber als die Stunde zu Ende war und er sich noch immer nicht hatte blicken lassen, machte sich die alte Niedergeschlagenheit breit.

Wenn Fronika die Augen schloss, konnte sie immer noch seine

Lippen auf ihren spüren. Aber die Erinnerung daran, wie er das andere Mädchen küsste, vertrieb sogleich die angenehmen Gefühle und versetzte ihr einen schmerzhaften Stich.

Was war nur in sie geraten, als sie ihm erlaubt hatte, sie zu küssen? Sie musste jedoch zugeben, dass sie in Wirklichkeit noch viel mehr danach verlangte zu wissen: Würde dieser Kuss der einzige bleiben?

Zum Abschied umarmte Fronika wie gewöhnlich die Kinder, die ganz besonders um ihre Aufmerksamkeit und Zuneigung bettelten. Ihre Gedanken waren jedoch bei Matthis.

„Ihr habt mich rufen lassen, Fürst von Dornbeck?" Matthis traf in der Festhalle des Dornbecker Schlosses auf den Markgrafen.

„Setz dich, Matthis." Der Markgraf hatte einen angespannten Gesichtsausdruck, der den Kloß in Matthis' Hals noch größer machte. „Sicher erinnerst du dich daran, wie verheerend gestern unsere Jagd war. Selbst die Hunde konnten keine Hirsche wittern." Er beugte sich vor. „Du musst unbedingt herausfinden, wer die Hirsche des Königs wildert. Wenn du diese Aufgabe nicht erledigen kannst, werde ich jemanden finden müssen, der es kann."

Der Markgraf sank auf seinen Stuhl zurück. „Ich habe nach jemandem geschickt, der ein hervorragender Fährtenleser ist. Er sollte nächste Woche hier ankommen. In der Zwischenzeit ..." Er fixierte Matthis mit einem düsteren Blick. „Ich habe keine Zweifel, dass dieser Wilderer dich erschießen würde, wenn er der Meinung wäre, er könnte auf diese Weise davonkommen. Es ist an der Zeit, ihn und seinen Schwarzmarkt aus dem Verkehr zu ziehen. Ich will, dass du diesen Wilderer findest, und ich will, dass du keinerlei Bedenken hast, ihn niederzustrecken."

„Ja, mein Herr."

Am nächsten Morgen wurde Fronika davon geweckt, dass Ursel in ihr Zimmer kam. „Fräulein Fronika. Da ist ein kleiner Junge namens Hans, der Euch sprechen möchte."

„Hans?" Fronika setzte sich auf und zwang sich, die Augen zu öffnen.

„Ja. Er weint und bettelt, Euch sprechen zu dürfen."

Fronika griff nach einem weiten Unterkleid, zog es sich über den Kopf und krabbelte aus dem Bett. Im Erdgeschoss angekommen, eilte sie zur Hintertür. Dort stand Hans und wischte sich mit seinem zerlumpten Ärmel durch das Gesicht.

„Hans, was ist los?"

„Mama ist krank. Sie glaubt, dass sie sterben muss." Eine weitere Träne rann über sein dreckiges Gesicht. „Sie ist schon zwei Tage lang nicht mehr aufgestanden, nicht einmal, um zum Klo zu gehen." Seine Hände zitterten und seine Wangen waren bleich und eingefallen.

„Wann hast du zum letzten Mal etwas gegessen? Komm in die Küche, dann gebe ich dir etwas." Fronika führte ihn in den Raum mit dem Steinfußboden, hob ihn hoch und setzte ihn auf einen Stuhl, der am Tresen der Köchin stand.

Die Köchin brachte ihm ein bisschen Brot und Butter, außerdem Käse und Aufschnitt. Hans begann, das Essen schneller in seinen Mund zu stopfen, als er es kauen konnte.

„Nicht zu schnell, sonst erstickst du daran." Fronika brachte ihm einen Becher Wasser, aber Hans beachtete ihn nicht, sondern fuhr fort, sich Essen in seinen schon überfüllten Mund zu schieben.

In Fronikas Augen standen Tränen. „Wann war das letzte Mal, dass du etwas von meinem Hirschfleisch gegessen hast, Hans?"

Hans kaute und kaute. Schließlich schluckte er. „Das letzte Mal, als du es uns nach Hause gebracht hast."

„Aber das ist schon Wochen her!"

Hans sah Fronika mit großen Augen an, stopfte derweil aber schon wieder Essen in seinen Mund.

„Haben die Jungen irgendwem anders Fleisch gebracht?"

Hans schüttelte den Kopf. „Wir dachten, du hättest mit dem Jagen aufgehört."

Fronika blieb das Herz stehen.

Hans schluckte das Essen geräuschvoll hinunter. „Ich bin gekommen, um dich zu fragen", begann er, „ob du mir ein bisschen Geld geben könntest, damit ich den Arzt holen und meine Mutter retten kann." Wieder stiegen ihm Tränen in die Augen.

„Natürlich werde ich das." Fronika bat die Köchin, ein paar Nahrungsmittel einzupacken, damit Hans sie mit nach Hause nehmen konnte. Dann rannte sie nach oben, um ein bisschen Geld zu holen. Währenddessen fiel ihr auf, dass der Wandbehang, der am Treppenabsatz gehangen hatte, nicht mehr da war. Wann war er abgenommen worden?

Da Ursel gerade durch den Flur ging, hielt Fronika sie auf. „Ursel, was ist mit dem Wandbehang passiert?"

Ursel bekam große Augen und ein Ausdruck von Furcht huschte über ihr Gesicht. Sie zuckte mit den Achseln. „Ich weiß nicht."

„Und was ist mit der Orientvase, die immer unten im Erdgeschoss stand?"

Ursel schüttelte den Kopf. „Vielleicht weiß Herr Menkels etwas darüber." Sie machte einen kurzen Knicks und hastete davon.

Während Fronika in ihr Zimmer eilte, machte sich ein Gefühl von Angst in ihr breit. Sie holte die kleine Geldbörse mit den Münzen, die sie in einem geheimen Fach in ihrer Truhe aufbewahrte. Zum Glück war sie immer noch da. Nachdem sie das Geld für den Arzt und eine kleine Zugabe herausgenommen hatte, legte sie die Börse in ihr Versteck zurück. Dann rannte sie wieder nach unten. Als Nächstes rief sie nach Siegfried, einem der Dienstboten, und bat ihn, Hans zum Arzt zu begleiten.

Fronika nahm Hans noch einmal ganz fest in den Arm und versprach ihm, bei nächster Gelegenheit nach ihm zu sehen und sobald wie nur möglich wieder Hirschfleisch vorbeizubringen. Dann schickte sie ihn los.

Während Fronika ihm nachsah, flüsterte sie: „O Gott, was geschieht hier?“ Stahl jemand wertvolle Gegenstände aus ihrem Haus? Und das Hirschfleisch, das sie schoss? Sie musste herausfinden, was los war.

Als Matthis neben dem Brunnen auf dem Marktplatz stand, kam ihm sein Freund Dieter entgegen. Er hatte ein breites Lächeln auf dem Gesicht.

„Matthis! Schön, dich zu sehen“, sagte Dieter und versetzte ihm einen freundschaftlichen Schlag auf die Schulter.

Sie unterhielten sich und sprachen über den Gesundheitszustand ihrer jeweiligen Familien. „Ich habe eine Bitte an dich, Dieter. Als wir noch Jungen waren, warst du mir immer ein Verbündeter. Und scharfsinnig warst du auch. Jetzt brauche ich jemanden mit einem scharfen Blick.“

Während allerhand Leute um sie herumschlenderten und auf dem Marktplatz ihre Geschäfte tätigten, setzten sich Dieter und Matthis an den Rand des Brunnens.

„Irgendjemand verkauft im hinteren Teil des Roten Hauses gewildertes Hirschfleisch. Außerdem gibt es einen Wilderer, der so viele Hirsche erlegt hat, dass sie allmählich rar werden. Ich muss diesen Wilderer finden und dingfest machen.“

„Was kann ich tun, Matthis?“

„Ich will, dass du mir dabei hilfst, denjenigen zu fassen, der das gewilderte Fleisch verkauft. Wenn du herausfinden kannst, wer hinter dem Schwarzmarkt steckt, wird uns das bestimmt zum Wilderer führen.“

Matthis sprach mit ihm über die Tage, an dem Schwarzmarkt betrieben wurde. „Abgesehen davon will ich, dass du Rutger Menkels überwachst und herausfindest, was er den ganzen Tag macht. Folge ihm, sobald er frühmorgens das Haus verlässt, und sag mir, wohin er geht und mit wem er sich trifft."

Dieter übernahm diese Aufgabe gern und sie kamen überein, sich am nächsten Tag zur selben Zeit und am selben Ort wieder zu treffen.

Als er Dieter bat, Fronikas Onkel zu überwachen, verspürte Matthis leichte Schuldgefühle. Andererseits hatte Rutger vielleicht dafür gesorgt, dass jemand Fronikas Maske gestohlen und Matthis sich mit einer Schwindlerin lächerlich gemacht hatte. Und wenn das so war, mussten Fronika und er es wissen. War er hingegen nicht dafür verantwortlich, dann hoffte Matthis, dass Fronika niemals etwas von Dieters Auftrag erfahren würde.

Kapitel 23

Fronika rannte. Hinter sich hörte sie das laute Donnern von Hufen, das erstaunlich schnell näher kam. Als sie sich umsah, erblickte sie einen majestätischen Hirsch, der sich mit ungestümer Kraft den Weg durch das Gestrüpp bahnte. Unverkennbar handelte es sich dabei um das Tier, das sie vor Wochen verletzt hatte. Ihr Pfeil steckte immer noch in seiner Lende.

Hastig lief sie weiter. Der Hirsch gab ein lautes Schnauben von sich. Er war jetzt schon so nah, dass sie seinen heißen Atem in ihrem Nacken spürte. Fronika versuchte, ihre Beine dazu zu bringen, sich schneller zu bewegen, aber sie wurden von irgendetwas heruntergezogen. Dick und klebrig umgab es ihre Knöchel.

Dann steckte sie mit einem Mal ganz fest. Während ihr Oberkörper sich noch darauf verließ, dass ihre Beine sich vorwärtsbewegten, kamen ihre Füße keinen Zentimeter mehr voran. Sie fiel auf ihre

Hände und ihr Kinn. Dann prallten ihre Zähne aufeinander. Fronika hielt sich schützend die Hände über den Kopf, aber der Hirsch rammte sein Geweih in ihren Rücken.

Keuchend wachte Fronika auf und setzte sich schweißgebadet im Bett auf. Es war nur ein Traum … nur ein Traum.

Er war ihr so real vorgekommen. Ihr Kiefer schmerzte, als wären ihre Zähne tatsächlich aufeinandergeprallt. Aber es war nicht real. Der Hirsch, den sie verletzt hatte – und den Matthis von seinem Leiden hatte erlösen müssen –, war nicht mehr am Leben. Er war nicht dabei, sie von hinten zu durchbohren. Es war nur ein Traum.

„O Gott, mein Vater", flüsterte Fronika. „Ich will das nicht mehr." Es wurde immer schwieriger, Hirsche aufzuspüren, und sie war es schlicht und ergreifend leid. „Gott, was soll ich tun? Hilf mir."

Fronika sah die verkniffenen Gesichter von Hans und den anderen Kindern. Hungrig und ernst, wie sie waren, konnte Fronika sie doch nicht enttäuschen, oder?

Immer noch zitternd zwang sie sich dazu, das Bett zu verlassen und ihre Jagdkleidung anzuziehen. Eigentlich hatte sie sich vorgenommen, wach zu bleiben und mit Rutger zu sprechen. Fronika hatte ihn mit dem Verkauf ihres erlegten Wildes auf dem Schwarzmarkt konfrontieren wollen, ebenso hätte sie gern gewusst, was mit all den verschwundenen Gegenständen in ihrem Haus geschehen war. Unglücklicherweise war er gestern Abend nicht zur üblichen Zeit nach Hause gekommen und Fronika musste eingeschlafen sein. Jetzt war es dunkel und Fronika musste nachsehen, ob sie einen Hirsch finden konnte. Für Hans.

Eine halbe Stunde später pirschte Fronika durch das Unterholz. Sie hatte ihren Bogen gespannt und einen Pfeil eingelegt. Eben erst hatte sie durch die Blätter eines Baumes hindurch die schemenhaften Umrisse eines Hirsches gesehen. Sie brauchte unbedingt eine gute Schusslinie, schließlich konnte sie es sich nicht leisten, noch mehr Pfeile zu verlieren. Auch wollte sie keine weiteren Hirsche bloß verwunden.

Fronika schlich näher an das Tier heran. Da sie sich mit größter Vorsicht bewegte, verursachten ihre Füße nicht das geringste Geräusch. Auch der Hirsch bewegte sich vorwärts. Zuerst hielt er seinen schmalen Kopf gesenkt, dann hob er ihn an. Während Fronika sorgfältig auf ihn zielte, rührte er sich nicht. Fronika schoss den Pfeil ab und er traf sein Ziel. Der Hirsch fiel zu Boden.

Als die Jungen ausschwärmten, um ihn auf den Abtransport aus dem Wald vorzubereiten, hörte Fronika, wie einer von ihnen murmelte: „Wahnsinnsschuss." Dabei schüttelte er den Kopf.

Kaum ein Mensch würde je von ihrem besonderen Talent erfahren. Dennoch erfüllten die Worte des Jungen sie mit Stolz, weil sie wusste, dass sie mit diesem Schuss Nahrung für viele Familien hatte erbeuten können. Unglücklicherweise schien mit dem von ihr erlegten Fleisch nicht so umgegangen worden zu sein, wie sie erwartet hatte. Sie würde sicherstellen, dass ein Teil dieses Fleisches bei Hans ankam. Daher bestimmte sie, dass die Jungen ein großes Stück davon einwickelten und ihr dabei halfen, es sich über die Schulter zu legen. Dann marschierte sie zur kleinen Hütte, die Hans mit seiner Mutter bewohnte.

„Was hast du herausgefunden?", fragte Matthis, als er sich am darauffolgenden Tag mit Dieter am Brunnen traf.

„Rutger ist ein interessanter Mensch", begann sein Freund und verzog dabei den Mund. „Früh am Morgen ist er zur Ecke Römerstraße und Schlachtergildestraße gegangen und hat dort ein paar Minuten gestanden, so als warte er auf jemanden. Dann kam Georg Papendorf und sie haben sich ein paar Minuten unterhalten. Danach haben sie sich wieder getrennt."

„Georg Papendorf?" Jetzt, wo Matthis darüber nachdachte, erinnerte er sich daran, dass Georg ebenfalls auf dem Ball gewesen war und mit Rutger im Halbdunkel gelauert hatte. Warum war ihm das nicht früher aufgefallen? Vielleicht hatten sie gemeinsam Ränke geschmiedet, um ihn dazu zu bringen, vor Fronikas

Augen eine andere Frau zu küssen. Natürlich zog es Rutger vor, dass seine Nichte den wohlhabenden und einflussreichen Georg heiratete und nicht Matthis, der nur ein Förster war. Eigentlich hatte Matthis Fronikas Onkel nie für einen Mann gehalten, der etwas derart Hinterhältiges tat. Viel eher konnte er sich vorstellen, dass Georg auf Rutger eingewirkt hatte, um ihm dabei zu helfen, Matthis in Fronikas Augen schlecht dastehen zu lassen.

„Ist er noch irgendwo anders hingegangen?"

„Das ist er tatsächlich: ins Rote Haus."

Matthis blinzelte heftig. „Ins Rote Haus?"

„Er lief in die Seitenstraße und hat das Haus durch die Hintertür betreten. Es war mir zu gefährlich, ihm nach drinnen zu folgen. Wenn ich es getan hätte, hätte er mich gesehen. Daher habe ich draußen gewartet."

„Hat er irgendetwas mit nach draußen genommen? Zum Beispiel ein Bündel?"

„Nein. Er ist ein paar Minuten geblieben und dann wieder herausgekommen."

„Aber heute war kein Schwarzmarkttag", dachte Matthis laut nach. „Wohin ist er anschließend gegangen?"

„In die Lagerhalle in der Nähe des Nordtores. Da ihm dort alle sehr viel Ehrerbietung entgegengebracht haben, vermute ich, dass ihm die Lagerhalle gehört."

„Ja, ich glaube, das stimmt."

„Aber er hat sich auch mit drei jungen Männern getroffen. Eigentlich waren es eher Jungen, so um die dreizehn oder vierzehn. Er hat jedem von ihnen ein bisschen Geld gegeben."

„Hast du irgendetwas von dem gehört, was sie miteinander besprochen haben?"

„Ich habe versucht, nah genug an ihn heranzukommen, aber er hat zu leise gesprochen."

„Wie sahen die Jungen aus?"

„Gewöhnlich. Ihre Kleidung war ärmlich und sie waren eher dünn. Nachdem er ihnen Geld gegeben hatte, sind sie gegangen und Rutger hat die Lagerhalle betreten. Als ich mich auf den Weg hierher gemacht habe, war er noch dort."

Konnte es sich bei den Jungen um diejenigen handeln, die den Wilderer begleitet hatten? Konnte Rutger hinter der Wilderei stecken? Es erschien Matthis seltsam. Andererseits lag es aber auch wieder im Bereich des Möglichen, besonders, wenn Rutger in den Schwarzmarkt im Roten Haus verstrickt war. Natürlich konnte Fronikas Onkel auch aus anderen Gründen ins Rote Haus gegangen sein ...

Matthis setzte sich an den Rand des Brunnens und rieb sich die Stirn. Er hätte es nie für möglich gehalten, dass Rutger zu solchen Schandtaten wie Wilderei oder dem Betrieb eines Schwarzmarktes fähig sein könnte. Und nun steckte er mitten im Kreis der Verdächtigen – mehr noch: In Matthis erhärtete sich der Verdacht, dass Rutger selbst das Fleisch an den Schwarzmarkt verkaufte. Und wie nah lag da die Vermutung, dass Rutger am Ende sogar der Eigentümer des Roten Hauses war?

Arme Fronika! Wenn ihr Onkel tatsächlich in derart verwerfliche Taten verstrickt war, wäre sie am Boden zerstört. Matthis musste sich ganz sicher sein, bevor er ihr etwas darüber erzählte.

„Willst du, dass ich ihm morgen erneut folge?" Dieter schien voll und ganz in seiner Spionagetätigkeit aufzugehen. Vielleicht rührte sein Eifer aber auch nur daher, dass Matthis ihm zwei Münzen in die Hand drückte.

„Nein. Morgen will ich, dass du unseren alten Freund Georg Papendorf auskundschaftest. Finde alles heraus, was du kannst. Übermorgen treffen wir uns wieder hier am Brunnen."

Ursel half Fronika, sich angemessen anzuziehen, dann machte sich Fronika auf den Weg in die Lagerhalle, wo Rutger seine Geschäfte führte. Als Fronika sie erreichte, fragte sie den erstbesten Mann, wo ihr Onkel war. Der Richtung nach zu urteilen, in die der wortkarge Arbeiter zeigte, musste Rutger sich auf der anderen Seite des Gebäudes befinden.

Und tatsächlich – im Halbdunkeln stand ihr Onkel Rutger und unterhielt sich mit einer anderen Person. Fronika lief zu ihm hinüber. „Ich muss mit dir reden."

Rutger schien über ihr plötzliches Auftauchen nicht gerade erfreut zu sein, nickte aber dennoch in eine andere Ecke der Lagerhalle hinüber. „Nun gut. Es gibt ein Büro, in dem wir uns in Ruhe unterhalten können."

Sie gingen durch das große Gebäude, das nur teilweise mit Bündeln, Truhen und Stapeln grober Holzkisten gefüllt war. Dann führte Rutger seine Nichte in einen engen, kleinen Raum und schloss die Tür. Im Kontor gab es ein paar Hocker und einen Tisch mit einem Tintenfass, Schreibutensilien und ein bisschen Papier. Die kleinen Regale, die eine der Wände einnahmen, waren mit Papieren vollgestopft. Weder Fronika noch Rutger setzten sich.

Nun konnte Fronika ihre Wut und ihre Frustration nicht länger zurückhalten. Ihre Brust hob und senkte sich in einem schnellen Rhythmus. „Was geht hier vor?"

„Was meinst du?" Rutgers Augen waren düster und sein Blick abwesend.

„Was machst du mit dem Fleisch, das ich dir gebe? Es war für die Kinder bestimmt. Was hast du getan, Rutger?" Tränen standen in ihren Augen und Fronika ballte ihre Hände zu Fäusten.

„Ich verstehe nicht."

„Tu doch nicht so! Die Kinder haben das Fleisch nicht bekommen. Du hast mir gesagt, dass du es ihnen bringen würdest."

„Bitte mäßige deine Lautstärke, Fronika. Ich möchte nicht, dass jemand …"

„Was – machst du – mit – dem – Hirschfleisch?" Fronika sprach langsam und eindringlich und machte nach jedem Wort eine kleine Pause. Weil Rutger stumm blieb, fragte sie weiter: „Du verkaufst es, nicht wahr?" Während ihr immer mehr Tränen in die Augen stiegen, wurde Fronikas Stimme gefährlich schrill. „Wie konntest du nur tun?"

„Fronika, es tut mir leid." Jetzt standen auch in Rutgers Augen Tränen. Fronika hatte ihn noch nie weinen sehen. Er räusperte sich, vermied ihren Blick und starrte die Wand an. Dann räusperte er sich ein weiteres Mal und blickte zu Boden. „Ich … ich habe Schulden."

Fronika drehte sich der Magen um und sie atmete keuchend aus.

„Ich wollte das nicht tun. Meine letzten beiden Schiffe sind mit all den Waren, für deren Transport ich bezahlt hatte, gesunken. Und dann haben Banditen auch noch die Waren gestohlen, die mit der letzten Karawane aus dem Orient kommen sollten. Ich war verzweifelt, daher habe ich einen Teil des Fleisches verkauft. Eigentlich wollte ich es nur einmal tun, aber dann wurde alles noch schlimmer. Die Nachfrage nach dem Fleisch war so groß und meine Schulden waren so drückend … Da habe ich es auch weiterhin verkauft."

Fronikas Brust und Gesicht fühlten sich heiß an. „Das ist widerwärtig." Doch der Schmerz in Rutgers Gesichtsausdruck erweichte sie. „Warum hast du mir nicht erzählt, dass du Schwierigkeiten hast? Ich hätte nie zugelassen, dass du nur wegen des Kostümballs des Markgrafen so viel Geld für dieses aufwendige Kleid und die Maske ausgibst."

„Das habe ich auch nicht. Georg Papendorf hat es bezahlt."

„Wie bitte?" Fronika starrte ihn an. Das ruhmreiche Bild, das Fronika von ihrem Onkel in ihrem Inneren gemalt hatte, verschwamm zunehmend. Wo war der Mann, der sie selbstlos aus den Händen der Armut gerissen, sich um sie gekümmert und immer beschützt und gefördert hatte? War alles, was sie über ihren Onkel gedacht hatte, eine Lüge?

„Wie konntest du das tun? Wie konntest du ihnen das Fleisch wegnehmen? Was ist mit den Kindern? Seit wann verkaufst du das Fleisch, das für sie vorgesehen war?"

Rutger drehte sich weg, sodass sie sein Gesicht nicht mehr sehen konnte. Er hob den Arm und wischte sich über die Augen. „Fünf oder sechs Monate. Ich habe mir immer wieder gesagt, dass es nur für kurze Zeit ist, aber … Was ich auch sage, du wirst mich hassen."

Fronika schloss die Augen und schlug die Hände vor ihr Gesicht. All diese Arbeit, all diese Nächte, in denen sie auf die Jagd gegangen war … Und es war gar nicht für die Kinder gewesen. Sie fühlte sich verraten, verletzt, als hätte ihr jemand ein Messer in den Rücken gerammt.

„Das … das hätte ich dir niemals zugetraut. Du musst sehr verzweifelt gewesen sein …“ Fronika wählte ihre Worte mit Bedacht und versuchte, keine Bitterkeit aufkommen zu lassen, scheiterte mit diesem Vorsatz jedoch. „… um so etwas zu tun.“ Was konnte sie sagen? Dass sie enttäuscht von ihm war? Das war vollkommen untertrieben.

„Ich weiß. Es tut mir leid, Fronika. Ich habe selbst nie gedacht … dass ich so etwas … Es tut mir leid.“

„Wie hoch sind deine Schulden?“ Fronikas Stimme war heiser, denn sie unterdrückte Tränen, Wut und Verzweiflung über das, was er den Kindern – und ihr – weggenommen hatte. „Gibt es noch Schiffsladungen oder Karawanen, die sich auf dem Weg hierher befinden und die du verkaufen könntest, um deine Schulden zu bezahlen?“

Rutger schüttelte den Kopf. „Es ist, als ob sich der Himmel gegen mich verschworen hätte. Ich hatte noch nie so viel Pech auf einmal. Die beiden Schiffe, die verloren gegangen sind, waren neu und sehr seetüchtig. Die Karawane, die angegriffen wurde, war sehr gut bewacht und bewaffnet. Ich verstehe nicht, wie es dazu kommen konnte.“ Rutger sah sie immer noch nicht an. „Es gibt nur noch eins, was unser Haus retten kann.“

Fronika hatte ein flaues Gefühl im Magen. Es musste etwas wirklich Schreckliches sein. „Was ist es?“, fragte sie schließlich.

„Wenn du Georg heiratest, wird er, so hat er gesagt, alle meine Schulden bezahlen und neue Schiffe kaufen.“

Sie hätte es wissen sollen. Hitze stieg ihr in den Kopf, so als handele es sich um Dampf in einem geschlossenen Kessel. Fronika drehte sich um und verließ Rutgers Büro.

Mit gesenktem Kopf und verschwommener Sicht lief sie die Straße hinunter. Dabei stieß sie mit mehreren Leuten zusammen, aber das spielte jetzt keine Rolle. Der Weg nach Hause war ihr noch nie so lang vorgekommen. Seit dem Tag, an dem Rutger sie geholt hatte, vor so vielen Jahren, hatte sie sich nicht mehr so einsam gefühlt.

Zu Hause angekommen, ging sie die Treppe hinauf, erreichte ihr Bett und legte sich quer darüber. Selbst zum Weinen war sie zu erschöpft.

Nachdem Matthis sich von Dieter verabschiedet hatte, ging er zu Peters und Annas Haus. Fronika hatte gesagt, dass Kathryn bei den Dienstboten lebte und arbeitete. Da es erst kurz nach Mittag war, hoffte er, sie in der Küche zu erwischen.

Die Küche der Familie Voreken befand sich hinter dem Haupthaus in einem separaten Gebäude aus Stein. Als Matthis an die Hintertür klopfte, öffnete sich diese und Kathryn starrte ihn überrascht an.

„Kann ich mit dir reden, Kathryn?"

Das Mädchen öffnete die Tür noch ein bisschen weiter. Anscheinend war es allein in dem großen Raum. Daraufhin betrat Matthis die Küche.

Die Hitze, die in dem Raum herrschte, trieb ihm beinahe augenblicklich den Schweiß auf die Stirn. Abgesehen davon, dass es ein warmer Sommertag war, glühten auch noch Kohlen im Küchenherd. Ein großes Stück Fleisch garte langsam am Spieß. Daneben blubberte es in einem Topf, der an einem Haken über der heißen roten Glut hing.

Kathryn zeigte auf einen Hocker. Sie selbst setzte sich auf einen anderen und wischte sich die Hände an ihrer Schürze ab.

„Ich möchte kurz mit dir sprechen, Kathryn …" Wie konnte er sie nach ihrer Zeit im Roten Haus fragen, ohne sie zu sehr aufzuregen oder gar dorthin zurückzutreiben? „Ich weiß, dass sich Peter und Anna – genauso wie alle anderen – darüber freuen, dass du hier bei ihnen bist. Aber ich muss etwas wissen." Matthis zögerte einen Moment. „Erinnerst du dich daran, Rutger im

Roten Haus gesehen zu haben? Oder hat Agnes jemals seinen Namen erwähnt?"

Kathryn wandte den Kopf und starrte auf das Feuer im großen Herd. Dann schüttelte sie den Kopf. „Rutger ist gut zu mir gewesen. Er hat dafür gesorgt, dass meine kleinen Brüder ein gutes Zuhause finden, und er hat versucht, mir zu helfen. Ich möchte ihm keine Schwierigkeiten machen."

„Natürlich nicht. Das verstehe ich. Aber ich muss es um Fronikas willen wissen. Bitte sag mir die Wahrheit. Es ist sehr wichtig."

Während Kathryns Kiefer mahlte, wartete Matthis darauf, dass sie fortfuhr. „Rutger ist tatsächlich ins Rote Haus gekommen", sagte sie schließlich. „Aber er hat das Gebäude nicht wie die anderen Männer durch die Vordertür betreten. Ab und zu ist eins der Mädchen gekommen, hat Agnes geholt und gesagt: ‚Rutger ist im Hinterzimmer.' Und dann ist sie immer sofort zu ihm gegangen."

„Weißt du, warum er dort war?"

Kathryn schüttelte den Kopf.

„Danke, Kathryn."

Das Mädchen starrte ihn einfach nur an.

Nachdem Matthis gegangen war, machte er sich auf kürzestem Weg zu Fronikas Haus und klopfte dort an die Tür. Ein Dienstbote ließ ihn herein. Während Matthis darauf wartete, dass der Dienstbote Fronika über sein Erscheinen in Kenntnis setzte, versuchte er sich innerlich auf ihren Ärger und ihre Wut vorzubereiten. Schließlich hatte sie kurz vor ihrer letzten Begegnung mit angesehen, wie er eine andere Frau geküsst hatte. Würde sie aufgebracht sein? Würde sie ihn vor die Tür setzen?

Der Dienstbote kehrte zurück. „Es tut mir leid, Herr Weidmann, aber Fräulein Fronika sagt, dass sie Euch jetzt nicht empfangen kann. Sie ist sehr müde und versucht zu schlafen."

„Hat sie das gesagt?" Die angestaute Luft entwich, so als hätte ihm jemand die Faust in den Bauch gerammt. „Ist sie krank?"

„Nein."

Warum lag sie noch im Bett, wenn sie nicht krank war? Sicher ging sie ihm aus dem Weg. Aber wer konnte ihr das übel nehmen? Vielleicht war es das Beste, wenn er noch nicht erwähnte, was er über ihren geliebten Onkel in Erfahrung gebracht hatte. Anscheinend war er alles andere als der Mann, den alle in ihm sahen. Und das würde Fronika noch mehr verletzen.

Als Rutger an diesem Abend nach Hause kam, wartete Fronika schon auf ihn. „Hast du etwas mit der Frau zu tun, die meine Maske gestohlen und Matthis dazu verleitet hat, sie zu küssen?"

Rutger setzte sich an den Tisch. Die Dienstboten hatten bereits begonnen, das Abendessen zu servieren. Fronikas Onkel sah immer noch reumütig aus, wenn auch nicht mehr ganz so sehr wie heute Morgen, als sie ihn in der Lagerhalle mit ihren Fragen konfrontiert hatte.

„Das war nicht meine Idee", sagte er.

„Dann war es die von Georg."

Rutger zögerte. „Er hat es nur getan, weil er dich liebt und unbedingt wollte, dass du dich von Matthis löst."

Fronika stellte sich vor, wie sie die Faust auf den Tisch schlug und ihren Onkel der Lüge bezichtigte. Aber sie beherrschte sich. Schließlich war er ihr Onkel. Selbst in einer Situation wie dieser verlangte er nicht von ihr, dass sie Georg heiratete. Dabei würde es all seine Probleme lösen. Auch wäre es sein gutes Recht als Vormund, dies von ihr zu verlangen.

Die Dienstboten brachten das Brot und das Hauptgericht, einen Fischeintopf. Dann verließen sie den Raum wieder. Obwohl Fronika das Essen normalerweise sehr gern mochte, ignorierte sie es heute. „Warum hast du mich nicht gebeten, Georg zu heiraten? Warum hast du ihm erlaubt, eine ausgeklügelte Intrige zu spinnen, damit ich meine Zuneigung zu Matthis verliere? Jetzt, wo ich sowieso alles weiß, kannst du genauso gut ehrlich sein."

Rutger sah ihr einen Moment lang in die Augen, dann senkte er seinen Blick auf das Essen. „Wie ich schon sagte, es war

Georgs Idee. Ich hatte gehofft, du würdest erkennen, dass er all unsere Probleme lösen und dir gleichzeitig geben kann, was du willst: Essen für die Kinder."

„Ich habe gedacht, dass *ich* die Kinder mit Essen versorge." Wieder schwang Bitterkeit in ihrer Stimme mit. „Abgesehen davon, kann mir Georg nicht geben, was ich will." *Weil ich ihn nicht liebe.*

„Glaubst du, dass der Förster dir schöne Kleider und Lehrer und Bücher geben kann? Georg kann das. Ich weiß wohl, dass Matthis Weidmann ein gut gebauter und attraktiver Mann ist, aber lass doch nicht zu, dass die Begierde dein Denken bestimmt."

„Begierde? Du wirfst mir Begierde vor?" Fronika hoffte, dass er die Abscheu in ihrem Gesicht sehen konnte. „Du kannst mir viele Dinge mit Recht vorwerfen. Ich bin manchmal leichtsinnig und gedankenlos. Außerdem bin ich, wie du ja weißt, eine Gesetzesbrecherin. Aber jetzt wagst du es, mich lüstern zu nennen?"

„Vielleicht habe ich übertrieben. Aber du glaubst, dass du dich in ihn verliebt hast, oder nicht? Bei einem Mann wäre das Begierde. Bei einer unerfahrenen jungen Frau wie dir, Fronika, ist es nur eine Schwärmerei. Aber bitte, sieh schon um deinetwillen zu, dass du wegen einer Schwärmerei und vermeintlichen Liebe nicht deinen gesunden Menschenverstand über Bord wirfst. Schließlich ist er nur ein Förster und er hat tatsächlich ein anderes Mädchen geküsst. Ob er nun der Meinung war, es handele sich um dich, oder ob er einfach getan hat, was Männer nun einmal tun, weiß ich nicht. Und du weißt es auch nicht."

Fronika spürte, wie sich ihr Atem beschleunigte und die Röte in ihre Wangen stieg. „Nach allem, was du getan hast, wagst du es, Matthis in einem schlechten Licht dastehen zu lassen?"

„Ich versuche nur, dir dabei zu helfen, das Ganze objektiv zu sehen. Denk darüber nach, was das Beste für dich *und* die Kinder ist, Fronika. Stell dir vor, du verschleuderst dich an einen Mann von geringem Format und findest dann heraus, dass er nicht das ist, was du in ihm gesehen hast."

Fronika presste ihre Lippen aufeinander.

Rutger streckte ihr die geöffneten Hände entgegen. „Ich weiß, dass du verärgert bist. Ich habe das Fleisch genommen und verkauft. Dadurch habe ich in deinen Augen wahrscheinlich alle Glaubwürdigkeit verloren. Und du hast recht. Es war und ist widerwärtig. Aber als dein Onkel lagst du mir immer am Herzen und ich habe von jeher versucht, mich gut um dich zu kümmern. Wenn du dich nicht dazu bringen kannst, Georg zu heiraten, obwohl er doch so sehr in dich verliebt ist und dir alles geben kann, was du dir je wünschen könntest, werde ich versuchen, es zu verstehen. Und wenn du den Preis, den du dafür bezahlen musst, Matthis zu heiraten, wirklich abgewogen hast und es dennoch tun möchtest, dann werde ich dich nicht davon abhalten."

Der Preis, Matthis zu heiraten. Er meinte, dass die Kinder hungern würden – so wie sie es, dank ihm, in den letzten sechs Monaten getan hatten. Und dass Rutger alles verlieren und mittellos werden würde. Und dass Fronika plötzlich einen Lebensstil pflegen würde, der weit unter dem der letzten zwölf Jahre lag.

Fronika erhob sich. „Ich habe keinen Hunger. Ich gehe auf mein Zimmer."

Rutger sah niedergeschlagen aus. „Natürlich, mein Schatz. Gehst du heute Nacht auf die Jagd?"

„Ja. Und ich werde das Fleisch, das ich erbeute, selbst ausliefern."

Heute Nacht war Vollmond, was sie für Matthis, falls er nach dem Wilderer suchte, viel leichter erkennbar machen würde.

Als Fronika auf dem Weg nach oben war, wanderten ihre Gedanken zu dem Traum zurück, den sie in der vergangenen Nacht gehabt hatte. Sie dachte wieder an den wütenden Hirsch, der sie hatte zerreißen wollen, zweifellos wegen all dem Leid, das sie ihm und den anderen Hirschen des Waldes zugefügt hatte.

Sie musste bedenken, für wen sie jagte. Daher durfte sie nicht zimperlich sein und sich nicht erlauben, schwach zu werden. Nein, sie würde die Kinder nicht im Stich lassen.

Der Mensch, auf den sie seit zwölf Jahren ihr Vertrauen setzte, hatte sie verraten. Dennoch konnte sie ihn nicht hassen, nicht nach alledem, was er für sie getan hatte. Und jetzt brauchte er sie, damit sie Georg heiratete.

Es war vernünftig, Georg zu heiraten. Es würde all ihre Probleme lösen. Abgesehen von dem Problem, dass sie sich nach Matthis sehnte.

Aber es schmerzte zu sehr, darüber nachzudenken.

Fronika pirschte durch die Bäume. Dabei hatte sie ihren Bogen gespannt und hielt einen Pfeil bereit. Bei jedem lautlosen Schritt, den sie machte, erinnerte sie sich daran, dass die Kinder das Fleisch, das sie für sie erjagt hatte, niemals bekommen hatten. Sie hatten Hunger gelitten. Aber heute Nacht würde Fronika einen Hirsch für sie finden und erlegen. Und sie würde ihn höchstpersönlich an die Kinder weitergeben. Zumindest morgen würden ein paar von ihnen ausreichend zu essen bekommen.

Heute Nacht hatte Fronika nicht die Geduld, auf einer Lichtung zu sitzen und dort zu warten. Da Vollmond war, würde sie eine Spur finden müssen und sich an ihre Beute heranschleichen. Jedenfalls würde sie nicht eher ruhen, bis sie einen Hirsch erlegt hatte.

Plötzlich hatte sie das Gefühl, ein Geräusch zu hören, ein leises Rascheln. Als Fronika die Blätter rechts von sich betrachtete, schien alles friedlich und still zu sein. Da! Etwas bewegte sich ein ganz kleines bisschen. Fronika blickte noch einmal genauer hin. War es Einbildung? Nein, da war es schon wieder. Leise drehte sie ihren Körper in die entsprechende Richtung und hob Pfeil und Bogen. Dann sah sie eine weitere Bewegung, ein Auge glitzerte durch die Blätter hindurch und ihr Blick fiel auf die unvollständigen Umrisse eines Hirschkopfes. Fronika zielte und schoss den Pfeil ab.

Der Hirsch machte einen Satz, doch hatte der Pfeil bereits sein Ziel getroffen. Das Tier tat noch zwei weitere Sprünge, dann brach es seitwärts aus und fiel zu Boden.

Die Jungen rannten vorwärts, um ihm den Todesstoß zu versetzen und es zu zerlegen. Fronika vertraute ihnen jedoch nicht mehr. Sie kniete sich neben die Jungen und half ihnen, das Wildbret für den Transport fertig zu machen. Nachdem sie sich die Stücke über die Schultern gelegt hatten, führte Fronika die kleine Gruppe aus dem Wald heraus in die Gegend außerhalb des Stadttores, wo die Armen ihre Behelfsunterkünfte gebaut hatten. Fronika klopfte an die Türen von vier verschiedenen Hütten, weckte die Bewohner und gab ihnen eine Portion Fleisch. Dann kehrte sie mit ihren Männern in den Wald zurück, um mehr davon zu besorgen.

Bevor die Nacht zu Ende war, hatte Fronika drei Hirsche erlegt, dabei geholfen, sie auszunehmen, und sie dann ausgeliefert.

Als sie nach Hause kam, konnte sie kaum noch die Füße voreinandersetzen. Sie krabbelte förmlich die Stufen hinauf. In ihrem Zimmer zog sie sich die blutdurchtränkten Lederstrümpfe und das Gewand aus, dann sank sie auf ihr Bett und schlief ein.

Kapitel 24

Am nächsten Morgen marschierte Matthis durch den Dornbecker Wald und suchte nach Hufspuren oder anderen Hinweisen auf Hirsche in diesem Teil des Waldes. Wenn er seiner Arbeit nachging, dachte er sich oft Geschichten oder Gedichte aus. Aber heute konnte er nicht aufhören, die Ereignisse der letzten Tage vor seinem geistigen Auge Revue passieren zu lassen.

Er durfte nicht vergessen, dass Rutger Fronikas Onkel war und sie eine hohe Meinung von ihm hatte. Rutger war derjenige, der sich um sie gekümmert hatte – aber war er auch derjenige, der hinter der Wilderei und dem Schwarzmarkt steckte?

Matthis wollte ihr davon berichten und sie warnen, dass ihr Onkel vielleicht nicht der Mann war, den sie in ihm sah. Aber wenn – und falls – er es tatsächlich schaffte, dass sie ihm zuhörte, würde sie ihm dann auch Glauben schenken? Matthis durfte sich nicht wundern, wenn sie weiterhin zu ihrem Onkel hielt. Nach allem, was geschehen war, würde sie ihm wohl mehr vertrauen als Matthis.

Dennoch sehnte er sich danach, ihr Vertrauen zu ihm neu zu wecken. Dass sie schlecht von ihm dachte, rief Verzweiflung und Hilflosigkeit bei ihm hervor und schmerzte ihn sehr.

Besser war es, sich auf seine Arbeit zu konzentrieren. Daher beugte er sich herab und untersuchte den Hirschkot auf dem Boden, den er soeben gefunden hatte. Sollte er noch frisch sein, war dies ein gutes Zeichen. Enttäuscht wandte er sich ab und suchte weiter. Ganz in der Nähe gab es noch mehr davon, auch aus deutlich jüngerer Zeit. Als er sich wieder aufrichtete, fiel Matthis' Blick auf ein paar Zweige, an denen die Blätter abgeknabbert waren. Hirsche waren hier gewesen, und zwar mehr als einer und wahrscheinlich vor weniger als einer Stunde. Das war ein ermutigendes Zeichen. Worauf er jedoch noch mehr hoffte, war ein Hinweis auf den Wilderer. Er hatte nicht viel Zeit, um ihn zu fassen. Bereits in wenigen Tagen würde der Fährtenleser ankommen, den der Markgraf bestellt hatte.

Als sich Matthis gerade wieder bückte, ertönte ein zischendes Geräusch und etwas streifte seine linke Schulter. Dann bohrte sich ein Pfeil in den Baum hinter ihm.

Matthis warf sich auf den Bauch. Sein Herz klopfte wild. Jemand schoss auf ihn!

Vorsichtig ging er in die Hocke und suchte mit den Augen die Bäume ab. „Wer ist da? Wer wagt es, auf den Förster des Markgrafen zu schießen?" Der Ärger verlieh seiner Stimme einen harten Klang. Rasch griff er über die Schulter nach hinten und machte Pfeil und Bogen schussbereit. „Wer ist da?"

Seine Schulter brannte, aber er nahm sich nicht die Zeit, die Wunde zu untersuchen. „Gebt Euch zu erkennen oder ich schieße."

Aus der Richtung, aus der auch der Pfeil gekommen war, ertönte ein Geräusch, so als würde sich jemand einen Weg durch das Gebüsch bahnen. Matthis hob seinen Bogen, konnte aber niemanden erkennen. Bald darauf verklang das Geräusch.

Matthis folgte ihm. Indem er so schnell rannte, wie er nur konnte, versuchte er einen Blick auf den Schützen zu werfen. Dabei wich er Baumstümpfen aus und wurde von Kletterpflanzen, Zweigen und Dornen geschlagen und gekratzt. Nach ein paar Minuten gelangte er an den Rand des Waldes. Zwischen Wald und Stadtmauer gab es eine Lichtung. Aber als er diese erreichte, war niemand dort. Er stand ganz still da und versuchte, seine Atmung zu verlangsamen, damit er etwas hören konnte. Wohin war der Schütze verschwunden?

Matthis sah sich nach allen Seiten um. Seine Atmung und sein Herzschlag normalisierten sich, doch konnte er noch immer niemanden sehen oder hören. Selbst die Vögel waren still.

Jetzt wurde er sich des brennenden Gefühls in seiner Schulter bewusst. Als er den Kopf wandte, sah er das zerrissene Leder und das heraussickernde Blut. Es hinterließ einen dunklen Fleck auf seinem Umhang. Hatte der Wilderer versucht, ihm Angst einzuflößen? Oder versuchte er, ihn zu töten, und hatte sein Ziel verfehlt? Die Wunde schien nicht sehr tief zu sein, doch erfüllte sie ihn mit Wut.

Es war ihm egal, ob Rutger selbst der Wilderer war. Matthis würde tun, was nötig war, um diesem Gauner ein für alle Mal Einhalt zu gebieten. Heute Nacht war wieder Vollmond und Matthis würde die ganze Nacht nach ihm Ausschau halten. Und er würde nicht zögern, auf ihn zu schießen.

Während Fronika auf den Wandbehang starrte, der über ihrem Bett hing und der ihr von allen der liebste war, ließ sie ihre Gedanken schweifen. Die Frau auf dem Wandbehang war ganz offensichtlich wohlhabend, denn sie hatte einen Falken auf ihrem Handgelenk. Außerdem ritt sie im Damensattel auf einem wunderschönen weißen Pferd mit grauer Mähne. Ihr Kopf war zur Seite geneigt und sie hatte ein kleines, geheimnisvolles Lächeln auf den Lippen. Um sie herum ritten lauter Edelmänner und zwischen den Beinen der Pferde rannten Hunde umher.

Fronika hatte sich oft vorgestellt, wie es wäre, eine solche Dame zu sein. Sie musste eine hohe Position innehaben, sonst dürfte sie sicher nicht mit den Männern auf die Jagd gehen. Ihre Haltung und ihr Gesichtsausdruck strahlten Selbstbewusstsein aus. Diese Dame wachte nachts bestimmt nicht auf und befürchtete, dass sie eines Tages arm wäre und den Abfall anderer Leute durchwühlen müsste, um Nahrung zu finden. Diese Dame fühlte sich nicht von dem einen Menschen verraten, auf den sie sich wirklich verlassen hatte. Diese Dame machte sich keine Sorgen darüber, dass unschuldige Kinder wegen ihrer Unfähigkeit Hunger leiden müssten. Diese Dame wurde geliebt und beschützt und bewundert. Weil sie mit jemandem verheiratet war, der großen Reichtum besaß, war ihre Zukunft gesichert.

Ursels Hausschuhe schlurrten die Treppe herauf und sie warf einen Blick durch Fronikas geöffnete Zimmertür. „Fräulein, jemand wünscht Euch zu sehen. Georg Papendorf."

Fronika erhob sich und strich ihren Rock glatt. „Danke, Ursel. Ich bin gleich da." Sie spülte sich den Mund mit Wasser aus, kaute kurz auf einem Minzblatt herum und spuckte es dann wieder aus. Anschließend eilte sie die Treppe hinunter, wo Georg auf sie wartete.

Er fummelte an seinen weiten Ärmeln herum. Unter den wohlhabenderen Leuten der Stadt war dies im Moment die neueste Mode. „Fronika", sagte er lächelnd. „Du siehst wieder wunderschön aus."

„Danke, Georg. Und du siehst … modisch aus."

„Meine Liebe." Offensichtlich hatte ihn ihr Gruß erleichtert, denn sein Lächeln wurde breiter und selbstbewusster. Er nahm ihre Hand und küsste sie. „Danke, dass du mich empfängst."

„Ich möchte wissen", platzte Fronika jetzt heraus, „warum du eine Frau engagiert hast, die sich anzieht wie ich, meine Maske stiehlt und Matthis dazu bringt, sie zu küssen." Sie hatte gar nicht vorgehabt, ihren Ärger derart unverblümt hinauszuposaunen, aber sie war froh, dass es ausgesprochen war.

„Na ja, ich …", stammelte Georg und sah verlegen aus. „Ich habe nicht …"

„Erzähl mir nicht, dass du keine Ahnung hast, wovon ich spreche. Ich weiß es nämlich besser. Und Rutger hat dir wahrscheinlich geholfen."

„Fronika, bitte verzeih mir." Georg sank auf seine Knie und blickte zu ihr auf. „Ich war so verzweifelt. Ich wollte dich heiraten, aber ich hatte Angst, dass du Matthis liebst. Ich weiß, dass es falsch war, aber ich liebe dich so wahnsinnig, so unfassbar wahnsinnig."

„Du hattest nicht das Recht, Matthis auf eine solche Weise zu täuschen. Er ist ein guter Mann."

„Du hast recht. Wenn du eine Idee hast, wie ich es ihm gegenüber wiedergutmachen kann, werde ich es tun. Aber beende mein Leiden, indem du sagst, dass du mich heiraten wirst. Du wirst für den Rest deines Lebens mein größter Schatz sein, wenn du nur Ja sagst."

Als Fronika auf sein flehendes Gesicht herabsah, hatte sie das unerklärliche Bedürfnis, in Gelächter auszubrechen. Doch sie hielt sich zurück. Wäre es wirklich so schlimm, Georg zu heiraten? Immerhin wäre es mit der Freude verbunden, die Kinder versorgt zu wissen. Mehr noch, sie würde die Kinder auf rechtmäßige Weise ernähren, ganz ohne ihr Leben aufs Spiel zu setzen. Auch wäre es ein großer Trost zu wissen, dass sie ihren Onkel davor bewahrt hatte, alles zu verlieren.

„Wärst du bereit …?", begann sie ihre Frage, während ihre Haut von Kopf bis Fuß prickelte und ein traumartiger Nebel sie umgab.

„Wäre ich bereit, was zu tun?"

„Wenn ich dich heirate, hilfst du dann meinem Onkel, sein Vermögen wieder aufzubauen?"

„Ja, ja, natürlich."

„Wärst du auch bereit, den Armen zu helfen, besonders den armen Kindern von Dornbeck, und sicherzustellen, dass sie nicht verhungern?"

„Mein Liebling, wenn du es dir wünschst, werde ich es tun. Du hast mein Wort."

„Dann … ja, dann werde ich dich heiraten."

Georg sprang auf seine Füße, nahm ihre Hand in seine und küsste sie ungestüm. „Ich werde dafür sorgen, dass die bevorstehende Hochzeit am kommenden Sonntag in der Kirche bekannt gegeben wird. In drei Wochen können wir schon verheiratet sein."

Fronikas Gesicht prickelte immer noch, als würden tausend kleine Glassplitter ihre Haut berühren. Wie im Traum sah sie Georg dabei zu, wie er aus dem Raum hüpfte und laut „Hurra!" rief.

Fronika starrte ihm einfach nur nach. Sie war von einem Taubheitsgefühl überwältigt.

Matthis wollte seine Mutter nicht beunruhigen und hatte seine Schulter daher selbst verbunden. Jetzt bereitete er sich auf die Jagd vor. Nachdem er ein neues Gewand und einen neuen Lederumhang angezogen hatte, steckte er zusätzliche Pfeile in seinen Köcher. Er küsste seine Mutter auf die Wange und verließ genau in dem Moment das Haus, in dem die Dämmerung einsetzte.

Zuvor hatte sich Matthis am Brunnen mit Dieter getroffen. Dieses Mal war Dieter Georg gefolgt und hatte ihn an seinem Arbeitsplatz aufgesucht. Durch Schmeicheleien hatte er ihn dazu gebracht, ihm seine eigene Lagerhalle zu zeigen. Sie befand sich nicht weit von Rutgers entfernt.

„Er hat mir verschiedene Waren – Gewürze, Stoffe, Teppiche – gezeigt, aber es gab einen Bereich, der mit Planen abgedeckt war. Als ich ihn danach gefragt habe, hat er gesagt, dass er die Waren dort für später aufbewahrt. Wofür und für wen, wollte er mir nicht erzählen. Aber ich glaube, dass ich ihn dazu bringen könnte, wenn ich hartnäckig bliebe. Schließlich liebt er es, mit Dingen anzugeben. Und er ist sehr stolz auf das, was er unter diesen Planen hat."

Unwirsch schlug Matthis mit seinem Wanderstab gegen einen Busch, der ihm im Weg war.

Obwohl er ziemlich sicher war, dass Rutger hinter dem Wildern und dem Schwarzmarkt steckte, konnte er es noch nicht beweisen. Wenn die Wahrheit ans Licht kam – und die Wahrheit hatte die Angewohnheit, dies von selbst zu tun –, wäre Fronika tief verletzt. Was würde sie tun, wenn Rutger dieser Verbrechen überführt würde? Er würde zweifellos schwer bestraft werden und sein Vermögen verlieren. Dann hätte Fronika vielleicht nichts und niemanden mehr, wohin sie gehen könnte. Und dann würde Georg wieder auf der Bildfläche erscheinen. Georg würde ihr jede materielle Annehmlichkeit bieten. Vielleicht wäre er sogar in der Lage, sie und ihren Onkel vor der schlimmsten Strafe zu bewahren.

Sie wäre dumm, wenn sie ihn nicht heiraten würde.

Ob sie Georg nun ehelichte oder nicht, Fronika hatte in ihrer Kindheit genug gelitten. Ihre Freundlichkeit und Güte gegenüber den Armen sorgte bestimmt dafür, dass sie unter Gottes besonderer Fürsorge stand. Doch wie konnte man sie vor dem unvermeidlichen Schmerz und Leid bewahren, den die Wahrheit mit sich brachte? Schließlich war Matthis fest entschlossen, den Wilderer zu fassen, der offenbar mit Rutger unter einer Decke steckte und von ihm angeheuert worden war. Sowohl Rutger als auch der Wilderer würden teuer für ihre Taten bezahlen müssen. Und wenn einer von ihnen Matthis' Vater getötet hatte, dann würde der Markgraf ihn hinrichten lassen.

Matthis bewegte sich jetzt leiser durch die Bäume und hielt alle paar Schritte inne, um auf Geräusche zu lauschen, die von Menschen verursacht wurden.

Doch nach ein paar Stunden hatte er immer noch nichts Ungewöhnliches gehört oder gesehen. Gelegentlich raschelten ein paar Blätter wegen eines kleineren Tieres, eines Hasen, Eichhörnchens oder eines brütenden Fasanen. Matthis gähnte, dann zwickte er sich in die Arme, um wieder wach zu werden. Schlafen war nicht so wichtig, wie diesen Wilderer zu fassen.

Als er so dastand und in die stille Nacht hineinlauschte, hörte er plötzlich ein Geräusch. Er spähte durch die Bäume und sah einen jungen Hirsch, der seinen Kopf in die Höhe streckte und wahrscheinlich ebenfalls mit Augen und Ohren nach Räubern Ausschau hielt.

Es handelte sich um einen hübschen, gesunden Jährlingshirsch. Bald senkte er den Kopf, um zu äsen. Einen Augenblick später hob er erneut seinen anmutigen Kopf, dann sprang er davon. Im gleichen Moment fiel Matthis' Blick auf eine dunkle, in Leder gekleidete Gestalt, die einen Bogen gespannt hatte. Allerdings war der Pfeil auf den Boden gerichtet.

Matthis zögerte nicht. Er legte einen Pfeil ein, spannte den Bogen und zielte auf den linken Arm des Wilderers. Dann ließ er den Pfeil durch die Nacht schnellen. Als er hörte, wie der Wilderer aufkeuchte, wusste er, dass sein erster Pfeil das Ziel getroffen hatte. Schon legte er einen weiteren ein.

Der Wilderer schien zu benommen, um davonlaufen zu können. Derweil spannte Matthis erneut seinen Bogen und schoss seinen Pfeil auf das linke Bein des Wilderers ab.

Der Wilderer schrie auf und griff nach seinem Bein. „Lauft!", keuchte der Übeltäter, bevor er sich umdrehte und selbst anfing, humpelnd davonzuhasten.

Matthis lief bereits hinter ihm her. Er war entschlossen, den Schuldigen nicht davonkommen zu lassen, auch wenn die Begleiter des Wilderers schon davongestoben waren und hitzig durch das Unterholz stürmten.

Für einen kurzen Moment verlor Matthis den Wilddieb aus den Augen. Als er ihn wieder zu Gesicht bekam, sackte er gerade zu Boden. Offensichtlich war er mit seinem verletzten Bein nicht mehr in der Lage zu laufen.

Wenige Augenblicke später stand Matthis über dem Wilderer, der inmitten der Blätter auf der Seite lag. Der Wilderer keuchte, presste seine rechte Hand auf sein Bein und stieß unterdrückte Schmerzensschreie aus.

Matthis erstarrte. Irgendetwas stimmte nicht. Dieser Wilderer klang wie … eine Frau.

Sein Gesicht begann zu kribbeln und er bekam weiche Knie. O Gott. Das kann nicht sein. Aber die Haare des Wilderers schauten bereits unter der Kapuze hervor und blonde Locken bedeckten seine Schultern. Außerdem konnte Matthis eine Hälfte des Gesichts erkennen.

Mit zitternden Händen sank er auf seine Knie. „Fronika! Was habe ich nur getan?"

Fronika drehte ihr Gesicht von ihm weg, aber ihre Kapuze war bereits nach hinten gerutscht und gab den Blick auf ihr unverwechselbares Profil frei.

Sie stöhnte. Ihre Gesichtszüge waren schmerzverzerrt, ihre Augen zugekniffen.

Fronika blutete stark aus den Wunden, die die beiden Pfeile in ihr Fleisch getrieben hatten. Matthis' Pfeile.

Er zog an ihrer unverletzten Schulter und drehte sie um, sodass er ihren linken Arm sehen konnte. Sein Pfeil steckte darin, doch hatte er ihren Arm nicht vollständig durchbohrt. Dann sah er sich ihren Oberschenkel an, aus dem ebenfalls ein Pfeil hervorschaute. Dunkles Blut sickerte aus der Wunde und befeuchtete ihre braunen Strümpfe.

Matthis öffnete ihren Mantel und ließ ihn auf dem Boden liegen. Dann hob er Fronika auf und machte sich auf den Weg zum Haus des Forstgehilfen.

Fronika drückte ihr Gesicht an seine Schulter. Ihre Hand lag schlaff auf seiner Brust.

Fronika sah die Pfeile, die in ihr steckten, fühlte den Schmerz aber seltsamerweise erst in dem Augenblick, als sie zu Boden fiel und sah, wie Matthis auf sie zukam.

Matthis hatte auf sie geschossen.

Die ganze Situation kam ihr beinahe surreal vor, doch der Schmerz war real genug, dass sie wusste, dass es sich nicht um einen Traum handelte. Matthis blickte mit geweiteten Augen und geöffnetem Mund auf sie herab.

Fronika versuchte, sich nicht zu krümmen oder aufzuschreien, als er sie aufsammelte. Er trug sie so, dass ihr linker Arm und ihr linkes Bein seinen Körper nicht berührten. Jedoch sorgte das Beben seiner Schritte dafür, dass immer wieder ein stechender Schmerz ihren Arm und ihr Bein durchfuhr.

Was würde Matthis mit ihr machen? Sicher würde ihr Albtraum jetzt wahr werden. Er würde sie in den Kerker werfen und hassen.

Wie verletzt musste Matthis sein, weil sie ihn zum Narren gehalten hatte. Wie krank musste es ihn machen, dass ihn das Mädchen, das er angeblich liebte, verraten hatte. Indem sie so viele Hirsche gewildert hatte, hatte Fronika ihm Schwierigkeiten mit dem Markgrafen beschert. Sie hatte das Gesetz gebrochen, das er durchzusetzen verpflichtet war. Und jetzt war sein Gesichtsausdruck schmerzverzerrt, er sichtbar am Boden zerstört. *O Gott, es tut mir so leid, dass ich ihn verletzt habe. Bitte lass nicht zu, dass er mich hasst.*

Fronika versuchte, ihr Stöhnen im weichen Leder seines Umhangs zu ersticken, aber sie konnte ihre Reaktionen genauso wenig kontrollieren wie die Schmerzen, die durch ihren Körper fuhren.

Matthis hatte wirklich auf sie geschossen.

Er bewegte sich sehr schnell vorwärts und trug sie, als würde sie kaum etwas wiegen. Fronika wünschte, er würde etwas sagen, irgendetwas. Er sollte ihr Vorwürfe machen, Auskunft über ihre Gründe für das Wildern verlangen und seinen Ärger über ihren Verrat zum Ausdruck bringen. Doch er schwieg und sein Schweigen war wie eine Wand aus Schmerz, die sie voneinander trennte.

Nach einigen Minuten begann Matthis, seinen Schritt zu verlangsamen. Auch wurde seine Atmung schwerfälliger. Fronika war nicht gerade leicht, schließlich war sie größer als die meisten Frauen. Aber Matthis war offensichtlich sehr stark. Trotzdem würde es auch ihm schwerfallen, sie über so eine weite Strecke zu tragen.

Um sich von den Schmerzen abzulenken und sich nicht länger über Matthis' Kummer Sorgen zu machen, ließ sie Bilder seiner breiten Schultern und stahlharten Arme, seines muskulösen Rückens und seiner in Leder gehüllten Oberschenkel vor ihrem geistigen Auge aufsteigen. Er würde nicht wollen, dass sie ihn für unfähig hielt, sie den ganzen Weg zu tragen, trotzdem hätte sie ihn gerne davor bewahrt.

Fronika unternahm den Versuch, ihre Tränen zurückzudrängen. „Du musst mich nicht tragen. Bestimmt kann ich laufen."

Matthis behielt seine Geschwindigkeit bei und antwortete ihr nicht.

Wahrscheinlich war er zu wütend. Irgendwie half ihr das, ihre Tränen zu trocknen. Sie biss sich auf die Lippen, um sich am Stöhnen zu hindern, und ließ ihren Kopf auf seiner Schulter ruhen.

Nach einer Weile, die wahrscheinlich kaum mehr als ein paar weitere Minuten umfasste, erreichten sie das Haus des Forstgehilfen. Matthis öffnete die Tür mit seinem Fuß und trug sie nach drinnen.

Es war dunkel. Fronika fühlte sich benommen. Sie schloss die Augen und versuchte gar nicht erst herauszufinden, worauf sie zusteuerten.

Matthis bewegte sich vorsichtig durch das Haus, bevor er sie auf eine weiche Oberfläche legte. Als er das tat, streifte er den Pfeil, der in ihrem Arm steckte, und Fronika stöhnte vor Schmerzen auf.

„Entschuldige."

„Matthis?" Die Stimme seiner Mutter kam von hinten aus dem Haus. „Bist du das?"

„Mutter, kannst du eine Lampe und ein paar Kerzen holen?", rief Matthis mit gepresster Stimme.

Als sich Matthis zu ihr herunterbeugte, spürte Fronika seinen Atem auf ihrer Wange.

„Fronika?"

„Ja?“

Ein Geräusch, das Ähnlichkeit mit einem unterdrückten Schluchzer hatte, entfuhr ihm. Fronika konnte ihn nicht sehen, aber sie spürte seine Hand auf ihrem Haar. „Es tut mir leid“, flüsterte er.

„Bitte vergib mir“, flüsterte Fronika zurück. „Ich will es erklären.“ Ihre eigene Stimme klang nicht minder gepresst. Auch konnte sie nicht verhindern, ein weiteres Mal vor Schmerzen aufzustöhnen.

„Hör auf zu sprechen.“

Entdeckte sie da einen Anflug von Bitterkeit in seiner Stimme? Sie konnte nicht mehr dazu sagen, weil seine Mutter jetzt mit einer Lampe in den Raum schlurfte.

„Oh, ihr Heiligen!“, rief sie, als sie die Lampe über Fronikas blutige Gliedmaßen hielt.

„Mutter, ich muss die Heilerin am Waldrand holen. Kannst du bei Fronika bleiben, bis ich zurückkomme?“

„Natürlich. O nein, du armes Ding. Was ist passiert?“

Als sich Matthis wegdrehte, war sein Gesicht wie eine versteinerte Maske. „Ich komme so schnell zurück, wie ich kann.“ Dann war er auch schon weg.

Matthis rannte den ganzen Weg bis zum Haus der Heilerin. Glücklicherweise hatte sie nichts dagegen, mitten in der Nacht das Bett zu verlassen und mit ihm zu gehen, um sich um einen Verletzten zu kümmern. Sie zog einen Mantel an, griff nach der Tasche mit den Instrumenten und nahm ihre eigene Lampe zur Hand. Dann folgte sie Matthis zurück zum Haus des Forstgehilfen.

Als die beiden dort ankamen und an Matthis' Bett traten, lag Fronika dort zitternd von Kopf bis Fuß. Matthis' Mutter erhob sich von ihrem Platz neben Fronika.

Die Heilerin, eine Frau, die fast so alt war wie Matthis' Mutter, trat vor. „Esther", sagte sie und wandte sich damit an seine Mutter, „bring mir ein bisschen heißes Wasser, damit sie es trinken kann."

Sogleich eilte Matthis' Mutter davon.

Die Heilerin stellte ihre Tasche auf den Tisch neben dem Bett, zog eine Schere heraus und begann, Fronikas Ärmel zu entfernen. Der Pfeil steckte in ihrer schneeweißen Haut. Blut sickerte aus der Wunde.

Sie wandte sich Fronikas Bein zu und begann, dort, wo der Pfeil ihren Oberschenkel durchbohrt hatte, ein kreisrundes Loch in ihre Kleidung zu schneiden.

Matthis' Magen zog sich zusammen und er wandte seinen Blick von der nackten Haut ab.

Seine Mutter kehrte mit einem dampfenden Becher in den Raum zurück. Die Heilerin nahm einen kleinen Beutel aus ihrer Tasche und schüttete den Inhalt in den Becher. Dann rührte sie das Ganze mit einem kleinen Stock um und reichte es Fronika.

„Trink das." Sie half Fronika, sich aufzusetzen, was dafür sorgte, dass sie zusammenzuckte und ganz weiß im Gesicht wurde. Nach einigen Schlucken sagte die Heilerin: „Das ist genug." Dann durfte sich Fronika wieder hinlegen und die Heilerin stellte die Tasse weg.

„Komm her", winkte die Heilerin Matthis mit ihrer klauenartigen Hand zu sich heran. „Du musst die Pfeile rausziehen."

Fronika gab ein unterdrücktes Geräusch von sich.

Natürlich mussten die Pfeile heraus. Matthis wappnete sich.

„Je schneller, desto besser. Zieh sie einfach gerade heraus, so gerade wie möglich", sagte die abgehärtete, alte Frau.

Matthis stand über Fronika und starrte auf seinen Pfeil, der aus ihrem weichen, hellen Arm hervorschaute. *Gott, kann ich das wirklich tun?* Er musste.

Matthis ignorierte seinen rumorenden Magen, beugte sich zu Fronika herunter und griff nach dem Pfeil. Während die Heilerin Fronikas Arm festhielt, zog Matthis den Pfeil gerade heraus.

Fronika schrie auf, keuchte und wand sich. Derweil drückte

die Heilerin saubere Tücher auf ihren blutenden Arm. Kurz darauf verlor Fronika das Bewusstsein und rührte sich nicht mehr.

Matthis griff nach dem Pfeil in ihrem Oberschenkel und zog ihn ebenfalls heraus. Schlotternd ließ er ihn auf den Boden fallen und verließ den Raum, ohne sich noch einmal umzusehen.

Draußen angekommen, übergab er sich immer wieder, bis es ihm gelang, nicht mehr darüber nachzudenken, was er Fronika angetan hatte. Dann schleppte er sich ein paar Schritte weiter und sank auf seine Knie. Er beugte sich vor, bis seine Stirn das kühle Gras berührte.

Fragen und Wahrheiten wirbelten durch seinen Kopf, aber keine davon war tröstlich. Aus seinen fest zusammengekniffenen Augen mogelten sich Tränen hervor. Fronika war der Wilderer. *Fronika.*

Dennoch sollte er wieder nach drinnen gehen und nachsehen, ob sie seine Hilfe brauchten. Jetzt, wo die Pfeile draußen waren, würde Fronika heftig bluten. Doch allein der Gedanke an das Blut, das aus ihrem Körper strömte, brachte ihn zum Würgen.

Matthis drückte sich vom Boden hoch und atmete tief durch die Nase ein. Nicht weit entfernt schnatterten die Gänse seiner Mutter. Offenbar war er ihrem Brutgebiet zu nahe gekommen. Indem er sich auf ihr Geschrei konzentrierte, gelang es ihm, mehrmals tief Luft zu holen. Er würde es schaffen.

Er musste der Wahrheit ins Gesicht sehen – Fronika hatte ihn verraten. Sie hatte ihn dazu gebracht, ihm alles zu erzählen, was er wusste. Gleichzeitig hatte sie so getan, als wüsste sie nichts über den Wilderer, der seine Position, seinen Lebensunterhalt, seine Beziehung zum Markgrafen und sogar sein Zuhause und all seine Hoffnungen für die Zukunft bedrohte.

Fronika war der Wilderer und Matthis hatte auf sie geschossen. Zwei Mal.

Er musste alles tun, was er konnte, um dafür zu sorgen, dass Fronika nicht starb. Sein Magen zog sich erneut zusammen. *O Gott, Vater, bitte lass sie nicht sterben.*

Kapitel 25

Fronika erwachte von einem Stöhnen, dann wurde ihr klar, dass das Geräusch aus ihrem eigenen Mund gekommen war.

Obwohl sie versuchte, sich nicht zu bewegen, verlangten zwei große Schmerzherde ihre Aufmerksamkeit – einer in ihrem Oberschenkel und der andere in ihrem Oberarm. Was geschehen war, nachdem Matthis sie zu sich nach Hause getragen hatte, daran konnte sie sich nur vage erinnern. Als er den Pfeil aus ihrem Arm gezogen hatte, war ein albtraumhafter Schmerz über sie hereingebrochen. Sie war bewusstlos geworden, und als sie ihre Augen wieder geöffnet hatte, war auch der Pfeil aus ihrem Bein verschwunden. Matthis' Mutter und die andere Frau hatten Tücher auf ihren Arm und ihr Bein gepresst, um die Blutung zu stoppen. Matthis selbst hatte sie nicht mehr gesehen.

Die Schmerzen waren so stark und der Geruch von Blut so penetrant gewesen, dass sie nicht mehr bei Bewusstsein hatte bleiben können und erneut ohnmächtig geworden war. Anschließend war sie über einen Zeitraum, der ihr wie Tage vorkam, aber wahrscheinlich nur wenige Stunden umfasste, immer wieder mit furchtbaren Schmerzen erwacht. Dann hatte die seltsame Frau Matthis und seiner Mutter den Befehl erteilt, ihr etwas zu trinken zu geben oder ihren Verband zu wechseln.

Jetzt hatte sie beinahe Angst, ihre Augen zu öffnen. Obwohl der Schmerz immer noch da war, drückte zumindest niemand mehr auf ihren Wunden herum und verursachte dadurch noch mehr Schmerzen. Vielleicht schlief sie ja noch und sollte einfach versuchen, in diesem Dämmerzustand zu bleiben. Aber schließlich öffnete sie ihre Augen doch.

Verwundert bemerkte sie, dass Matthis' Kopf sich dicht neben ihrem befand. Er saß auf dem Boden neben dem Bett und hatte sein Gesicht in seine gekreuzten Arme vergraben, die auf der Matratze ruhten. Er schien die einzige weitere Person im Raum zu sein.

Fronikas Arm war fest mit einem weißen Verband umwickelt. Ihr Bein war mit einem Laken bedeckt, fühlte sich aber ebenfalls fest verbunden an. Schlief Matthis? Wenn ja, wollte sie ihn keinesfalls wecken. Seine Haare, die sich unordentlich auf seinem Kopf und um seine Ohren kringelten, sahen weich und jungenhaft aus. Wie lange er schon an ihrer Seite saß?

Die Sonne schickte ihre Strahlen durch das Fenster; es schien später Vormittag zu sein. Die Heilerin hatte ihr wahrscheinlich ein Schlafmittel gegeben. Jedenfalls war es schwer vorstellbar, dass sie trotz all der Schmerzen hätte schlafen können.

Plötzlich hob Matthis den Kopf und seine blaugrünen Augen hefteten sich auf ihre. Sie waren gerötet und von feuchten Wimpern umrahmt.

Angesichts der Schmerzen in seinen Augen zog sich Fronikas Magen zusammen.

„Kann ich dir irgendetwas holen?“, fragte Matthis, während sein Blick von ihrem Gesicht auf das Bett huschte, so als wollte er ihr nicht in die Augen sehen.

„Nein, danke.“

„Die Heilerin will, dass du etwas isst, sobald du aufwachst. Ich gehe und hole ...“

„Matthis. Warte. Bitte.“ Fronika berührte seine Hand. Sie war nicht sicher, was sie zu ihm sagen wollte, aber sie konnte es nicht ertragen, dass er wegging. „Bleib bei mir.“

Matthis starrte auf ihre Hand hinab und beugte seinen Kopf darüber. Fronika konnte nicht widerstehen, hob ihre andere Hand und berührte sein Haar. Es war genauso weich, wie sie es sich vorgestellt hatte. Als er sich nicht rührte, wickelte sie bedächtig eine Locke um ihre Fingerspitze.

Die Art, wie er seine Schultern und seinen Kopf gesenkt hatte, verriet seine Traurigkeit. Er musste so wütend darüber sein, dass sie der Wilderer war. Fühlte er sich schlecht, weil er auf sie geschossen hatte? Oder war er traurig, weil er sie in den Kerker des Markgrafen bringen musste?

„Ich werde nicht böse auf dich sein, wenn du mich zum Markgrafen bringst und ihm sagst, was ich getan habe."

Fronika spürte, wie sich seine Hand unter ihrer verkrampfte, doch blieb sein Kopf gesenkt. Schließlich sagte er leise: „Du hast mich verraten. Du hast mich getäuscht." Seine Stimme war hart. „Warum hast du das getan?"

„Für die Kinder. Ich habe es für die Kinder getan."

Matthis hob den Kopf. „Für die Kinder?" Er starrte sie mit offenem Mund und zusammengezogenen Augenbrauen an.

„Wir haben das Fleisch den Armen gegeben." Zumindest anfangs. Fronika wollte nicht, dass Matthis von Rutgers Beteiligung erfuhr. Sonst würde er auch noch Schwierigkeiten bekommen. „Ich meine … ich habe das Fleisch den Armen gegeben."

Zwischen Matthis' Augen bildete sich eine Falte. „Wer? Wer hat dir geholfen?"

„Das kann ich dir nicht sagen."

„Das war Rutger, oder? Aber er hat das Fleisch nicht den Armen gegeben, Fronika."

Als ein stechender Schmerz in ihr Bein fuhr, schloss Fronika die Augen. „Ich weiß." Ihre Stimme brach und eine Träne rann ihre Wange hinunter.

„Was willst du damit sagen, du weißt es? Ich habe gedacht, du hättest gesagt, dass es für die Kinder ist. Aber Rutger hat es verkauft. Er hat die Hirsche, die du erlegt hast, verkauft und zu Geld gemacht." Er beugte sich vor. Durch die Anspannung wirkten seine Augen grüner und sein Kiefer zuckte. „Er hat im Roten Haus einen Schwarzmarkt betrieben."

Angesichts dieser Worte zog sich Fronikas Magen zusammen. „Ja", brachte sie hervor. „Er hat es mir gestern gestanden. Nachdem ich herausgefunden hatte, dass das Fleisch nicht an die Kinder gegangen ist, habe ich ihn zur Rede gestellt. Bitte glaube mir. Bis gestern wusste ich nicht, dass er es verkauft." Tränen rannen aus ihren Augen und suchten sich über ihre Schläfen einen Weg in ihre Haare.

„Willst du damit sagen, dass er dich benutzt hat?"

„Ja. Aber das lag daran, dass er Schulden hatte. Auch davon

hatte ich nichts gewusst. Mir war nur aufgefallen, dass im Haus immer mehr Dinge fehlten. Rutger hatte nicht vor, das Fleisch dauerhaft zu verkaufen, aber er hat immer mehr Schiffsladungen verloren und … Er hat gesagt, dass es ihm leidtut."

Matthis presste die Zähne aufeinander und sein Kiefer mahlte. „Wie konntest du das Gesetz brechen, Fronika? Wie konntest du Hirsche wildern, obwohl du wusstest, dass es falsch ist? Wie konntest du mich nach dem Wilderer fragen und seelenruhig zuhören, wie ich mich darum bemühe, ihn zu fassen?" Er senkte erneut den Kopf. Dann löste er seine Hand von ihrer und bedeckte damit seine Augen, so als könnte er es nicht länger ertragen, sie anzusehen.

Fronika sehnte sich danach, ihn zu berühren, ihn zu trösten. „Es tut mir leid. Wahrscheinlich hätte ich es nicht tun sollen. Bis ich dich kennenlernte, dachte ich, dass ich es für die Armen tue, dass es das Richtige ist. Dann war ich mir nicht mehr sicher. Ich wollte dich nicht verletzen. Bitte, bitte, verzeih mir. Ich hätte dich niemals täuschen dürfen."

Ihr eigener Onkel hatte sie getäuscht und sie war furchtbar wütend auf ihn gewesen. Nun hatte sie Matthis dasselbe angetan. „Du musst mich dafür hassen, dass ich dich verraten habe." *Bitte hass mich nicht.*

Matthis schob seine Hand unter ihre und beugte seinen Kopf darüber. Sein Atem berührte ihre Haut und sorgte dafür, dass ein Prickeln ihren Arm hinauflief. „Ich glaube dir, dass du dachtest, es für die Kinder zu tun." Er schüttelte den Kopf. „Aber wie konntest du das Gesetz brechen, und das bei einem derart hohen Risiko? Wie?"

Wie hätte sie behaupten können, es nicht gewusst zu haben? Jetzt, wo sie es mit seinen Augen sah, kam es ihr so offensichtlich falsch vor.

In diesem Moment schwappte eine neue Welle von Müdigkeit über sie hinweg. Als sie das nächste Mal die Augen öffnete, stand Matthis' Mutter neben ihr. Matthis war weg.

Frau Weidmann half Fronika, den Nachttopf zu benutzen. Obwohl ihr Bein furchtbar wehtat, als sie es belastete, war sie dankbar, dass es sie immer noch trug. Ebenso dankbar war sie für Frau Weidmanns Hilfe.

Trotz ihres Alters war Frau Weidmann eine robuste Frau mit einem nüchternen Gesichtsausdruck. Wusste sie, dass Fronika der Wilderer war? Sicher hatte Matthis sie darüber informiert oder sie hatte es sich selbst zusammengereimt, als sie Fronika in der Jagdkleidung eines Mannes gesehen hatte. Aber sie sagte nichts und half der Versehrten, vorsichtig wieder ins Bett zu steigen. Dann stopfte sie Fronika ein paar Kissen in den Rücken, sodass sie aufrecht sitzen konnte.

Fronika fiel auf, dass sie ein ihr unbekanntes Nachthemd trug. „Habt Ihr und die Heilerin mir dabei geholfen, das hier anzuziehen?“ Sie erinnerte sich vage daran, dass die beiden Frauen ihr das Ledergewand und die Lederstrümpfe ausgezogen hatten.

„Ja, meine Liebe. Susanna, die Heilerin, hat dir ein paar Kräuter gegeben, damit du schläfrig wirst und nicht so viele Schmerzen hast. Wie fühlst du dich heute? Gut genug, um etwas zu essen, wie ich hoffe?“

„Ja, danke. Ich glaube, ich könnte etwas zu mir nehmen.“

Neben ihr auf dem Tisch stand ein Tablett mit einer Schüssel, deren Inhalt nach warmen Äpfeln roch.

„Ich habe dir etwas von meinen Apfelküchlein mitgebracht.“ Matthis’ Mutter nahm die Schüssel zur Hand und reichte sie Fronika.

„Danke.“

Während Fronika aß, erhob sich Frau Weidmann und räumte das Zimmer auf. Der Raum musste Matthis gehören. Kein Wunder, dass er so müde ausgesehen hatte; Fronika hatte ihm das Bett weggenommen.

Wieder musste Fronika über seine Mutter nachdenken. Frau Weidmann hatte wirklich jeden Grund, Fronika ablehnend gegenüberzustehen. Ihr Sohn hatte sich in eine Frau verliebt, die fand, dass er ihrer nicht würdig war. Außerdem hatte sie heimlich gewildert, was Matthis wochenlang Probleme bereitet hatte. Und nun lag sie in Matthis’ Bett, während er voller Kummer war.

Aus Frau Weidmanns Perspektive musste es so aussehen, als wäre Fronika ein böser Mensch.

Fronika wagte nicht zu fragen, wo Matthis war. Stattdessen aß sie – voller Demut, dass seine Mutter sie so freundlich behandelte – den Rest des leckeren Apfelküchleins und trank das Wasser, das auf ihrem Nachttisch stand.

„Susanna sagt, dass du dir keine Knochen gebrochen hast. Die Pfeile haben nur Muskeln verletzt. Das sollte mit der Zeit heilen."

Fronika nickte. „Danke, dass Ihr mir das gesagt habt. Und danke, dass Ihr Euch gestern Nacht um mich gekümmert habt. Ich erinnere mich an kaum etwas." Und das, woran sie sich erinnerte, befand sich hinter einer Nebelwand aus Schmerzen.

„Susanna hat ein paar Kräuter hiergelassen, falls du sie brauchst."

Fronika hatte immer noch starke Schmerzen, wollte sich aber nicht beklagen. „Solange ich mich nicht bewege, geht es. Es ist aber nicht so, dass ich noch lange hierbleiben will", fügte sie eilig hinzu. „Sicher geht es mir schon bald so gut, dass ich nach Hause kann. Wahrscheinlich sogar schon heute."

„Unsinn. Du wirst so lange hierbleiben, bis du gesund bist."

Vielleicht konnte Fronika sich heute Nacht davonschleichen. Aber wenn Matthis sie in den Kerker des Markgrafen bringen wollte, würde er sie problemlos zu Hause aufspüren und in Gewahrsam nehmen können. Zweifellos würde er auch Rutger in den Kerker werfen.

„Hast du große Schmerzen, meine Liebe?" Matthis' Mutter sah sie auf eine so mütterliche Weise an, dass Fronika der Atem stockte.

„Nein. Danke, dass Ihr fragt. Ich habe nur an etwas … Unangenehmes gedacht."

Frau Weidmann schüttelte den Kopf und schnalzte missbilligend mit der Zunge. „Warum nimmst du nicht ein paar von Susannas Kräutern? Sie können bestimmt nicht schaden. Vielleicht helfen sie sogar."

„Werden sie mich müde machen?"

„Wahrscheinlich." Matthis' Mutter nahm das kleine Säckchen, das die Heilerin dagelassen hatte. „Ich hole ein bisschen heißes Wasser. Warte hier auf mich."

„Das werde ich." Fronika musste beinahe lachen. Sie würde nicht weit kommen, auch wenn sie sich gut genug fühlte, um einen Fluchtversuch zu unternehmen.

Als Frau Weidmann zurückkehrte, gab sie Fronika einen dampfenden Becher, auf dessen Boden die getrockneten Kräuter gesunken waren. Fronika nahm einen Schluck.

„Das schmeckt nach Honig."

„Es ist auch Honig drin. Honig ist gut für alle Arten von Leiden", sagte Matthis' Mutter und lächelte. Sie hatte ein paar Näharbeiten mitgebracht und setzte sich hin, um den Riss in einer Schürze zu reparieren.

Während Fronika immer wieder an ihrem Becher nippte, dachte sie darüber nach, welche Frage sie Frau Weidmann über ihren Sohn stellen konnte. „Matthis muss jetzt, wo Euer Ehemann verstorben ist, ein großer Segen für Euch sein."

„Ja, Matthis ist der beste Sohn überhaupt. Es ist mein größter Wunsch, dass er eine gute Frau findet." Sie sah Fronika nicht in die Augen.

„Es war sehr freundlich von Euch und Eurem Mann, ihn bei Euch aufzunehmen. Ich weiß, wie dankbar er dafür ist."

„Er war zehn, als mein Mann ihn mit nach Hause gebracht hat. Seit seine Mutter und sein Vater gestorben waren, hat er auf der Straße gelebt. Armes Ding! Er war so dünn und zerlumpt, als ich ihn zum ersten Mal gesehen habe. Und klein war er auch – wenn man ihn heute anschaut, würde man das nicht mehr glauben. Er war so klein, dass ich dachte, er wäre erst sieben oder acht. Aber ich rede nie über diese Zeit, wenn er dabei ist. Er mag nicht daran erinnert werden." Sie seufzte. „Ich glaube nicht, dass er jemals aufhören wird, um seine Schwester zu trauern. Er hat versucht, stark zu sein, auch schon als kleiner Junge, aber der Schmerz über ihren Tod und ihr Leid sitzt sehr tief."

Als Matthis' Mutter jetzt den Kopf schüttelte, sahen die Falten auf ihrem Gesicht noch furchiger aus. „Manchmal sind Kinder, die lange Zeit auf der Straße gelebt haben, unfähig, Liebe zu empfangen und ein Zuhause zu finden. Vor Matthis hatten wir einige Male versucht, verwaiste Jungen bei uns aufzunehmen, aber sie sind immer wieder davongelaufen. Manchmal haben sie wegen Diebstahls Schwierigkeiten bekommen und dann … Meist haben wir nie wieder etwas von ihnen gehört. Aber Matthis war anders. Ich habe das von Anfang an gespürt." Ein wehmütiges Lächeln legte sich auf ihr Gesicht.

„Eine Zeit lang hatte Matthis Probleme, Menschen zu vertrauen. Aber er war immer freundlich zu allen, von denen er glaubte, dass sie Hilfe brauchten. Das hat sich nie geändert. Und er vertraut dir." Ohne den Kopf zu heben, sah Frau Weidmann Fronika an.

Fronika hatte den Schmerz gesehen, der bei der Frage in Matthis' Augen getreten war, warum sie ihn getäuscht hatte. Nach allem, was er als Waisenkind durchgemacht hatte, hatte jetzt die Frau, die er zu lieben geglaubt hatte, auf grausame Weise sein Vertrauen missbraucht. „Ihr meint, er *hat* mir vertraut. Jetzt kann er mir sicher nicht mehr vertrauen, nicht nach dem … was er über mich weiß." Sie konnte genauso gut aussprechen, was Frau Weidmann bestimmt schon zu Ohren gekommen war.

„Er weiß, was in deinem Herzen vorging."

Hatte sie heute Morgen mit Matthis gesprochen? Konnte er Fronika nach allem, was sie getan hatte, noch lieben? Konnte er ihr verzeihen?

Selbst wenn er ihr verzieh, würde er dem Markgrafen erzählen müssen, dass sie der Wilderer war.

Fronika fühlte sich plötzlich so schwer, als hätte sie einen Sack Steine verschluckt. Immerhin lenkten sie die Sorgen über das, was passieren würde, wenn der Markgraf von der Sache erfuhr, von den Schmerzen in ihrem Arm und ihrem Bein ab.

Matthis' Mutter saß friedlich da und nähte. Dabei hatte sie ein sanftes Lächeln auf den Lippen.

Fronika schloss die Augen, um sich ein wenig auszuruhen. Glücklicherweise ließen die Kräuter sie erneut Schlaf finden.

Kapitel 26

Welche unerhörte Qual es doch war, Fronika in seinem Haus zu haben, in seinem Bett – und das in dem Wissen, dass sie dort war, weil er auf sie geschossen hatte.

Matthis fuhr mit seiner Arbeit fort und suchte den Wald nach Hinweisen auf Hirsche ab. Schon morgen würde er Bericht erstatten müssen. Was würde er sagen, wenn der Markgraf ihn nach dem Wilderer fragte? Und was würde der Markgraf mit ihm machen, wenn er erfuhr, dass er den Wilderer in seinem Haus beherbergte?

Es gab immer noch so viele Fragen, die Matthis Fronika stellen wollte. Vielleicht war es dumm, ihr zu glauben, dass sie angenommen hatte, für die Kinder zu wildern. Wie konnte eine intelligente Frau wie sie so in die Irre geleitet werden? Bestimmt hatte es Hinweise auf Rutgers Täuschung und Gesetzesbruch gegeben.

Und dann war da noch die Kleinigkeit, dass sie seine Schulter mit ihrem Pfeil gestreift hatte. Dies war geschehen, nachdem er ihr mehr als einmal vom Wilderer erzählt hatte, von seiner Angst, der Markgraf würde jemand anderen anheuern, um seinen Platz als Förster einzunehmen … Die ganze Zeit über musste sie über ihn gelacht haben.

Schon bald machte er sich auf den Rückweg nach Hause. Er war so müde, dass er kaum die Augen offen halten konnte, wollte aber trotzdem wissen, wie es Fronika ging. Heute Morgen hatte sie so schwach ausgesehen.

Er war wirklich ein Dummkopf.

Zurück zu Hause, betrat Matthis sein Schlafzimmer. Seine Mutter saß neben Fronika und nähte. Fronika lag still da. Ihre Augen waren geschlossen und ihre blonden Haare ergossen sich über das Kissen. Es raubte ihm den Atem, wie verletzlich sie aussah.

Als seine Mutter aufblickte, lächelte sie ihren Sohn an. Dann erhob sie sich und verließ leise den Raum. Sie wusste, dass Fronika der Wilderer war, nach dem er gesucht hatte. Nachdem ihr Ehemann von einem Wilderer getötet worden war, musste sie zumindest ein bisschen Abneigung gegen Fronika verspüren. Auch war ihr wohl nicht entgangen, dass Matthis große Zuneigung zu Fronika empfand. Was ging seiner Mutter durch den Kopf? Hielt sie ihn für den großen Dummkopf, den er selbst in sich sah?

Matthis brauchte unbedingt Schlaf. Wenn er klug war, würde er nicht versuchen, vorher mit Fronika zu sprechen, aber dazu war er gerade nicht fähig.

Als Matthis zu Fronika ans Bett trat, flatterten ihre Augenlider. Dann gähnte sie matt.

„Diese Kräuter machen wirklich müde", flüsterte sie.

„Fronika", setzte Matthis an und nahm auf dem Hocker Platz, der sich neben dem Bett befand, „hast du gestern auf mich geschossen?"

Nachdem sie einen Moment lang geblinzelt und zu ihm aufgeblickt hatte, schüttelte sie den Kopf. „Ich würde niemals auf dich schießen."

„Warst du gestern Morgen denn nicht im Wald?"

„Morgens? Meinst du nach Sonnenaufgang?"

„Ja."

„Ich jage nie tagsüber. Ich bin in Rutgers Lagerhaus gegangen, um mit ihm zu reden. Danach habe ich den ganzen Morgen im Bett gelegen."

„Jemand hat auf mich geschossen."

„Wurdest du verletzt?", fragte Fronika mit geweiteten Augen und runzelte die Stirn.

„Der Pfeil hat mich nur an der Schulter gestreift."

„Ich habe keine Ahnung, wer das gewesen sein könnte. Aber es beweist, dass dir jemand schaden will."

„Vielleicht."

„Ist das der Grund, weshalb du auf mich geschossen hast? Weil du glaubtest, ich hätte auf dich geschossen?"

„Nicht *du,* aber ich habe geglaubt, der *Wilderer* hätte versucht, mich zu töten."

„Und doch wolltest du mich nur verwunden?"

Matthis wischte sich mit der Hand über die Augen und das Gesicht, dann stieß er einen tiefen Seufzer aus. „Fronika, ich hätte dich nie verletzt. Wenn ich gewusst hätte, dass du es bist, hätte ich keinen einzigen Pfeil abgeschossen. Aber ja, ich habe versucht, den Wilderer zu verwunden, nicht zu töten." Der Gedanke daran, dass er Fronika hätte töten können, wenn sein Pfeil ein paar Zentimeter weiter nach links geflogen wäre, trieb kalten Schweiß auf seine Schläfen und in seinen Nacken.

Fronika nickte und starrte auf ihre Hände. Dabei sah sie zerknirscht aus. Nach ein paar Augenblicken sagte sie: „Ich bin die ganze Nacht und jetzt auch noch den größten Teil des Tages von zu Hause weg gewesen. Mein Onkel wird sich Sorgen um mich machen. Könntest du ihm eine Nachricht zukommen lassen, dass es mir gut geht?"

Matthis schüttelte den Kopf. War sie allen Ernstes besorgt um ihren Onkel? Andererseits wäre sie sehr gefühlskalt, wenn sie sich keine Gedanken um ihren Vormund und einzig lebenden Verwandten machen würde.

„Ich werde selbst hingehen und ihm sagen, wo du bist. Fronika? Denkst du, Rutger könnte dir etwas antun, wenn er glaubt, dass du mir oder dem Markgrafen erzählst, dass er hinter dem Wildern und dem Schwarzmarkt steckt?"

Fronika sog scharf die Luft ein und setzte sich ein wenig aufrechter hin. „Nein. Nein, mein Onkel würde mir nie etwas antun. Aber ich weiß, dass du dem Markgrafen erzählen musst, was wir getan haben, und ich will nicht, dass du dich deshalb schlecht fühlst. Geh und erzähl es ihm. Ich will nicht, dass du meinetwegen Schwierigkeiten bekommst."

Ihre Worte versetzten ihm einen Stich. Er wollte sie beschützen, aber es ging einfach nicht. „Ich habe keine andere Wahl, als es ihm zu erzählen."

Fronika nickte.

Plötzlich überkam Matthis der Wunsch, Fronika unter seinen

Arm zu nehmen und mit ihr davonzulaufen, irgendwohin, wo der Markgraf sie niemals finden würde. „Ich muss gehen", raunte er und rannte beinahe aus dem Zimmer.

Er musste weg von ihr. Er musste nachdenken, ohne sie in seiner Nähe zu haben. Sonst verlor er den Verstand. Der Gang zum Haus ihres Onkels würde ihm Zeit geben, seine Gedanken zu ordnen.

Kaum dass Fronika hörte, wie Matthis das Haus durch die Vordertür verließ, ließ sie ihren Tränen freien Lauf. Natürlich musste er es dem Markgrafen erzählen. Fürst von Dornbeck wäre wütend auf ihn, wenn er herausfinden würde, dass Matthis sie, den Wilderer, in seinem eigenen Haus versteckte.

Aber der Ausdruck auf seinem Gesicht hatte sie so sehr an ihren wiederkehrenden Albtraum erinnert. Es war derselbe Gesichtsausdruck, den er auch in ihrem Traum gehabt hatte, voller Schmerz und Wut.

Fronika wünschte, Bruder Philip wäre hier, damit sie ihn fragen könnte, was zu tun war. Wie konnte sie Vergebung für ihre Sünde erhalten? Obwohl sie ihr Wildern damit gerechtfertigt hatte, dass sie die Armen versorgen wollte, wusste sie, dass ihr Handeln falsch war. Der Schmerz in Matthis' Gesicht ließ keine andere Wahrheit zu. Und da Rutger das Fleisch verkauft hatte, anstatt es den Kindern zu geben, würde der Markgraf niemals glauben, dass sie gewildert hatte, um den Armen zu helfen. Wer würde das auch? Glaubte Matthis das überhaupt? Es erschien ihr wie der Gipfel der Torheit, Rutger so blind vertraut zu haben. Im Grunde war sie nicht anders als Kathryn, die Agnes blind gefolgt war, weil ihr außer ihr niemand hatte helfen wollen.

Rutger hatte seine eigene Nichte verraten, Agnes hatte Kathryn verraten … und Fronika hatte Matthis verraten.

Obwohl er erschöpft war und nur sehr wenig geschlafen hatte, marschierte Matthis mit kraftvollen Schritten auf das Dornbecker Stadttor zu. Dann lief er die Hauptstraße hinunter, die zum Marktplatz und zu Rutger Menkels Haus führte. Abgesehen davon, dass er Fronikas Nachricht überbringen wollte, hatte auch er ihrem Onkel etwas zu sagen.

Rutger empfing ihn im Erdgeschoss. „Hast du Fronika gesehen?"

„Meine Mutter kümmert sich um sie." Matthis' Worte klangen kühl. Aber er hätte ihm überhaupt nicht geantwortet, wenn er nicht echte Besorgnis in seinen Augen gesehen hätte.

„Was ist passiert? Ist sie krank?"

„Nein, sie ist verletzt."

„Verletzt?"

„Fronika hat mir aufgetragen, Euch mitzuteilen, dass es ihr gut geht. Aber ich bin hierhergekommen, um Euch zu fragen, wie Ihr Eurer Nichte erlauben konntet, die Hirsche des Markgrafen zu wildern. Wie konntet Ihr als ihr Vormund so etwas dulden?"

Rutger erbleichte. „Also hast du sie gefasst." Er fuhr sich mit der Hand über die Augen und atmete hörbar aus. „Sie hat es für die Kinder getan. Du kannst dir nicht vorstellen, wie entschlossen sie war, ihnen zu helfen."

„Und dann habt Ihr das Fleisch verkauft, anstatt es an die Armen weiterzugeben."

„Hat sie dir das erzählt …? Ich hatte nie vor, das zu tun, wirklich. Am Anfang habe ich ihr geholfen, es an die Armen zu verteilen. Aber dann ist alles aus dem Ruder gelaufen. Meine Schiffe und die gesamte Ladung wurden zerstört und meine Karawane wurde von Räubern überfallen. Ich habe alles verloren. Ich war verschuldet und verzweifelt. Ich weiß, dass ich es nicht hätte tun sollen, aber …"

„Also wusste Fronika nicht, was Ihr getan habt?"

„Sie weiß es erst seit Kurzem. Und sie hatte keine Ahnung, dass ich verschuldet war. Ich wollte nicht, dass sie es erfährt."

„Und dann hat Georg Euch seine Hilfe angeboten, falls Ihr Fronika davon überzeugt, ihn zu heiraten."

„Er liebt sie und ich glaube, dass er sie gut behandeln wird. Wenn sie dir wirklich etwas bedeutet, dann willst du auch, dass sie Georg heiratet." Als Rutger die Worte aussprach, die wie ein Todesurteil für Matthis' Hoffnungen waren, versteinerte sich sein Gesichtsausdruck.

Einen Moment lang wollte Matthis seine Faust in Rutgers Gesicht rammen. Aber das würde nicht helfen. „Ihr würdet Fronika also an den wohlhabendsten Verehrer verkaufen, ja? Ich hatte mehr von Euch erwartet. Aber ich hätte auch nie geglaubt, dass Ihr Fronika so schamlos ausnutzen und sie in dem Glauben, sie würde den Kindern helfen, zum Wildern schicken würdet, während Ihr …" Mitten in seiner Schimpftirade hielt Matthis inne und fuhr sich mit der Hand durch die Haare. Sein Gezeter würde zu nichts führen.

Rutger machte einen Schritt auf die Tür zu, blieb dann stehen und starrte Matthis an. „Auch wenn ich Georgs Hilfe nicht nötig hätte, wäre er immer noch die beste und sinnvollste Wahl für Fronika. Und sie hat diese Wahl getroffen. Sie hat Georg gestern versprochen, ihn zu heiraten. Er wird es am Sonntag in der Kirche bekannt geben."

Matthis fühlte sich auf einmal wie betäubt, während seine Gedanken Purzelbäume schlugen. Aber Rutger hatte recht. Fronika war schlau, wenn sie sich für Georg entschied. Und er sollte so schlau sein, es zuzulassen.

In dieser Nacht schlief Fronika sehr unruhig. Abgesehen von den stechenden Schmerzen, die ihren Arm und ihr Bein immer wieder durchfuhren, hatte sie darauf gewartet, dass Matthis zurückkehren und mit ihr reden würde. Sie musste immerzu darüber nachdenken, ob er schon zum Markgrafen gegangen war, um ihm zu erzählen, dass er den Wilderer gefasst hatte. Immer wieder wachte sie auf und zerbrach sich den Kopf darüber, was Matthis von ihr denken musste. Auch über Rutger grübelte sie nach. Da sie nicht nach Hause gekommen war, würde er sich selbst dann große Sorgen machen, wenn Matthis Rutger erzählt hatte, dass sie gut versorgt war.

Als schließlich die Sonne aufging, betete sie um Weisheit und Gnade.

Dann kam auch schon Matthis' Mutter an ihr Bett, brachte ihr etwas zu essen und schüttelte Fronikas Kissen auf.

„Ich habe dir etwas Fasanenfleisch gebraten und ein Fruchtkompott gekocht. Wenn ich mich recht erinnere, hast du gesagt, dass du Fasanenfleisch lieber magst als Schweinefleisch."

„Ihr müsst keine besonderen Gerichte für mich kochen." Fronika wünschte, sie hätte der Frau trotz der Nachfrage nicht gestanden, welches Essen sie gern oder weniger gern mochte. „Ich werde alles essen, was Ihr kocht. Schließlich habe ich kein Recht, wählerisch zu sein."

Matthis' Mutter lächelte nur, stellte das Tablett mit dem Essen auf Fronikas Schoß ab und strich Fronika kurz über die Wange.

Behandelten Mütter so ihre Töchter, wenn sie krank im Bett lagen? Fronika konnte sich an ihre eigene Mutter nicht erinnern. Und selbst wenn – krank war sie nur selten. Seit Fronika mit Rutger nach Dornbeck gezogen war, hatten sich die Dienstboten um sie gekümmert. Aber wie eine geliebte Tochter behandelt zu werden, das wärmte ihr Herz und machte sie gleichzeitig traurig.

Wieder setzte sich Frau Weidmann neben sie und beschäftigte sich mit ihren Näharbeiten. Fronika versuchte zu essen, brachte aber kaum einen Bissen hinunter. Sie konnte sich einfach nicht erklären, wie Matthis' Mutter so gut zu ihr sein konnte.

„Warum seid Ihr so freundlich zu mir?", fragte Fronika, obwohl sie sich vor der Antwort auch ein wenig fürchtete.

„Wahrscheinlich aus demselben Grund, der dich dazu bringt, so freundlich zu diesen armen Kindern zu sein. Und auch noch aus anderen Gründen." Sie senkte den Kopf und fuhr mit dem Nähen fort.

Fronika wagte nicht, nach den anderen Gründen zu fragen. Plötzlich erinnerte sie sich an etwas, das Matthis ihr erzählt hatte. „Ich habe mich gefragt, ob ich wohl Matthis' Psalter lesen könnte. Oder eines der beiden Evangelien, die er besitzt."

„Natürlich, meine Liebe." Sofort legte Matthis' Mutter die Näharbeiten zur Seite und erhob sich.

„Denkt Ihr, er hat etwas dagegen?"

„Im Gegenteil! Er würde sich freuen, wenn du sie liest. Ich weiß, wo sie sind." Sie eilte aus dem Zimmer und kehrte wenig später mit zwei Büchern zurück.

„Vielen herzlichen Dank." Fronika nahm sie ehrfürchtig in ihre Hände. Dann öffnete sie eins davon. „Soll ich laut lesen?"

„Das wäre wunderbar."

Fronika las ein bisschen aus dem Johannesevangelium vor.

Nach einer Weile sagte Frau Weidmann: „Würdest du jetzt ein paar Psalmen vorlesen?"

„Natürlich." Fronika öffnete den Psalter zufällig bei Psalm 91. Während sie las, dachte sie über Matthis nach. Wahrscheinlich war er allein draußen im Wald – und das, obwohl irgendjemand versucht hatte, ihm etwas anzutun.

Du musst nicht erschrecken vor dem Grauen der Nacht,
vor dem Pfeil, der des Tages fliegt,
vor der Pest, die im Finstern schleicht,
vor der Seuche, die am Mittag Verderben bringt.
Wenn auch tausend fallen zu deiner Seite
und zehntausend zu deiner Rechten,
so wird es doch dich nicht treffen.
Ja, du wirst es mit eigenen Augen sehen
und schauen, wie den Frevlern vergolten wird.

Gott, bitte beschütze Matthis vor demjenigen, der ihm etwas antun will.

Fronika las weiter, beendete Psalm 91 und betete in Gedanken weiter dafür, dass sich der Psalm im Hinblick auf Matthis bewahrheiten würde. Er liebte Gott doch und befolgte seine Gebote. Sicher würde Gott nicht zulassen, dass ihm etwas Schlimmes zustieß.

Nachdem Fronika noch ein paar weitere Psalmen gelesen hatte, legte Frau Weidmann ihre Näharbeiten zur Seite. „Möchtest du, dass ich dir die Haare flechte?"

„Oh, das ist sehr freundlich von Euch, danke." Ihre Haare mussten in einem abscheulichen Durcheinander sein.

Frau Weidmann nahm das Tablett von Fronikas Schoß, holte einen Kamm und begann, die Haare der jungen Frau zu kämmen. Fronika genoss diese liebevolle Behandlung und schloss ihre Augen.

„Ich wollte immer ein Mädchen haben, damit ich ihr die Haare machen kann", sagte Matthis' Mutter und klang dabei ein wenig wehmütig.

„Hattet Ihr gehofft, dass Kathryn hierbleiben und Eure Tochter sein könnte?"

„Ja, aber in ihrem Alter binden sich Mädchen normalerweise nicht mehr an eine Mutter. Außerdem hat sie schon so viel durchgemacht … Sie konnte Matthis nicht als ihren Bruder betrachten. Ich war dankbar, als ich erfuhr, dass sie im Haus deiner Freundin untergekommen ist."

„Sie scheint gern für Anna zu arbeiten. Ich glaube, dass Annas Köchin ganz in ihrer Fürsorge für das junge Ding aufgegangen ist. Kathryn wird es gebraucht haben." Fronika seufzte, so gut fühlte es sich an, dass eine Frau ihr Haar bürstete. Vielleicht war Kathryn nicht die Einzige, die es brauchte, dass sich ihr jemand auf mütterliche Weise zuwandte.

„Du hast wunderschöne Haare." Immer wieder fuhr Frau Weidmann mit den Fingern sanft durch Fronikas Haare und kämmte sie gründlich durch. „Ich war immer der Meinung, dass Matthis' Haare dick und schön sind. Irgendwie war es ein bisschen schade, dass er kein Mädchen war."

Fronika lachte. „Er wäre ein hübsches Mädchen gewesen." Aber als Mann sorgte er dafür, dass sie jeden Zentimeter seines

Antlitzes erforschen wollte. Ja, sie wollte sich jede kantige, jede geschwungene Linie seines Kinns, seines Kiefers, seiner Wange und seiner Augenbrauen einprägen.

Was für ein skandalöser Gedanke. Ihre Wangen röteten sich. Hatte sie vergessen, dass sie Georg versprochen hatte, ihn zu heiraten? In den letzten zwei Tagen und Nächten hatte sie kaum an ihn gedacht. War es nicht falsch, jemanden zu heiraten, an den man so selten dachte?

Als Frau Weidmann mit Fronikas Haaren fertig war, nahm sie den Verband an Fronikas Arm und Bein ab. „Susanna sagt, dass es jetzt, wo die Blutung aufgehört hat, am besten ist, die Wunde nässen zu lassen, damit alles Üble herausfließen kann." Sie legte ein Tuch unter Fronikas Bein und sah davon ab, den Verband zu erneuern.

Die Wunden sahen entzündet und unappetitlich aus.

„Wenn jemand ins Haus kommt, kannst du dich mit dem Laken zudecken. Ich gehe nach draußen, um mich den Gänsen und dem Garten zu widmen."

„Gibt es irgendetwas, das ich tun könnte, um Euch zu helfen? Ich kann irgendetwas nähen oder ein paar Erbsen oder Bohnen enthülsen."

„Gern. Ich werde dir ein paar Erbsen bringen."

Fronika war dankbar, dass sie zumindest diese Kleinigkeit erledigen konnte, um Frau Weidmanns Freundlichkeit wiedergutzumachen.

Ein paar Minuten vergingen, bevor die Eingangstür geöffnet und wieder geschlossen wurde. In der Hoffnung, dass es sich um Matthis handelte, deckte Fronika sich eilig mit dem Laken zu, damit er ihr unbedecktes Bein und die offene Wunde nicht sehen würde.

Einen Moment später betrat ihr Onkel Rutger das Schlafzimmer und Fronika spürte, wie sich die Härchen in ihrem Nacken aufrichteten.

Kapitel 27

„Rutger! Ich habe dich hier gar nicht erwartet! Du hast dir doch keine Sorgen gemacht, oder?“

Ihr Onkel kam an Fronikas Bett. „Natürlich habe ich mir Sorgen gemacht! Aber Matthis ist gestern Abend gekommen und hat die Nachricht überbracht, dass es dir den Umständen entsprechend gut geht.“

„Oh. Das war sehr nett von ihm.“ Vor allem in Anbetracht der Tatsache, wie erschöpft er gewesen sein musste – und wie sehr Fronika ihn verletzt hatte.

Rutger sah nicht erfreut aus. „Was ist mit dir passiert? Er hat gesagt, dass du verletzt wurdest.“

„Ich wurde in den Arm und ins Bein geschossen, aber es sind keine Knochen gebrochen.“

„Wer hat auf dich geschossen? Das war Matthis, nicht wahr? Jetzt wirst du deine kindischen Gefühle für ihn doch hoffentlich aufgeben.“

„Ich wünschte, du würdest aufhören, mich wegen Matthis zu beleidigen.“

„Georg hat mir gesagt, dass du seinen Heiratsantrag angenommen hast.“

Ein mulmiges Gefühl schoss in Fronika Magen. „Aber ich habe ihn noch nicht geheiratet.“ Es war ihr egal, dass sie trotzig klang.

„Denkst du, dass Matthis dem Markgrafen irgendetwas erzählt hat?“

„Ich weiß es nicht. Aber früher oder später wird er ihm erzählen müssen, was wir getan haben.“

„Er hat keine Beweise. Ich werde mit dem Richter, dem Geichtsdiener und dem Markgrafen selbst sprechen. Du wirst für diese Sache nicht bestraft werden. Wer könnte jemals glauben, dass die wunderschöne Nichte eines wohlhabenden Kaufmanns eine Wilderin ist? Das ist lächerlich. Wir werden dafür sorgen, dass dieser Förster zum Gespött der Leute wird. Wenn ich mit ihm fertig bin, wird ihm niemand mehr glauben."

„Rutger! Nein! Ich muss für meine Verbrechen bezahlen."

Das Gesicht ihres Onkels verhärtete sich auf eine Weise, die Fronika noch nie zuvor gesehen hatte. „Und du willst, dass ich ebenfalls bezahle?"

„Ich sehe keine Möglichkeit, wie wir jetzt noch davonkommen könnten."

„Du wirst niemandem irgendetwas erzählen, hast du das verstanden?" Rutger fuchtelte mit seinem Finger vor ihrer Nase herum. „Halt den Mund und zieh niemanden in diese Sache hinein. Halt einfach den Mund." Fronikas Onkel nahm den Finger herunter, behielt seinen harten Gesichtsausdruck aber bei.

Fronika biss sich auf die Unterlippe, um sie am Zittern zu hindern. Rutger hatte noch nie auf eine solche Weise mit ihr gesprochen. Sie hätte nie gedacht, dass sie einmal Angst vor ihm haben würde. „Ich habe nicht vor, dem Markgrafen irgendetwas über deine Rolle zu erzählen." Sie versuchte, ruhiger zu atmen und ihren Herzschlag zu normalisieren. „Ich werde ihnen erzählen, dass ich diejenige war, die gewildert hat, und ich werde mich hüten, jemand anderen in die Sache hineinzuziehen."

„Es kann noch alles gut ausgehen." Rutger sah sie nicht mehr an, sondern wanderte unruhig an ihrem Bett auf und ab. Dabei tippte er mit dem Finger gegen sein Kinn. „Schließlich wirst du den Sohn des Bürgermeisters heiraten und Georg hat ohne Zweifel sehr viel Einfluss. Aber die Hochzeit muss bald stattfinden. Sehr bald."

Fronika krampfte sich erneut der Magen zusammen.

„Mein Schatz", begann Rutger. Dann drehte er sich um und sah sie an. „Ich bin so dankbar, dass du nicht in Lebensgefahr schwebst. Aber das Gehen muss sehr schmerzhaft sein. Es würde mich nicht wundern, wenn du Matthis jetzt hasst." Er musterte seine Nichte.

„Ich hasse ihn nicht. Er musste auf mich schießen. Es war seine Pflicht als Förster."

„Ich bringe ein paar Erbsen", rief Frau Weidmann, während sich die Hintertür öffnete und dann wieder schloss.

Rutger drückte Fronikas Hand. „Es tut mir leid. Ich muss gehen." Er drehte sich um, rannte aus dem Zimmer und dann den Flur entlang. Als er durch die Vordertür nach draußen stürmte, fiel diese lautstark ins Schloss.

Frau Weidmann stand mit einem Korb Erbsen im Türrahmen. „Wer war das?"

„Mein Onkel Rutger."

„Oh. Er hätte aber nicht davonrennen müssen."

Zweifellos hatte er Angst – Angst, die seine Schuldgefühle in ihm auslösten. „Wie ich sehe, habt Ihr ein paar Erbsen für mich."

Fronika hatte schon als kleines Mädchen, als sie noch für die Nachbarn gearbeitet hatte, gelernt, wie man Erbsen enthülste. Während sie ihrer Arbeit nachging und erst die Hülse öffnete und dann die kleinen runden Erbsen mit dem Daumen herauslöste, ließ sie Rutgers Besuch immer und immer wieder vor ihrem inneren Augen vorbeiziehen.

Die Art, wie er mit ihr gesprochen hatte, hatte Fronika wirkliche Angst eingeflößt. Bestimmt würde Rutger ihr nichts antun. Aber was würde er anstellen, um der Strafe des Markgrafen zu entgehen? Würde Georg Fürst von Dornbeck bestechen, damit er sie und Rutger verschonte? Würde ihre Heirat mit Georg sie und ihren Onkel vor Strafe bewahren?

Und was war mit den armen Kindern? Sie waren nicht verhungert, obwohl das Essen, das ihnen in den letzten sechs Monaten hätte zugehen sollen, von Rutger verkauft worden war. Gott *musste* sich um sie gekümmert haben. Was wäre gewesen, wenn sie nicht den Drang verspürt hätte, ein letztes Mal Fleisch für sie zu besorgen? Wenn sie letzte Nacht nicht beschlossen hätte, auf die Jagd zu gehen, dann hätte Matthis nicht auf sie geschossen.

Als Matthis' Mutter den Raum verließ, flüsterte sie: „Gott, ich weiß, dass Rutger und ich es nicht verdienen, aber würdest du auch für uns sorgen? Ich will das Richtige tun. Ich will nicht für das Wildern bestraft werden, aber ich will auch nicht Georg heiraten."

Fronika konnte sich nicht vorstellen, wie Gott sie aus dieser Sache herausholen könnte.

Matthis betrat am Morgen das Dornbecker Schloss, um Fürst von Dornbeck Bericht zu erstatten. Seine Hände waren kalt und schweißnass und er war immer noch nicht sicher, was er dem Markgrafen erzählen würde. *Gott, schenk mir Weisheit und die richtigen Worte.*

Ulrich empfing ihn und begleitete ihn in die Bibliothek des Markgrafen. Ausnahmsweise lächelte der Vogt und sprach mit Matthis über das Wetter. Seine Freundlichkeit sorgte dafür, dass der junge Förster eine Gänsehaut bekam. Was heckte er nun wieder aus?

„Guten Morgen, Matthis." Als er den Raum betrat, erhob sich der Markgraf und stützte sich dabei auf seinem Gehstock ab.

„Guten Morgen, Fürst von Dornbeck." Wenn er doch nur ohne den Vogt mit dem Markgrafen sprechen könnte. Der durchtriebene Ausdruck in Ulrichs Augen ließ ihn noch verdächtiger aussehen. Er würde sein Bestes tun, um den Markgrafen gegen Matthis aufzuhetzen.

„Welche Neuigkeiten hast du über den notorischen Wilderer im Dornbecker Wald?"

„Mein Herr, ich weiß, wer für das Wildern und den Schwarzmarkt verantwortlich ist."

„Das ist ganz hervorragend, Matthis." Der Markgraf bekam große Augen und der Anflug eines Lächelns huschte über seine Lippen. „Hervorragende Arbeit."

Ulrich sah aus, als hätte er einen ganzen Aal am Stück verschluckt. Jedenfalls wurde sein Gesicht aschfahl.

„Wer ist dieser Wilderer? Ich werde sofort meinen Gerichtsdiener losschicken, damit er ihn und alle seine Helfershelfer fasst und hierherbringt."

„Mein Herr, ich … ich kann Euch sagen, dass der Wilderer nicht mehr wildern wird."

Das Lächeln des Markgrafen erstarb. „Dann ist er also tot?"

„Nein, mein Herr. Der Wilderer ist nicht tot, aber er ist … nicht mehr in der Lage zu wildern."

„Du redest Unsinn, Matthis. Was willst du damit sagen?"

Als der Gesichtsausdruck des Markgrafen an Härte gewann, ließ der Vogt seinen Blick erwartungsvoll zwischen Matthis und dem Markgrafen hin und her schweifen.

„Ich will damit sagen, dass ich den Wilderer angeschossen und verletzt habe. Allerdings möchte ich versuchen, noch mehr Beweise gegen den Hintermann zu finden. Er ist dafür verantwortlich, dass sich der Wilderer genötigt sah, die Hirsche des Königs zu wildern."

„Genötigt?", fragte der Markgraf und runzelte die Stirn.

„Welch ein Hohn auf die Gerechtigkeit!", verkündete Ulrich. „Euer Förster setzt sich über Euch hinweg, mein Herr, und weigert sich, Eure Befehle zu befolgen. Dieser Mann sollte in den Kerker geworfen werde, bis er die Identität des Wilderers offenbart."

„Matthis", knurrte der Markgraf, „welchen Grund kannst du mir dafür nennen, dass du mir nicht sagen willst, wer dieser Wilderer ist?"

Ein Rinnsal aus Schweiß lief Matthis' Rücken hinunter. „Mein Herr, ich … ich kann Euch keine befriedigende Antwort geben. Ich kann nur sagen, dass die Verantwortliche gedacht hat, sie würde das Richtige tun und mit den getöteten Hirschen hungernde Menschen versorgen."

„Das ist keine Entschuldigung", zischte Ulrich. „Keine Entschuldigung dafür, das Gesetz zu brechen und die Hirsche des Königs zu töten."

Der Markgraf hob die Hand und brachte seinen Vogt damit zum Schweigen. Auf seiner Stirn bildeten sich tiefe Falten. „Du hast ‚sie' gesagt. Soll das heißen, dass der Wilderer … eine Frau ist?"

„Ja, mein Herr. Sie wusste nicht, dass das Fleisch auf dem Schwarzmarkt verkauft wird."

Ulrich gab ein spöttisches Schnauben von sich.

„Matthis", sagte der Markgraf, „ist der Wilderer jemand, den du kennst? Jemand, den du beschützen möchtest, weil du zärtliche Gefühle für ihn hegst?"

Matthis kaute auf seiner Wange herum. Schließlich sagte er: „Ja, mein Herr."

„Muss ich annehmen, dass du dich diesem Wilderer stärker verpflichtet fühlst als mir?"

Niemand gab ein Geräusch von sich und es schien, als würde sich die Luft verdichten. „Nein, natürlich nicht." Allerdings hatte nicht einmal Matthis das Gefühl, überzeugend zu klingen.

„Sag mir, wer dafür verantwortlich ist, dass das Fleisch auf dem Schwarzmarkt verkauft wurde. Das ist das Mindeste, was du mir kundtun musst, Matthis, sonst gewinne ich den Eindruck, dass du mir nicht die Wahrheit sagst."

„Ich möchte lieber warten, bis ich mehr Beweise gesammelt habe. Aber unabhängig davon, ob ich Euch den eindeutigen Beweis liefern kann oder nicht, werde ich Euch bis zum Ende der Woche sagen, wer es ist."

Der Markgraf sah alles andere als erfreut aus. „Du hast zwei Tage", sagte er. „Ich bin kein geduldiger Mensch und ich will wissen, wer das Gesetz gebrochen hat. Zwei Tage, Matthis."

„Ja, mein Herr."

Um nicht nach Hause kommen zu müssen, hatte Matthis sein Mittagessen mit den Dienstboten in der Küche des Schlosses eingenommen. Anschließend war er seiner Arbeit nachgegangen Dadurch war es ihm gelungen, Fronika den ganzen Tag über au dem Weg zu gehen. Aber als seine Mutter ihn an der Eingangstür mit einem besorgten Gesichtsausdruck empfing, bekam er es mit der Angst zu tun.

„Ist irgendetwas mit Fronika?“

„Es geht ihr gut, aber du musst dir anhören, wie der Besuch ihres Onkels vorhin vonstattengegangen ist.“

Matthis zwang sich zu einem gemäßigten Tempo.

„Das Abendessen ist bald fertig“, rief seine Mutter, als er die Tür des Schlafzimmers erreichte.

Fronika saß im Bett und hatte ein Kissen im Rücken. Sie war dabei, in einem von Matthis' Strümpfen ein Loch zu stopfen.

„Das … das musst du nicht machen“, sagte er und näherte sich ihr.

Fronika zog ihre Stopfarbeit an ihre Brust, so als würde sie befürchten, dass er sie ihr wegnehmen könnte. „Wenn du und deine Mutter eurer Arbeit nachgeht, brauche ich eine Beschäftigung. Abgesehen davon gibt es keine Erbsen mehr, die ich enthülsen könnte.“

Sie war so schön, wenn sie lächelte, aber jetzt war nicht der richtige Zeitpunkt, um ihr das zu sagen. „Sag mir, was passiert ist, als Rutger hier war.“

„Ja, natürlich. Aber setz dich zuerst hin. Du siehst müde aus. Du hast den ganzen Tag gearbeitet. Bitte.“

Während er sich hinsetzte, sah er sie fortwährend an. Allerdings verirrte sich sein Blick zu ihren Lippen. Schnell sah er ihr wieder in die Augen.

Fronika legte den Strumpf und die Stopfsachen auf ihrem Schoß ab. „Als deine Mutter gerade draußen war, um sich um den Garten und die Gänse zu kümmern, hat Rutger mir einen Besuch abgestattet.“

Dann fuhr Fronika fort zu erzählen, was Rutger gesagt hatte. „Ich habe versucht, ihm klarzumachen, dass ich nicht der Meinung bin, wir könnten einer Bestrafung entgegen. Um ehrlich zu sein, war ich ein bisschen erschrocken über seine Antwort. Noch nie zuvor hat mein Onkel auf eine solche Weise mit mir gesprochen oder mich so seltsam angesehen.“

„Er könnte dir vielleicht etwas antun, Fronika. Offensichtlich hat er Angst, du könntest dem Markgrafen etwas über seine Rolle beim Wildern und beim Schwarzmarkt erzählen."

Fronika zögerte, schüttelte dann jedoch den Kopf. „Er ist mein Onkel. Das würde er nicht tun. Er glaubt, dass er wahrscheinlich nicht bestraft werden wird, weil …" Plötzlich machte Fronika den Eindruck, als würde sie gleich in Tränen ausbrechen.

„Was ist los? Was verschweigst du mir?" Es sah immer noch so aus, als könnte sie nicht sprechen, weil sie zu sehr damit beschäftigt war, die Tränen zurückzuhalten. Daher sagte Matthis: „Wenn es darum geht, dass du Georg heiraten sollst, dann weiß ich das bereits." Er versuchte, ruhig und abgeklärt zu klingen, musste aber aufstehen und ihr den Rücken zudrehen. Dann verschränkte er die Arme vor der Brust. „Ich mache dir keine Vorwürfe, Fronika. Ich weiß, dass du ihn heiraten musst. Du wärst dumm, wenn du es nicht tun würdest. Sein Geld wird dich beschützen … und dir alles ermöglichen, was du haben willst."

Alles, was ich dir nicht geben kann.

Fronika sagte gar nichts.

Als Matthis seine Fassung zurückgewonnen hatte, drehte er sich wieder zu ihr um. Auf Fronikas Wimpern glänzten Tränen. Sie senkte den Kopf und wischte sich über die Augen. „Ich weiß, dass es keine Rolle mehr spielt, aber ich möchte dir noch einmal sagen, wie sehr ich es bedauere, diese andere Frau geküsst zu haben. Ich dachte, sie sei du, aber ich …"

„Bitte, du musst das nicht sagen. Sie sah aus wie ich und es war nicht deine Schuld. Jemand hat dich hereingelegt." Fronika starrte auf ihren Schoß und auf ihre gefalteten Hände.

„Fronika, du solltest in Betracht ziehen, dass dein Onkel derjenige war, der mich hereingelegt hat."

„Rutger war das nicht", sagte sie leise, ohne zu Matthis aufzusehen. „Das war Georg."

Matthis spürte, wie ihm die Zornesröte ins Gesicht stieg, und er wandte sich erneut von ihr ab. Er versuchte, ruhig zu atmen und einen Wutausbruch zu vermeiden. Wie konnte diese Ratte es wagen? Würde Fronika diesen Intriganten trotz dieses Wissen noch heiraten? Aber er sollte es ihr nicht vorwerfen. Sie hatte kaum eine Wahl. Matthis konnte sie nicht vor dem Kerker retten – zumindest nicht dauerhaft –, aber Georg konnte das.

Er würde sich später mit Georg befassen.

„Es tut mir leid, Matthis. Kurz nachdem ich herausgefunden hatte, dass Rutger das gewilderte Fleisch verkauft, habe ich auch das erfahren."

Matthis' Mutter betrat mit einem Tablett voller Essen das Zimmer. „Wir werden heute bei dir essen, Fronika!"

Dann hielt sie inne und blickte von Matthis zu Fronika und wieder zurück. Die Spannung, die zwischen ihnen herrschte, musste offensichtlich sein.

„Ihr müsst eure Mahlzeit nicht meinetwegen hierherverlegen." Fronika drückte sich hoch, um ein bisschen aufrechter zu sitzen, und zuckte dabei zusammen.

„Unsinn. Matthis und ich leisten dir gerne Gesellschaft", sagte Frau Weidmann und stellte das Tablett mit Nachdruck ab. „Außerdem sollst du dein Bein nicht belasten. Das hat Susanna gesagt und ihr muss man gehorchen."

Matthis empfand bei diesen Worten starke Zuneigung zu der Frau, die er liebevoll Mutter nannte. Auch ihn hatte sie bei sich aufgenommen und beschützt, bis er für sich selber sorgen konnte. Und nun tat sie dasselbe für Fronika. Wenn Fronika doch nur nicht gezwungen wäre, jemanden zu heiraten, den sie nicht liebte, nur um sich und Rutger zu beschützen.

Fronika erwachte im Dunkeln. Wie schon so oft zuvor schossen stechende Schmerzen von der Wunde ausgehend durch ihr Bein.

Auf dem Boden vor ihrer geöffneten Tür bemerkte Fronika etwas. Frau Weidmann hatte ihr angeboten, eine Kerze brennen zu lassen. Nach der unruhigen gestrigen Nacht hatte Fronika das Angebot gern angenommen. Vielleicht würde ein Licht helfen, die schmerzlichen, angsterfüllten Gedanken zu vertreiben. Und jetzt fiel das blasse Licht auf etwas Großes im Flur.

Fronikas Herz klopfte wild. Solange sie nicht herausfand, worum es sich dabei handelte, würde sie niemals wieder einschlafen können. „Wer ist da?", flüsterte sie. Weder bewegte sich das große Etwas noch antwortete es. Daher stellte sie die Frage noch einmal, und zwar ein bisschen lauter: „Wer ist da?"

Jetzt drehte sich das große Etwas herum und flüsterte: „Ich bin es, Matthis. Ich bewache deine Tür. Schlaf weiter."

Fronikas Herzschlag normalisierte sich wieder. „Du liegst doch nicht auf dem Boden, oder?"

„Ich habe einen ganzen Haufen Decken."

Eine seltsame Wärme durchflutete sie. Es war genauso wie in dem Moment, als Frau Weidmann so aufmerksam und freundlich zu ihr gewesen war, indem sie ihr Essen gebracht und ihr Kissen aufgeschüttelt hatte. „Danke, Matthis."

„Gern geschehen."

Kapitel 28

Am nächsten Morgen unterhielt sich Matthis in einem anderen Teil des Hauses mit seiner Mutter. Beim Klang seiner tiefen, sanften Stimme setzte Fronikas Herz einen Schlag aus.

Sie stand allein auf, um sich ihren morgendlichen Bedürfnissen zu widmen. Ferner beschloss sie, nicht den ganzen Tag im Bett zu verbringen. Es war ihr egal, was Frau Weidmann und die Heilerin sagten. Obwohl sie humpelte und ihr Bein zu pochen begann, wenn sie es belastete, konnte sie inzwischen gehen. Daher wollte sie Matthis' Mutter nicht länger zur Last fallen.

Fronika schaffte es, sich unbemerkt zur Vordertür hinauszuschleichen und zum Brunnen zu humpeln, um sich dort Wasser zu holen. Es fühlte sich gut an, draußen an der frischen Luft zu sein. Und so lehnte sie sich an den Brunnen, trank eine Kelle mit Wasser und hörte dem morgendlichen Gezwitscher der Waldvögel zu.

„Fronika!", rief Matthis von drinnen. Einen Augenblick später stand er an der Vordertür. Als er sie sah, griff er sich an die Brust.

Frau Weidmann trat ebenfalls nach draußen. „Meine Liebe, du hast uns einen ordentlichen Schrecken eingejagt! Wir wussten nicht, wo du bist. Du solltest nicht alleine hier herumlaufen."

„Es tut mir leid, dass ich euch Angst gemacht habe. Das Laufen tut nicht mehr so weh. Daher versuche ich, ein paar Dinge allein zu tun."

Matthis ging auf sie zu. „Bitte komm rein." Er stand direkt neben ihr und hielt ihr seinen Arm hin.

Während sie zum Haus zurückgingen, stützte sich Fronika auf ihn. Die ganze Zeit über sah sich Matthis nach allen Seiten hin um.

„Erwartest du, dass uns jemand angreift?", neckte Fronika und versuchte, einen fröhlichen und unbekümmerten Tonfall anzuschlagen.

Zunächst antwortete Matthis nicht. Dann sagte er: „Ich will nicht, dass du hinfällst und dich verletzt."

Im Haus angekommen, reichte Matthis ihr einen Becher mit Wasser, den seine Mutter gebracht hatte.

Jetzt klopfte es an der Vordertür. Während seine Mutter zur Tür ging, schien Matthis die Ohren zu spitzen. Ein Murmeln ertönte, dann kehrte Frau Weidmann in den Raum zurück.

„Das war ein Bote vom Dornbecker Schloss. Der Markgraf möchte umgehend mit dir sprechen, Matthis."

Matthis nickte und wandte sich zum Gehen.

„Matthis?", sagte Fronika, bevor sie den Mut verlieren konnte.

Er steckte noch einmal den Kopf zur Tür herein. „Ja?"

„Ich … ich weiß, dass du große Schwierigkeiten bekommst, wenn der Markgraf herausfindet, dass du den Wilderer in deinem Haus versteckst. Ich sollte mit dir gehen und ein Geständnis ablegen."

„Nein, Fronika." Matthis zog die Stirn in Falten. Dann seufzte er tief. „Das ist nicht nötig. Außerdem weiß der Markgraf bereits, dass der Wilderer hier ist und verletzt wurde." Er schien noch mehr dazu sagen zu wollen, schüttelte dann aber den Kopf. „Ich bin bald zurück."

Dann drehte er sich um und ging. Quer über seinen Rücken hing der Bogen und daneben der Köcher mit den Pfeilen.

Fronika kaute auf ihrer Unterlippe herum. War der Markgraf wütend auf Matthis, weil er den notorischen Wilderer beschützte, der alle Hirsche des Königs erlegt hatte? Matthis verdiente es nicht, ihretwegen Schwierigkeiten zu bekommen. Sobald ihr Arm und ihr Bein ein bisschen besser verheilt waren, würde sie darauf bestehen, sich zu stellen.

Wenn sie in der Lage wäre, so weit zu laufen, würde sie jetzt schon gehen.

Einige Zeit später erreichte Matthis das Dornbecker Schloss. Dort wurde er von einem Dienstboten begrüßt. „Fürst von Dornbeck erwartet mich."

Der Dienstbote ließ ihn in der Eingangshalle warten. Ein paar Minuten später kam anstelle des Dienstboten Fürst von Dornbeck selbst auf ihn zu. „Matthis. Hast du Informationen für mich?"

Matthis räusperte sich. „Nein, mein Herr. Ihr habt mich rufen lassen."

Der Markgraf starrte ihn an. „Ich habe dich nicht rufen lassen."

„Ein Bote war bei mir zu Hause und hat gesagt, dass Ihr mich sprechen wollt." Matthis traf es wie ein Blitz.

„Was für ein Bote?"

„Es war ein Junge im Alter von ungefähr dreizehn Jahren mit braunem lockigen Haar.“

„Das klingt nach Ulrichs Neffen, aber ich habe ihn nicht losgeschickt. Vielleicht spielt dir jemand einen Streich.“

Jemand, der Fronika schaden wollte? „Danke, mein Herr. Vergebt mir …“ Blitzartig drehte sich Matthis um und begann zu laufen.

Er lief so schnell, wie er nur konnte, die steile, gewundene Straße hinab, die vom Dornbecker Schloss wegführte. Dann nahm er eine Abkürzung durch den Wald und schlitterte auf Hacken eine tiefe Schlucht hinab. In nur zwei Minuten würde er die Lichtung vor seinem Haus erreichen.

Plötzlich zischte etwas so nah an seinem Ohr vorbei, dass er einen Luftzug spürte. Direkt vor ihm bohrte sich ein Pfeil mit einem dumpfen Geräusch in einen Baum.

Zum zweiten Mal in nur wenigen Tagen warf sich Matthis auf den Bauch, weil jemand auf ihn schoss.

Kurz darauf richtete sich Matthis ein wenig auf und starrte in die Richtung, aus der der Pfeil gekommen zu sein schien. Doch die Bäume waren so dicht, dass er nur sehr wenig sehen konnte. Blut pulsierte durch Matthis' Ohren, aber er nahm keine einzige Bewegung wahr. Daraufhin zog er einen Pfeil aus seinem Köcher und nahm den Bogen zur Hand. „Wer ist da? Wenn Ihr mir nicht sagt, wer Ihr seid, werde ich auf Euch schießen!“ Die Person sollte glauben, dass Matthis sie sehen konnte.

Anstatt dort zu bleiben, wo er war, und einen weiteren Pfeil abzuwarten, krabbelte er auf Knien vorwärts. Sollte der Bogenschütze nach ihm Ausschau halten, dann wollte Matthis ihn ausmachen, bevor er Matthis entdecken konnte.

Kurz darauf begann die Person zu laufen. Sie krachte durch das Unterholz und steuerte auf das Haus zu, wo sich seine Mutter und Fronika befanden.

Matthis sprang auf seine Füße und rannte ihr nach. Schon nach einer Minute erreichte er die Lichtung vor dem Haus. Während Matthis die letzten Meter im Laufschritt überwand und durch die Eingangstür stürzte, blieb alles ruhig.

Niemand war im vorderen Raum, also rannte er in Fronikas Schlafzimmer. Seine Mutter saß auf einem Stuhl neben dem Bett und Fronika las aus einem seiner Evangelien vor.

„Matthis, was …?“

„Habt ihr jemanden gesehen? Ist irgendjemand hier gewesen?“

„Wir haben niemanden gesehen. Was ist los?“

Matthis drehte sich wieder um und rannte auf die Tür zu. „Ich bin bald zurück.“

Was war das denn gewesen? Fronika hatte bemerkt, dass Matthis völlig abgehetzt war. Außerdem hatte er seinen Bogen und einen Pfeil in der Hand gehabt. Hatte schon wieder jemand auf ihn geschossen?

„Frau Weidmann, könntet Ihr mir aufhelfen?“

„Natürlich, mein Kind. Möchtest du den Nachttopf benutzen?“

„Nein, ich will … ein bisschen frische Luft schnappen.“ Sie wollte nicht, dass Frau Weidmann begriff, in welcher Gefahr ihr Sohn schwebte. „Könnt Ihr mir meinen Bogen und meine Pfeile reichen?“

„Deinen Bogen und deine Pfeile? Aber wofür denn, mein Kind?“

Als Fronika ihre Füße auf den Boden setzte und aufstand, musste sie die Zähne zusammenbeißen und die Schmerzen in ihrem Bein ignorieren. Frau Weidmann griff nach ihrem Arm.

„Ich glaube nicht, dass du das tun solltest.“

Doch Fronika streckte die Hand nach ihren Waffen aus und Frau Weidmann reichte sie ihr. Dann humpelte die junge Frau so schnell wie möglich zum Türrahmen.

„Wo willst du hin? Was haltet ihr vor mir geheim, Matthis und du? Was ist hier los?“

Fronika lockerte ihren Kiefer und sagte: „Matthis könnte in Gefahr schweben. Ich möchte nachsehen, ob er Hilfe braucht.“

„Ich will nicht respektlos sein, meine Liebe, denn ich sehe, dass du eine sehr mutige und fähige Frau bist. Aber ich glaube nicht, dass du Matthis in deinem verletzten Zustand helfen kannst."

„Vielleicht nicht, aber ich muss es versuchen." Da sich Fronikas Muskeln ein wenig lösten, beschleunigte sie ihren Schritt. Obwohl ihr verletztes Bein pochte, bewegte sie sich weiter auf die Haustür zu. Als sie diese erreichte, stieß Fronika sie auf und starrte nach draußen. Dann spannte sie einen Pfeil in ihren Bogen, ignorierte die Schmerzen in ihrem Arm und marschierte nach draußen.

Frau Weidmann lief neben ihr her, sagte aber nichts. Gemeinsam bewegten sie sich auf die kleine Lichtung rechts neben dem Haus zu. Fronika lauschte in die Umgebung hinein. Hatte sie wirklich gedacht, in ihrem versehrten Zustand etwas bewirken zu können? Sie wusste ja noch nicht einmal, in welche Richtung Matthis gegangen war. Trotzdem trat sie auf die Lichtung hinaus und sah sich beim Gehen nach allen Richtungen um. Frau Weidmann blieb direkt hinter ihr, versuchte aber nicht länger, sie zu stützen.

Dann entdeckte sie ihn. Matthis kam aufs Haus zu. Er sah immer noch sehr alarmiert aus und blickte sich fortwährend um.

Plötzlich sah Fronika links neben Matthis eine Bewegung. Direkt hinter ihm erhob sich ein Mann, der sich hinter einem Busch versteckt hatte. Jetzt spannte er seinen Bogen und zielte auf Matthis.

Fronika hob ebenfalls ihren Bogen, zog in einer einzigen fließenden Bewegung die Sehne zurück und ließ ihren Pfeil fliegen – im selben Augenblick, wie der Mann seinen Pfeil auf Matthis abschoss. Als Matthis sah, dass Fronika ihren Bogen anhob, wirbelte er herum. Frau Weidmann schrie auf. Der Schütze stieß einen leisen Schrei aus und griff sich an den Arm. Anscheinend hatte Fronikas Pfeil ihn gestreift. Dann drehte er sich um, verschwand im Wald und krachte durch das Unterholz.

Matthis, der immer noch seinen eigenen Bogen in der Hand hatte, zielte in die Richtung des mysteriösen Schützen. Dann konzentrierte er sich auf Fronika und ließ den Bogen sinken.

„Hat er dich getroffen?", fragte Fronika und begann zu schwanken.

Matthis rannte zu ihr. „Nein, er hat mich verfehlt. Aber ich glaube, dass du ihn getroffen hast."

„Ich habe nur seinen Arm gestreift."

Fronikas Knie drohten unter ihr nachzugeben. Sterne tanzten vor ihren Augen. Matthis nahm ihr die Waffe aus den zitternden Händen.

„Ich glaube, ich muss mich hinsetzen", flüsterte sie, während ihr allmählich schwarz vor Augen wurde.

Matthis legte einen Arm an ihren Rücken, beugte sich ein wenig herab und griff mit dem anderen Arm unter ihre Knie. Dann hob er sie hoch.

„Es geht mir gut. Ich fühle mich nur ein bisschen … schwach." Erschöpft legte Fronika ihren Kopf auf seine Schulter. Es fühlte sich genauso an wie das letzte Mal, als Matthis sie getragen hatte. Nur dass der Weg dieses Mal viel kürzer war.

„Wer war das?", fragte Frau Weidmann, während Matthis Fronika ins Haus trug und aufs Bett legte.

„Ich weiß es nicht", erwiderte Matthis und strich Fronika das Haar aus dem Gesicht. „Danke, dass du mir das Leben gerettet hast." Seine Stimme war heiser und tief.

Fronikas Herz tat einen Satz. Als er sich über sie beugte, oh, da wünschte sie, er würde sie küssen.

Aber das konnte er nicht. Natürlich konnte er es nicht. Sie würde ja Georg heiraten.

Matthis' Gesicht verfinsterte sich. Dachte er ebenfalls darüber nach, dass sie einer Ehe mit Georg zugestimmt hatte? Er trat einen Schritt zurück, drehte sich um und verließ den Raum.

Als aus einem anderen Zimmer Stimmen an ihr Ohr drangen, öffnete Fronika die Augen.

„Du hast sie angeschossen!", sagte jemand. Das war Georg – unverkennbar.

„Sie muss jetzt überhaupt nirgendwohin gebracht werden. Heute Nachmittag ist sie beinahe ohnmächtig geworden“, erklärte Matthis mit scharfer Stimme.

„Ich habe eine Trage mitgebracht“, erwiderte Georg.

„Mir ist egal, was du mitgebracht hast. Sie bleibt hier.“

Dann schienen mehrere Leute gleichzeitig zu sprechen. War es Onkel Rutgers polternder Bass, den sie da vernahm?

Jetzt schienen die Stimmen auf einmal näher zu kommen und mit einem Mal polterten alle drei – Matthis, Georg und Rutger – in Fronikas Zimmer.

Matthis hatte seine Arme vor der Brust verschränkt. Seine Stirn war gerunzelt und sein Kiefer mahlte.

Rutger und Georg hingegen kamen sogleich auf Fronika zu. Georg lächelte und legte seinen Kopf schief. „Liebes, bitte erlaube deinem Onkel, dich nach Hause zu bringen. Es ist nicht gut für dich, wenn du hier bei Matthis in diesem kleinen Haus bleibst.“ Als er die letzten Worte aussprach, entging ihr sein abschätziger Blick durch den Raum nicht.

„Du musst nicht gehen, wenn du nicht willst“, sagte Matthis.

„Fronika“, meldete sich nunmehr Rutger zu Wort, „draußen ist eine Trage. Du musst kein bisschen laufen und du willst dem Förster und seiner Mutter doch sicher nicht länger Schwierigkeiten machen wollen.“

Schwierigkeiten. Es stimmte. Ihre Anwesenheit würde Matthis beim Markgrafen nur Probleme bereiten.

„Willst du mir nicht erlauben, dich nach Hause zu bringen?“, fragte Georg über Rutgers Schulter hinweg, während Matthis noch immer ein finsteres Gesicht machte.

„Ja, es ist wohl am besten, wenn ich gehe“, sagte Fronika sanft.

Georg und Rutger bekundeten im Chor ihre Zustimmung.

Frau Weidmann, die inzwischen auch dazugekommen war, sammelte sogleich Fronikas Sachen zusammen und gab sie Rutger. Gleichzeitig warf sie ihm einen feindseligen Blick zu.

„Geht zur Seite.“ Matthis drängelte sich an Georg vorbei.

„Was soll das denn? Wer ...?“ Georgs Einwände verstummten, als Matthis die Bettdecke zurückschlug und seine Arme unter

Fronika schob. Er hob sie mit Leichtigkeit an und trug sie an Georg und Rutger vorbei, die es mit offenem Mund geschehen ließen.

Matthis trug Fronika durch den engen Flur des Hauses und durch die Eingangstür. Nachdem er sich neben die Trage gekniet hatte, die an Georgs Pferd angehängt war, legte er Fronika so zärtlich darauf ab, dass etwas in ihrer Brust zu zerbrechen schien.

Fronika sah Matthis in die Augen und suchte … wonach, das wusste sie nicht. Seine blaugrünen Augen blickten zu ihr zurück. Aber als Georg und Rutger durch die Tür stürmten und auf sie zumarschierten, erhob sich Matthis.

Georg nahm seinen Platz ein. „Soll ich dir irgendetwas holen, Liebes?“ Die Art, wie er seine Hände faltete und lächelte, verriet eine gewisse Nervosität.

Frau Weidmann schob ihn beherzt zur Seite und deckte Fronika sorgfältig mit einer Decke zu. Dann legte sie ein Bündel – ihre Jagdkleidung sowie ihren Bogen und ihre Pfeile – neben sie auf die Trage.

„Wenn du irgendetwas brauchst, mein Kind, dann lass es mich wissen.“ Sie wandte den Kopf und warf einen missbilligenden Blick über ihre Schulter nach hinten. „Männer wissen nicht, wie man sich um eine verletzte Frau kümmert.“

Kurz darauf waren Rutger und Georg bereit. Das Pferd setzte sich in Bewegung und Fronikas holprige Reise nach Hause begann.

Am nächsten Morgen erwachte Fronika in ihrem eigenen Zimmer. Alles sah normal und vertraut aus. Aber … Fronika blinzelte. Sonnenlicht strömte durch ihr Fenster. Die junge Frau zitterte und versuchte die Decke bis unter ihr Kinn zu ziehen, was mühsamer war, als sie es sich vorgestellt hatte. Entweder war die Decke außergewöhnlich schwer oder Fronika sehr schwach. Ih

Körper schmerzte und ihr Kopf war heiß. Sie fasste sich mit der rechten Hand ins Gesicht. Es war so heiß, dass es ihre Finger zu versengen schien. Ihr Hals brannte und sie war furchtbar durstig.

Wenig später wurde ihr bewusst, dass irgendjemand in der Nähe den Boden schrubbte. „Wer ist da?"

Die Person schien sich im Flur direkt neben Fronikas Zimmer zu befinden. „Ich bin es, Ursel."

„Bringst du mir ein bisschen Wasser? Ich fürchte, ich kann nicht aufstehen." Ihr Bein pochte und es schmerzte sie sogar, die Augen zu öffnen.

Ein paar Minuten später brachte Ursel ihr Wasser.

„Holst du meinen Onkel?"

„Er ist nicht hier." Ursel starrte sie mit großen Augen und offenem Mund an.

„Lässt du ihn rufen? Ich glaube, ich brauche einen Arzt. Oder besser noch, kannst du Frau Weidmann aus dem Haus des Försters kommen lassen?"

Ursel eilte zur Tür hinaus. Sie war ein schüchternes Mädchen, aber Fronika betete, dass sie tun würde, was ihr aufgetragen worden war.

Fronika war kaum in der Lage, ein paar Schlucke Wasser zu trinken. Die Zeit, in der sie allein im Bett lag, kam ihr wie eine Ewigkeit vor. Endlich stand Rutger neben ihr und berührte ihre Stirn.

„Ich dachte, du bräuchtest nur Schlaf. Aber jetzt hast du offensichtlich Fieber."

Er hatte den gleichen Gesichtsausdruck wie Ursel – große Augen und einen offenen Mund. „Ich lasse einen Arzt holen."

Als Fronika erneut erwachte, hörte sie ein Summen und leises Singen. Jemand berührte ihr Bein. Fronika stöhnte auf und öffnete die Augen. Die Heilerin, Susanna, hatte sich über sie gebeugt und drückte etwas auf ihre Wunde, das eine gelbe Farbe hatte und faul roch.

Frau Weidmann saß an Fronikas Bett und berührte ihre Wange. „Die Heilerin ist hier.“ Sie wischte Fronikas Wange mit einem kühlen, feuchten Tuch ab, dann legte sie ihr ein feuchtes Tuch auf die Stirn. „Und Gott wird dich heilen. Er wird die Gebete erhören, die wir für dich sprechen.“

„Danke“, brachte Fronika hervor.

Jetzt rief die Heilerin Frau Weidmann zu sich, damit sie ihr helfen und Anweisungen entgegennehmen konnte. Fronikas Augen tränten, weil etwas in der Luft lag, das den stechenden Geruch von Terpentin verströmte. Ihr Bein musste sich entzündet haben und jetzt legten sie Terpentinbalsam auf ihre Wunde.

Wenn ihre Wunde eiterte, konnte sie sterben. Diese Erkenntnis rief bei Fronika keine Angst hervor, nur Niedergeschlagenheit.

Frau Weidmann begann erneut, über das Gesicht der Verletzten zu wischen, ihre Lippen mit dem kühlen Wasser zu betupfen und das Haar von ihren Schläfen zu streichen. Doch dann hörte Fronika Frau Weidmann mit der Heilerin sprechen und ihre Stimmen kamen vom anderen Ende des Raumes. Wer also kühlte ihr Gesicht?

Verwirrt öffnete Fronika die Augen. Matthis saß neben ihr und drückte das Tuch auf ihre Wange.

„Wie fühlst du dich?“

„Ein bisschen besser, glaub ich.“ Aber sie war sich nicht sicher, ob das stimmte.

„Es tut mir so leid, Fronika.“ Seine Augen leuchteten über ihr und seine Wimpern waren dunkel und dicht.

„Was tut dir leid?“

„Dass ich auf dich geschossen habe.“ Matthis schluckte, so als lösten die Worte Schmerz aus.

„Das muss dir nicht leidtun. Es war meine Schuld.“

Matthis fuhr mit der Aufgabe fort, die seine Mutter unterbrochen hatte. Fronika schloss die Augen. Sie war zu schwach, um noch mehr zu sagen.

Wenig später scheuchte Frau Weidmann ihren Sohn weg und Fronika schlief ein. Sie träumte, dass Matthis sie durch eine heiße, trockene Wüste trug.

Mit zögernden Schritten machte sich Matthis auf den Weg zum Dornbecker Schloss. Es war an der Zeit, Fürst von Dornbeck die ganze Wahrheit über den Wilderer zu erzählen. Seine zwei Tage waren abgelaufen.

Er betrat das Schloss und folgte dem Dienstboten in die Bücherei des Markgrafen. Ulrich saß an seinem eigenen Schreibtisch, der sich ein paar Meter neben dem des Markgrafen befand. Beide schienen irgendetwas zu schreiben.

Fürst von Dornbeck signalisierte Matthis mit einer Handbewegung, dass er vortreten solle. „Heute hast du hoffentlich Informationen für mich."

„Ja, mein Herr."

„Bevor du mir erzählst, wer der Wilderer und Schwarzmarktverkäufer ist, möchte ich wissen, was gestern passiert ist. Du hast gesagt, dass jemand zu dir gekommen ist, ein Bote. Was hat er gesagt?"

„Er hat gesagt, dass Ihr mich zu sprechen wünscht." Matthis blickte zu Ulrich hinüber. Dieser starrte zwar angestrengt auf seine Papiere hinab, doch konnte Matthis an seinem Gesichtsausdruck ablesen, dass er dem Gespräch folgte. „Nachdem ich das Schloss verlassen hatte und beinahe zu Hause angekommen war, hat jemand auf mich geschossen. Der Pfeil verfehlte mich nur knapp. Wenig später schoss jemand ganz in der Nähe meines Hauses erneut auf mich."

„Wie sah die Person aus?"

„Sie trug dunkle Kleidung und eine Kapuze, die den größten Teil ihres Gesichts verdeckt hat."

„Konntest du zurückschießen?"

„Nein. Aber als die Person auf mich gezielt hat, hat jemand anderes – Fronika Menkels – auf ihn geschossen. Ich glaube, dass sie seinen Arm gestreift hat ... seinen rechten Arm." Matthis starrte Ulrich an, dessen Gesicht gerötet war. Schweiß lief seine Wangen hinunter und er wischte ihn mit dem Handrücken ab.

Auch der Markgraf fixierte Ulrich mit seinem Blick. „Hast du irgendeine Ahnung, wer die Person ist, die meinen Förster töten will?"

Plötzlich begriff Matthis. Er trat an Ulrichs Schreibtisch heran, zwang ihn dadurch aufzublicken und griff nach seinem rechten Arm.

Ulrich schrie auf. Der Laut war eine Mischung aus Angst und Schmerz. „Lass mich los."

Matthis drückte noch fester zu, sodass Ulrich erneut laut jaulte.

Fürst von Dornbeck stand jetzt direkt neben Matthis. Der Markgraf griff nach Ulrichs Arm und schnitt mit einem Messerstrich den Ärmel seines Vogts von unten bis oben auf. Ulrichs Oberarm war mit einem weißen Tuch umwickelt, das Fürst von Dornbeck ebenfalls aufschlitzte.

Auf Ulrichs nackter Haut kam nun eine Wunde zum Vorschein, die durchaus von einem Pfeil verursacht worden sein konnte. Das Mal war beinahe identisch mit der Wunde, die sich auf Matthis' Schulter befand.

„Es ist nicht wahr, was Ihr denkt, mein Herr." Ulrichs Stimme hatte einen flehenden Klang. „Matthis lügt. Ich habe nicht versucht, ihn zu töten."

„Wo warst du dann gestern, nachdem dein Neffe die Botschaft an Matthis übermittelt hatte?"

Ulrich öffnete den Mund, doch außer einem ängstlichen Wimmern kam nichts.

„Wachen!" Fürst von Dornbecks Gesicht wirkte düster und gefährlich.

Zwei Männer betraten mit gezückten Schwertern den Raum.

„Bringt diesen Mann in den Kerker."

„Nein, mein Herr, bitte!" Ulrich fiel auf seine Knie und streckte dem Markgrafen jammernd seine Hände entgegen. „Bitte!"

Aber Fürst von Dornbeck wandte sich von ihm ab und humpelte zu seinem Schreibtisch zurück. Mit jedem Schritt donnerte er seinen Gehstock auf den Boden. Er ließ sich auf den Stuhl sinken, stützte die Ellbogen auf der Tischplatte ab und faltete die Hände. „Nun, Matthis, ich glaube, du wolltest mir etwas erzählen." Während er sprach, erschallten im Korridor jenseits der geöffneten Tür immer noch Ulrichs Bitten um Gnade.

Matthis' Gedanken überschlugen sich. „Mein Herr, warum? Warum sollte Ulrich mich töten wollen? Ich weiß, dass er mich nie gemocht hat. Schon als wir noch Schuljungen waren, schien er mich zu hassen, aber warum jetzt?"

Fürst von Dornbeck zuckte mit den Achseln. „Ich vermute, dass er schon damals, als ihr noch Kinder wart, neidisch auf dich war und befürchtete, du würdest ihn eines Tages übertrumpfen. Er hat die Berichte gesehen, die du geschrieben und mir alle drei Monate ausgehändigt hast. Alle waren sehr gut abgefasst und zeigten Intelligenz, Fleiß und Organisationstalent; alles Eigenschaften, die Ulrich fehlten. Und ich habe mehrfach meine Anerkennung dafür zum Ausdruck gebracht."

Fürst von Dornbeck rückte ein Stück vom Schreibtisch ab und dehnte ein wenig sein krankes Fußgelenk. Dabei gab er ein leises Stöhnen von sich. „Ich fing an", fuhr er schließlich fort, „allerhand Schwächen in meinem Vogt zu sehen, die mir nicht gefielen. Bevor die ganzen Probleme mit dem Wilderer anfingen, dachte ich sogar darüber nach, dir Ulrichs Position zu geben. Ulrich hat das wohl gemerkt. Aber ich hätte nie geglaubt, dass er versuchen würde, dich zu töten. Erst gestern, als du vorbeikamst und mir sagtest, sein Neffe hätte dir eine falsche Botschaft übermittelt, wurde ich misstrauisch. Ich konnte Ulrich nirgendwo finden. Und jetzt hast du das Geheimnis gelüftet und herausgefunden, wo er war."

Der Markgraf hob die Augenbrauen, dann warf er Matthis einen durchdringenden Blick zu. „Und jetzt hast du mir hoffentlich etwas zu erzählen."

„O ja, mein Herr. Ihr möchtet die Identität des Wilderers erfahren. Ich habe ein paar sehr interessante Informationen für

Euch. Aber zuerst muss ich Euch sagen, dass … dass Fronika Menkels der Wilderer ist.“ Als Matthis die Worte aussprach, hatte er das Gefühl, Fronika zu verraten, und sein Herz schlug hart gegen seinen Brustkorb. Doch er hatte keine Wahl. Fürst von Dornbeck konnte problemlos herausfinden, wer verletzt worden war und zwei Tage in seinem Haus verbracht hatte. Wenn er es nicht sogar schon wusste.

„Ja. Fahre fort.“ Der Markgraf wirkte nicht überrascht.

„Fronika hat vor beinahe einem Jahr damit begonnen, Hirsche zu wildern, weil sie die Armen von Dornbeck versorgen wollte. Ihr Onkel, Rutger Menkels, hat ihr drei bis fünf junge Männer an die Seite gestellt, die ihr dabei geholfen haben, die Tiere zu zerlegen und aus dem Wald zu schaffen. Auch hat er ihr dabei geholfen, das Fleisch an die Armen zu verteilen. Vor sechs Monaten verlor er jedoch zwei Schiffsladungen mit Waren sowie eine Karawane aus dem Orient. Ohne dass Fronika es wusste, begann er, das Fleisch im hinteren Teil des Roten Hauses zu verkaufen.“

Matthis versuchte, im Gesicht des Markgrafen eine Reaktion abzulesen, war jedoch nicht sicher, ob Kälte, Härte oder etwas anderes darin geschrieben stand.

„Fronika ist die junge Frau, die auf meinem Ball das weiße Schwanenkostüm getragen hat, nicht wahr?“

„Ja, mein Herr.“ Zweifellos hatte er Matthis mit ihr tanzen sehen.

„Georg Papendorf schien sehr daran interessiert zu sein, sie zu heiraten. Ich glaube, irgendetwas davon gehört zu haben, dass er die bevorstehende Eheschließung in der Kirche bekannt gegeben hat.“

„Ja, mein Herr.“ Dem nur zuzustimmen, kostete Matthis größte Überwindung. „Aber Georg hat auch einen Anteil an alledem.“

„Ja?“

„Mein Freund Dieter Vogel hat herausgefunden, dass Georg einem befreundeten Händler übel mitgespielt hat. Dieser Händler dachte, dass seine Waren auf dem Weg nach Dornbeck gestohlen worden waren. In Wirklichkeit steckte jedoch Georg dahinter. Er hatte die Wachen bestochen, die die Karawane mit den Waren begleiteten, und dann die Waren von seinen eigenen Leuten stehlen lassen. Georg hatte vor, die Waren so lange zu behalten, bis sein Freund, der Händler, ihm dabei geholfen hatte, das zu bekommen, was er wollte."

Fürst von Dornbeck starrte Matthis an. In seinen braunen Augen lag sehr viel Härte. „Ich will Namen."

„Der Händler, den Georg hinters Licht geführt hat, ist Rutger Menkels. Sobald Georg bekommen hätte, was er wollte, hätte er Rutger die Waren auf wundersame Weise wiedergebracht. Er schien das für einen einzigen großen Spaß zu halten."

„Sehr interessant. Fahre fort."

„Georg stellte sicher, dass Rutger den Eindruck gewann, vor dem vollkommenen Ruin zu stehen. Anstatt einer der wohlhabendsten Händler von Dornbeck zu sein, hatte er nun Schulden. Dann erzählte er ihm, dass er ihm helfen würde, sein Vermögen wiederzuerlangen, wenn Rutger ihm ebenfalls einen Gefallen täte. Er sollte Fronika davon überzeugen, Georg zu heiraten."

Fürst von Dornbeck nickte. „Danke, Matthis. Du warst mir eine große Hilfe. Du hast herausgefunden, wie unzuverlässig mein Vogt ist. Auch hast du deine Loyalität mir gegenüber unter Beweis gestellt, indem du mir gesagt hast, dass die Frau, die du liebst, ein dreister Wilderer ist."

Angesichts der Worte des Markgrafen stieg Matthis die Röte ins Gesicht. „Ich nahm an, dass Ihr es sowieso herausfinden würdet, mein Herr."

„Das hast du richtig angenommen. Ich hatte die Identität der verletzten Person, die du in deinem Haus beherbergt hast, bereits in Erfahrung gebracht. Ich wollte nur sehen, ob du mir selbst die Wahrheit erzählst. Gehe ich richtig in der Annahme, dass du gehofft hast, sie würde nicht bestraft werden, weil sie Georg heiratet?"

„Ähm … ja, mein Herr."

Der Markgraf starrte eine Weile auf seinen Schreibtisch herab und schwieg. „Sag Fronika, dass sie sich, sobald sie ausreichend genesen ist, für ihre Verbrechen zu verantworten hat."

Matthis spürte, wie sich ihm der Hals zuschnürte, und er musste erst schlucken, bevor er sprechen konnte. „Ja, mein Herr. Im Moment ist sie sehr krank. Die Wunde in ihrem Bein hat sich entzündet."

„Es tut mir leid, das zu hören. Kann ich irgendetwas tun? Wie ich gehört habe, hat die Heilerin im Wald eine sehr gute Salbe für entzündete Wunden."

„Susanna – und meine Mutter – kümmern sich bereits um sie. Ich danke Euch, mein Herr."

„Dann wage ich zu behaupten, dass sie wieder gesund wird. Sobald das der Fall ist, erwarte ich sie. Ihren Onkel hingegen werde ich schon heute festnehmen lassen. Und jetzt …" Fürst von Dornbeck hielt inne und starrte Matthis eine ganze Weile an. „Ich brauche einen neuen Vogt, der meinen Schriftverkehr, meine Geschäftsbücher und meine anderen Dokumente auf dem Laufenden hält. Du hast mir sehr imponiert, Matthis, und ich möchte, dass du diese Aufgabe übernimmst."

„Mein Herr, es wäre mir eine Ehre."

Erneut huschte der Hauch eines Lächelns über das Gesicht des Markgrafen. „Gut. Wir werden uns später über die Einzelheiten und all deine Pflichten unterhalten. Jetzt kannst du erst einmal gehen."

„Ja, mein Herr."

Plötzlich war sich Matthis nicht mehr sicher, ob er das Richtige getan hatte. Fronikas Onkel würde in den Kerker wandern und angesichts der neuen Informationen würde der Markgraf Georg vielleicht nicht erlauben, Fronika zu beschützen.

Matthis würde alles tun, was er konnte, um sie zu verteidigen, aber er würde auch inbrünstig dafür beten, dass Gott Barmherzigkeit zeigte und seine Macht einsetzte, um sie zu retten.

Kapitel 29

Fronika erwachte am nächsten Morgen mit dem Geruch von Terpentin in der Nase. Dieses Mal verteilte Frau Weidmann es auf ihrem Bein.

„Guten Morgen. Wie fühlst du dich?“, fragte die ältere Frau und lächelte sie an. Außer ihr schien niemand im Raum zu sein.

Fronika setzte sich auf. „Viel besser.“ Sie fühlte sich nicht mehr heiß und fiebrig.

Matthis’ Mutter wischte sich die Hand ab und holte Fronika ein wenig Wasser. Es schmeckte wundervoll.

„Hast du Hunger?“

„Ich sterbe vor Hunger.“

„Das ist ein gutes Zeichen. Ich hole dir etwas zu essen.“ Frau Weidmann lächelte und tätschelte Fronikas Wange, bevor sie den Raum verließ.

Fronika hob das Bettlaken an, um einen Blick auf ihr Bein zu werfen. Die Wunde war mit einer gelben Salbe bedeckt, die nach Terpentin und Bienenwachs roch. Ihr Arm war mit einem Verband umwickelt. Er tat kaum noch weh, juckte jedoch. Fronika hob den gesunden Arm, um sich zu kratzen, aber die Wunde war noch zu empfindlich. Außerdem verhinderte der Verband, dass sie an die entsprechende Stelle gelangte.

Als Frau Weidmann mit einem Teller Suppe zurückkehrte, nahm Fronika ihn dankbar entgegen. Sie aß so schnell, wie sie die Suppe mithilfe des Löffels in ihren Mund befördern konnte. Außerdem aß sie noch das Brot und das Fruchtkompott, das Matthis’ Mutter ihr gebracht hatte.

„Danke schön, das war wundervoll“, seufzte Fronika und sank zurück in ihr Kissen. „Geht es Rutger gut? Sicher macht er sich Sorgen um mich.“

Frau Weidmann lächelte ein wenig, runzelte aber auch die Stirn. „Dein Onkel wurde gestern von Fürst von Dornbecks Leuten abgeholt. Glücklicherweise ist einer deiner Dienstboten zu mir gekommen und hat mir gesagt, wie krank du bist. Dadurch konnte ich mich um dich kümmern."

Angesichts des Schicksals, das ihrem Onkel widerfahren war, zog sich Fronika der Magen zusammen. „Ich bin Euch so dankbar. Und wie geht es Matthis? Geht … geht es ihm gut?"

Frau Weidmann zwinkerte Fronika zu. „Gut genug. Allerdings macht er sich Sorgen um dich. Er konnte erst einschlafen, nachdem ich ihm erzählt hatte, dass das Fieber heruntergegangen ist und deine Wunde besser aussieht."

Fronika nickte. Ihr Herz schlug Purzelbäume. Vielleicht bedeutete sie Matthis immer noch etwas. „Er hat meinetwegen doch keinen Ärger mit dem Markgrafen bekommen, oder?"

„Nein, ich glaube nicht."

Es schmerzte sie, sich Rutger im Kerker vorzustellen.

Mittlerweile musste der Markgraf erfahren haben, dass Fronika der Wilderer war. Schon bald würde sie an Rutgers Seite hinter Gitter kommen.

Fronika bekam Matthis an diesem Tag nicht zu Gesicht. Aber Frau Weidmann blieb und kümmerte sich um sie. Die Köchin und Ursel blieben ebenfalls und halfen ihr. Die anderen Dienstboten waren jedoch gegangen, nachdem sie gehört hatten, dass Rutger im Kerker saß. Zweifellos vermuteten sie, dass Fronika sie ohne Rutger nicht entlohnen konnte – was der Wahrheit entsprach.

„Ich fühle mich so schuldig", sagte Fronika, als Frau Weidmann kam und ihr etwas zu essen brachte. „Es kommt mir falsch vor zuzulassen, dass Ihr Euch um mich kümmert."

„Kind, davon will ich kein einziges Wort mehr hören", erwiderte Frau Weidmann und zeigte mit dem Finger auf Fronika.

„Es ist schon so lange her, dass ich mich um jemanden kümmern durfte. Dabei tue ich das gern. Und ich werde nicht zulassen, dass du mir das Vergnügen nimmst, dabei zuzusehen, wie du wieder gesund wirst.“ Bevor sie den Raum verließ, lächelte sie Fronika noch einmal an.

Später an diesem Tag betrat Georg ganz ohne Vorwarnung den Raum. „Meine liebste Fronika.“ Er trat an ihr Bett. „Ich habe gehört, wie krank du warst, und habe nach meinem eigenen Arzt rufen lassen, damit er kommt und nach dir sieht.“

„Das ist nicht nötig, Georg. Ich habe bereits alle Hilfe, die ich brauche.“

„Dein Wohl liegt mir viel zu sehr am Herzen und ich möchte mich gerne um dich kümmern.“ Fronika ertappte sich dabei, wie sie Georg und seine prunkvolle Kleidung mit Matthis verglich, der sich stets auf zurückhaltende Weise in weiches Leder und Leinen hüllte. Georg hingegen trug Seide, hochwertige Wolle und so viele Lagen an Stoff, dass es für den Sommer viel zu warm war. Der lange Zipfel, der von seinem Hut herunterhing, ging ihm bis über die Hüfte. Außerdem kringelten sich die Spitzen seiner Schuhe über seinen Zehen.

„Das weiß ich zu schätzen, danke. Inzwischen geht es mir allerdings schon besser, dank der wundervollen Fürsorge von Frau Weidmann und der Heilerin.“

Georg nickte abwesend. „Übrigens habe ich gehört, dass dein Onkel in den Kerker gebracht wurde. Ich versichere dir, dass ich an seiner Freilassung arbeite. Ich werde dich beschützen, Fronika, und deinen Onkel werde ich retten. Das schwöre ich dir.“ Er nahm Fronikas Hand in seine, beugte sich darüber und küsste sie. „Ich werde meinen Einfluss spielen lassen und mein Geld einsetzen, damit dein Onkel seinen Platz im Geschäftsleben und in der Gesellschaft von Dornbeck wiedererlangt. Meine Frau soll in Sicherheit sein und ihre Familie ebenso.“

Fronika drehte sich der Magen um – wie immer, wenn sie darüber nachdachte, Georg zu heiraten. Das Versprechen, Rutger zu retten, erfüllte sie zwar mit Dankbarkeit, doch … sie wünschte, sie würde ihm nichts schulden.

Aber hatte nicht selbst Matthis gesagt, dass es dumm wäre, Georg nicht zu heiraten?

„Danke“, sagte Fronika und hoffte, dass sie schwach klang. „Sobald ich wieder ganz gesund bin, komm doch wieder, dann unterhalten wir uns weiter.“

Georg verstand den Hinweis und erhob sich. „Meine Liebe.“ Er küsste erneut ihre Hand, dann sah er ihr einen Moment lang tief in die Augen. Anschließend wandte er sich zur Tür und ging hinaus.

Zwei Tage später konnte Fronika mit leichten Schmerzen im Haus umhergehen. Ihr Arm erholte sich ebenfalls und sie fühlte sich sehr viel kräftiger. Seit dem Abend, an dem Matthis an ihrem Bett gesessen und ihr fiebriges Gesicht mit Wasser gekühlt hatte, hatte Fronika ihn nicht mehr gesehen.

Während sie vor dem Fenster saß, das zur Straße zeigte, und die Leute beobachtete, die unten am Haus vorbeigingen, schien ihr diese Welt da draußen unendlich fremd. Wann war sie das letzte Mal unterwegs gewesen? Wann hatte sie das letzte Mal etwas anderes getan, als herumzusitzen und ihren Gedanken nachzuhängen? Sie hatte Gewissensbisse, dass die Kinder wegen ihr hungern mussten. Nicht einmal durch ihren Unterricht konnte sie ihnen etwas Hilfe zukommen lassen. Ob sie wohl auf sie warten würden? Fühlten sie sich im Stich gelassen?

Als Fronika auf der Treppe Schritte hörte, lief gerade eine Träne ihre Wange hinunter. Fronika wischte sie weg. Dann hörte sie, wie Matthis klopfte und rief: „Fronika, kann ich hereinkommen?“

„O ja, bitte.“ Fronika lächelte erwartungsvoll.

Matthis erschien im Türrahmen und kam auf sie zu. „Meine Mutter sagt, dass es dir besser geht. Und auch ich bekomme den Eindruck, wenn ich dich so strahlend vor dem Fenster sitzen sehe!“

„Es geht mir viel besser. Ich habe kein Fieber mehr."

„Und wie ich höre, ist die Wunde an deinem Bein nicht mehr entzündet."

„Dank der Fürsorge deiner Mutter!"

Matthis näherte sich ihr und setzte sich neben sie auf einen Stuhl. „Hast du in letzter Zeit etwas von den Kindern gehört?"

Fronika schüttelte den Kopf. „Gerade habe ich an sie gedacht. Ich bin so traurig, dass ich ihnen keinen Unterricht geben kann. Und jetzt, wo ich weiß, dass ihnen das Fleisch, das ich gewildert habe, gar nicht zugutegekommen ist …" Geistesabwesend schaute sie aus dem Fenster. „Es kommt mir so vor, als hätte ich das vergangene Jahr meines Lebens völlig verschwendet, als wäre es mir gestohlen worden. Ich habe dir unrecht getan, ich habe dem Markgrafen unrecht getan und ich habe den König bestohlen. Und dennoch ist es mir dabei nicht gelungen, denen zu helfen, denen meine Vergehen zugutekommen sollten."

„Du hast getan, was du für richtig gehalten hast." Matthis nahm ihre Hand in seine. Kurz darauf schien ihm bewusst zu werden, was er tat. Er legte Fronikas Hand zärtlich an ihren Platz zurück und zog seine Hände weg.

„Fronika." Er räusperte sich und blickte jetzt förmlicher drein, was der Klang seiner Stimme unterstrich. „Wenn du alles machen könntest, was du wolltest, was würdest du dann für die armen Kinder tun?"

„Nun …" Fronika hatte schon einmal darüber nachgedacht. „Ich finde, dass es ein Zuhause für Waisenkinder geben sollte. Dort sollten die Kinder Essen und Kleidung bekommen, außerdem die Möglichkeit, in die städtische Schule zu gehen. Freundliche Menschen sollten sich um diese Kinder kümmern, Menschen, die Kinder lieben und ihnen das Gefühl geben, geliebt zu sein. Auch für verarmte Mütter sollte es einen Ort geben, an den sie gehen können. Das muss ein Ort sein, wo sich jemand um ihre Kinder kümmert, während sie sich selbst eine Fertigkeit aneignen oder lernen können, Dinge herzustellen, die man verkaufen kann. Ich denke da an Kleidung oder Kerzen oder irgendetwas anderes, das ihnen genug Geld zum Leben verschafft."

„Würdest du gerne die Verantwortung für einen solchen Ort übernehmen?"

„Ich?", fragte Fronika und lachte. „Natürlich. Ich kann ziemlich hart arbeiten, weißt du?"

„Ja, das weiß ich tatsächlich."

„Und obwohl ich eine gute Jägerin bin, habe ich auch noch andere Fähigkeiten."

Matthis nickte. „Daran habe ich keinen Zweifel."

„Aber wohin sollen mich diese Träumereien bringen? Sicher will der Markgraf mich sehen. Ich bin bereit, ihm das Unrecht, das ich begangen habe, zu gestehen."

„Ja", antwortete Matthis mit einem nüchternen Gesichtsausdruck. „Er wird dich rufen, wenn du dich besser fühlst. Vielleicht sogar schon morgen."

Fronika verdiente eine Bestrafung. Das sah sie sogar selbst ein. Dennoch fing sie bei dem Gedanken an diese Bestrafung innerlich an zu zittern. Da sie Matthis ihre Ängste nicht zeigen wollte, nickte sie.

Matthis erhob sich. „Ich muss gehen, aber ich komme wieder, sobald der Markgraf nach dir verlangt."

Fronika wurde schwer ums Herz. Musste er wirklich schon gehen? Sie hatte seit Tagen kaum mit ihm gesprochen. Dennoch nickte sie erneut.

Matthis war erst ein paar Minuten weg, als Fronika zum Fenster hinausschaute und sah, wie Anna die Straße entlanglief. An Fronikas Haustür schien sie stehen zu bleiben. Ein paar Minuten später betrat sie ihr Zimmer.

„Fronika", rief sie völlig außer Atem. Ihre Hände lagen auf ihren Wangen. „Ich habe gerade erst gehört, dass du verletzt wurdest! Und dass Rutger im Kerker ist. Was ist passiert?" Anna sank in den Stuhl, den Matthis gerade erst frei gemacht hatte.

Fronika seufzte. „Was erzählt man sich denn?"

„Dass Rutger im Roten Haus gewildertes Fleisch verkauft ha und dass du der Wilderer warst." Ihre Stimme klang schockiert

„Ich habe gehört, du seist von jemandem verletzt worden, der Susanna, die Heilerin, kennt. Was ist passiert? Bitte sag es mir!"

„Matthis hat mich beim Wildern erwischt und auf mich geschossen, einmal in den Arm und einmal ins Bein."

Anna keuchte auf und riss die Hand vor ihren Mund.

„Er wusste nicht, dass ich es bin. Seine Mutter hat sich um mich gekümmert. Aber, Anna …" Fronikas Augen füllten sich mit Tränen. „Rutger hat das Fleisch nicht an die Armen weitergegeben. In den letzten sechs Monaten hat all das Gute, das ich zu tun dachte … nur Rutger erreicht, der versucht hat, seine Schulden zu begleichen."

Jetzt konnte Fronika die Tränen nicht länger zurückhalten, woraufhin Anna sie in den Arm nahm.

„Warum hat Gott mich nicht aufgehalten?", schluchzte Fronika und wischte sich mit dem Taschentuch über die Augen. Um die Tränen unter Kontrolle zu bringen, atmete sie ein paarmal tief durch.

„Ich weiß es nicht. Aber du hast getan, was du für richtig gehalten hast. Rutger ist derjenige, der sich falsch verhalten hat."

„Ich habe mich auch falsch verhalten! Ich habe Matthis und dem Markgrafen unrecht getan. Ich habe gestohlen, und das für nichts und wieder nichts."

„Gott kennt unsere Herzen, Fronika." Anna entfernte sich ein Stück von ihrer Freundin und sah ihr in die Augen. „Er kennt dein Herz und deine Liebe für die Armen. Gott weiß alles."

„Das Schlimmste ist die Tatsache, dass ich Georg versprochen habe, ihn zu heiraten. Und Matthis hat gesagt, dass ich ein Dummkopf wäre, wenn ich es nicht tun würde." Fronika bedeckte ihr Gesicht mit ihren Händen, während neue Tränen flossen. Matthis machte sich nichts aus ihr. Wie konnte Gott das wieder in Ordnung bringen? War sie ihrem himmlischen Vater nach allem, was sie getan hatte, überhaupt noch wichtig?

„Du solltest nicht so viel weinen. Das macht dich noch ganz krank."

Fronika wischte sich die Tränen weg und seufzte. „Erzähl mir etwas von dir“, bat sie ihre Freundin. Sie musste zur Abwechslung mal an etwas anderes denken.

„Meine beiden Kinder waren krank. Das ist auch der Grund, weshalb ich nicht eher gekommen bin. Aber jetzt geht es ihnen besser“, berichtete Anna.

„Es tut mir so leid, dass sie krank waren! Aber ich bin froh, dass es ihnen wieder besser geht.“

Sie plauderten noch ein Weilchen über andere Neuigkeiten und Fronika zählte ihrer Freundin all die Gründe auf, weshalb es trotz allem am besten war, Georg zu heiraten. Dann stand Anna auf und sagte, dass sie zurück nach Hause müsse.

Die junge Frau nahm Fronika noch einmal in den Arm. „Du glaubst doch nicht, dass dich der Markgraf in den Kerker werfen lässt, oder? Nein, das wird er schon nicht“, behauptete sie und beantwortete auf diese Weise ihre eigene Frage. Gleichzeitig schüttelte sie den Kopf. „Denk nicht einmal daran. Da du Georg heiratest, wird sicher nichts Schlimmes passieren. Aber wenn ich dir bei irgendetwas helfen kann, dann sag mir Bescheid.“

„Danke, Anna. Das werde ich.“ Aber der Einzige, der ihr jetzt noch helfen konnte, war Gott selbst.

Kapitel 30

Am nächsten Morgen traf Matthis auf dem Rücken eines Pferdes und mit einem zweiten Pferd im Schlepptau vor Fronikas Haus ein. Er stieg ab und band die Pferde an, damit sie nicht auf Wanderschaft gehen konnten. Dann klopfte er an die Tür und bekam die Erlaubnis, nach oben zu Fronika zu gehen.

„Ich habe den Auftrag, dich zum Markgrafen zu bringen.“

Fronika seufzte. „Bringen wir es hinter uns."

Sie trug ein violettes Unterkleid mit einem fliederfarbenen Überrock. Die abgeschrägten Seiten waren unterhalb ihrer Hüften in Falten gelegt, sodass sie das Kleid mit einer Hand hochhalten musste, wenn sie sich bewegte. Das Kleid war wunderschön und Fronika sah einfach zauberhaft darin aus. Ihr blondes Haar fiel in langen Locken ihren Rücken hinunter und wurde nur von einem schlichten Haarreif gehalten.

Matthis half Fronika die Treppen hinunter, indem er vor ihr ging und Fronika sich auf ihn stützte.

Als Fronika die Pferde sah, blieb sie stehen und sah Matthis an. „Hat der Markgraf etwa zwei Pferde geschickt? Hatte er keine Angst, dass ich mich damit aus dem Staub mache?"

Während Matthis die Pferde losmachte, schüttelte er den Kopf. „Ich weiß, dass du nicht versuchen würdest zu entkommen." Er sah sie an. „Abgesehen davon gehören die Pferde nicht dem Markgrafen. Er hat sie mir verkauft."

„Besitzt du jetzt zwei Pferde?", fragte Fronika und machte große Augen.

Matthis schmunzelte, legte seine Hände in ihre Taille und hob sie in den Damensattel. Dabei achtete er sorgfältig auf ihr verwundetes Bein und auf ihren verletzten Arm.

Dann machten sie sich auf den Weg zum Dornbecker Schloss. Während sie im Schritt durch die Stadt ritten, schwiegen sie. Doch immer wenn Matthis zu Fronika hinübersah, um sicherzugehen, dass sie keine Schwierigkeiten hatte, sah sie ihn an.

Als sie das Stadttor hinter sich gelassen hatten und auf den Weg einbogen, der zum Dornbecker Schloss führte, wurde Fronikas Gesichtsausdruck zunehmend niedergeschlagen und sie starrte auf den Hals des Pferdes hinab. Zweifellos hatte sie Angst davor, sich dem Markgrafen stellen zu müssen.

Nachdem sie ein paar Minuten schweigend hintereinander hergeritten waren, fragte Fronika: „Was, denkst du, wird der Markgraf mit mir machen?"

„Ich weiß es nicht." Was, wenn der Markgraf wollte, dass man sie einem Richter vorführte und hinrichten ließ? Matthis würde seine neue Position als Vogt riskieren müssen, um sie zu retten. Er würde alles tun, sogar seinen Posten verlieren, auf den er immer gehofft hatte – auch wenn Fronika ihn nicht genug liebte, um ihn zu heiraten. Auch wenn sie Georg heiratete.

Da Fronika bekümmert und blass aussah, schüttelte Matthis die düsteren Gedanken ab.

„Hast du Schmerzen?“, fragte er, als sie den vorderen Teil des Schlosses erreichten.

„Nein.“

Matthis half ihr, vom Pferd zu steigen. Fronika hielt sich an ihm fest. Weder sah sie ihm in die Augen noch machte sie Anstalten, ihre Hände von seinen Schultern zu nehmen. Stattdessen schien sie auf seine Brust zu starren. Dann umfassten ihre Hände seinen Nacken und sie vergrub ihr Gesicht an seiner Schulter.

Matthis legte seine Arme um sie. Weinte sie? Sie zitterte nicht. Auch gab sie keinen Laut von sich.

„Ich weiß, dass ich nicht das Recht dazu habe“, flüsterte sie.

Matthis strich ihr über das Haar und berührte ihre Schulter. Als sie sich von ihm löste, schien es ihm das Herz zu zerreißen. Aber er ließ sie gehen.

Fronika nahm seinen Arm. Als sie hineingingen, sah sie ein bisschen weniger blass aus als vorher.

Fronika und Matthis wurden in die Bibliothek des Markgrafen geführt. Die junge Frau ging aufrecht und versuchte, ihr Humpeln zu verbergen. Sie begrüßte den Markgrafen mit einem Knicks.

Der Markgraf blieb sitzen. Er machte ein finsteres Gesicht, aber von ihrem Zusammentreffen auf dem Kostümball wusste Fronika, dass dies für ihn nicht ungewöhnlich war. Obwohl er gut aussah, besaß er nicht die Wärme und das freundliche Aussehen, das sie an Matthis so schätzte. Der Markgraf wirkte rau und hart und seine Ernsthaftigkeit ließ sie erzittern. Dieser Mann war die höchste Autorität in Dornbeck und konnte mit ihr machen, was er für richtig hielt. Fronikas Hände zitterten, daher blieb ihr nichts anderes übrig, als sie zu falten.

„Fronika Menkels, ich nehme an, du weißt, warum ich dich hier herbestellt habe."

„Ja, Fürst von Dornbeck."

„Leugnest du, dass du Unmengen von Wild aus dem Wald des Königs gestohlen hast?"

Fronika überschlug die Anzahl in ihrem Kopf. Ja, man konnte es „Unmengen" nennen.

„Ich leugne es nicht, mein Herr, aber ich bereue zutiefst, was ich getan habe. Ich dachte, dass all das Fleisch den Armen zugutekommen würde. Ich ... ich wollte den armen Kindern helfen, von denen ich wusste, dass sie hungern."

Die Stirn des Markgrafen war immer noch gerunzelt. „So hat es mir Matthis erzählt. Aber der größte Teil des Fleisches ist nicht an die Armen gegangen, oder?"

„Nein, mein Herr."

„Kannst du beweisen, dass du nicht wusstest, was Rutger mit dem Fleisch gemacht hat?"

Fronika öffnete den Mund, wusste jedoch nicht, was sie sagen sollte. „Ich glaube nicht, dass ich das beweisen kann."

„Du wusstest aber, dass es ein Verbrechen gegen den König ist, im Dornbecker Wald Hirsche zu wildern, oder? Und dass die Strafe für Wilderei Kerker ist, der Verlust einer Hand oder sogar Hinrichtung?"

Fronika atmete schwer, ihr Gesicht brannte und ihre Hände waren schweißnass. „Ja, mein Herr."

„Der Diebstahl so vieler großer Tiere war ein schwerwiegender Verlust für den König und könnte der Grund dafür sein, dass Wildschweine und deshalb auch Wölfe in diese Gegend eingewandert sind. Ist dir klar, dass du dafür verantwortlich bist?"

„N... nein, mein Herr", stammelte Fronika. Matthis hatte ihr nichts davon gesagt. „Aber ich bereue es zutiefst." Um ihre Lippe am Zittern zu hindern, klemmte Fronika sie zwischen ihren Zähnen ein.

„Dein Handeln war gesetzwidrig und aufrührerisch."

Fronika sah zu Matthis hinüber. Es beschämte sie, dass er dabei zuhören musste, wie sein Herr von all ihren Missetaten sprach. Seinem Gesichtsausdruck nach zu urteilen, hatte Matthis angenommen, dass der Markgraf nachsichtig mit ihr umgehen würde. Offenbar hatte er nicht erwartet, dass der Markgraf sie maßregeln würde.

„Du hast vielleicht Hunderte von Hirschen getötet, und das alles, um deinem Onkel dabei zu helfen, seine Schulden zu bezahlen."

„Das ist wahr. Das habe ich getan." Da Fronika Mühe hatte, die Tränen zurückzuhalten, klang ihre Stimme belegt.

„Du wirst dein Haus bis zum Ende der Woche verlassen, da es jetzt mir gehört und eine Wiedergutmachung für den Verlust an Hirschen darstellt. Eigentlich gehört sogar das gesamte Eigentum deines Onkels von diesem Tag an mir."

„Ja, mein Herr."

„Du wirst dich bereithalten, um deine Fähigkeiten mit dem Langbogen einzusetzen. Falls es nötig wird, musst du dabei helfen, die Population gefährlicher Raubtiere wie Wölfe und Wildschweine zu kontrollieren."

„Ja, mein Herr." In Fronikas Lungen strömte wieder Luft. Immerhin hatte er nicht die Absicht, sie hinrichten zu lassen. Auch hatte er anscheinend nicht vor, ihr die Hand abhacken zu lassen. Schließlich konnte sie mit nur einer Hand keine Bogensehne spannen.

„Meinem Förster, Matthis Weidmann, zuliebe werde ich es bei den Wunden belassen, die du bereits durch dein Wildern erlitten hast, und dich darüber hinaus nicht bestrafen. Allerdings habe ich eine Bedingung." Der Markgraf hielt inne, sah von Fronika zu Matthis und wieder zurück zu Fronika, so als wollte er sicherstellen, dass er ihre volle Aufmerksamkeit hatte. „Da ich nicht zulassen kann, dass eine gesetzlose Frau frei herumläuft und nur von einem willensschwachen Onkel in Schranken gehalten wird …"

Wieder hielt Fürst von Dornbeck inne. Währenddessen begann Fronikas Herz schneller zu klopfen.

„Du musst heiraten – und zwar sofort."

„Oh."

„Georg Papendorf hat mich davon in Kenntnis gesetzt, dass er vorhat, dich zu ehelichen. Ich habe jedoch einen anderen Vorschlag." Seine dichten schwarzen Augenbrauen zogen sich zusammen und verliehen ihm ein finsteres Aussehen.

Fronika hatte einen trockenen Mund. Sie konnte nicht einmal schlucken. Was würde er als Nächstes sagen?

„Ich empfehle dir, dass du Matthis Weidmann heiratest. Ich empfehle es dir sogar dringend."

Überrascht sah Fronika Matthis an, der sie ebenfalls anblickte. Seinen geweiteten Augen und seinem offenen Mund nach zu urteilen hatte er genauso wenig wie Fronika erwartet, dass der Markgraf so etwas sagen würde.

Fronika hatte davon gehört, dass Männer eine Hinrichtung vermeiden konnten, wenn sich eine Frau, ja *irgendeine* Frau, dazu bereit erklärte, denjenigen zu heiraten.

Moment mal. Hatte er nicht gesagt, dass er sie nicht bestrafen würde? Sie konnte Matthis heiraten und würde sich keine Sorgen über eine Bestrafung machen müssen? Ja, sie musste noch nicht einmal Georg heiraten?

Aber was war mit den Kindern? Was war mit Rutger? Wenn sie Matthis heiratete, würde Georg sein Geld nicht einsetzen, um den Kindern oder Rutger zu helfen. Aber Gott hatte in den vergangenen sechs Monaten auch ohne ihre Hilfe für die Kinder gesorgt.

Fronika sah, dass Matthis sehr schnell atmete und seine Lippen befeuchtete. War sein Mund genauso trocken wie ihrer?

Matthis wandte sich dem Markgrafen zu. „Mein Herr, ich möchte nicht, dass Ihr sie zwingt. Ich ..."

„Nein, Matthis, lass sie entscheiden", sagte Fürst von Dornbeck und schnitt ihm auf diese Weise das Wort ab. „Du verdienst es, die Frau zu bekommen, die du heiraten möchtest."

Fronika errötete. Ja, Matthis verdiente die Frau, die er heiraten wollte. Aber wollte er sie noch?

„Mein Herr", sagte sie eilig, „ich muss zuerst eine Frage stellen. Warum würdet Ihr dafür sorgen, dass der Förster mich heiratet? Solltet Ihr ihm nicht erlauben, selbst zu wählen?"

„Er hat schon gewählt." Die Stimme des Markgrafen war kühl und ausdruckslos. „Er möchte dich heiraten. Und ich möchte ihm diesen Wunsch erfüllen – wenn er recht hat und du seiner würdig bist."

Mit erröteten Wangen starrte Matthis Fronika an und hatte dabei diesen verletzlichen Gesichtsausdruck, dem sie nicht widerstehen konnte und der ihr Herz auch jetzt zum Schmelzen brachte. „Heirate mich, Fronika."

Fronikas Herz begann zu stolpern. Sie schluckte und widerstand dem Wunsch, sich in seine Arme zu werfen. „Ja, das will ich", sagte sie. Dann riss sie ihren Blick von Matthis los und wandte sich dem Markgrafen zu. „Ich möchte Matthis Weidmann heiraten. Von ganzem Herzen. Aber ich sage das nicht, um einer Bestrafung zu entgehen oder eine Ehe mit jemandem zu vermeiden, den ich nicht liebe. Ich möchte ihn heiraten, weil er der beste Mann ist, den ich je getroffen habe. Er ist gütig und freundlich und ehrlich. Er ist genau die Art von Mann, die ich würde heiraten wollen. Ich bin seiner vielleicht nicht würdig, aber ich liebe ihn."

Fronika hatte Angst, Matthis anzusehen. Angesichts der kühnen Worte, die sie gerade gesprochen hatte, zitterte sie innerlich.

„Nun gut, ich verstehe." Fürst von Dornbeck räusperte sich. Er lächelte ein wenig, nahm ein paar Papiere zur Hand, die auf dem Schreibtisch hinter ihm lagen, und blickte einen Moment auf sie herab. „Es gibt da noch ein paar andere Probleme, die ich mit euch beiden besprechen möchte."

Fronika zog sich der Magen zusammen. Andere Probleme? Würde er jetzt sagen, dass er einen Scherz gemacht hatte und dass sie, eine Wilddiebin, doch nicht die Erlaubnis bekäme, Matthis zu heiraten, den besten und edelsten Mann von Dornbeck?

„Dein Onkel, Rutger Menkels, den ich in meinem Kerker eingesperrt habe und dessen Eigentum ich wegen seiner Verbrechen konfisziert habe … Mir ist klar geworden, dass er ebenfalls Unrecht erlitten hat. Georg Papendorf hat eine große Ladung seiner Waren gestohlen."

Wie bitte? Georg hatte Rutger bestohlen?

„Georg hatte sich vorgenommen, ihn seines Vermögens zu berauben, um dich heiraten zu können. Obwohl er vorhatte, Rutger sein Eigentum zurückzugeben, kann ich eine solche Angelegenheit nicht auf die leichte Schulter nehmen. Ich war nicht gerade erfreut, als ich von dieser Geschichte hörte. Jetzt beabsichtige ich, deinen Onkel wieder freizulassen und Georg zu zwingen, ihm das Doppelte von dem, was er ihm gestohlen hat, zurückzugeben, dazu auch noch Zinsen."

Rutger würde freigelassen? Erleichtert ließ Fronika die angestaute Luft entweichen. Ihr Onkel würde nicht mehr arm sein. „Ich danke Euch, mein Herr."

„Ich möchte wissen", hob der Markgraf jetzt an und heftete seinen Blick auf Fronika, „warum du so entschlossen warst, den Armen zu helfen. Gibt es so große Probleme in Dornbeck, dass du, eine junge Frau, dich darauf versteifst, die Armen mit Nahrung zu versorgen?"

Fronika starrte den Markgrafen an. „Ja, mein Herr." Während die junge Frau versuchte, eine Antwort auf die unerwartete Frage zu finden, blinzelte sie ein paarmal mit den Lidern. „Es gibt Waisenkinder, die direkt außerhalb der Stadtmauern in wackeligen, selbst gebauten Hütten leben. Um am Leben zu bleiben, sind sie gezwungen zu stehlen, zu betteln und sich durch Abfall zu wühlen. Ich glaube, dass es – zusätzlich zu denen, die auf den Straßen der Stadt leben – mindestens zwanzig oder dreißig solcher Kinder gibt. Sie brauchen unsere Hilfe. Schließlich sind sie noch Kinder und nicht in der Lage, Geld zu verdienen, um Essen zu kaufen oder eine angemessene Unterkunft für sich zu finden. Es ist unsere christliche Pflicht, ihnen zu helfen. Jeder, der dazu in der Lage ist, sollte das tun."

„Fronika unterrichtet sie ein paarmal in der Woche in Lesen und Schreiben", sagte Matthis, als Fronika innehielt. „Außerdem bringt sie ihnen Essen und hilft ihnen, wenn sie krank sind."

Das Lächeln des Markgrafen erstarb und er runzelte erneut die Stirn. „Matthis hat einen Plan ausgearbeitet, wonach sich die

Einwohner von Dornbeck um die armen Waisenkinder der Stadt kümmern. Wie ich höre, ist es ein Plan, bei dessen Entwicklung du ihm geholfen hast." Er sah Fronika an. „Es ist ein machbarer Plan, der vielleicht sogar das Problem lösen könnte, dass Kinder Brot und andere Nahrungsmittel von den Marktverkäufern stehlen. Nötig ist nur, dass die Kaufleute, wie du schon sagtest, ihre christliche Pflicht erfüllen und sich um die armen Witwen und Waisenkinder kümmern. Matthis hat mit dem Bischof von Dornbeck gesprochen und er hat für dieses Vorhaben einen Teil der Kircheneinnahmen in Aussicht gestellt."

Während der Markgraf auf das Pergament starrte, das er in der Hand hielt, hatte Fronika einen dicken Kloß im Hals.

„Matthis hat bereits ein paar Geldgeber unter den wohlhabenderen Bürgern gefunden. Das war richtig gute Arbeit." Fürst von Dornbeck warf Matthis einen anerkennenden Blick zu. „Ich glaube, dass Rutger Menkels' Haus, das nicht weit vom Zentrum entfernt ist, ein gutes Waisenhaus abgeben würde. Was meinst du, Fronika?"

„J… ja, mein Herr. Das denke ich auch."

„Abgesehen davon bin ich in den Besitz von Rutgers Lagerhaus in der Nähe des Nordtores gelangt. Ich glaube, dass es zu einem Ort für junge Witwen umgebaut werden könnte. Sie könnten sich dort Fertigkeiten aneignen und Geld verdienen, während man sich um ihre Kinder kümmert. Wie denkst du darüber, Matthis?"

„Ja, mein Herr, ich denke, Ihr habt recht."

Nachdem sich der Markgraf geräuspert hatte, verfinsterte sich sein Blick erneut. „Fronika, wie Matthis dir vielleicht erzählt hat, war mein Vogt Ulrich derjenige, der versucht hat, ihn zu töten. Glücklicherweise kann er nicht so gut mit dem Langbogen umgehen wie du." Wieder warf er Fronika einen eindringlichen Blick zu. „Daher habe ich Ulrich in den Kerker werfen lassen. Jetzt brauche ich einen neuen Vogt. Matthis hat bewiesen, dass er großes Organisationstalent besitzt. Er ist nicht nur intelligent und fleißig, sondern auch ehrlich und zuverlässig. Willkommen in deiner neuen Position, Matthis."

„Danke, mein Herr."

Fronika atmete einmal tief durch. Dann griff sie nach Matthis' Hand, drückte sie und blickte lächelnd zu ihm auf.

„Jetzt, wo du mein neuer Vogt bist, möchte ich, dass du mehr in meiner Nähe wohnst. Da ich das Eigentum des bisherigen Vogts wieder an mich genommen habe, möchte ich dir das Herrenhaus auf dem Rothirschhügel schenken, das du von diesem Fenster aus sehen kannst."

„Mein Herr, ich bin zutiefst dankbar", sagte Matthis und verbeugte sich.

„Frisch Vermählte brauchen nun einmal ein Zuhause. Ich bestehe darauf, dass du diese gesetzlose junge Frau so schnell wie nur möglich heiratest."

„Danke, mein Herr", antworteten Fronika und Matthis wie aus einem Munde.

Matthis sah mit glänzenden Augen zu Fronika hinüber.

Wie sich ihr Schicksal gewendet hatte! Noch vor ein paar Tagen hatte Fronika geglaubt, dass Matthis gesellschaftlich weit unter ihr stand. Und jetzt war sie eine arme Frau, die man ihres Zuhauses und ihrer Sicherheiten beraubt hatte, während Matthis der neue Vogt von Dornbeck, Eigentümer eines wunderschönen Herrenhauses und Ratgeber des Markgrafen geworden war. Wenige Minuten zuvor hatte es so ausgesehen, als bestünde ihre einzige Option darin, Georg zu heiraten, und jetzt hatte man ihr befohlen, Matthis das Jawort zu geben. Überraschenderweise hatte sie überhaupt nichts dagegen …

„Matthis", sagte der Markgraf jetzt, „komm morgen wieder, damit wir über deine neuen Pflichten sprechen können. Und denk darüber nach, wer dich als Förster ersetzen könnte. In den nächsten Wochen haben wir viel zu tun, um deine Pläne für das Waisenhaus und das Armenhaus in die Tat umzusetzen. Fronika kann, wenn sie will, ebenfalls mitkommen und ihre Ideen einbringen. Aber jetzt könnt ihr beiden erst einmal gehen."

Matthis griff nach Fronikas Hand und sie verließen die Bibliothek des Markgrafen. Kaum dass sie außer Sichtweite waren, drehte sich Fronika auch schon zu Matthis um und legte im

Dämmerlicht des Flures ihre Arme um seinen Hals. Noch bevor sie ihre Augen schließen konnte, begann er sie zu küssen.

Kapitel 31

Matthis küsste sie wie ein Mann, der dabei war zu verdursten und in ihr die einzige Wasserquelle sah. Er raubte ihr den Atem. Fronika wurde an einen Ort versetzt, der sich jenseits dieser Erde befand, über den Wolken. Es war, als würde sie schweben und immer höher und höher steigen.

Fronika würde Matthis Weidmann heiraten.

Nachdem sich die beiden voneinander gelöst hatten, blickten sie sich tief in die Augen. Kurz darauf küsste Matthis seine Braut erneut, so als bräuchte er einen weiteren großen Schluck. Dann nahm er ihr Gesicht in seine Hände, sodass Fronika beinahe schwindelig wurde und ihre Knie zitterten.

Schließlich hörte Matthis auf, sie zu küssen, und zog sie an sich. Fronikas Wange lag jetzt an seiner Schulter und seine Arme hielten sie. Es gab so viel zu sagen, so viel zu verarbeiten und so vieles, worüber sie nur staunen konnte. Während ihre Herzen nah beieinander schlugen, standen sie ganz still, sagten nichts und warteten darauf, dass sich ihre Atmung wieder beruhigte.

Als der Schwindel abebbte, schmiegte sich Fronika noch ein wenig enger an Matthis. Dabei atmete sie den Duft von Pfefferminze ein, den sein frisch gewaschenes Hemd verströmte und der all ihre Sinne auf Matthis richtete. „Danke, dass du den Kindern helfen willst. Und dass du vorhast, ein Waisenhaus zu gründen und die Armen zu unterstützen."

Matthis strich über Fronikas Haare und beugte sich vor, bis

seine Stirn die ihre berührte. „Ich hatte gehofft, dass dir die Idee gefällt."

„Das tut sie. Sehr sogar." Alles zusammen – seine Nähe, seine Berührung, sein Duft und das immer noch nachklingende Gefühl seiner Lippen auf ihren – brachte ihr Herz zum Schwingen. Wie war es möglich, dass man sich so frei fühlte, wenn man kurz davor war zu heiraten und sich für immer an jemanden zu binden?

„Fronika", raunte Matthis ihr zu. Der männliche Klang seiner Stimme rief eine Gänsehaut bei ihr hervor.

„Bist du sicher, dass du mich heiraten willst?", fragte Fronika.

Matthis hob ihren Kopf an und küsste sie erneut. „Ja."

Fronikas Herz raste. Ihre Wangen begannen, noch ein bisschen stärker zu glühen. War es möglich, dass irgendjemand sie aus dem hinteren Teil des langen Flures beobachtete? „Wir sollten gehen, bevor uns jemand sieht", flüsterte sie.

Matthis blickte ihr noch einmal tief in die Augen, dann löste er sich von ihr und ging mit ihr auf das große Eingangsportal des Dornbecker Schlosses zu. Während sich Fronika an ihm festhielt und sich an ihn schmiegte, schien sie mit dem Seufzen nicht aufhören zu können. Auch nicht mit dem Lächeln. Oder damit, an seine Küsse zu denken.

Wie hatte es nur eine Zeit geben können, in der sie nicht gewusst hatte, dass sie Matthis Weidmann liebte? Und wie hatte Gott alles so geregelt, dass sie ihn heiraten konnte? Und das nach allem, was sie getan hatte? Sie hatte die Hirsche gewildert, die zu beschützen Matthis' Aufgabe gewesen war. Sie hatte Matthis getäuscht. Außerdem hatte ihr Onkel ihn abgelehnt, weil er nur der Förster war. Und jetzt befahl ihr der Markgraf, ihn zu heiraten. Das schien ihr der Gipfel der Ironie zu sein … und ein geradezu unglaubliches Wunder.

Matthis half Fronika vom Pferd herunter. Sie war so sehr auf ihn konzentriert, dass sie erschrak, als sie sah, dass Georg direkt hinter ihn getreten war.

„Fronika", sagte er eilig. „Ich weiß, dass dein Onkel im Kerker ist, aber ich versichere dir, dass ich daran arbeite, ihn so schnell wie möglich herauszuholen."

„Das ist nicht nötig, Georg. Fürst von Dornbeck hat sich schon bereit erklärt, ihn freizulassen."

„Oh. Das ist sehr gut." Georg trat näher an sie heran, doch Matthis tat dasselbe und stellte sich ihm in den Weg. Obwohl Georg zu Matthis aufblickte, sprach er anschließend weiter mit Fronika. „Ich will dich immer noch heiraten, ganz egal was der Markgraf sagt oder tut."

„Der Markgraf hat das Haus meines Onkels konfisziert und wird es in ein Waisenhaus verwandeln. Und er hat befohlen, dass du Onkel Rutger das Doppelte der Waren, die du ihm gestohlen hast, zurückgibst, dazu noch Zinsen."

Georg erbleichte und fasste sich an den Hals. „Aber ich … es war nur ein Scherz. Ich hatte vor, es ihm zurückzugeben."

„Der Markgraf war alles andere als belustigt."

„Ich … ich … aber ich …", stammelte Georg.

„Abgesehen davon weiß der Markgraf auch von dem kleinen Streich, den du mir und Matthis gespielt hast, indem du dafür gesorgt hast, dass er eine andere Frau mit mir verwechselt hat."

Georg war immer noch ganz bleich im Gesicht und starrte Fronika mit offenem Mund an.

„Ich werde dich nicht heiraten, Georg. Aber Fürst von Dornbeck hat zugestimmt, dass ich Matthis Weidmann heirate. Und jetzt darfst du gehen. Ich möchte dich nie wiedersehen."

Fronika griff nach Matthis' Hand und führte ihn, ohne noch ein weiteres Wort zu sagen, in ihr Haus – das bald ein Waisenhaus sein würde.

Im Inneren von Fronikas ehemaligem Zuhause angekommen, sagte Matthis: „Da hast du es Georg Papendorf aber gegeben. Fast tat er mir leid."

Fronika schlang ihre Arme um Matthis' Rücken. Auf keinen Fall konnte sie der Einladung, die sie in seinen Augen las, widerstehen. Nachdem Matthis Fronika fest an sich gezogen hatte, küsste er sie.

Oh, sie war süß und mysteriös und einfach zu wundervoll, um wahr zu sein. Er musste sich zügeln und den Kuss abkürzen. Schließlich hatten sie sehr viel zu planen, sehr viel zu bewegen und viele Entscheidungen zu treffen. Matthis konnte nicht den ganzen Tag damit verbringen, sie zu küssen, auch wenn er es noch so sehr wollte.

Fronika schmiegte sich so sanft an seine Brust, dass ihm die Luft wegblieb. Daraufhin drückte Matthis sie an sich und versenkte seine Wange in ihrem seidigen Haar.

„Wann können wir heiraten?", fragte Fronika und klang atemlos.

War sie so erpicht darauf? „Der Markgraf hat gesagt, dass ich meine gesetzlose junge Frau so schnell wie möglich ehelichen soll."

Matthis drückte sie noch fester an sich und Fronika lachte. Es war ein sanfter Klang.

„Bist du sicher, dass du mich davon abhalten kannst, gesetzlos zu sein?" Fronika löste sich von ihm und sah zu ihm auf.

„Ich glaube schon."

„Ich hoffe, du wirst jetzt, wo du so eng mit dem Markgrafen zusammenarbeitest, nicht anfangen, so zu reden wie er." Da war ein gefährliches Funkeln in ihren Augen. „Heirate diese gesetzlose Frau", sagte sie und ahmte dabei Fürst von Dornbecks raue Stimme nach.

„Meine Frau darf sich nicht über den Landesherrn lustig machen", antwortete Matthis und sah auf Fronika herab. Dabei versuchte er, einen möglichst ernsten Gesichtsausdruck aufzusetzen.

Fronika grinste und zog seinen Kopf zu sich herab. Dann stahl sie ihm einen langen, herrlichen Kuss.

Die Hochzeit. Ja, wie schnell konnten sie heiraten? „Ich denke, drei Wochen Vorlauf wird es wohl brauchen."

„Drei Wochen", keuchte Fronika. Dann schob sie ihn von sich. „Dann solltest du dich schnellstmöglich mit dem Pfarrer treffen."

Matthis berührte erst ihre Wange, dann ihre Schulter. „Ich werde ein Pferd hierlassen für den Fall, dass du es brauchst."

Er beugte sich zu ihr herab und küsste sie, doch war sein Kuss heftiger, als er es beabsichtigt hatte. Als er sich von ihr löste, waren ihre Augen immer noch geschlossen, so als hätte sie nicht gewollt, dass der Kuss zu Ende ging. Sein Herz setzte einen Schlag aus.

Drei Wochen. Nur noch drei Wochen.

Kapitel 32

Zwei Wochen später konnte Matthis Fürst von Dornbeck freudig berichten, dass bereits ein Dutzend Kinder bei Fronika und damit in das ehemalige Zuhause der Familie Menkels eingezogen waren. Die Köchin war geblieben und Kathryn war ebenfalls dort eingezogen, um zu helfen. Sie schien Freude daran zu haben, sich um die jüngeren Kinder zu kümmern. Matthis' Mutter half ebenfalls und hatte noch nie glücklicher ausgesehen als jetzt wo sie so viele Kinder bemuttern konnte.

„Fronika bleibt bis zur Hochzeit dort, also noch eine Woche Auch wird sie dabei helfen, das Armenhaus für Frauen in Rutgers altem Lagerhaus aufzubauen. Wir arbeiten noch daran, schließlich musste das Lagerhaus erst ausgeräumt und ein bisschen angenehmer gestaltet werden."

„Hervorragend“, sagte der Markgraf. „Sobald alle Arbeiten erledigt sind, werde ich die beiden Häuser in Augenschein nehmen. Wie ich höre, sind die Bürger der Stadt sehr großzügig. Ich werde jedoch nicht zulassen, dass sie mehr geben als ich.“ Fürst von Dornbeck lächelte ein wenig.

„Ja, mein Herr.“

Jetzt, wo sich das alles so gut entwickelte, war Matthis mehr und mehr damit beschäftigt, das Herrenhaus des Vogts vorzubereiten, um seine Braut dort bald willkommen heißen zu können.

Aber zuerst wollte er Fronika mit etwas überraschen. Daher verließ Matthis das Dornbecker Schloss in Richtung Waisenhaus. Er hatte einen Korb mit Essen bei sich, den er mit seiner Mutter vorbereitet hatte. Als er dort ankam, spielte Fronika gerade mit ein paar der kleineren Kinder ein Spiel. Als sie ihn bemerkte, weiteten sich ihre Augen und sie lächelte. Fronika überließ die Kinder Kathryn und kam auf Matthis zu.

„Ich wünschte, ich könnte dich küssen“, sagte er leise, während die Kinder im Hintergrund allerhand Lärm machten. „Wäre es unanständig, das zu tun?“

„Ja, schon“, antwortete Fronika und errötete.

„Gehst du mit mir picknicken? Seit dem Tag, an dem du meinen Heiratsantrag angenommen hast, konnte ich nicht mehr allein mit dir sprechen.“

Fronikas Lippen kräuselten sich auf eine verführerische Weise und sie lehnte sich an ihn. „Das klingt wundervoll.“

Während Matthis wartete, gab Fronika Kathryn Bescheid, dass sie für einige Zeit weg sein würde, und erteilte den Dienstboten in der Küche noch einige Anweisungen. Wenig später saßen Matthis und Fronika auf dem Rücken zweier Pferde und steuerten auf Matthis’ Lieblingsplatz zu, der sich in der Nähe eines kleinen Baches tief im Dornbecker Wald befand.

„Ich glaube nicht, dass ich schon mal ein Picknick gemacht habe“, bemerkte Fronika und lächelte Matthis vom Pferderücken aus an.

„Noch nie?“

„Noch nie allein mit einem gut aussehenden jungen Mann.“

Sie blickte aus dem Augenwinkel zu ihm hinüber. Falls sie versuchte, mit ihm zu flirten, machte sie das richtig gut.

Als sie das Fleckchen erreichten, ließ sich Fronika vorsichtig vom Pferd gleiten, noch bevor ihr Matthis dabei helfen konnte. Matthis schnallte den Korb vom Pferd los und trug ihn zu Fronika hinüber. Sie hatte eine gefaltete Decke unter dem Arm.

„Es ist wunderschön hier. Sieh dir die blauen Blumen an und die violetten. Und der Bach plätschert so friedlich dahin." Fronika schien sich gar nicht sattsehen zu können. „Ich bin noch nie hier gewesen … zumindest nicht bei Tageslicht." Sie breitete die Decke auf dem Boden aus und Matthis stellte den Korb ab.

Während sie sich hinsetzten, das Essen auspackten und anfingen zu essen, schwieg Fronika. Es war durchaus möglich, dass sie nur dem Zwitschern der Vögel oder dem Fluss zuhörte, der über die Felsen dahinfloss. Trotzdem hatte Matthis das Gefühl, dass sie angestrengt über alles nachdachte, was immer noch zwischen ihnen stand. Vielleicht lag es auch nur daran, dass er selbst darüber nachgrübelte.

Nachdem sie sich an Brot und Käse satt gegessen und etwas von dem mitgebrachten Wasser getrunken hatten, nahm Fronika eine Handvoll Walnüsse und Weintrauben und steckte sich eine nach der anderen in den Mund. Eine Strähne ihres blonden Haares hatte sich aus dem Zopf gelöst und Matthis hatte das Bedürfnis, sie zurückzustreichen.

Aber das war nicht der Grund, weshalb er sie hierhergebracht hatte.

„Fronika?"

Sie wandte sich mit großen, unschuldigen Augen zu ihm. Dann wurde ihr Gesichtsausdruck ernst. „Was ist?"

„Ich möchte ganz ehrlich wissen, wie du darüber denkst, mich zu heiraten. Ich hätte in jedem Fall um deine Hand angehalten, auch wenn Fürst von Dornbeck uns nicht fast schon befohlen hätte zu heiraten. Aber ich hätte es gern auf eine andere Weise getan."

Fronika warf ihm ein zaghaftes Lächeln zu. „Was ich zu dem Markgrafen gesagt habe, habe ich auch so gemeint. Du bist de beste Mann, den ich je getroffen habe, und ich liebe dich." Ihr zärtlicher Tonfall jagte ihm einen warmen Schauer über den Rücken.

„Aber ich kann nicht aufhören, darüber nachzudenken, was du von mir halten musst." Fronika lenkte ihren Blick von Matthis weg und sah auf ihre Hände. „Ich weiß, dass du wütend auf mich warst. Und zwar zu recht. Schließlich hast du mir von deinen Bemühungen, den Wilderer zu fassen, erzählt, während ich die ganze Zeit über wusste, wer er war. Du kannst nicht leugnen, dass du verärgert warst. Warum solltest du mich heiraten wollen?"

Matthis erhob sich und hielt ihr seine Hand hin. Fronika ergriff sie und Matthis zog sie in die Höhe. Der schmerzerfüllte und doch hoffnungsvolle Blick in ihren blauen Augen ließ das Herz in seiner Brust anschwellen. „Ich wollte den Tod meines Vaters rächen, und das so sehr, dass ich die Absicht hatte, auf den Wilderer zu schießen. Aber ich wollte ihn nur verwunden, nicht weil ich Mitleid mit ihm hatte, sondern damit er für das, was er meinem Vater angetan hatte, hingerichtet werden könnte."

Er schloss für einen Moment die Augen. Als er sich wieder gefasst hatte, fuhr er fort, denn er war fest entschlossen, es auszusprechen. „Als du so geblutet hast und sich dein Bein dann entzündet hat, dachte ich, es sei meine Schuld … wegen meines Hasses auf den Mann, der meinen Vater getötet hat."

Jetzt strich Matthis doch die Haarsträhne zurück, die sich aus ihrem Zopf gelöst hatte. Dabei berührte er ihre weiche Wange länger als nötig. „Und dann, als du mir das Leben gerettet hast, indem du auf Ulrich geschossen hast …" Um ihr zu zeigen, dass er die Wahrheit sagte, blickte er Fronika tief in die Augen. „Es war nicht schwer, dir zu verzeihen."

Ihr warmes Lächeln versetzte ihm einen Stich. „Und *ich* verzeihe *dir*. Du wusstest nicht, dass ich es war, auf die du geschossen hast, und du hast nur deine Arbeit getan." Sie legte ihre Hand auf Matthis' Schulter.

„Du hättest sterben können. Du bist es sogar fast."

„Aber nur fast. Und es war ja auch meine Schuld." Nach einer kleinen Pause sagte Fronika: „Zum Glück haben wir herausgefunden, dass es Ulrich war, der versucht hat, dich zu töten. Aber es tut mir leid, dass du immer noch nicht den Wilderer gefasst hast, der deinem Vater das Leben genommen hat."

„Vielleicht tun wir das eines Tages. Obwohl ich es immer noch will, hat es keine so große Bedeutung mehr." Matthis dachte einen Moment lang nach. „Wahrscheinlich hätten wir nie geheiratet, wenn du keine so gute Schützin wärst."

„Wie kommst du denn darauf?"

„Na ja, wenn du nicht so erfolgreich gewildert hättest, hätte Rutger dich vielleicht schon vor Monaten dazu überredet, Georg das Jawort zu geben."

„Sehr witzig."

„Ich liebe dich, Fronika." Falls sie immer noch Zweifel hatte, wollte er diese unbedingt zerstreuen. „Obwohl ich tatsächlich verletzt war, als mir klar wurde, dass du der Wilderer bist, war es nicht schwer, dir zu vergeben. Ich liebe dich zu sehr, als dass ich länger wütend auf dich sein könnte."

„Gut", sagte Fronika und vergrub ihr Gesicht an seinem Hals. „Ich habe auch nicht geglaubt, dass ich Rutger so schnell hätte vergeben können. Aber auch er hat gelitten. Ich bin dankbar, dass ihn der Markgraf schon nach drei Tagen aus dem Kerker entlassen hat. Er hat ein kleines Haus in der Nähe des Südtores gefunden. Wusstest du das?"

„Ja."

Als Fronika seufzte, spürte Matthis ihren warmen Atem an seinem Hals. „Ich muss immer daran denken, wie sich alles entwickelt hat, wie anders alles ist … Eigentlich ist das Gegenteil von dem passiert, was ich erwartet hatte."

Matthis strich über Fronikas Rücken und fragte sich, wann er sie wieder küssen würde. „Ja, stimmt."

Eine ganze Weile standen sie so da. Dann hob Fronika den Kopf und sah ihm in die Augen. „Ich bin so überglücklich, dass ich dich heiraten werde. Ich hoffe, du änderst deine Meinung nicht noch."

Fronika sah auf seine Lippen. Dann küsste Matthis sie, hielt es jedoch absichtlich kurz.

Eine Woche noch. Nur noch eine Woche.

An diesem frischen Spätsommertag erwachte Fronika mit einem Gefühl gespannter Erwartung und Vorfreude. Kein Wunder – heute würde sie Matthis heiraten!

Als Anna mit einem Tablett voller Essen in ihr Zimmer kam, sprang Fronika aus dem Bett.

„Ich habe mich schon gewundert, dass du an deinem Hochzeitstag so lange schläfst“, sagte Anna. „Ich selbst habe in der Nacht vor meiner Hochzeit kein Auge zugetan.“

Während sie gemeinsam frühstückten, dachte Fronika darüber nach, dass sie nie wieder in diesem Raum aufwachen würde. Schon jetzt teilte sie ihn mit zwei anderen Mädchen. Sobald Fronika verheiratet sein würde und ausgezogen wäre, würden mehr Mädchen kommen und hier ein Zuhause finden. Es fühlte sich so gut und so richtig an. Fronika seufzte zufrieden.

Als sie das Frühstück beendet hatten, half Anna Fronika beim Anziehen. Ihr blaugrünes Kleid war aus einem flämischen Stoff hergestellt, den Rutger vor acht oder neun Monaten mit nach Hause gebracht hatte. Der Stoff war mit einem Muster verziert, das aus silbernen und grünen Stickereien bestand. Eine dazu passende Bordüre umschmeichelte Fronikas Hals, während ein schmucker Gürtel ihre Hüfte umfing. Der Stil des Kleides war einfach und modisch. Die Ärmel öffneten sich weit bis zum Boden hinab.

„Ich gehe jetzt nachsehen, ob sich die Kinder schon für die Kirche bereit machen“, sagte Anna und eilte aus dem Raum, während ein Dienstmädchen Fronikas Haare zu Ende frisierte.

Kurz darauf kam Anna atemlos die Stufen hochgelaufen und stürmte in Fronikas Zimmer. „Matthis ist hier! Er will dich sofort sehen. Er hat mich zu dir geschickt, um dich zu holen.“ Anna blieb stehen und sah von oben bis unten an der Braut herab. „Fronika, du siehst wunderschön aus. Das Kleid ist perfekt. Es betont die Farbe deiner Augen!“

„Danke." Fronika hob das Kleid an, um sich auf den Weg zu machen.

„Nein, geh noch nicht!", rief Anna und hob die Hand, um Fronika zurückzuhalten.

„Warum nicht?"

„Du solltest ihn warten lassen."

„Aber du hast gesagt, dass ich so schnell wie möglich kommen soll."

„Das ist ja der Grund, weshalb du ihn warten lassen solltest", entgegnete Anna und zwinkerte Fronika zu. „Ehemänner sollten von vornherein wissen, dass wir uns nicht hetzen lassen. Außerdem mögen sie es, wenn wir Profil zeigen und uns nicht herumkommandieren lassen."

„Woher willst du das wissen?", fragte Fronika. Sie war sich nicht sicher, ob sie lachen oder schockiert aussehen sollte.

„Weil Peter und ich schon vier Jahre verheiratet sind", erwiderte Anna und zwinkerte erneut. „Und meine Eltern sind schon seit dreißig Jahren verheiratet und lieben sich immer noch. Früher habe ich sie jeden Abend miteinander lachen hören. Außerdem habe ich nicht umsonst zehn Geschwister." Sie warf Fronika einen vielsagenden Blick zu. „Meine Mutter lässt nie zu, dass mein Vater ihr Anweisungen erteilt, ohne ihm zu sagen, wie sie darüber denkt."

„Tut sie denn, was er ihr sagt?"

Anna zuckte mit den Achseln. „Normalerweise schon. Aber er braucht sich nie Gedanken darüber zu machen, was sie davon hält."

Fronika lachte. „Das klingt, als würde es bei ihnen funktionieren. Trotzdem gibt es keinen Grund, Matthis warten zu lassen. Ich bin fertig."

Während Fronika die Treppe hinunterging, hielt sie ihr Kleid hoch, damit sie nicht auf den Saum trat. Während sie sich dem Fuß der Treppe näherte, konnte Matthis nicht anders, als seine Braut bewundernd anzustarren. Er kräuselte die Lippen, als wäre er kurz davor zu pfeifen, dann legte er seine Hände hinter den Kopf. „Du raubst mir den Atem. Du bist zauberhaft schön."

„Danke.“

Der Blick in seinen Augen war alles, was Fronika sich je hätte erträumen können. Doch obwohl Matthis seine Augen nicht von ihr lösen konnte, machte er keine Anstalten, sie an die Hand oder in den Arm zu nehmen. Daher stellte sich Fronika auf die Zehenspitzen und gab ihm einen Kuss auf den Mund.

Matthis blickte tief in Fronikas Augen, dann nahm er ihre Hand, legte sie auf seine Brust und drückte ihre Handfläche an sein Herz. Fronika spürte, wie stürmisch es schlug. Sie lächelte, nahm daraufhin Matthis' Hand und legte sie an ihr eigenes Herz.

„Ich bin bereit, dich zu heiraten“, flüsterte sie.

„Heiratest du mich, weil du es willst oder weil der Markgraf es dir befohlen hat?“, fragte Matthis, während seine Augen schalkhaft funkelten.

„Weder noch.“

Matthis hob fragend die Augenbrauen.

„Ich heirate dich, weil …“ Fronika runzelte die Stirn und blickte an die Decke, als suche sie nach einem Grund. „… weil du der einzige Mensch bist, der so gut mit dem Langbogen umgehen kann wie ich.“

Zuerst schnaubte Matthis, dann grinste er und küsste Fronika.

„Könnt ihr nicht bis nach der Hochzeit warten?“, fragte Anna. Sie war hinter Fronika aufgetaucht, machte ein gespielt vorwurfsvolles Gesicht und schüttelte den Kopf.

Als sich alle – inklusive der Waisenkinder – im Erdgeschoss des mittlerweile äußerst lebhaften Hauses zusammengefunden hatten, machten sie sich gemeinsam auf den Weg zur Kirche.

Die Dornbecker Kirche hatte noch nie strahlender ausgesehen. Ihre bunten Glasfenster funkelten in der Mittagssonne und ihre Türmchen erhoben sich in den blauen Himmel. Fronika umklammerte Matthis' Hand und ließ sie auch nicht los, als der Pfarrer sie an den Stufen begrüßte. Bald würde Fronika mit dem Vogt des Markgrafen verheiratet sein, mit dem ehemaligen Förster, mit Matthis Weidmann. Ihrem Matthis.

Als sie einander ihr Ehegelöbnis gaben, konnte Fronika nicht aufhören, ihren Bräutigam anzusehen. Seine dichten Augen-

brauen waren tief nach unten gezogen und sein perfektes Ge
sicht wirkte ernst, wenn nicht gar ehrfürchtig. Als sie ihn beir
Mittsommerfest kennengelernt hatte, hätte sie sich nie träume
lassen, was aus ihnen werden würde. Und jetzt heiratete sie de
richtigen Mann zur richtigen Zeit und aus dem richtigen Grunc

Allein aus Liebe.

Wie wunderbar Gott doch alles gefügt hatte.

Hat Ihnen dieses Buch gefallen?
Schreiben Sie's uns auf www.brunnen-verlag.de.
Ihre Meinung zählt!
Entdecken Sie weitere Lieblingsbücher und interessante Hintergrundinfos auf unserem Blog:
www.brunnen-verlag.com